D1279762

Edición:
Ximena Salgado
Dibujo Portada:
Sophia Vivona
Diseño y realización de portada:
Tomás Cumplido

Está dedicado a todas mis queridas lectoras
y a sus familias que han estado luchando para
ganarle a esta pandemia infame que nos
tiene tan vulnerables.

Seamos iguales que nuestro amado dragón
y nuestra querida ninfa, sigamos dando
la pelea, ¡somos guerreras!
y nadie ni nada podrá
con nosotras.

Con mucho cariño

Alexandra Simon

Índice

Presentación   ------------   3

Prólogo   ------------   7

Dragón sucio, letal y tierno   ------------   11

Cuando un dragón arde por ti   ------------   85

Mi alma, mi dragón   ------------   135

Un dragón doliente   ------------   279

Epílogo   ------------   421

Prólogo

Arden ha vivido siempre en el límite, no entiende la vida de otra manera. No entiende la calma, solo sabe de tempestades y fuego, no entiende la quietud, pues su corazón siempre es una bomba a punto de estallar, no entiende lo que es estar en el momento en que todo es silencio tranquilo, porque siempre tuvo el ruido de voces malditas que lo torturaron y le exigían odio.

Ahora, está aterrado. Ha dado el salto hacia ese mundo desconocido de ser un hombre como cualquiera y lo será, con una esposa y con un hogar, que no volverá a necesitar detonar el mundo porque no tiene lo que quiere. A partir de Mae, su vida tiene un norte y ya no dependerá de las reglas del caos para poder vivir.

Ella duerme a su lado, su respiración es sonido pacífico, marcado por un suave ritmo que lo hace volver a un tiempo recóndito de una primera infancia y siente que puede retomar el camino que debió ser. Al equilibrista que siempre estaba a un tris de caer le resultó más fácil andar los caminos de la violencia que los senderos de lo correcto, hasta hoy solo conoció los caminos del infierno, nunca los del cielo, pero escucharla dormir le replantea todo, esa simple mecánica de lo natural que oye aplaca su intrínseca furia y le dice que todo estará bien en su vida.

La atmosfera es perfumada, el aire es fresco y la noche no antecede a la batalla, solo es una mujer hermosa durmiendo desnuda a su lado, la mujer que ama y que por extraños azares lo ama a él desde siempre.

Cierra los ojos y se concentra en el sonido de sus exhalaciones, intenta ajustarse a ellas como se ajusta a los acordes de un concierto, leve, moderatto, allegretto, es estar en sintonía con ella, bajar el ritmo de su corazón atómico y poder hacer la alquimia de ser uno con Marilyn Baker.

Lo intentó con el sexo y también con su fuerte temperamento, de esa manera trató de arrastrarla a su mundo de fuego oscuro y devorarla hasta consumirla, pero Mae Baker nunca fue como las otras, siempre lo supo, pero como el tirano que era no se permitió admitirlo, y ella -guerrera y libertaria- se fue y con esa categórica acción le gritó que eran iguales, que si él era tempestad ella era un huracán terrible, y cuando volvió, lo invitó a ir de la mano como iguales.

Hunde su nariz en su cabello, no ve la hora de que crezca de nuevo y disfrutar del gozo de aquella melena oscura que siempre le pareció repleta de promesas eróticas y misteriosas. Aspira su olor y promete ser el hombre que puede escuchar en sus silencios todo lo que ella desee decirle y que aprender a leerla, como leyó su libro.

—Yo estaré aquí, siempre.

Susurra pausadamente, en esa promesa ofrece todo y más, solo una vez prometió, y sin embargo la vida de su hija se apagó sin darle la oportunidad de cumplir, ahora cree, más bien tiene fe en que Marilyn lo reconciliará con la simplicidad aterradora de la consideración hacia el otro y al fin podrá consumar lo que sus palabras dicen.

Treinta y cinco años y siente por primera vez que está vivo, y que quizás la felicidad no es la basura patética de un mal poema que lo obligaron a leer. Es feliz, así, en ese momento donde todo es simple, donde Mae duerme, donde el silencio reina y donde el mañana puede ser un momento que contenga algo del paraíso perdido.

Escucha, agudiza el oído y su madre ya no susurra alentando la muerte, tampoco tiene el poder del amor dañino.

Todo está en su lugar, la música es suave y no existen sirenas de tragedias que lo amenazan, es un hombre como cualquiera que tiene la ilusión de su vida arrullándolo con la simpleza del sueño.

Extiende su brazo por la cintura de Mae y trata de no despertarla, pero el sueño regular cambia de ritmo y ella que está entre dormida, le toma la mano con fuerza para llevarla a su boca y la besa.

—Duerme por favor, hoy ha sido un día alucinante ☐dice entre sueño.

Arden ríe ronco, con ese dejo malicioso y de animal enorme que tiene cada vez que está feliz.

—Sí, hoy te atrapé.

—Sueña, baby, sueña.

Eso fue lo que hizo, soñar cuando toda la realidad de su vida fue una pesadilla.

—Eres mía.

—Lo he sido siempre —su voz es lejana y suave.

Vuelve a dormir, pero se abraza a él con aquella posesión de hiedra que la hace ser parte de su geografía.

Él, en ese momento hace otra promesa, una promesa oscura que está de acuerdo con quien es y no tiene problema de conciencia: nunca nadie se la arrebatará y si en algún día el caos de su sino trágico hace sus jugadas de azar, desatará el infierno y hará que todo estalle con él.

No habrá compasión…

Y no existirá el olvido…

¡Jamás!

DRAGÓN SUCIO, LETAL Y TIERNO.
Capítulo 1

Marilyn conducía desnuda en pleno Manhattan. El sonido y el suave vibrar del motor de su Chrysler -que volaba por la autopista- la tenía al borde. Puso la radio para distraer sus ansias y, como si todo se confabulara para esa noche, una canción sensual que hablaba de su hombre y de cómo la amaba esperándola en algún lugar agazapado y con deseos de tomarla, comenzó a sonar.

Al ritmo de la canción y como si fuese una adolescente se puso a cantar a voz en cuello dentro de su auto.

"—Sí, ¡Ella es sexy!" □entonaba.

¡Estoy muy loca y soy feliz!, realmente soy feliz. Tantos años en que la sensación de ser feliz había estado ausente *¡Dios! que sea feliz conmigo, eso es lo único que quiero.*

En un semáforo una mujer de cara agria se quedó mirándola y ella sintió el impulso infantil y le sacó la lengua. Sí, esos momentos donde todos somos malditamente felices y deseamos decirle a todo el mundo que no hay nada que empañe la estúpida alegría que nos invade, solemos decir y hacer cosas ridículamente infantiles y Mae no es la excepción.

Nueva York, capital de mundo donde todos salen a la calle y se aventuran a vivir y a ser felices, hervía y vibraba. Los habitantes, con sus máscaras, con sus deseos de celebrar y ser felices se guarnecían en esa selva de cemento de millones de personas y se estacionaban en el stress de una vida que los absorbía hasta desaparecerlos si no luchaban hasta el final por lograr sus sueños. Pero, ese día, la ciudad, su ciudad, era un remanso y brillaba y era porque ella resplandecía. Se sentía salvaje y libre, era la ninfa corriendo desnuda por praderas floridas y bosques luminosos. Finalmente, después de tantos años, estaba en consonancia con la persona que su madre había forjado.

Apenas la vio irse, Arden corrió hacia el cuarto seguridad del edificio y revisó las cámaras con lujuria, sobre todo la escena donde, como demente, tomaba a su mujer con la boca. Repasó una y otra vez la cinta y, concentrado en su sexo, aulló de deseo al verla abierta sobre el capó del auto y a él, como un animal, alimentándose. Amplió la imagen para ver la conchita de su nena, hinchada y lubricada.

¡Mierda, qué belleza!

Se sintió pesado y perturbado. Cerró los ojos y se relamió la boca, mientras imaginaba cómo será el maldito resultado de esa noche.

¡Baker, Baker!, estoy más duro que un mástil, tienes mi vida en tus manos, soy un puto adicto, un puto y feliz adicto a tu coño, mujer, y no siento vergüenza por eso, es más, lo gritaría a los malditos cuatro vientos en pleno Central Park y pondría un anuncio en el Times.

Sí, Arden Keith Russell, adicto a Marilyn Baker para siempre.

Su verga hervía, el solo hecho de ver como se hundía hasta la matriz de esa mujer lo tenía a punto de explotar otra vez. Pensar en la fricción, el calor y el ordeñe casi doloroso, le provocó una sensación tan fuerte que se tuvo que sostener de la silla, la cinta lo instaló en ese punto de impaciencia que todo adicto tiene un minuto antes del pinchazo que lo llevará a la gloria y al infierno, pero no, esa imagen ya no iba más, ella había vuelto, había regresado y nada la reemplazaría: ella es su única adicción.

Arrancó la cinta y borró todo vestigio de

que ambos habían estado allí. Nunca permitiría que nadie viera un solo tramo de la piel de su mujer. Retumbó:

"□ ¡*Todo Miami baby!*"

Respiró… *Baker, te prometí que iba a cambiar y lo estoy intentando, de verdad que sí, pero no me pidas ser racional frente a esto, nena. No me pidas eso*" Porque los celos de Arden no eran de desconfianza hacia su chica, eran los celos de creer que afuera en el mundo había miles de hombres mejores que él, hombres con vidas limpias y tranquilas, que no tenían pasados oscuros, hombres que podían levantar la cabeza en alto y estar orgullosos de quienes eran y de lo que habían sido... hombres que la merecían.

Corrió y como loco se montó en su auto, se miró en el espejo retrovisor y reconoció en aquellos ojos al dragón pervertido y absolutamente enamorado de una niña que había sido un sueño, que después se convirtió en una pesadilla y que ahora finalmente y con el sí de ella enredado en un orgasmo, era suya para siempre.

Marilyn llegó al edificio, cubierta con el abrigo que le llegaba hasta los tobillos, se paró en el vestíbulo y se concentró en la sensación de la seda del forro rozando su piel desnuda y se estremeció. Caminó despacio y fue hasta el vigilante que la había detenido hacía unos días, el hombre temblaba, pero solícito, fue hasta el ascensor y apretó el botón del penthouse.

□Por favor, señorita, adelante □lo dijo sin levantar la cabeza.

□Gracias □sonrió pensando en el llamado de atención que debió haberle hecho Arden al pobre muchacho.

Abrió la puerta y de la nada el perrazo salió y cola batiente, la saludó.

—Rufus, cariño ¿aún me recuerdas?

La respuesta llegó con un lametazo dulce en su rostro.

Al minuto su celular; un mensaje, saltó de gusto, sus mensajes volvían.

Baker

Rujo nena...

Tu gatito en mi boca, preciosa, es cereza dulce. Comeré de ella toda la maldita noche y querré más para mañana... te amo como un enfermo.

La ninfa respondió.

Señor muy mío.

Mi gatito siempre está listo ¡miau!

¡Oh Diablos! lo voy a escribir, al diablo la que escribe de manera fina y pretenciosa

y no ha bebido leche...

Mae escribió la tan morbosa frase y un rubor caliente se extendió por todo su cuerpo

Y te amo también.

A los segundos él contestó

¡Sucia!

Se paró en medio de la sala, llevó a Rufus hacia la cocina y se quitó el abrigo para quedarse solo con sus zapatos negros. Caminó despacio y de forma sinuosa mientras acariciaba su cabello, alzó los brazos y disfrutó de su desnudez. Se paró frente a la ventana y vio su reflejo en ella. La ciudad llena de luces y portentosa se alzaba afuera y por primera vez se sintió cómoda en su piel y en aquel apartamento.

Al segundo, escuchó la puerta abrirse, la electricidad de la mirada verde esmeralda la recorrió y se sintió poderosa, lo miró desafiante y sonrió descarada al ver que, bajo el pantalón, el animal erecto amenazaba con romper la cremallera.

—Amo este panorama □dijo provocativa.

Como respuesta, Arden se desplazó a la velocidad del rayo, llegó a su lado y la recostó contra los vidrios de la ventana, ella gimió.

—Yo amo esto— sus manos acariciaron sus nalgas y un lametazo húmedo a lo largo de su espalda llegó inesperado. Después con fuerza la aprisionó contra su pecho. Su enorme longitud se estacionó entre sus nalgas y con sus manos recorrió su vientre hasta llegar a su sexo para abrirla delicadamente—. Mira la ciudad —con la yema de sus dedos empezó a hacer círculos perezosos.

Marilyn volteó deleitándose con aquel tigre que quería devorarla y aunque su posición era incómoda, ella enterró el rostro en su cuello

—¡No! ¡Mira la ciudad, nena! —entre la turbación del placer que aquellos dedos le proporcionaban ella volteó de nuevo hacia la ventana— ¿La ves mi amor? —sus dedos se movían lentamente— ¿La ves?

—Sí, sí… ¡Dios!

—Es enorme… ¿Quién su maldito dueño? —se empezó a mover más rápido.

—Tú, es tuya.

—Mía, Baker. Abre más las piernas —ella obedeció delicadamente, mientras sonreía como gata perezosa— ¡oh sí, así! —su aliento caliente era suave, ella trató de moverse— la maldita ciudad es mía —se movía, una de sus piernas fue levantada y ella pegó sus manos y su frente al vidrio; mordía su boca— yo te la regalo, mi amor, ¡toda!, tú eres la reina —deslizó los dedos hacia su centro e hizo la tentativa de penetrar.

—¡Cristo!

—Yo solo deseo ser el dueño de tu cuerpo, solo deseo ser el dueño de tu alma, de tu coño mojado y apretado —volvió a su clítoris y el movimiento se ralentizó— quiero ser el rey aquí, el resto me importa una mierda, yo quiero ser el dueño de este imperio —tomó su cabello y la besó con dulzura.

Mae hizo un esfuerzo, empujó hacia atrás y

llevó las manos a las nalgas de su hombre. Apretó.

—Mira —una mano en su sexo y otra en su seno izquierdo—. Todos sueñan, todos quieren amar, follar, tener... todos tienen envidia, sienten hambre, todos con sus vidas minúsculas ☐pellizcaba y se movía de manera inverosímil, ella gemía mientras sentía que su cuerpo se fundía con él y vibraba al unísono con la voz de Arden en su oído— todos, ellos no saben lo que es soñar contigo, ninguno sabe lo que es estar dentro de ti, mi amor, todos desean lo que tenemos, ninguno sabe qué se siente ser alimentado por ti —penetró con un dedo largo y con el pulgar presionó su botón de nervios—. Nueva York y su maldita soledad de miedo y yo —la mordió y penetró con otro dedo— y yo tengo todo esto para mí, —sacó su mano y lamió sus jugos— y por primera vez en mi puta vida me siento real y absolutamente poderoso, ¿soy tu dueño, Baker? —y atacó de nuevo con furia, ella gimió— ¿Soy tu dueño?

—¡Sí!

—¿Soy tu dueño, mi amor?

—¡Sí! —tres dedos dentro de ella, llegando hasta su punto G y presionando con fuerza— y tú eres mío, eres mío, desde el día que naciste —pegó su rostro al vidrio empañándolo.

—Sí, desde el maldito principio de los tiempos, nadie en esa ciudad perversa, nadie en este maldito mundo ha sentido esto.

Enterró su rostro en el cabello que olía a almendras y de manera brutal se movió dentro de ella.

Marilyn no soportaba la posición, estaba a punto de desmayarse. Volvió a poner sus manos contra el vidrio, tuvo que convocar sus fuerzas para no caerse, los tacones le servían para intentar no doblarse frente a la estatura del dragón; trató de mirar hacia abajo para ver el movimiento de su mano, pero él no lo permitía, un placer sordo en su centro, una sensación deliciosa y vertiginosa que le hizo ver el mundo a palpitaciones lentas, una ciudad que se perdía a lo lejos y un orgasmo violento que la dejó casi ciega.

—¡Oh! —pero él se retiró dejándola allí, viendo como la metrópolis explotaba en sus pupilas.

Ella se deslizó como una gota de agua.

—Sí, nadie en el maldito mundo sabe lo que es ver cómo te vienes de manera tan hermosa, solo yo, Arden Puto Russell ¡Yo! Nadie ve lo que yo veo, nadie sentirá lo que yo siento.

A diez pasos de ella comenzó a despojarse de su ropa. Marilyn con la espalda pegada a la ventana, tratando de no caer observó el desnudar lento e hipnótico de aquel hombre que todo lo hacía con la conciencia de saberse hermoso.

Los zapatos fuera. Con la mano derecha se quitó la corbata de seda azul oscuro. El pecho de Marilyn se agitaba más cuando botón por botón abría su camisa, lentamente, tan lento que ella pateó el suelo de impaciencia y él le dio su mueca tremenda.

—¿Quieres hacerme sufrir no es así, dragoncito malvado?

—No, ya no quiero hacerte sufrir, nena, nunca más, solo estamos jugando.

—No preámbulos, ángel —quiso caminar hacia él.

—¡No! —se sacó la camisa y Mae vio la camiseta de hombre antiguo que solía colocarse volar hasta el sofá, gimió de placer. Aún con lo delgado que estaba sus músculos torneados y su vientre que terminaba en la v fuerte que sugería el hecho de que no tenía ropa interior.

—Déjame quitarte el resto, mi cielo —dos pasos hasta él.

Aceptó abriendo los brazos demostrando una vulnerabilidad estudiada.

Caminó, tenía terror de caer, no por los tacones de vértigo sino por los miles de sensaciones que bombardeaban su cuerpo. Deseaba besarlo, pero no le fue permitido.

Arden quería disfrutarla segundo a segundo y de forma intensa, la miró profundamente, ella entendió, pero ya no tenía la paciencia y sin aviso, acarició su pecho, mordió una de sus tetillas y continuó con el cinturón que cedió rápidamente a sus ansiosas manos. Con la cremallera se calmaron y trabajó con lentitud hasta liberar su animal furioso, levantó su cabeza, sonrió y clavó los ojos en los de su amor:

—Te amo.

Aturdido con aquella declaración de amor fue va a responderle, pero sintió la humedad de sus besos recorriendo su torso.

—¡Mmm!... ¡hola, señor! □la ninfa, saludó jocosa al sexo dragón.

La carcajada brotó casi de su pecho y perdió momentáneamente el equilibrio cuando sintió la lengua de Mae haciendo un pequeño baile en torno a su falo.

—¡Baker! tu boca en mí, chupando, ¡el maldito paraíso! ¡Hazlo, Baker! ¡Por favor!

¡Oh Caray!... esto es hermoso.

□¡Eres un mandón! □obediente, y conmovida con el ruego al final, atacó sus nervios hasta la agonía.

Arden la tomó del cabello y la empujó hasta que tragó por completo su pene erguido y orgulloso.

—¡Hazlo, nena!… dame tu boca, ¡un año!, un maldito año sin ti.

Ella se retiró, le guiñó un ojo entre traviesa y nostálgica, pero rápido volvió a su faena, sacó su lengua y se enroscó en la punta del animal ansioso. Un poco del líquido seminal goteó y ella tembló.

¡Oh, sí! Sabes tan bien...

Con una de sus manos tomó la base y empezó a masajear y a presionar de lentamente.

Desde su estatura él observaba. Verla arrodillada con su boca a su alrededor lo hizo gruñir.

—¡Demonios!

Se empezó a mover lento al ritmo de aquel toque. Empujó la cabeza de su pene hacia adelante. Mae entendió el mensaje y cerró sus labios alrededor. El glande parecía crecer y el deseo de tomarlo por completo se apoderó de ella.

—¡Oh, Joder! … es todo tuyo, mi amor.

Y ella así lo hizo, con avaricia y entrega.

Lo escuchó gritar, pero estaba demasiado embebida en aquel acto tan íntimo y de placer demente que solo se ocupaba de llevarlo más y más profundo. Los sonidos de la succión eran perturbadores y los rugidos profundos de Arden sensuales y felinos, tanto, que el placer de él repercutía en su propia piel.

Ambos se movían de manera furiosa, los testículos la golpearon levemente y ella los tomó para acariciarlos.

"¡Mierda, Baker te amo"! escuchó desde lejos y se afanó más en su tarea hasta que la mano fuerte la tomó de nuevo del cabello y de forma brusca la apartó. Gimió decepcionada; se mordió la boca e hizo un puchero tierno.

—¿Por qué? —se relamió los labios.

—No quiero correrme aún, mi amor, y esa boca tuya es un maldito peligro para la humanidad. Mae se irguió voluptuosa.

—Tú me enseñaste —le dio una mirada de hambre y aquello fue una llamado a la maldad pura y juguetona del dragón, se alejó unos pasos.

—Para mi felicidad ☐sonrió satisfecho.

Tomó su verga con el erotismo rotundo y malvado que la tenía acostumbrada. Ella respiró entrecortada, un tiempo lejos de él y volvía a sorprenderse con su performance.

¡Sagrado Batman! el espectáculo ha comenzado y me voy a morir...

—Yo te amo todo... todo... —sus dientes castañeaban y suspiraba entre cortada.

—Durante meses, Baker, cada puto día, varias veces tenía que hacerlo —el movimiento a lo largo de su longitud comenzó— estaba tan duro siempre que me dolía —arriba y abajo— te deseaba tanto y te follaba en mi cabeza y te hacía el amor a cada momento.

—Yo te sentía, ángel —gimió, quiso tocar, pero él se apartó□. Te veía en todas partes —se movía más rápido— deliraba.

—Yo también, ha sido demasiado tiempo.

—Y... y te escuchaba decir cosas en mi oído —apretó fuerte y gruñó— mi cuerpo te necesitaba, yo besaba tu boca.

Mae delineó sus labios, imitando el beso que durante meses no había sido dado.

—Y besaba tu cuello —más rápido.

Acarició la suave piel y cerró sus ojos.

—¡No cierres los ojos! □mordió sus pezones□ ¡tócalos para mí! —ella lo hizo— desplazaba mi lengua por tu estómago y jugueteaba con tu ombligo —el movimiento de la mano se hizo lento de nuevo. Clavó sus ojos en ella como león al ataque. Estaba tenso como las cuerdas de su chelo.

Me duele el corazón, me duelen las malditas bolas y me duele el alma... ¿vas a firmar este maldito trato de para siempre conmigo Marilyn?...

—Cada noche —y su animal apuntaba al cielo— sentía como entraba en tu coño dulce y como me apretabas y te movías tan putamente maravilloso —y apretó duro— y te hablaba como siempre que hacíamos el amor.

—Hablamos tanto, ángel.

—Amo tus palabras cuando estoy dentro de ti, es parte de lo que somos —con los dedos tocó su punta lubricada.

—Palabras sucias, ángel —ella llevó las manos a su vagina.

—Palabras de fuego.

—De amor.

—Y te fuiste y me dejaste con hambre de ti —y la mano que tocaba el chelo ahora era furiosa— ¡mírame!

Ella trepidaba.

—Te veo.

Arden siseó entre sus dientes, respiraba fuerte y aullaba como un animal, de su boca salían palabras profanas. La mano de Marilyn se movía casi a su ritmo, tuvo que recostarse contra la pared. En un segundo ambos se quedaron observando de hito a hito, estaban agonizando de necesidad.

La mano de Arden apretó con fuerza la base de su pene para detener el orgasmo que centelleaba en su sangre. Dio una mirada de toro a punto de embestir, caminó lentamente.

—Quita la mano de tu coño, solo yo debo estar allí mi amor, con mi boca y tus manos solo deben ocuparse de mí.

Mae jadeaba, podía sentir el calor que se desprendía de su cuerpo al de ella.

El verlo desnudo, erecto, fiero, torturador y poético era la sensación más alucinante del mundo, pero también fue terrible. Todo él estaba destinado para ella, para bien o para mal, ella era la dueña de ese territorio abrumador y oscuro que era Arden Russell.

Un día tuvo miedo de aceptar aquella verdad, pero ahora no. Ese hombre dragón había nacido para ella, solamente para ella. En otro cuerpo, con otra mujer él era solo un animal pervertido y cruel, con ella era el mismo perverso, pero entendiendo muy bien que toda aquella depravación estaba supeditada a su necesidad de saber que solo con Marilyn Baker no tenía por qué sentir culpa.

Sintió un agujero en su corazón.

—Nunca voy a irme, nunca más, yo estoy aquí contigo para escucharte, para ver como gobiernas el mundo a tu antojo, para acompañarte en tus momentos terribles, yo estoy aquí por siempre, mi ángel, dispuesta a alimentarte, a adorarte, a morir por ti si es preciso.

Un rugido por lo bajo, dos pasos que lo acercan, Arden gritaba victoria y su cuerpo desnudo se pegó a ella. Para él la sensación de sus pezones duros y dispuestos era una invitación suculenta. Tomó sus brazos y los llevó hacia arriba y bajó lentamente haciendo un recorrido con su lengua y sin piedad mordió la aureola rosada y provocativa; ella gritó. Volvió a su boca y la besó con fuego y con dolor, abrió las piernas y él empezó a proporcionarle con la enorme longitud de su cuerpo una caricia lasciva, mientras que aún continuaba con el beso atrapante. Aquel baile cadencioso, el ritmo sinuoso que él marcaba con su deseo, su mano entre su sexo, sus ojos verdes mirándola con furia y ternura hicieron que Marilyn llena de necesidad tomara el cabello rubio y exigiera que él la dejara respirar. Tomó una enorme bocanada de aire, tenía que mantener un segundo la distancia, pero él era más fuerte y le susurró en el oído.

—¿Para siempre? —un colocarse entre las piernas y una caricia con su verga enorme dura que la hizo saltar.

—Para siempre.

El pellizcó su pequeño montículo agitado.

—Siénteme, éste soy yo —y entró en ella… duro.

La espalda de Mae golpeó la pared bajo el penetrar poderoso; estaba a unos centímetros del suelo.

—Ahggg.

Ella sintió la extensión de su sexo poderoso hasta la cérvix. Dolía y a la vez se sentía tan bien, tan caliente, tan fuerte, tan viva. Pero él no se movía.

Con el placer cabalgando agónico, Mae lo miró profundamente y se topó con sus ojos verdes de fuego.

Arden resoplaba de satisfacción y poder.

Apretada y perfecta.

Se movió lento, un poco, arriba y abajo. Ver como ella abría la boca para gemir era excitante ¡Soy esto! ¡Esto!

De nuevo lento y desesperante, una y otra vez. Ambos respiraban en la boca del otro. Mae puso sus manos en los hombros duros de aquel hombre cruel que la llevaba al borde.

—Yo siento tu corazón, ¡sí! cada palpitar —empezó a moverse más rápido.

—¡Sí! —ella lloriqueaba.

—Puedo sentirlo, yo vivo porque palpitas dentro de mí, cada segundo —la embestida se hizo más rápida.

—Más.

—¿Más?

—Sí, por favor… más.

Dentro de ella él se irguió y la penetración fue demente y rotunda. Mae apretó con fuerza.

—¡Mierda, nena! —el apriete era narcótico, como si miles de gramos de heroína entraran a su torrente sanguíneo. Estaba parado en un enorme acantilado a punto de caer, el olor, la humedad en su sexo, el sonido, el deslizar apretado, la piel lustrosa, el abrazo de brazos y piernas; miles de luces de colores inexplicables.

—No te contengas —ella se acercó a su oído y deslizó la lengua por el contorno de su oreja— yo te amo también y mi corazón es tuyo.

Una embestida brutal.

Fuerte.

Movimientos duros, ascendentes, besos que no parecían encontrarse, palabras incoherentes, acelerar, deleitarse en el otro, volver a acometer, los cuerpos que se derretían, empujar, apretar; salir y regresar.

—Estoy quemándome aquí —un movimiento letal, un grito ronco y desgarrador.

Ella no hablaba, solo gritaba con júbilo mezclando el dolor y el placer que la derretía.

—Más… más… más —solo atinó a decir.

—Solo mía —enterró sus dientes en su cuello y siguió bombeando dentro de ella.

—Tuya hasta —no pudo terminar, porque él entraba y salía de manera furiosa *¡Carajo! Esto es delicioso* el animal caliente y contundente dentro de ella. Miles de agonizantes alfileres del placer.

—Tu cuerpo es mío.

Diablos me duele esto de desearla tanto… voy a estallar tu alma es mía.

—¡Sí!

—Tú coño es mío —sin piedad el dueño del maldito mundo llegaba, César y su imperio follador arreciaba.

—Oh sí… sí.

—No te vuelvas a ir, porque me matas.

—Nunca.

—Me matas —embestía duro a una velocidad urgente.

—¡Jamás! —clavó sus uñas en su espalda.

—Dilo más fuerte —sin compasión, con amor demente, con fuego inextinguible, con su miembro caníbal que la montaba hasta el delirio.

—Yo... ¡Te amo tanto! Y nunca en mi vida me volveré a ir por... porque yo moriré también —fue entonces que el monstruo atacó, acometió de manera frenética, entraba, salía, volvía, el sonido de las cachetadas contra la pared, la carne de ambos golpeándose, el sonido del sexo amorfo, discontinuo y brutal.

—¡Míranos! —jadeaba— somos perfectos, nena ¡Mírame! Somos uno.

Mae miró hacia abajo y la imagen era tan demoníaca y hermosa que ésta precipitó un orgasmo que casi le hace ver la cara de Dios frente a ella. Gritó tan fuerte que su garganta dolió. Con desespero lo abrazó y repartió pequeños besos en el hermoso rostro de su amante que seguía dentro de ella en su carrera brutal por llegar. De pronto se puso rígido, símbolo de que su clímax había llegado, puso una de sus manos sobre la pared, enterró su cara en el cuello y rugió contundente y sensual cosa que hizo que gimoteara de gozo.

Salió de su cuerpo con lentitud.

Temblaba. Vibraba como la cuerda de un arpa después de un frenético arpegio.

El esfuerzo monumental de hacerle el amor en esa posición no agotó sus fuerzas, por el contrario, la adrenalina corría como loca por todas partes.

Torre de Sauron.

Nueva York… su reino…

Walt Street… el territorio del emperador.

Todo el planeta a los pies de Arden Russell.

Y lo único importante para él en su maldita vida estaba ahí, en frente, desnuda y hermosa.

Las piernas de Mae no aguantaban más, en medio segundo vio como él le quito los zapatos y la cargó de manera dulce.

—Vamos a la cama.

—¡No! no quiero dormir.

—¿Quién habla de dormir? ☐sonrió de manera diabólica.

—Oh ☐puso su mejor cara de niña buena.

—Esto fue el aperitivo.

De tres zancadas subió la escalera, de una

patada abrió la puerta de su habitación, prendió la luz.

Mae suspiró de alegría.

—¡Tu cama!, cómo la extrañé —vio la cobijita de perritos en la cabecera.

La depositó con dulzura sobre ella y la besó dejando atrás el desespero y la fuerza.

—Es tuya. Todo lo que hay aquí te pertenece —tomó su mano y la llevó hacia su pecho— todo lo que hay en este lugar.

—¡Mío! —enredó sus piernas rodeándole las caderas y lo atrapó.

—Exactaputamente tuyo —y se desató del amarre de las piernas y de un giro violento la volteó hasta dejarla boca abajo.

□¡Wow! □chilló al sentir una lengua recorriendo su espalda.

—No he tenido suficiente, nena, la puta noche acaba de comenzar, además □hizo una pausa□ quiero repetir lo de mi cumpleaños —dijo de manera dulce en su oído.

¡Por todos los ángeles del cielo!

¡Oh, sí! Salvaje... sucio... tierno. Arden Russell en todo su absoluto esplendor.

Tres horas después, hacían el pequeño ritual de la única y propia caricia que cada amante inventaba y que solo les pertenecía a ellos.
La tomó de la mano y con ella recorrió los ojos, la nariz, delineando su boca, yendo hasta su cuello, bajando lentamente por su pecho y posándose en su corazón, para volver hacia su boca y dar besos tiernos en cada yema de sus dedos.

—Nena —la voz de niño tierno.

—Sí —pequeños besos en su barbilla.

—Hazme el amor, ¡hazme el amor!, necesito sentir que me amas.

Marilyn se incorporó, ya no era el animal imponente y demandante. Se bajaba de su torre de sexo poderoso, dominante y depravado para que ella ejerciera su poder con él.

Y fue así como tomó con sus manos pequeñas al animal y lo hizo gruñir, con su boca fresa lo hizo rogar, con su piel suave lo hizo temblar y con su sexo suave de pétalos rosa lo hizo enloquecer.

Dos de la mañana, después de una hora de sueño incómodo, Arden se despertó y se encontró con los ojos gatunos estaban sobre él.

□Descansa.

—No, no me dejes descansar, no quiero, yo también □su voz se quebró□, yo también he estado hambrienta de ti —unas lágrimas gruesas corrieron por sus mejillas— cada noche, cada noche desde el momento en que me fui y no quiero que me dejes descansar, ¡no me dejes descansar!

Le secó las lágrimas, levantó una ceja y le dio una mirada pícara.

—No tienes que pedírmelo dos veces.

—¡Claro que no!, eres Arden dragón poderoso Russell, por eso te lo pido.

—Es decir, nena ¿qué me das permiso para devorarte el resto de tu vida?

—¡Oh sí!, la ninfa lo quiere □coqueteaba.

—¿La ninfa?

Ella se carcajeó con fuerza, extendió su mano hacia él.

—Marilyn Baker Gerard, mucho gusto.

Un beso sorpresa.

—Vaya, tremenda combinación… un sátiro y una ninfa.

—La pareja soñada, baby.

—¡Mierda que sí!

Y el sátiro y la ninfa en la jungla de Nueva York convocaron a todos los espíritus antiguos y lascivos y los hicieron sonrojar.

A las seis de la mañana Marilyn enredada entre las sábanas de seda y con el cuerpo adolorido y aun temblando, escuchó entre el sueño, un sonido que venía de la planta baja. El agotamiento no permitía que ella despertara, de pronto, el sonido relampagueó y dio un salto ¿un chelo? y la música más hermosa del planeta hacía eco por toda la casa.

Mae se congeló

¿Está tocando el chelo?

Se llevó las manos a su boca y una pequeña sonrisa y un pequeño llanto salió de ella. Se quedó dos minutos sentada en la orilla de la cama y permitió que la música llegara y le acariciara la piel.

Tengo que verte...

Agarró una de las camisas de seda y se la colocó. Caminó lentamente dejando que el sonido la guiara. La puerta de aquella habitación prohibida estaba abierta de par en par.

Sigilosa caminó hasta allí y la música dulce y tranquila se volvió violenta...

Asomó la cabeza y allí estaba, aunque de espaldas lo podía ver por el reflejo del vidrio de una vitrina, tocaba concentrado su chelo. Sus manos se deslizaban poderosas por las cuerdas, aquellas manos que siempre estaban aprisionadas por oscuros guantes ahora eran libres frente al hermoso instrumento.

Toda la maldita poesía estaba concentrada en aquel momento donde ese dragón aterrador era capaz de arrancarle al mundo un poco de belleza. Comenzó a llorar. Eran solo él y su música.

"Lo hubieras visto Mae frente al chelo era lo más hermoso del planeta... y era feliz" le escuchó decir a Suzanne y ahora lo comprobaba. Minutos y el placer, la perfección y la belleza estaban allí.

Cuando Arden terminó cerró los ojos porque necesitaba volver de los mundos áureos donde siempre se instalaba cuando tocaba. De pronto escuchó un gimoteo detrás de él y rápidamente volteó a mirar. Marilyn bañada en lágrimas.

—Lo siento nena ¿te desperté? —unos ojos niños la miraban.

—No —dijo entre lágrimas— es lo más hermoso que he escuchado en mi vida, ángel ☐corrió hacia él y lo abrazó y besó su cabello con locura— ¡Dios! Es… es… eres tú, esa música bella y salvaje eres tú.

—Ya no soy bueno, no como antes —la sentó en sus piernas y limpió sus lágrimas.

—¿Cómo puedes decir eso? ¡Es perfecto!

—No, solo soy yo peleando contra el chelo… y el maldito siempre gana.

—Yo no sé nada de música clásica, pero eso sonó como si el cielo estuviese en esta casa.

—El cielo está en esta casa —desabotonó su camisa y besó sus senos.

Mae gimió de placer al sentir la lengua arremolinarse en sus pezones.

—¿Quieres tocar de nuevo? Por favor, dame ese placer.

—Puedo darte todo el maldito placer que quieras— sonrió con su mueca arrogante.

—Toca para mí, ¡toca toda tu vida para mí! —se levantó de su regazo, trajo un pequeño taburete y se sentó, algo le llamó la atención, una pequeña cuna en una esquina, sin embargo, fingió indiferencia. Arden registraba cada movimiento y sabiendo que ella fijó su mirada hacia la cuna se juró que buscaría el momento adecuado para contarle sobre su pequeña Faith.

Lo debo hacer.

Se sentó a su lado y como la espectadora en un concierto majestuoso Marilyn se aprestó a escuchar el que para ella era el mejor músico del mundo.

—¿Qué quieres que interprete?

—No sé ¿Elgar? Mamá tenía una grabación

que siempre escuchaba.

Tembló, hacía años que no lo tocaba. Tensionó los músculos y cerró los ojos, puso sus manos en las cuerdas y convocó lo aprendido en sus años de niño genio, la voz de su madre estalló en su cabeza.

¡Por todos los cielos! ¿Podrías tocar otra cosa? Me fastidia tu maldita obsesión con ese músico ¡Ni que fueras la du Pré!

En un relámpago retiró sus manos del chelo, pero los ojos pardos que lo miraban expectantes hicieron que la sombra de su madre se retirara.

Sí, madre vete lejos de aquí...

Volvió al chelo.

—Yo estoy aquí, baby —y besó su hombro como niña buena.

Arden sonrió tímido.

En medio segundo los acordes oscuros de una música melancólica y salvaje salieron de allí. Mae quien había escuchado aquel concierto miles de veces, por primera vez vio como aquella música tempestuosa era interpretada por alguien que seguramente sentía aquella como parte esencial de sus caminos de fuego, ver la interpretación de aquel hombre y su entrega de músculos, corazón y mente en aquella música era como ella frente a una hoja de papel, la misma pasión, la misma necesidad de comunicarse.

En algún punto la música estalló y la instaló en la dimensión de éxtasis en la que él estaba.

Al final, cuando terminó en un relámpago de luz tempestuoso Arden respiró agitado, una sensación de frustración yacía en él.

Ya no soy igual, no lo soy... unos aplausos estallaron a su alrededor.

—¡Bravo! ¡Bravo! —se lanzó en sus brazos— ¡Wow, Arden!, qué cosa tan hermosa

¡hazlo otra vez! ¡hazlo otra vez!

—No, nena, es demasiado para mí.

—¿Te duelen las manos?

—No, es que es demasiado para mí.

Mae comprendió a lo que se refería.

—Está bien —sonrió con dulzura— pero prométeme que nunca dejarás de tocar, te ves tan feliz y es tan maravilloso verte feliz.

—Soy feliz —y mordió su cuello— cuando estoy dentro de ti □lamió donde había mordido□, en ese momento soy putamente feliz.

—Yo también, pero tocas tan… tan… ¡eres magnífico! □fue hasta el chelo y tocó las cuerdas— parecen tan suaves, pero son duras y difíciles, baby. Tus manos pueden con esto.

No esperó más, acomodó el chelo entre sus piernas, tomó el arco y le echó una mirada oscura y tímida. Mae saltó.

—¡Sí!

El sonido era una música tierna y juguetona que se deslizaba suavemente como un arrullo tranquilo para después, transformarse en acordes intensos y de una sensualidad maliciosa.

En la casi hora de interpretación estuvo muy y concentrado y solo levantó la cabeza para mirarla cuando terminó.

—¿Te gustó?

—¡Me fascinó!, nunca la había escuchado ¿Bach?

—No.

—¿Mozart?

—No, no es Mozart.

—¿Entonces? Ya sabes que no sé mucho de música clásica.

Arden bajo la cabeza.

—Es mía, en Roma la compuse para ti.

Ella se pasmó y su corazón dejó de latir.

—¿Para mí?

¡Oh, sí, Mae!, atente a sus regalos bellos y

exagerados. ¡Gracias!, gracias... ¡solo para mí!

—Solo para ti, nena, yo te pensaba día y noche y me volvía loco, tocar otra vez me acercaba más a ti, cuando tocaba... yo —se paró de la silla, solo tenía su pantalón de pijama y estaba descalzo— yo lo hacía para sanar, lo hacía porque tú me lo pediste cuando dejaste el mensaje en el teléfono. Yo soy un maldito, pero me dijiste que tú corazón estaba conmigo, tenía que tratarte bien. Estuve a punto de convertirte en uno de esos fantasmas que rondan y temía odiarte y primero muerto, primero muerto que hacer eso... ¿puedes perdonarme?

—¡Oh Arden!

—¿Puedes perdonarme? Cada cosa que dije, cada cosa que hice, cada puta cosa que omití, cada acción que te lastimó. Me dijiste un día que yo era un escorpión y que lastimo a todos, y te juro Mae, que cada vez que lo hacía quería arrancarme la piel por hacerlo, y fui tan cobarde que nunca pedí perdón y si lo hice, lo hice de forma arrogante y al día siguiente volvía a hacer lo mismo y peor.

—Yo...

—No, déjame continuar nena.

—Está bien —ambos se preparaban para tener la primera conversación real que el sexo voraz y la locura no habían permitido.

Respiró hondo, lo vio caminar hacia ella con el arco en su mano derecha. La imagen le pareció sobrecogedora y repleta de poesía. Arden Russell trataba de comunicarse y el arco y su movimiento frenético era el que marcaba su ritmo interior.

—Siempre he sido traicionado por quienes he amado, mi padre, mi madre, Chanice, Dante, hasta la misma Jackie con su silencio y yo solo respondí con violencia, ese es mi lenguaje. A veces dudo que sea capaz de cambiar mi furia interior, creo que ella va conmigo desde niño, pero lo que es imperdonable es que en algún punto yo creí que tú también lo ibas a hacer. Mis celos desmedidos, mi deseo de dominarte y de controlarte eran parte de mi maldito terror y te ofendí y lo sabía y eso no me detuvo, caminaba en la cuerda floja. Aún lo hago —movió sus manos y el arco rompió el aire, sin embargo, en la última frase, éste cayó a su lado, en pausa— tengo la puta pistola apuntada a cada momento y te puse en la situación de creer que en algún momento ibas a traicionarme. Creo que deseaba que lo hicieras para así acabar con todo el planeta y justificar mi mierda —y vuelve con fuerza, un ataque contra sí mismo—. Soy capaz de llevar a los límites a cualquiera y eso hice contigo.

—No digas eso, no es justo que asumas toda la culpa, creo que en algún punto fallamos los dos. Soy fuerte, mas no confié en mi fuerza para estar contigo. Estaba demasiado asustada por el hecho que entendía que salías de mi sueño romántico ☐se encogió de hombros☐, en algún momento mis libros fueron malos amigos, creí que el amor que siento por ti podía subyugar tu fuego. Me equivoqué, en el camino supe que, si esa esencia de niño terrible que eres se apaga, dejaras de ser tú y eso es lo que más amo.

—Pero esa parte de mi te hace daño.

—Cuando te dije que sanaras Arden, lo dije no para que cambiaras, lo dije para que conciliaras, para que puedas entender que a veces es bueno entender al otro, que todo ese pasado terrible que tú tienes es para que aprendas, para que perdones, mi cielo, perdones a ese niño que hizo tanto daño.

—Es ☐cerró sus puños y se sentó frente a ella, dejando el arco de lado— tengo tanta rabia, tanto veneno en mi sangre.

—¡Shiss! —puso los dedos sobre su boca— lo sé, yo entiendo ahora, yo te traicioné, Arden, no por irme, porque eso lo tenía que hacer, fue bueno para mí y algún día comprenderás que también lo fue para ti. Yo sabía quién eras y, sin embargo, exigí de ti muchas cosas, y me ofendió lo del archivo, lo de los chips de rastreo y todo.

—¡Maldito archivo!, lo quemé.

—Pero ese eres tú, dueño del mundo, nada más ni nada menos, yo no debí sorprenderme, fui hipócrita.

—No digas eso.

—Pero es la verdad ángel, fui hipócrita, mi alma oscura ama tu lado perverso y controlador y me paré frente a ti juzgando precisamente eso, fue hipócrita de mi parte —Mae respiró— lo del video. Arden rugió de furia.

—Casi la mato, quería ver su sangre por el piso.

—También fue hipócrita, no debí ver el video, no debí abrir los archivos, todas esas palabras sobre la fe en lo nuestro y yo fallé, me dijiste muchas veces lo de tu pasado con todas esas mujeres y sin embargo me hice la sorprendida Arden y no fui justa contigo.

—No me justifiques, nena.

—No es cuestión de justificar nada mi cielo, yo te acepto para bien o para mal, porque todas esas cosas son las que te hacen ser Arden Russell yo las amo.

—Pero quiero sanar.

—Por supuesto, pero sanar no es cambiar tu esencia, mírame Arden, yo estoy lejos de ser perfecta.

—Lo eres para mí.

—Vamos amor, sabes que no lo soy, soy egoísta, indecisa y huraña, no puedes decir que soy perfecta, así como tú no eres perfecto, ese es el primer paso que debemos dar en esto, aceptar lo que somos, creo que en eso me llevas ventaja.

—Pero entre tu imperfección y la mía hay un mundo de diferencia.

—No, no lo hay Arden, quizás mis secretos

no sean tan terribles como los tuyos, pero son secretos que te han hecho daño.

—Yo te los diré todos.

—No, aún no, quiero que estés preparado para decírmelos, sin que medie el hecho de creer que alguien me los va a decir, quiero que sepas que aunque todos me digan cosas temibles de ti, yo siempre voy a estar contigo, mi amor, porque yo te acepto, quiero verte sanar, quiero verte sonreír, pero no quiero que seas alguien que no eres, no quiero que complazcas mis ideales románticos, porque eso te traicionaría a ti y eso no puedo quererlo… yo aprendí en este año que no hay nada más terrible que traicionar quién eres.

—Yo sé que te fuiste por tu deseo de libertad.

—Exacto y volví porque sigo siendo libre y me quedo contigo porque soy libre.

—¿Y si quieres volver a irte?

—No me iré, jamás.

—Yo siempre querré encadenarte.

—Pero si estoy encadenada a ti ¿acaso no lo entiendes? Mi libertad consiste en amar tus cadenas —lo besó juguetonamente— en algún momento te levantaré el dedo, te diré hijo de puta arrogante, pelearé contigo, me rebelaré, pero eso no quiere decir que me iré —sonrió y levantó las cejas— admítelo, amas el caos que yo te proporciono, eso te excita.

Él sonrió también, como el diablo que era.

—Me excita mucho, me fascina eso de ti, nena, la posibilidad que me digas que no y yo con mi instinto de querer atraparte. Eres mi caos, mi contradicción, me dices que en el maldito mundo que controlo tú eres mi incertidumbre, ¿puedes perdonarme por ser quien siempre te quiera dominar?

—Yo te perdono, porque sé que nunca serás capaz.

¡Oh, instintos de guerra!, el llamado a la batalla.

Mae chilló de risa al ver el rostro demente del guerrero cruzado.

—¡Mierda, Baker! El jodido Peter tenía razón.

□¿Qué? □un dejo de celos denotó su voz. Él sonrió.

□Con un dicho cursi sobre el ser amado y la libertad defendía tu viaje solitario □dijo con un tono levemente sarcástico.

□¡Amo a Peter, pero ni él puede con su naturaleza! □rio, divertida.

□Nos vamos a divertir tú y yo por el resto de nuestra vida □fue a su boca y la besó hasta dejarla sin aliento.

—Así es.

—Para siempre.

De un solo tirón Arden le arrancó la camisa y le hizo el amor a ritmo del chelo y de música salvaje.

Sí, así es… para siempre Baker… y ese para siempre debe estar firmado con un anillo de compromiso en tu dedo. Te voy a perseguir hasta que me digas que sí… no podrás huir.

¿Qué definía a Arden Russell? ¿Su belleza? ¿Su poder? ¿Su dinero? Para Mae Baker el misterio de su hombre estaba más allá de lo que ella o cualquier otra persona pudieran entender. Si alguien le preguntaba en qué radicaba todo eso que él era, ella con su mente de literatura podría responder: que él era perfectamente imperfecto. Una extraña alquimia que conjugaba violencia, dolor, música, fuego, sexo, seducción e incertidumbre.

Marilyn se vio bañando a aquel hombre enorme y él sin pronunciar una palabra, tan solo se quedaba mirándola por largo rato y le daba una sonrisa tierna.

—Ven, yo enjabono tu espalda.

Sin más él permitió que ella hiciera un ritual lento de enjabonar todo su cuerpo, para que él después hiciese lo mismo.

—No me gusta tu bronceado.

Ella sonrió de manera juguetona.

—Se quitará con el tiempo, ángel.

—Sí, pero no me gusta, amo tu piel —una caricia suave sobre el cuello y que sinuosamente bajó hacia su pecho, para después ir con sus dedos hasta las marcas del bikini— tu piel es un milagro, no me gusta compartirla con el sol, ni con otros hombres, no, no me gusta.

—Eres un hombre celoso.

—Soy un hombre desesperado y celoso, eso es lo que soy —dio un pequeño beso en la mínima parcela de su piel que aún mantenía el color cremoso— yo... yo... —y se apartó unos centímetros— me muero al saber que alguien más te haya visto, lo sé, sé que soy irracional y tonto.

—No digas eso, cuando iba a la playa yo solo pensaba en ti y en cómo nos divertiríamos tú y yo allí... y, baby, yo también soy muy celosa, ¡mucho! ¿acaso no te has dado cuenta?

De nuevo él volvió hacia ella.

¡Dios, es tan pequeña!... le sonrió con asombro.

—No tienes porqué.

—¿Cómo que no, Dragón? Desde el primer día he estado celosa de todas.

—Pero yo soy tuyo y de nadie más, desde que nací.

¡Oh, carajo!... como extrañaba ese tipo de palabras locas y hermosas.

—Lo mismo digo yo, ángel.

—Pero es diferente.

—¿Por qué diferente?

—Porque, porque... —dio una patada al

suelo de forma infantil— porque estoy demasiado dañado y porque hay en el mundo mejores hombres que yo.

Ella le dio una mirada impaciente.

—Pero a ninguno amaré igual, tú eres mi enorme y perfecto desastre. Ahora, señor, lo voy a afeitar ¡el Todopoderoso Señor del Hielo como un hombre de las cavernas! ☐se puso en puntillas y le tomó la cara con las dos manos☐ ¡No, no, no!, es como si no tuvieras quien te cuide y eso habla muy mal de mí, no señor.

—También necesito un corte de cabello.

—¡No! déjalo así al menos unos dos meses —una sonrisa pícara— cumple mi sueño de tener un amante "rock and roll".

Arden ensombreció el gesto.

¡Oh! ¿y ahora qué dije?

—¿Has soñado con alguien más? —porque en el mundo de obsesión y celos hasta los sueños de Mae competían con él.

—¡Por amor de Dios! es un decir, además, yo tengo eso y mucho más, tu tocas el chelo, eso es majestuoso, único y maravilloso, los demás son unos idiotas.

Una sonrisa entre tímida y maligna.

—Son unos idiotas.

—Totalmente.

Allí desnuda en el baño y con él sentado dejándose mimar como un niño pequeño, Marilyn comprendió que ese sería su trabajo: borrar todo vestigio de aquello que su madre y su pasado habían hecho con él.

Soy fuerte, si soy una guerrera, él es mi batalla.

Pero en aquella atmósfera de sensualidad y silencio Mae gritó:

—¡Arden! Son las nueve de la mañana, hay que ir a trabajar.

La contestación de él no se hizo esperar, y

fue predecible y demente.

—¡A la mierda!

—¡Baby!

—No, hoy eres mía, tú crees que quiero ir a trabajar cuando no te he visto en más de un año. Quiero estar contigo, quiero mimarte, quiero que me alimentes, quiero escuchar tu voz, quiero hablar contigo, hacerte el amor hasta morir. Eso quiero y no voy a trabajar.

—Y supongo que yo tampoco.

—Supones bien —lo dijo con gesto ceñudo y severo.

La verdad era que Marilyn tampoco quería trabajar. Habían sido meses de melancolías y ausencias terribles para ambos. Quería un poco de él para ella.

—Está bien —hizo un gesto de niña pequeña y caprichosa— pero entonces, llama a la oficina y di que estoy en una comisión oficial, porque que el jefe falte, no importa, pero yo...

—Se cae la puta oficina y Russell Co.., tú eres lo más importante en esa empresa.

Mae se le acercó casi ofreciendo sus pezones al hambre voraz del dragón codicioso

—Halágueme señor, me gusta.

Unos ojos verde lujuria se posaron sobre el cuerpo desnudo de la ninfa Baker.

—¿Lo de anoche y esta mañana no te bastaron? —y arremolinó su lengua en su pezón.

—No, quiero más. Estoy dispuesta a que me digas lo linda, inteligente, sensual y malditamente perfecta que soy.

—Eres un milagro, un enorme e inmenso milagro.

—¡Oh, mi precioso chico malo!

Se sentó a horcajadas sobre él y le dio un beso dulce, lento, cálido y profundo. Sin embargo, el estómago de Mae hizo un sonido gracioso.

—¡Baker! No has comido.

—Ni tú.

—Yo ya me he alimentado, nena.

Unos ojos cómplices y sensuales se miraron.

—No, comida, pan, huevos, leche, proteínas y demás, mírate estas demasiado delgado —la conciencia de que él en realidad no había comido bien le llegó en su totalidad, además la teatralidad de Peter diciéndole como Arden dejaba la mitad de lo que comía, ensombreció su rostro— ¿Cuánto peso has perdido, cielo?

—No importa ¿Cuánto has perdido tú? Esa es la pregunta que en realidad importa aquí.

—Yo no mido un metro noventa, además soy delgada por naturaleza y desde que llegué de Miami, he comido muy bien, Carlo y Peter han estado tras de mí como un par de gallinas cluecas.

El sonido, mejor el rugido de furia no demoró ni medio segundo.

—Carlo y su maldita camioneta, dile que se la compro y después la quemo □hizo un gesto de rabia□ ¡Todos los malditos días pensando en los riesgos que corrías!

Mae besó su pecho, y por un segundo intentó escuchar el sonido de aquel corazón. *Debe sonar como un motor a plena marcha.* Alzó la mirada como una niña pequeña tratando de calcular cuán alto era el árbol donde ella quería escalar. Se encontró con el rostro de gesto curioso y acechante.

—Pero no me paso nada, aquí estoy contigo, casi desnuda ¡Dios mío! Estoy desnuda, eres un peligro para el guardarropa de una chica —corrió hasta el armario y buscó algo en medio de esa exageración de ropa masculina.

—¿Cuándo me vas a contar lo que hiciste en estos meses?

¡Dios!, quiere tener esa conversación... ya lo veo dando puños sobre la mesa.

Marilyn respiró fuerte, quería contarle cada detalle de aquel viaje de descubrimiento, soledad y liberación. Presentía que muchas de las cosas que le contaría serían para él como pequeños puñales y seguramente se quejaría por no haber compartido aquel viaje, sonrió; si, tácitamente él lo había hecho.

Volteó y le dio una sonrisa dulce.

—Te lo voy a contar todo ángel, cada cosa.

—¿Seguro?

—Por supuesto, mi amor, cada cosa ¿me contaras tú qué hiciste en estos meses?

Arden frunció el ceño.

—Baker ¿Qué he de contar? Sabes la respuesta, agonicé y aprendí.

—¿Sanar?

El hombre inmenso bajó la cabeza y por unos segundos hubo silencio en aquella habitación.

—Intentarlo nena, pero si he de sanar tiene que ser contigo a mi lado, sino es así no lo puedo lograr.

Mae hizo un gesto triste.

—No puedes poner todo ese poder en mis manos.

—Puedo y quiero.

Guardó silencio, no quería discutir con aquel hombre sobre el hecho de que una de aquellas partes de su aprendizaje, sería hacerle entender que a pesar del poder y de todo su ego de buen ajedrecista, debía aprender que ella como todo ser humano estaba sujeta a las leyes del devenir y de la incertidumbre.

Arden llamó a la oficina e informó que ni él ni su secretaria estarían en su oficina. A los diez minutos su hermano Henry lo llamó:

—Catanzzaro está tras algo, no sabemos qué es, pero parece que presentará el informe sobre "tu pequeño trato" con los inversionistas de Emerick Editores ¿tenías que hacer esa mierda, hermano?

—Evítalo, no me importa cómo.

—Ese es tu problema, no puedes pasar por encima de medio mundo tan solo para lograr tus objetivos.

—¿Me estás juzgando?

—No seas tan quisquilloso, ricitos, yo sé cómo es el mundo de los negocios, y a veces hay que actuar de manera inescrupulosa, pero hay que tener límites.

Una risa cínica de parte de Arden hizo que Henry respirara pidiendo paciencia.

—¿Límites? ¿Con una empresa de miles de millones de dólares? ¿Y con todo el mundo tras nosotros? además la editorial estaba a punto de la quiebra, yo solo hice lo que tenía que hacer.

Henry entendía lo que su hermano quería decir, al igual que su padre Cameron y su abuelo William y su bisabuelo Ernest; Arden tenía que jugar el gran juego del poder, un juego que a veces no entendía de escrúpulos y de sentimientos. Por eso nunca deseó ser presidente de aquel monstruo enorme, él era demasiado sensible y de corazón blando. Aun así, era parte de aquella empresa, llevaba el apellido Russell y amaba a su familia y al loco de su hermano.

Presentía que algo amenazaba todo aquel imperio, y el rey de la torre era quizás el objetivo a atacar.

—Entiendo, esperemos y veamos la jugada de Catanzzaro.

—Quiero atacar.

—¡Maldición, Arden! Eso sería una muy mala táctica, tú le destrozas la cara y el viejo querrá venganza.

—Algún día se la voy a destrozar ¡Maldito viejo!

—¡Yo lo haré primero! —soltó una sonora carcajada.

☐Muy gracioso ☐dijo, irónico.

—¿Por qué? Yo también quiero pelear.

☐Catanzzaro no quiere a Russell Co.., me quiere a mí ☐colgó el teléfono.

El olor de Marilyn estaba esparcido por la habitación, todas las esencias que guardó en el baño celosamente para cuando volviera inundaban la atmósfera y actuaban como un bálsamo en su espíritu, pero la llamada de Henry lo dejó intranquilo.

Baker... Ahora no era solo él, ahora su mujer también estaría metida en el huracán, el maldito de Catanzaro ya había intentado utilizarla en su contra y si bien fracasó, en el momento que descubra que ella era su punto de quiebre, tendría un flanco por donde atacarlo.

Una furia absoluta se apoderó de él. *No, no ahora, no ahora maldito bastardo, jamás, ahora que quiero… ¡jamás!*

Tomó de nuevo el celular.

—¿Ian?

¡Diablos! Al menos lo había dejado una semana tranquilo. Al menos Marilyn Baker había regresado, lo sabía, uno de sus hombres la había visto entrar a su apartamento dos días antes. Eso le quitó un peso de encima, aunque no ocultó un poco su decepción, pues al menos esa mujer le había dado una patada en el culo al Todopoderoso, esperó que la patada fuese para siempre, sin embargo, ella había regresado. Ian no lo odiaba, tan solo era que le ofuscaba el hecho de que ese hombre representaba todo aquello por lo que abandonó el FBI: poder sin control.

—¿Señor?

—Tengo trabajo para usted.

xxRosario estaba frente a una Marilyn casi desnuda ¿Qué podía buscar una chica como ella en su cocina?, la pobre mujer estaba aterrada, y no ayudaba que Rufus ladrara con todas sus fuerzas.

—Señorita □dijo, parca.

—Rosario □Mae saludó algo incómoda.

Se produjo un silencio incómodo que fue interrumpido cuando el dragón apareció vestido con solo un pantalón gris, la pobre mujer quería correr y saltar desde el último piso.

¡Virgen de la Macarena!, permite que no se me note que estoy aterrada. Es capaz de echarme como un perro si digo o hago algo que no le guste.

Por lo tanto, la mujer fingió indiferencia.

Mae corrió y se escondió tras la espalda de su chico, bragas y camiseta no era ropa para estar frente a la severa dama.

—Buenos días, Rosario.

—Buenos días, señor.

Arden besó la cabeza oscura de Mae y le guiñó un ojo en complicidad.

—¡Hostia! —la mujer española no fue capaz de ocultar la sorpresa.

No tanto por ver a la chica semidesnuda en la cocina o que la chica fuera aquella tímida secretaria, sino porque nunca había visto una actitud cariñosa en ese hombre, ni si quiera con su familia. Él siempre se mostró con todos como una persona huraña y distante.

En dos pasos, el gigante se paró frente a la mujer y le preguntó en perfecto español.

□¿Algún problema?

La mujer tosió, *¡carajo!, el demonio este sabe hablar español,* en tantos años de trabajo a lo más habrían cruzado diez oraciones seguidas.

—No, señor, ningún problema.

La ninfa vio la conocida dinámica de mirada dura, voz inquisitoria y postura intimidante con la que enfrentaba a todos. Ahora, después de tanto tiempo, no supo por qué aquello le causo más que terror, una sonrisa. Hablaba en español y la mujer contestaba con un "sí señor", "no señor", del resto no entendió nada, lo único que supo es que escucharlo hablar en otro idioma era sexy.

Mi "Suma Cum Laude" es la nada misma, frente a este hombre parezco una analfabeta sonrió por su ocurrencia.

A los cinco minutos la mujer tomó sus cosas y salió de allí. Antes no pudo evitar dar un vistazo por lo bajo, pero solo se topó con la mirada verde y antes que escuchara una florida y sonora declaración de despedida, salió de allí.

—No tenías porqué asustarla.

La respuesta vino con un beso mordelón.

—No la asusté, solo le dije lo que tenía que decirle.

Mae cruzó los brazos y preguntó:

—¿Y que fue eso?

—Que tú eres la dueña de la casa, eso es todo.

Aquella declaración la dejó atónita.

Bueno, eso es: cadenas, palabras de fuego y de compromiso... sonrió.

—¿Es decir que ese Picasso es mío?

—Y todo lo demás.

Mae suspiró mirándolo directamente

—Gracias por lo de Peter.

El dragón bajó la cabeza, pero lentamente volvió a los ojos pardos de su mujer.

—No, ese chico es otra cosa buena que llegó contigo, mi amor, no hubiera sobrevivido sin él. Es más, creo que ya tengo un mejor amigo.

—¡Oh, sí! No sabes cómo alardea sobre eso, ¿ya le dijiste que lo amas?

—¿Para qué? le di un Pollock, si eso no es una declaración de amor, no sé qué sería.

Ella se abalanzó y lo abrazó *palabras, no cosas, mi amor*.

—Solo díselo, él te ama.

—Lo sé, lo sé.

Diez de la mañana y ya satisfecho de un

desayuno donde se comportó como un niño mimado y caprichoso, del que sin embargo disfrutó de todo lo que le dieron de comer, tomó de la mano a Mae y la llevó hasta la piscina, el ambiente templado y luminoso del lugar contrastaba con la niebla fría que envolvía a la ciudad y que se veía a través de los ventanales, la sentó en una reposera y se instaló frente a ella.

—Te escucho, Baker.

—¿Por dónde quieres que empiece?

—Desde que me fui de tu apartamento —la voz fue seca, sonaba al Señor del Hielo frente a una negociación importante.

—Oh, es mucho, señor.

No le gustó el "señor", él no quería hablar con la asistente que abandonó su trabajo, quería el relato de su mujer amada.

—Tengo todo el día, toda la semana y toda la vida, así que cuéntame, cuéntame cuán fácil fue irte y no me digas señor. No hablas con tu jefe, hablas con tu amor.

Entendió, el hombre frente a ella todavía respiraba dolor.

—No fue fácil.

—Yo aún estoy en ese momento, frente a un apartamento vacío y con un maldito dolor en el pecho.

Mae respiró con fuerza, no omitiría ningún detalle, en ese viaje tremendo, él fue quizás la parte más importante: compañero de viaje, la voz que escuchaba en cada paso, su ángel protector, además de ser el causante.

Fue así fue que comenzó el relato con la ida al departamento de sus amigos y cómo les fingió sobre el viaje:

☐Peter no es bueno para decir adiós, baby, además tenía que protegerlo de ti.

Un rugido fuerte y un resoplar furioso.

☐¿Y no pensaste en protegerme a mí?

Una pequeña lágrima recorrió la mejilla de la chica.

▢Yo te estaba protegiendo, ¡claro que sí!, te protegía de mí ▢un golpe dragoniano sobre la mesa▢. Sí, amor, te hago daño.

Furioso, se paró y caminó como animal enjaulado por el borde de la piscina.

—¿Cómo puedes decir eso?

—¡Pero es la verdad! ▢se paró, lo tomó de la mano y lo obligó a sentarse▢ yo soy parte de todos esos clics que detonan tu violencia.

—Yo soy violento y fui mucho más violento antes de ti, tú no tienes nada que ver.

—¿Cómo que no, ángel? Siempre estas al borde conmigo.

—Siempre estoy al borde con todo, Mae.

Le contó cómo aquella noche una lluvia pertinaz la acompañó en su salida de Nueva York, cómo la camioneta fue el comienzo de una aventura y la herramienta para caminar por el mundo.

▢No te enojes con Carlo, él quería lo mejor para mí, los amigos hacen eso, mi cielo.

—No me hagas conciliar con la camioneta, ni con Carlo, fue un irresponsable, tenías dos autos, ¡dos malditos autos!

—Con chips de rastreo.

La sonrisa torcida emergió de él.

—Chica lista, siempre a un paso de mí ¿no es así?

Poco a poco Marilyn fue soltando cada uno de aquellos pasos. Su estadía en el lugar donde su madre nació. El recorrer cada uno de aquellos lugares donde había pasado su niñez. Cómo al estar allí, el monólogo interno con Aimée se intensificó y cómo paso a paso fue conociendo un poco más a esa madre a la que ella había idealizado y cómo en aquel trasegar le permitió valorar aún más a su padre Stuart quien se presentó frente a ella como un hombre capaz de tomar decisiones de responsabilidad y de hombría.

Le contó sobre sus días en los grandes lagos, bajo el sol, omitió lo del libro porque eso lo dejaría para el final.

Una extraña sensación fue invadiendo a Arden mientras Mae le contaba todo aquello. Un sentimiento de libertad y coraje lo poseyó. Se vio así mismo en cada paso y en cada camino, viendo lo que ella veía, sintiendo lo que ella sentía. Para él fue difícil entender cómo aquella que se fue siendo una niña, había regresado siendo una mujer, y cómo él a pesar de todo su pasado de rebeldía, salvajismo, desafuero y violencia, no había sido nunca libre en realidad, y que, bajo aquellas palabras del trayecto de su mujer por todo el sur del país, le proporcionó algo de esa libertad que ella tenía en sus palabras, en su corazón y en su piel.

No hice cosas espectaculares, a veces me sentaba en la soledad del camino y me quedaba por horas recordando cada una de las cosas que me hacen ser yo, es difícil entender como muchas de ellas eran equivocadas, o simplemente no tenían la importancia que yo creía que tenían. Para mí, lo único constante eran las personas que han conformado mi vida, sobre todo mis padres hizo una pausa para respirar profundo y, a medida que me reconciliaba contigo, tú Arden levantó una ceja, ella le acarició el rostro suavemente hasta devolver la ceja a su lugar ¿Sabes? nunca he sido una persona religiosa, pero me vi rezando por todos, por mí y por ti.

—¿Por mí?

—¡Oh, por supuesto que sí!, rezaba por ti, para que no estuvieras solo, para que no te hicieras daño, para que esta separación fuese también buena para ti… y para que cuando volviera, me estuvieras esperando.

Le dio un abrazo.

—¿Y si no hubieses vuelto? □la tomó de los hombros y la separó hasta tenerla frente a frente□. Te escucho y siento que fuiste tan feliz, que puedo entrever que en aquel recorrer por caminos y ciudades, hubo momentos en que no tenías deseos de volver a mi ¿te planteaste alguna vez no volver?

Sí, sí lo había hecho. En algún momento ella creyó no volver. Lo miró directamente a los ojos, y con eso lo dijo todo.

—Lo siento.

—¿Una vida sin mí, Marilyn?

—No hubiese sido vida ¿cómo vivir sin mi vida? ¿Cómo vivir sin mi alma? —ahora, con las palabras de Heatcliff en su boca, entendió todo el poderoso concepto— habría sido algo terrible, pero una parte de mí creía que era la manera de salvarte.

—¿Salvarme? ¡nos habrías matado a los dos!, ese Heatcliff era un maldito bastardo, pero entendió que Catherine era parte de sí mismo y el resto de su vida se la pasó detrás de su fantasma, ese hubiese sido yo, viéndote en cada cosa, en cada calle, en este apartamento y en el tuyo, y al final yo habría destruido todo el puto mundo □hizo una mueca amarga□. Déjame creer que en aquel camino que describes siempre estaba contigo, y que nunca dejaste de creer que al final vendrías a mí.

Furioso salió de la piscina, Marilyn fue tras él, lo siguió hasta la habitación y solo se detuvo en el umbral cuando lo vio parado junto al ventanal.

—Siempre estabas conmigo, en cada paso, ya te lo dije, hablamos, me protegías, acepto que □y bajó la cabeza— que hubo momentos en que no pensaba volver —el gigante hizo un gesto de dolor profundo y le dio una mirada que se confundía entre la melancolía y la rabia— ¡no!, ¡no! —se acercó a él a pasos rápidos— eso fue al principio, cuando todavía estaba muy enojada contigo y creía que era lo mejor, siempre fue así.

—¿Y tú? ¿Fue tan fácil para ti? ¿Fue fácil aceptar o creer que nunca nos volveríamos a ver?

—¿Te olvidas de lo mal que veníamos? Lo nuestro iba de desencuentro en desencuentro y cada vez era peor. Mi dolor, mis lágrimas y mi corazón roto pudieron más, necesitaba... necesitábamos separarnos. Desde el momento que salí de la ciudad, no, desde el mismo momento en que cerraste la puerta sabía que sería doloroso, mi cielo, pero algo dentro de mí me decía que, si no lo hacía, al final, me ibas a odiar.

—¿Qué? —dio dos pasos hacia ella y tomó su pequeño rostro entre sus manos—. ¿Cómo puedes decir eso?

—Pero era lo que pensaba, toda esa rabia, toda esa furia que manejas es algo sin control, cualquier cosa que yo hiciera, cualquier cosa que dijera u omitiera sería para ti una manera de lastimarte, y □ella se alejó— y odias a quien te lastima, vives enceguecido por tu rabia.

—Pero nunca contra ti, ¡jamás!, tú has purificado algo de mí, descubrí que al menos contigo puedo tener conciencia, una buena, una donde puedo cuidarte y no hacer de ti uno de mis fantasmas de odio y rabia.

—¿Ves? Tanto hablar de fe, y creo que yo fallé también, creí que era mejor que tú en ese sentido, necesité alejarme de todo y regresar para saberlo. Ayer, cuando te volví a ver, estaba muerta de terror, pero me besaste y supe que me excluiste de todo ese mundo fantasmal que te rodea □lo abrazó□. Me doy cuenta de que estás tratando y que lo estás haciendo por mí.

Se levantó en puntillas para intentar darle un pequeño beso al gigante que estaba frente a ella. Arden hizo un mohín juguetón y se hizo de rogar. Ella hizo un puchero con su boca rosa y un gruñido animal salió de él.

—¡Mierda Baker! Esa boca tuya es de lo más hermoso del mundo, pero no me provoques, estoy en proceso de comportarme hoy como un maldito niño bueno.

—¿No estás enojado conmigo?

—Estoy furioso —y su voz fue piedra.

—¡Oh! — ella hizo un gemido pequeño y contenido.

—Hubiera dado todo por estar contigo en la carretera, nena, hubiera sido maravilloso, tú y yo.

—Algún día haremos ese viaje, bebé, solos tú y yo.

Un guiño pícaro.

—Follando a la luz del sol.

—¡Dios! nunca cambias, eres tan grosero y ¡te amo mucho!

Se sentó a la orilla de la cama y la invitó a ella.

—Sigue contando, trataré de no enfadarme tanto.

Como una niña buena se tiró a sus brazos y recomenzó su historia.

□En mi viaje al Mississippi conseguí una amiga, una veterinaria, quien me ayudó con Darcy, hablaba hasta por los codos, peor que Peter. Ella me enseñó algo muy importante: estar feliz con lo que se tiene, disfrutar cada momento y dar gracias por las cosas sencillas que la vida te ofrece.

Se abstuvo de contarle sobre Tristán, no era el momento indicado.

□Yo no soy sencillo □murmuró entre dientes, pero sonó a gruñido.

□Eso lo sé. A pesar de que el espíritu de Faulkner estaba en todas partes y tú sabes lo que me gusta ese autor □acotó□, poco a poco supe que ya no podía vivir en un pequeño pueblo, mi piel clamaba por Nueva York y por el complicado amo de la ciudad.

Con un intenso beso Arden interrumpió el relato.

☐Sin embargo, tardaste en volver ☐la miró levantando su ceja.

☐Tenía otras cosas pendientes ☐ante la cara de pregunta, rápidamente agregó☐: yo misma y Aimée Gerad.

☐Tu madre.

☐Sí.

☐Y tú ☐esta vez el gruñido fue suave.

☐El mundo, hasta yo misma, me veían como una chica poderosa, una guerrera porque era capaz de enfrentarte, pero no, la Marilyn que ves ahora sí lo es. Viajé por el país sola, me atreví a cortarme el pelo, a conocer gente y si bien pasé más de un susto, ¡mírame! ☐se puso de pie y abrió los brazos y se expuso descaradamente ante él☐ ¿no estoy más linda que antes? ¿no me veo más… más mujer? ¿más libre? ¿más enamorada?

Arden, con la vena de la frente hinchada, la mandíbula apretada y la respiración entrecortada, empuñó las manos y le dio golpes a la cama, se puso de pie y de un salto la abrazó.

☐¿Más de un susto? ☐aplicó más fuerza al abrazo☐ ¡Lo sabía! Estuviste en peligro de muerte y no me dijiste.

La abrazaba tan fuerte que la chica apenas podía respirar.

—Amor, moriré asfixiada si no me sueltas. Inmediatamente la liberó.

—¿Cómo puedes bromear? ¡Dios, no! Te lo advierto, Baker, soporté esta separación porque sabía que volverías a mí, pero si…

No lo dejó terminar, con un beso intenso interrumpió lo que sabía sería una declaración de dolor y muerte.

—De verdad fueron sustos, baby, fui tan desconfiada y astuta como cierto señor que conozco que apenas olía el peligro, levantaba una ceja y desaparecía □se tranquilizó cuando vio que Arden relajaba el ceño y sonrió cuando imitó su gesto□. Hay tanta gente en el camino, ángel, de todo tipo: sin hogar, sin raíces ni familia. Desarraigadas de todos, sin recuerdos o memoria. Supe que yo era diferente porque tenía un pasado, una familia, unos amigos, porque pertenecía a algo y a alguien.

□A mí □sentenció.

Con un gesto de cabeza lo confirmó y siguió con su relato.

□En Baton Rouge entendí que mi madre y yo somos diferentes y que ya era hora de seguir mi propio camino □se le quebró la voz□ no quiero ser profesora de arte ni dedicar mi vida a pintar.

—Lo siento —una caricia en su rostro y un pequeño beso en la mejilla.

—Tú lo sabías antes que yo, ¿verdad?

—Eres escritora, nena, no maestra.

¿Cómo es que sabe cosas de mí antes que yo misma? Me conoce y entiende más de lo que yo creía. Lo miró con adoración, lo vio distinto, más luminoso y si fuera posible, más hermoso.

—¿Sabes lo más peligroso que viví durante mi viaje? □inquisidora.

□¡Mierda, sabía! Sabía que algo grave te pasó en el maldito viaje.

□Me dejó tan aturdida que durante unos días solo lloré y no supe cómo seguir.

El hombre contuvo el aliento y la miró directo a los ojos, así ella pudo percatarse como los brillantes ojos verdes se tornaron oscuros.

□¡Habla!

□El día que me visitaste en el hotel y te fuiste tan enojado.

Retrocedió sorprendido, nunca imaginó que la afectaría de esa manera, la vio tan empoderada que solo le quedó marcharse.

—Pero me moría por traerte conmigo cual

cavernícola.

—Eso lo entendí después, cuando vi el dinero en mi cuenta bancaria. Al dejarme en el hotel me demostrarte que confiabas en mí y respetaste mi necesidad de recorrer el camino hasta el final. Me seguías cuidando y estuvo claro para mí, si el viaje me hacía mejor sería tan solo para volver a ti.

⬜Y te fuiste a Miami.

⬜Esa era mi última estación, tenía que enfrentarme con el adiós a Aimée ⬜no contuvo sus lágrimas⬜. Fue muy doloroso, finalmente estuve allí frente a todas sus cosas: libros, fotos, música ⬜sollozó⬜ y me di cuenta de que mi madre, a quien yo creía perfecta, solo era un ser humano; que sus ansias de libertad no eran más que incapacidad para enfrentar sus conflictos ⬜se secó las lágrimas⬜, no la juzgo, ahora sé que la súper mamá no existe. Ella tuvo sus propios demonios, aun así, nunca me abandonó. Lo más triste es que cuando ya se decidió a no huir más, vino la muerte y se la llevó.

⬜¡Perdón! Perdón por la carpeta infame.

⬜Aunque no fue la manera ideal de enterarme, me ayudó a descubrir verdades de mi vida.

⬜Fui un idiota.

⬜¿"Fui"? ⬜con la mano se quitó las pocas lágrimas que aún persistían es su rostro y sonrió⬜. Eres mi señor Dragón, ya no huiré, esta Marilyn tiene armas para domarte.

⬜¡Ven aquí! ⬜la atrapó con los brazos acercándola a su pecho⬜. Eres mi chica, mi niña coletas, mi chica libros, mi ninfa, mi domadora con látigo y todo ⬜la siente reír contra su piel⬜ y te seguiré hasta donde vayas.

Se besaron con ternura.

⬜Finalmente, Aimée Gerard, me enseñó que mis caminos los elijo yo y como último acto de amor □se le quebró la voz□ me dejó ir.

Un silencio incómodo se cernió sobre la habitación, de pronto las imágenes de las dos madres enfrentadas una a la otra: Aimée liberando a su hija mientras que Tara demente encadenada al suyo.

—No llores, nena, tu madre hizo algo maravilloso contigo.

—Y papá, todo esto me hizo valorarlo más, siempre silencioso, viviendo sus propias batallas y asumiendo las responsabilidades sin chistar.

□Stuart, sí □exhaló contenido□. ¿Le contaste a Susy? —preguntó desconfiado.

—Ella lo supo, tú sabes cómo es, yo solo se lo confirmé.

—¿Qué dijo?

—Estaba sorprendida y aterrada.

Él lo sabía, ella conoció a Tara, a Chanice, a Faith, sabía su pasado, cada cosa temible que hizo ¡claro que estaba aterrada! Solo Susy lo sabía.

—Ella me conoce ¿Qué te contó?

—Sobre tu madre.

Arden asintió resignado.

—Tara… ¿te contó del día en que por defenderme de su locura mi madre la golpeó? o, ¿la vez en que ella y solo ella viajó a Canadá para sacarme de un cuartucho y llevarme a un hospital porque me moría de una sobredosis?

Del pecho de Mae se escapó un sollozo ahogado y los ojos se le anegaron de lágrimas.

□No, pero le agradezco mucho lo que hizo por ti.

□Le debo la vida, en todos los sentidos. Ella te trajo a mí.

—¡Sí! Otro motivo para darle las gracias.

—Ella es mi mejor amiga.

Mae secó su rostro e hizo una pataleta juguetona.

—¡Epa! yo soy tu mejor amiga.

—No, tú eres mi chica, mi novia, mi todo.

Una obnubilada Marilyn se perdió en la frase "tú eres mi novia".

—¿Tu novia?

—¡Diablos, sí! Desde que te soñé cuando tenía ocho años.

—Lo soy —dijo con el corazón contrito.

—¡Te tengo un regalo!

—¿Otro?

El dragón creía volver a las épocas de tira y afloje cuando cada vez le ofrecía presentes e inmediatamente ensombreció el gesto.

—¿Por qué no?

Mae, deja de ser tan estúpida, te prometiste aceptar cada cosa, cada uno de sus exagerados gestos hacia ti, déjate mimar.

—No te enojes, quiero cada uno de tus regalos.

☐Eso me satisface mucho.

☐¿Qué es? Todos son tan hermosos, me vas a mal acostumbrar.

—¡Por supuesto! quiero consentirte, pero, sobre todo, cuidarte.

—Bueno, lo acepto y creo que me gustará —cerró los ojos— ¡sorpréndeme!

Durante unos segundos Mae esperó impaciente.

—Abre los ojos.

La luz del medio día entraba por la ventana y de pronto el cuarto se vio inundado de una gama de colores entre rosas y azules, frente a sus ojos lo más hermoso que ella había visto en su vida: unas hermosas peinetas resplandecían en un estuche forrado de terciopelo azul.

—¡Oh, señor Dragón! ¡Qué maravilla! — lo tomó entre sus manos.

☐Lo compré en Roma.

La chica miraba la joya, sorprendida. Su formación artística le permitió valorar el regalo más allá de las piedras preciosas que contenía.

—Son perfectas, mi cielo.

—Así como lo eres tú □respondió ilusionado.

Un dragón con corazón infantil y poeta.

Fue hasta un espejo para colocárselas

□Son una reliquia □de nuevo empezó a llorar como una niña.

—¿No te gustó?

En medio segundo se vio besándolo por todo el rostro.

—¡Es precioso! Es un regalo maravilloso.

—¿Entonces?

—Yo nunca te doy nada, me siento tan pobre, tan pobre.

—¡Por Dios, Mae!, tú ya me has dado todo lo que me hacía falta, todo lo que necesitaba para seguir viviendo.

—¿Yo? □preguntó con una verdadera ingenuidad.

Una mirada de hambre la recorrió, una mirada de reconocimiento, esas miradas que se dan cuando todo el mundo se derrumba, y a pesar del tronar de la catástrofe se sabe que tras el Apocalipsis estará el cielo redentor.

—¡Existes, Mae, existes! Si tú no hubieras vuelto yo habría agonizado como un loco, pero habría persistido, porque mi amor yo vivo en un mundo donde tú existes. Sabiendo que tú estás, el puto mundo es bueno para mí.

—¡Yahooo! —el grito de Peter tras el teléfono.

—¡Dios! deja de gritar.

—No me quites mi final feliz, Mimí ¿cómo no voy a gritar?

□Me romperás el tímpano.

□Exageras, ¿cómo está nuestro chico?

—Muy bien —había dejado un Arden

profundamente dormido, repleto de comida y envuelto en su cobija.

—Quiero hasta los más sucios detalles. Creo que anoche tembló en Nueva York.

—Fue… fue… fue una buena noche amiga.

—¡Perra suertuda! te envidio, ¿está feliz?

—Sí, sí lo está.

☐¿Y tú?

☐¡Ay, Peter! Te juro que ya no cabe en mí ni un gramo más de felicidad. Valió la pena, amore, y te agradezco todo lo que hiciste por él mientras estuve afuera.

Al otro lado del teléfono su amigo sonreía orgulloso, satisfecho del trabajo que realizado y de pronto, todos aquellos meses en que fue testigo del infierno en que vivió Arden le parecieron una verdadera tragedia de amor. No estaba banalizando el dolor, pero deseaba que su amigo, cual héroe de película romántica, al final del camino se encontrara con la mujer de sus sueños. ¿Por qué no? Los príncipes azules siempre resplandecen, los héroes literarios triunfan, y Arden Russell era eso y todo más.

☐Hazlo feliz, amiga.

—Te aseguro que pondré todo mi esfuerzo.

☐Bien ☐el gritón de Peter apenas susurró.

☐Cariño, necesito un favor.

—El que quieras, cielito.

—Ve a mi apartamento, alimenta a mi gatito, y me traes ropa, ¿puedes, por favor?

El pobre chico se asustó.

—Okey, pero ¿estás segura de que me quieres allá?, te advierto que corres un riesgo, quizás repiense su cariño por ti y me elije a mí —suspira.

—Sueña, perra.

Ambos soltaron la carcajada.

—Oye sucia ¿estás desnuda?

—Aja —Mae contestó autosuficiente.

—¡Te odio!

—Yo te amo, amiga.

—¡Oh, no lo haces!, si fueras la amiga que dices ser me describirías a tinta y papel cada una de tus proezas sexuales con el rey de Nueva York, escríbelas y serás millonaria y la mujer más envidiada de América.

—¡Tonto!

—Sin embargo, me amas.

—Con todo mi corazón, cariño.

Un Arden dormido y una Mae abrazada a su cuerpo, esperando a que Peter aparezca. El estuche de terciopelo con los peines sobre la cómoda la hicieron sonreír.

Es algo lleno de misterio, nena: Roma, un anticuario y una niña hermosa que vivió en la Rusia zarista, todo al final llegó hasta ti, donde realmente debe estar.

Autos, libros, joyas, la promesa de toda una ciudad a su disposición y el corazón de tormenta de Arden.

Soy una chica afortunada...

Su alma de ninfa se sentaba en el trono de poder y se disponía a gobernar el mundo.

A la hora un Peter juguetón estaba en el apartamento. Rufus parado sobre sus patas traseras le hacía fiestas.

—Mírame, Mae, si ya posees el corazón de la mascota de un hombre, lo tienes todo, así que apártate, porque Rufus y yo tenemos una historia aquí ¿no es así, mi amor? —Peter jugueteó con el animal quien lo amaba a cola batiente.

—Eso lo sabemos, no puedes competir con mi bistec.

—¡Tramposa!

Peter observó el apartamento, lo conocía muy bien, durante meses acompañó al animal dueño de todo.

—Al principio esto me asustaba ¿sabes?

con Picasso incluido, después entendí la soledad que aquí existía.

—Tú lo ayudaste, amore.

—Hice lo que debía hacer.

—No me cansaré de agradecerte —besó la mejilla de ese hombre que era su mejor amigo— adivina de quién es ahora el Picasso.

El amigo pestañeó asombrado y le hizo un gesto de indiferencia.

—Yo tengo un Pollock —hizo un grito ahogado— ¿te das cuenta de que ese hombre hace regalos que pueden asustarte de por vida? ¡Dios! es una cosa dulce y loca y estoy tan feliz de que estén juntos nuevamente.

Marilyn lo abrazó.

☐Nunca me cansaré de darte las gracias, a Carlo también.

☐¡Ahh! Cuando se encuentren esos dos otra vez…

☐¿Crees que llegará la sangre al río? ☐hizo un gesto exagerado que provocó la risa del amigo.

☐Ahí estaremos nosotros para evitarlo ☐lo dijo a modo de súper héroe.

☐Seremos como unos mosquitos en medio de una tormenta ☐rio.

☐Eso serás tú, mi reina, yo seré "Peter, el moscón nuclear" con mi lanceta de diamante ☐estiró el brazo y en el movimiento dejó al descubierto su reloj pulsera☐ ¡Madre mía, la hora que es! ya tengo que estar en otro lado.

☐¿Tan pronto?

☐Lo siento, corazón, pero sí. Además, el señor del castillo pronto se despertará.

—Estará feliz de verte aquí.

—No, Mimí, lo vi sufrir durante meses, siempre esperándote, hambriento, desesperado, y ahora que tú estás, yo no voy a incomodar, es el momento de los dos.

—Eres adorable, el mejor amigo del

mundo, Arden y yo somos afortunados.

—Mucho —guiñó un ojo y se fue sonriendo entre chistes y canciones.

Hacía un frío de los mil demonios ¿por qué demonios hacía tanto frío? Un viento pesado le recorría. Se despertó y se encontró en una vieja habitación, una habitación que él odiaba, una habitación que lo había encerrado por años, una habitación donde pasó los días más terribles de su vida.

□*No, no, no... por favor no...*

Corrió hacia la maldita puerta y no la pudo abrir. Desesperado gritó, pero su voz no salía, le dio una patada a dicha puerta, pero parecía de hierro. Una imagen frente a él, un espejo, un niño, un adolescente con el pelo revuelto y muy largo, unos ojos verdes oscuros y hoscos lo miraban.

□*No, no quiero estar aquí... debo estar soñando... todo es un maldito sueño, quiero volver, quiero volver... no ahora.*

Sintió la presencia tras él, un aliento a licor y una risa siniestra.

□*No mires, ella está tras de ti no mires... no mires...*

□*Keith cariño... aquí esta mamá... ¡mírame maldito estúpido!*

□*No quiero ¡lárgate de mi vida Tara!*

□*No seas tonto bebé, yo estoy aquí contigo... para siempre.*

□*¡No! solo Mae... solo Marilyn... fuera de mi vida.*

El recorrer lento de unas manos heladas por su espalda.

□*¿Quién es ella cariño? De nuevo soñando con esa niña mi pequeño... ella no existe, solo somos tú y yo mi niño, solo somos tú y yo, nadie más... tú me amas a mí, solo a mí.*

□*Por favor, madre... por favor...*

□*Eres un idiota Kid, no sueñes más, la*

niña esa está solo en tú imaginación.

☐ *¡No!*

La mano helada tomó su cabello y lo jaló con fuerza.

☐ *Tú me perteneces bebé, eres solo mío, de nadie más... ¿Marilyn? No te hagas ilusiones querido... ella como todo a tu alrededor desaparecerá y yo te estaré esperando bebé.*

☐ *¡Nunca! ¡Marilyn!*

Con todas sus fuerzas gritó y volteó para ver la presencia de miedo de su madre y allí estaba, hermosa y sonriendo de manera macabra.

☐ *Somos uno, que nunca se te olvide* ella se acercó a su rostro *no puedes escapar de mi... ¡jamás!*

☐ *¡Mae!*

Y de la pesadilla de muerte y de dolor despertó y la habitación estaba a oscuras, y no era octubre, no, hacía un día Mae se había ido y él estaba loco y demente y su madre fantasma infernal lo acompañaba.

—¡Mae!

Marilyn escuchó el llamado y corrió, estaba leyendo en la biblioteca, esperando que despertara. Subió las escaleras, abrió la puerta y prendió la luz.

—¿Baby?

Un Arden mirando al vacío, un rostro enérgico y aterrado.

—¡Maldita sea, Baker! ¿Dónde estabas?

—Leyendo, no te quería despertar.

—¡No te vayas!

Una corriente de aire frío recorrió el espacio de la habitación, un aire helado entraba en ella y con su potente intuición supo que ocurría.

—¿Tara?

—Shiss, no la nombres.

Lentamente se acercó, ese no era un niño aterrado, era una fiera a punto de atacar.

—Yo estoy aquí, ella no puede hacerte

daño, no se lo voy a permitir.

—Ella es fuerte, es muy fuerte.

Lo abrazó.

—Pero yo lo soy más, yo soy un guerrero Arden, yo puedo contra todos esos fantasmas y Tara no puede contra mí.

—¿Vas a salvarme?

—Lo haré baby, pelearé por ti con uñas y dientes, mi amor.

La noche caía sobre la ciudad, no bastaron los besos o la música que con furia hizo surgir del chelo, la voz de su madre se había estacionado de nuevo en su mente. Cada vez que había un atisbo de felicidad en su vida (y fueron pocos) ella venía a estropearlo todo.

Marilyn lo observaba tocar... *Tara, no puedes conmigo, no te lo voy a permitir.*

—Oye, Russell, te reto.

El volteó y suavizó la mirada.

—¿Qué quieres, nena? Yo aún soy el maestro —una voz sexy se deslizó en el espacio.

¡Oh divino sexo!... pero no, ahora no.

—Vamos al cine, tú y yo.

—¿Y cuál es el reto, señorita Baker?

—Vamos en metro, señor multimillonario.

—¡Claro que no!

Provocadora, se mordió los labios y levantó una de las cejas.

—No me digas que tienes miedo de salir de la cueva, señor Dragón... *Tengo que sacarlo de aquí.*

—Tú y yo como dos chicos de aventura en el terrible metro.

Arden dejó de lado el chelo y se acercó a Marilyn, ella se vio como una presa a punto de ser devorada.

—Yo tengo mejores ideas, aventuras donde implique que tú yo estemos desnudos —mandó sus manos a sus pechos— son tan hermosos nena.

Mae gimió y el calor de su caricia inundó todo su cuerpo.

Diablos no... no me toques así.

—No, no, señor —dijo con voz quebrada— ¿Acaso no quieres salir de aquí?

—No, estaba pensando esposarte de nuevo.

—Vamos, Arden, tú y yo solos en la jungla de cemento —hizo un puchero de lo más tierno.

Arden giró su cabeza hacia la ventana. Nueva York, su imperio y él se mostraba cual déspota tirano que no conocía su reino.

—No metro.

—No pretorianos, no autos de quinientos mil dólares, no guantes de doctor siniestro.

—Ese soy yo, Baker.

Ella lo abrazó con fuerza.

—Yo lo sé, ángel, y eres un demonio divino, pero todo ese decorado que tu manejas a veces es tu prisión, vamos Keith —se alejó tres pasos— la ciudad nos espera.

A la media hora, los dos, vestidos como dos jóvenes más en la gran ciudad iban de camino al cine. Theo intentó seguirlos, pero con un gesto de las manos él lo paró en seco.

Lo vio perdido entre la gente, la chaqueta negra y la gorra que cubría su cabello, no lo hicieron invisible, pero nadie podía creer que aquel hombre que gobernaba la ciudad desde el rascacielos de cristal hiciese fila como cualquier mortal para ver una película.

—¿Hace cuánto no vienes a cine?

Sus músculos se tensionaron y ella sabía que venía una respuesta terrible.

—Vine con Chanice y Dante, cuando cumplí dieciséis años, estaba tan drogado que no me acuerdo de la película.

Y sin medir consecuencias ella le dio un beso en medio de la multitud.

—Es hora de fabricar nuevos recuerdos ¿no

crees, mi amor?

Decir que ambos vieron la película fue una exageración, porque las manos y la boca de ambos estaban más ocupadas en otras cosas que en poner atención. Mae tuvo que luchar con el gigante para que no le hiciera el amor en la sala.

—¡Mierda, Baker! Me quitas la maldita diversión.

—¿Quieres que nos echen del cine por escándalo público?

—Vamos, tú y yo haciendo el amor es algo digno de ver —y se acercó a su oído para susurrarle algo caliente y lleno de promesas delirantes y sucias.

—Baby, podemos hacer nuestra propia película, así como en el estacionamiento.

—Serán obras de arte, nena —y atacó su boca.

Las luces de la calle comenzaban a brillar e iluminaban a Mae que feliz corría delante de él, retándolo.

—¡Marilyn, me lo prometiste!

La ninfa le sacaba la lengua.

—¡Metro!, ¡metro!, ¡metro! —hizo un gracioso bailecito.

Arden se detuvo y miró con satisfacción a esa niña tierna que lo invitaba a jugar *¿juegas?* Una sonrisa perversa cruzó por su cara.

—¿Quieres ir en el metro?

—¡Sí!

—¡Diablos! □se adelantó y la tomó de la mano□ ¡Vamos en el metro!

Ella compró los tiquetes, él observaba y se dejó llevar, era un acto tan trivial sin embargo parecía fantástico; un hombre poderoso que nunca había usado el metropolitano siendo arrastrado por una chica joven con alas en los pies por aquel mar de gente, un gigante tratando de mimetizarse con todos aquellos seres humanos de a pie que allí se encontraban, forzando una sonrisa para no desencantar a la ninfa que lo guiaba.

Debían llegar estación a la Flushing Main Street, hicieron el viaje apretujado entra la gente que a esa hora volvía a su casa con caras de tedio, ya resignados a una vida de rutina, soledad y tristeza. En medio de todo, estaban los dos, abrazados.

—¿Siempre viajabas en esto para ir a tu casa?

—De la casa al trabajo, de ahí a la universidad y de vuelta a casa. Todo eso antes de que se me diera un Chrysler —sonrió, pícara.

Arden hizo un gruñido, la giró y abrazó su cuerpo con fuerza. Mae sintió como se le pegaba a las nalgas, el sofoco la hizo sonrojar, trató de zafarse, pero el brazo portentoso la retuvo y al segundo sintió la lengua dragoniana deslizarse por el lóbulo de su oreja izquierda, gimió, pero tuvo que morderse los labios cuando sintió que con la mano trataba de penetrar su blusa.

—Quédate quieta □le susurró.

La petición estuvo de más, estaba paralizada. Solo atinó a hablar.

□Yo... yo... ¡Dios! me encantaba al salir de la oficina, tomarme un capuchino para desconectarme del trabajo, a veces, caminar por Central Park —la mano y la boca la recorrían en lugares estratégicos—. Antes de subir al metro... □un mordisco en el cuello la interrumpió□ ¡Arden! Nos están mirando.

—Nada puede importarme menos, además, tú quisiste viajar así —intensificó la fricción contra las nalgas de su chica— ¿Sabes? Tengo una sucia fantasía en este lugar, me pregunto si puedo comprar el maldito metro.

Estaba a punto de explotar, el roce se le hacía cada vez más insoportable, las caricias en su vientre le resultaban hipnóticas y las pequeñas lamidas en su oreja la tenían a punto de muerte, así que se liberó soltando una carcajada.

—¡Por todos los cielos!

—No bromeo— lo dijo de manera seria.

¡Oh claro que no!

La ninfa interrumpió el coqueteo al percatarse de unos ojos azules la miran con lasciva, Arden atento a todo lo que ocurría con ella levantó los ojos hacia el hombre y con una mirada asesina y sin hablar lo obligó a perderse entre los pasajeros del vagón. Aquellos pasajeros que se dieron cuenta de la silenciosa pero violenta acción, solo atinaron a bajar la mirada. El hombre se veía muy peligroso.

"¡Fuera de mi camino, malditos idiotas!" No lo gritó, tampoco lo dijo, pero su cuerpo y su mirada lo dio a entender y todos se hicieron a un lado para facilitarle la salida; a él y a su chica. Una vez en el andén y en un gesto primitivo, más bien infantil, marcó a Marilyn en el cuello con un mordisco que la hizo gemir descaradamente.

Dos calles antes de llegar a casa, en un pequeño callejón florido, la pareja se besaba contra la pared como si fueran dos adolescentes ansiosos ante la despedida.

Con sus dedos de música le recorrió el cuello e hizo círculos suaves y tiernos para darle besos pequeños y llenos de una sensualidad dócil y leve.

—Ardo por ti.

—Yo también —llevó sus manos a su cabello.

—Quiero leerte siempre, quiero saber cada sensación de tu cuerpo —las manos bajaron hasta sus pechos— quiero saber cuánto me deseas.

—Mírame ahora y veras □tenía la mirada afiebrada y la boca hinchada□ ¡mírame siempre!... ¿Qué ves? —jadeaba.

—Tu boca, cuando la curva un poco sé que

estás feliz, cuando tu labio inferior sobresale sé que quieres que te dé un beso —y la mordió levemente—. Cuando bajas los ojos y te miras los pies, sé que estas apenada o triste, cuando te echas tu cabello hacia atrás de tu oreja, sé que estás atenta a todo lo que yo te digo y que estás analizándolo todo, a veces puedo ver la pulsación de tu corazón en el cuello y entiendo cuan excitada estás por mí.

—Así es, este amor por ti me va a matar de un infarto —hizo un movimiento rápido y lo puso contra la pared, abrió dos botones de su camisa y besó su pecho. Él la abrazó.

—Puedo olerte nena, sentir como tu calor irradia hacia mí —besó su coronilla y cerró los ojos, evocando— amo los tonos de tu piel —un mordisco gatuno lo hizo vibrar—, cuando estás excitada es más oscura y tu boca más roja y los labios de tu coño perfecto son más rosa y palpitas por todas partes y te dilatas y yo enloquezco —ante cada frase ella besó y mordisqueó los firmes pectorales de su amor□ adoro tener mis dedos dentro de ti, moverme y sentir como me aprietas □lanzó sus manos hacia el trasero dragoniano y lo masajeó de forma lenta, él hizo lo mismo con ella— tu culo es una puta maravilla de la naturaleza y lo quiero morder todo el día —ella levantó su cabeza y lo miró enamorada, él gimió en su boca— mi lengua saboreándote, lamiéndote, sabes tan bien, nena... □puso un dedo en sus labios, no le dejó terminar la descarada declaración de amor.

—Yo moriría por ti, Arden □fue rotunda.

Una mirada de fascinación y de profunda consternación apareció en los ojos de aquel a quien un día le dijeron que fue un maldito error, que no merecía vivir porque no debió nacer. Siempre estuvo de acuerdo con aquella afirmación.

—¿Morir? Debes vivir para mí, Marilyn,

eso está fuera de discusión, es más, debes prometérmelo.

—Te lo prometo, ángel ¿harás lo mismo?

—Viviré por ti, para siempre.

En el apartamento, Darcy ya acostumbrado a los grandes espacios que dejó la reforma, jugueteaba con su pequeña borla y el olor a café recién hecho completaba el cuadro hogareño que había en la casa de Mae.

—Hace tanto frío allá afuera.

—Pero aquí no, nunca hace frío donde tú estás —se sentó en la mesa y respiró hondo—. Yo no me siento cómodo, nena.

Mae lo miró, no entendía su última frase.

—¿A qué te refieres?

—A estar en la oscuridad contigo, al maldito secreto, quiero salir al mundo contigo, quiero que todos sepan que eres mía, que tú me perteneces.

Ella tembló.

¡Dios! él me ama tanto... y quiere... yo... con él, quiero que todos sepan, quiero llorar, lo hace por mí, lo hace por mí... ¡Sagrado Batman! La novia oficial del rey del Olimpo... no quiero que se sienta presionado, no quiero que sienta miedo...

—Yo no pido nada, cariño.

El hombre se paró impaciente.

—¿Te sientes cómoda? ¿Qué Rosario te mirara como si no estuvieses en el lugar correcto? A veces pienso que para ti es más fácil estar en la oscuridad, es como si eso te diera la licencia para irte.

—¡Por favor! Claro que no, pero es más fácil así, sin tener que dar explicaciones a nadie.

—¿Y quién mierda va a dar explicaciones? Eres mi mujer y punto, si les gusta bien y si no me importa un pito, yo soy Arden Russell, mi mundo, mis reglas.

Mae sonrió de manera paciente.

—Claro que sí, rey del mundo, pero tienes una familia, yo tengo una familia.

—No me des excusas, tú eres mi novia, mi mujer ¿Acaso no quieres que se lo digamos al mundo entero?

Mae corrió y lo abrazó con fuerza.

—Me muero de emoción, quiero que todos lo sepan, quiero que todos sepan que tú eres mío, pero no somos solo tú y yo, no podemos ser tan egoístas.

—Soy un puto egoísta, nena ¿no te has dado cuenta? —sus espesas cejas formaron una línea dura y sus ojos se oscurecieron. Era la mirada que siempre hacía cuando esperaba uno de esos no rotundos.

Pero Mae soltó la carcajada…

¡Diablos, no me importa…!

—Que se venga todo el puto mundo encima de nosotros, baby, yo tengo a mi guerrero cruzado que peleará por mí ¡Sí, señor!

Instantáneamente las aprensiones iniciales desaparecieron y relajó toda su musculatura de hierro.

—Y pisotearé a todos los que se atrevan a meterse con nosotros ☐hizo una mueca que pretendió ser graciosa☐ por menos he pateado los culos más poderosos de este planeta.

☐¡Oh, mi Sagrado Batman! ☐rio feliz.

Pero una sombra, una amenaza. En la semana en que lo había esperado, ella y Henry habían tenido que sortear los acontecimientos que tenían el sello de Catanzzaro en cada uno. Unas horas atrás le dijo que no necesitaba que él le contase todo sobre su vida si no estaba preparado, pero ahora bajo la luz pública y con todo ese mundo de secretos que él guardaba seguramente el viejo, Dante, amantes, todo se vendría encima de ella.

—¿Qué? —él vio el cambio de humor.

—Valery Adler.

Una risa macabra se dibujó en él.

—Ya no existe— los ojos interrogantes de ella se quedaron perplejos.

—¿No existe? —preguntó asustada.

—Ella no puede estar en el mismo lugar donde yo esté, en el lugar donde vives tú, así que sí, ella no existe más.

Mae respiró tranquila. La mano pequeña y blanca se posó sobre su mejilla, símbolo de reflexión en ella.

—Muchas mujeres, y todas conocieron al señor del dolor.

—No puedo huir de eso, nena.

—Ni yo.

—Yo no te juzgo, solo quiero saber un poco de ese pasado, pero te juro que no voy a juzgar.

Arden se paró de la mesa y llevó sus manos a los bolsillos y directo como era, habló:

—Con Chanice, probamos cosas mientras nos... drogábamos, fue todo mal y en la universidad no pude detenerme, todo era parte de mi odio, me echaron de Harvard porque me metí con la hija de un decano quien era lo más pervertido del mundo, pero yo superé sus expectativas y la lastimé, —una sonrisa amarga se mostró dolorosa en su rostro— a ella le gustó, pero sobrepasamos los límites —hablaba y miraba a la chica de ojos pardos que no pestañeaba... *No me dejes.*

☐¿Y...?

—El rumor de mis "talentos" se esparció por toda la universidad y como era solo sexo, no fui exclusivo para ninguna mujer.

—¡Dios!

Dilo ahora, Keith, empieza ahora, sino nunca serás digno... no lo seré jamás.

—A la chica no le gustó que yo fuera "generoso" con mis dones y me chantajeó, pero no me importó, fue así que un día me acusaron de abuso, entonces apareció mi todo poderoso padre y probó que ella no era una santa. El padre no presentó cargos, pero me aburrí y me largué a Yale, lo más ridículo de todo es que me vi compartiendo espacio con Dante quien también estudiaba allí, pero todo fue peor, la universidad no era tan conservadora como Harvard y... —bajó la cabeza— estuve metido en grupos que harían sonrojar a Sade.

—¿Tan terribles? —las imágenes del video la asaltaron.

—Indescriptibles... —se paró frente a ella y de su estatura se arrodilló para dejar caer su cabeza en su regazo— todo era parte del castigo, del odio y de la rabia.

—Lo sé, ángel —besó su cabello salvaje— es mucho más ¿no es así?

—Viste muy poco en el video, Mae.

Estaba avergonzado, como jamás lo había estado.

—No sé qué decir... sé que mientras sea consentido, no se debe juzgar, pero...

—¡No me odies!

—Por favor, no lo haré Arden, pero es difícil para mí —se paró de manera abrupta.

—Pero no he vuelto a hacerlo —era un hombre desesperado frente al vacío y frente a la posibilidad del asco—. Te dije, nena, durante dos años dejé de tener sexo, estaba agotado, hastiado, asqueado, y luego llegaste tú y todo fue distinto.

—¿Distinto?

—¡Por supuesto! Mis instintos se agudizaron, mi deseo se potenció al millón, comprendí el concepto de hambre en su totalidad, me siento muy pervertido contigo, mucho, antes era solo una máquina ¿viste mi expresión en el video?

Mae hizo una mueca de repugnancia mezclada con celos.

—Terrible.

—Ese era yo, no sentía nada ¿ves esa expresión en mí cuando te hago el amor?

No, sus expresiones eran bellas, sexys y profundas.

—No.

—Porque a ellas las odiaba, porque me odiaba en ellas. No voy a ser hipócrita, no me voy a dar golpes de pecho por mi pasado sexual, yo sé quién soy, un sádico, un animal, pero contigo he replanteado todos mis esquemas —le dio una sonrisa de niño juguetón.

—¿Has pensado practicar eso conmigo?

—¡No! – y el grito retumbó.

—¿Te gustaría?

—¡Qué coño! ¿En alguna parte de nuestra vida, juntos, te he insinuado eso?

—No, pero…

—Me corto una puta mano antes de lastimar tu piel, nena —y fue hacia ella y la abrazó— además tú no tienes alma de sumisa y odiaría eso de ti, parte de mi placer es hacerte el amor en medio de mi frustración por el ser rebelde que tú eres, mi igual en todo.

—¿Entonces, no te gustaría que te llamará amo? —una risa de campana resonó en el pecho de Arden, pues ella escondió la cara en él.

—No, me gusta baby… o señor, pero no amo.

Mae levantó sus ojillos.

—Podríamos jugar.

—No.

—Probar.

—Baker, eres mala, yo no te ataría, ni encadenaría, ni… pondría cera ardiente en tu piel y no haría que tuvieses instrumentos en tus senos o vagina, ni mucho menos te golpearía con un látigo.

¿¡Qué!?...

—¡Dios, no! solo —se mordió la boca— no quiero que te aburras conmigo.

—Marilyn —y su voz fue ronca y sus ojos verdes encapotados estaban a punto del devorarla— yo nunca me aburriría contigo, soy adicto a ti —besó su cabello— además, llevas poco conmigo... aún estamos en clases, no has llegado conmigo a niveles superiores.

La voz de amenaza porno educacional al estilo del maestro Dragón hizo que la ninfa casi se desmayara.

—¿No me he graduado?

—Estas en preescolar —y allí estaba de nuevo con su expresión *Nadie sabe más de sexo que yo y soy el jodido maestro*—. Yo te daré tanto placer que te volverás loca, nena, no conoces ni la mitad de lo que soy capaz.

Mae llevó sus manos al rostro de facciones duras y varoniles.

—Yo no quiero compartirte con nadie, no quiero que esas mujeres vengan diciéndome que ellas pueden darte cosas que yo no, no quiero sus risas de burla detrás de mí, no quiero sus pasados contigo, quiero serlo todo en todo sentido, afuera en el mundo y en nuestra intimidad.

—Y así será —tomó una de sus manos y besó con lentitud su palma, entrelazó sus dedos con los de ella y se quedó mirando de forma delicada de sus manos, para luego sonreír de manera soterrada *¿Diamantes? ¿Esmeraldas? ¡Diablos! Creo que le diré a mamá para que ayude... ¡Jackie! La voy a matar.*

—¿Qué?

—Nada, nena, tú me haces sonreír, eso es todo.

—Eres tan misterioso.

—No tanto como usted, señorita Baker, no

tanto como usted.

Lento…

Suave…

Mínimo…

Un baile…

Una voz sensual y nostálgica cantando y hablando del fuego; de algo que no se extingue, del final de una búsqueda…

Bailando desnudos en la habitación, en un pequeño ritual que iba más allá del sexo, se comprometían sin decir palabras, no era necesario porque entendían que después de todo lo pasado, nada podría separarlos.

Bailaron con un ritmo cadencioso, ella se subió a los pies de su amado y dejó que la guiará en aquel lento danzar, recostó su cabeza contra su pecho y el olor de la colonia, y el calor de su piel la hicieron feliz.

—Lo acepto.

—¡Shiss! déjame escuchar la canción —y empezó a cantar quedo.

¡Ángeles del cielo! ¿Está cantando? ¡El dragón canta! Peter, si te lo cuento ¡te mueres!

—Lo acepto, Arden.

Él paró y sonrió.

—¿Qué aceptas?

—Acepto que de ahora en adelante solo somos tú y yo, no te haré subir al metro, no haré que bajes de tu pedestal, no habrá gente a nuestro alrededor, nadie tendrá porque entendernos, somos diferentes, yo podré tener amigos, mi padre, mis libros, esta ciudad, mis dibujos, mi guitarra, pero en realidad somos tú y yo y nadie más, nadie nos va a tocar, solos y felices en nuestra pequeña burbuja.

—Eso me gusta, no quiero a nadie más, no me interesa nadie más, no soy de nadie más, yo soy el Señor de la Torre y te invito a compartir el maldito cielo conmigo.

—O el infierno.

—Es solo cuestión de geografía, nena.

La mirada del enorme cuadro que decoraba la habitación parecía decirle a Marilyn, míranos, hemos llegado hasta aquí, finalmente.

Regalos, libros viejos y costosos… *porque amas los libros.*

Autos *debes estar cómoda…*

Joyas… *para ti, que eres hermosa.*

Cuadro… *porque esa eres tú.*

Cada cosa de él para ella *son cosas, Baker, simples cosas que se compran y se dan.*

Un bello peine se *hizo pensando en ti…*

Y ella ¿Qué?

¿Qué le ofrezco? Algo de mí para ti

—Arden.

Abrazada a ella como una hiedra y escuchando la lluvia que caía.

—¿Mm?

—Te tengo un regalo, uno especial para ti.

—¿Sí? □y con un movimiento rápido desanudó el abrazo y se puso encima de ella.

—Arden, ángel escribí un libro ¿quieres leerlo? Lo escribí para ti, mi amor.

Los ojos verdes de niño sorprendido se quedaron por unos segundos viendo el rostro de su chica quien batía las pestañas de forma traviesa mientras esperaban una reacción de aquel hombre anudado entre sus piernas.

—¿Escribiste un libro, señorita Baker? —si antes la expresión de Arden era de niño tierno y tranquilo, ahora era juguetona y perversa.

—Así es —confirmó tímidamente.

El hombre gigantesco se apartó del cuerpo de su mujer y se paró desnudo frente a ella, cosa que para Mae era la señal total para dejar de pensar.

—¿Para mí? —la recorrió con su mirada.

—Solo para ti —se sentó en la cama, y de

pronto una sonrisa franca y hermosa surgió de él y en un microsegundo el señor Dragón fascinante fue a su boca y la besó como un salvaje.

—Habías tardado mucho —la levantó hacia su cuerpo y la llenó de besos por todas partes— el mejor puto libro de la historia de América. Apártate, Moby Dick, mi chica ha escrito un libro y es para mí, ¡mierda Baker!, voy a pasar a la historia como tu inspiración.

Mae soltó una carcajada.

—Pero no lo has leído.

—Me va a fascinar, es lo único que sé.

Fue hacia él y lo besó con desenfreno.

—Crees mucho en mí, puede que no sea gran cosa.

Arden se desató y con un gesto furioso la miró.

—¿Cómo que no es gran cosa? Lo escribiste tú, inspirado en mí —dijo arrogante.

—Te amo —pequeñas lágrimas felices cayeron por su rostro— y sí, eres sumamente inspirador —no pensaba en el libro, hacía casi doce horas él no la tomaba salvajemente y eso no estaba bien. Se mordió los labios, se irguió sobre la cama en actitud sensual, se llevó su melena hacía atrás y suspiró en exhalación profunda.

Él gruñó.

—¡Oh, no!, no hagas eso demonio perfecto, porque en este momento este sátiro está en retiro, quiero leer mi libro.

—Arden —ella le hizo un guiño divertido.

Él se apartó unos pasos, dándole a ella un panorama de su trasero maravilloso y comible.

—¡¿Qué, Baker?! Me dices que me has escrito un libro y solo piensas en tener sexo conmigo, ¡me utilizas, niña! —se puso su pantalón y ella hizo un sonido de decepción profunda.

Él vio los ojos de hambre de su mujer y se sintió muy satisfecho, finalmente ella estaba al nivel de su lujuria.

—Te prometo mi amor que cada página de mi libro será celebrada de manera sucia y perversa, hasta hoy le hice el amor a Marilyn Baker, desde ahora follaré de manera perversa a la próxima ganadora del Pulitzer. A ver muéstrame el libro mujer.

—Siempre me amas de manera perversa.

Su sonrisa torcida.

—Esa es mi manera, ahora levanta tu lindo culillo de la cama y dame mi libro.

Mae se aprestó a ponerse algo para traerle el manuscrito, pero Arden le quitó la camiseta.

—Que no te vaya a hacer el amor, no es sinónimo para que te vistas, yo no lo he ordenado, me gusta ver cuando caminas.

—Hace frío.

—No, no lo hace —tomó su cabello, la jaló con suavidad y le dio una mirada oscura y tierna— voy a adorar tu libro, nena ¿sabes por qué? Porque tú eres literatura, hasta tus cartas como mi secretaria son putamente poéticas, yo amo cada una de ellas, le das sentido a cada palabra, chica libros.

—Gracias, pero tú también tienes mérito, con ese amor porfiado, absoluto, fuiste capaz de hacerme enfrentar todos los miedos.

—Yo tengo fe en ti.

—Espero no defraudarte.

Mae fue hasta el escritorio y del último cajón sacó un el manuscrito de más de quinientas páginas. Durante su estadía en Miami transcribió sus anotaciones a Word dando forma a un enorme mamotreto. Lo puso contra su pecho, y exhaló, allí en cada letra estaba ella, su madre y Arden Russell y por primera vez alguien más sabría de ello.

—¡Mierda, eso sí que es todo un libro! —exclamó asombrado.

—De mí para ti, cielo.

Se quedó estático, nadie, nunca en su vida le había regalado algo tan profundo y tan lleno de significados: un libro secreto escrito por una chica perfecta y misteriosa quien, en ese acto, le abría de par en par las puertas de su mente y alma silenciosa. Lo tomó con delicadeza y posó sus manos a lo largo de todo el texto, abrió la primera página y en ésta una pequeña dedicatoria:

Para mi madre y para ti, quien,
sin saberlo, me acompañas desde mi niñez.
Gracias por permitirme ser tu sueño.

Arden se estremeció.
—¿Ese soy yo?
Ella asintió como niña pequeña.
—Ese eres tú, Arden Russell.

Como un niño pequeño emocionado por su regalo se sentó en la cama y pasó a la página que daba inició a la novela. El corazón de Marilyn retumbó, así debía ser, él era el que debía leerlo primero.
—"A un lado del camino", me fascina Baker, me fascina —y concentrado y en silencio posó sus ojos sobre las primeras líneas.

Un día ella salió de casa.
Ese día supo que no habría vuelta atrás.
Empacó su ropa, dos viejos vaqueros, cuatro camisetas, entre ellas la camiseta que amaba con el dibujo de Charlie Brown, regalo de su madre. Su libro favorito "El Principito" Un viejo disco de la Motown, tres fotos y todos los recuerdos importantes de su vida en un pequeño cofre. Un mechón de cabello de Tracy, su madre. El empaque de un chocolate dado por su amor de secundaria. Una foto de su perro Knox. Unos zarcillos que compró en una feria de baratijas y que eran sus favoritos, un anillo de oro que le perteneció a su padre y una flor seca que le recordaba el

chico triste que fue su novio de secundaria y que un día encontraron muerto con una bala en la sien. Robert quien le enseñó que la vida está más allá de la casa, de la escuela y de esas cosas que condenan a la gente a estar en un mismo lugar.

En la noche y sin despedirse Sara se fue de casa, para nunca más volver.

Aquellas primeras letras lo estremecieron, la sensación de que se hundiría en el mundo trashumante de alguien desgarrado y hambriento que emprendía un viaje narcótico y nostálgico para no desaparecer hizo que su corazón se agitara: en algún punto se reconocía en esas palabras.

—¡Dios! ¿Qué diablos es eso? —atinó a decir.

—Es solo el principio, ángel.

Arden volteó y dijo de manera rotunda:

—¡El principio de algo maravilloso! —se paró frente a ella y sus ojos relucían de emoción.

—Señor Dragón, no seas condescendiente conmigo, quiero que leas no como mi amante, sino de manera objetiva.

Unos ojos de te amo intensamente y no me pidas que sea objetivo contigo la recorrieron de palmo a palmo.

—¿Objetivo? Tú respiras y me parece fascinante mi amor —alargó la mano y tomó la pequeña barbilla, se acercó lentamente para quedar al nivel de sus ojos. Un Arden de gesto oscuro, concentrado y voraz se deleitaba en mirar; era la mirada que hacía que Marilyn se derritiera como una pequeña vela de cera; se ruborizó intensamente— ¿Ves? fascinante, además yo te voy a leer como tu amante, como tu amigo, te voy a leer con suprema curiosidad y avaricia ¿no te das cuenta, nena? En mi mundo de enfermiza obsesión contigo, esto —y levantó el manuscrito— es como si abrieras una de tus muchas puertas.

—No soy nada misteriosa.

—Lo eres, ambos lo somos, pero tú eres impredecible, siempre me tienes a pleno vértigo —suavemente la besó y ella, desesperada por profundizar aquel beso, lo sujetó de la pretina del pantalón, mas él, juguetón, se alejó— ¡me voy!

—¿Qué? ¿Por qué?

—Me voy a leer un libro y tú tan desnuda y follable Baker haces que mi mente no funcione y me comporte como un troglodita, solo pienso con mi pene.

Ella le hizo un gesto coqueto.

—Yo amo esa parte de tu anatomía, mi guapo señor.

Una carcajada sonora resonó en el cuarto.

—Tienes que hacerlo, mi diosa —ahora era él quién se mordía los labios— tienes que hacerlo —continuó con el acto absolutamente criminal de vestirse.

—Lo puedes leer conmigo, son las diez de la noche, no trajiste tu auto —dijo, triunfadora, pero una sonrisa torcida de suficiencia la hizo dudar— ¡Oh! ¿no me digas que tus pretorianos nos han seguido todo este tiempo? ¡Tramposo! —le tiró una almohada.

Pero él se ponía sus zapatos y se carcajeaba.

—Juego sucio, nena, sabes que es así —la recostó dulcemente sobre la cama y besó su cuerpo de manera compulsiva— no hay nada como esto —fue hasta su sexo y jugueteó con su lengua en la punta de su clítoris hasta provocar un pequeño murmullo y un estertor a lo largo de su columna, para trepar sobre ella y tomar sus muñecas y llevarlas hasta arriba de su cabeza y con voz profunda, sentencia—: Tú no vuelves a dejarme.

—No, nunca.

—Es una maldita orden.

—No me volveré a ir.

—Porque esta vez iría tras de ti, porque buscaría debajo de cada piedra, explotaría todos los caminos, dejaría mi sangre en cada lugar golpeando a quien te haya visto.

—No me volveré a ir, ángel, no puedo vivir sin ti, ya no es mi corazón o el tuyo, es uno solo, y si alguno se aleja…

—Moriremos —él terminó la frase.

—Ambos.

A los cinco minutos, una melancólica Marilyn asomada al balcón lo despedía con una leve seña de mano. Cuando llegó al departamento, sacudió el pelaje del lomo de Rufus con una mano y con la otra dejó el libro sobre una mesita, entró a la cocina, se sirvió una copa de vino y se fue directo a la biblioteca con el librote, la copa y el perro, prendió las luces y se instaló en el sofá, tomó un sorbo de vino, miró la biblioteca y divagó sobre el mejor lugar donde pondría la obra literaria de su amada, mientras Rufus se echaba a sus pies. Volvió a la primera página, leyó, y a la página diez ya lo sabía, aquel libro era una pequeña obra de arte escrito por alguien enigmático y sibilino.

Palabras como:

El camino está lleno de fantasmas. Sombras que han dejado su alma en cada paso, seres que ansían llegar a un punto donde todo sea reconocible, total y real...

Hablaba de él.

Sara respiraba en un mundo de alcohol, violencia, sexo anónimo, heroína y música triste. Entendía que cada cosa que respiraba a su alrededor estaba llena de las pequeñas grandes tragedias que hacían que cada uno de esos hombres y mujeres tuviesen identidad y forma, sin ellas, sin toda aquella cosa poética y forajida ellos eran la nada misma. Cada uno amaba su propio estiércol.

—¡Dios Baker! ¿Quién era él sin todos aquellos años de porquería?

Joshua, un extraño animal melodramático, alguien que había amado en exceso y que había odiado en exceso. Sara lo miraba cuando se quedaba por horas observando el trago de whisky y trataba de descubrir los malditos misterios de la muerte y de la vida humana, un día sin más le dijo.

—La vida es una mierda, la muerte en realidad no existe y todos somos títeres de un puto sistema que quiere que seamos "gente de bien" me cago en ese concepto Sara, me cago en él... ¿seres de bien? ¡Qué no me jodan! Yo fui hijo de unos de esas gentes de bien y cada noche escuché cómo mi padre follaba a mi madre y la golpeaba, al otro día nos hacía rezar frente a una taza de pudín podrida. Vi como ese ser de bien mataba a mi madre frente a mí y luego se volaba la tapa de los sesos ¡esa es América, Sara! llena de ese tipo de seres buitres que se comen a las personas y luego joden el cerebro de sus hijos, ellos, que en algún momento tendrán una casa limpia llena de mocosos asustados y futuros psicópatas.

En ese momento soltó el libro y fue hacía el vino y bebió otro sorbo, todo le parecía tan hermoso, tan duro y le costaba entender cómo aquella niña dulce podía entender el alma desarraigada de gente como él que había probado de la mierda de un mundo de madres locas, de padres llenos de mentiras y de abuelos indiferentes.

Fue a su teléfono y, compulsivo escribió.
Mae…
¿Quién eres?
Te leo y agonizo.
A los treinta segundos ella le contestó:
Ángel…
Soy la que te conoce,
la que un día te vio con un arma
y otro, mirando la ciudad con un telescopio.
Y supe que tú eras el tema inabordable
del que se podía escribir.
¿Quién soy?

Yo soy tuya.

Unos segundos después:

Nena.

Joshua, es temible.

Me asusta.

Fue así que cuando llegó a la muerte de aquel hombre sin Dios y sin ley, sintió un vacío en su corazón, sintió pena de éste y de sí mismo.

Y así continuó la lectura compulsiva e hipnótica sobre esa mujer y a oscuras estuvo en el camino con ella y pudo comprender cada uno de sus pensamientos durante su viaje y entendió como vivió a Sara, vivió a su madre y lo vivió a él.

Entendió entre líneas que el camino que emprendió fue mucho más que abandonarlo con sus dolores en Nueva York, el viaje de Mae fue un aprendizaje duro, solitario, desgarrador y liberador, haría todo para no volver a perderla.

CUANDO UN DRAGON ARDE POR TI
Capítulo 2

¿Qué definía a Arden Russell? ¿Su belleza? ¿Su poder? ¿Su dinero? Para Mae Baker el misterio de su hombre estaba más allá de lo que ella o cualquier otra persona pudieran entender. Si alguien le preguntaba en qué radicaba todo eso que él era, ella con su mente literatura podría responder: que él era perfectamente imperfecto. Una extraña alquimia que conjugaba violencia, dolor, música, fuego, sexo, seducción e incertidumbre.

Marilyn se vio bañando a aquel hombre enorme y él sin pronunciar una palabra, tan solo se quedaba mirándola por largo rato y le daba una sonrisa tierna.

—Ven, yo enjabono tu espalda.

Sin más él permitió que ella hiciera un ritual lento de enjabonar todo su cuerpo, para que él después hiciese lo mismo.

—No me gusta tu bronceado, Mae.

Ella sonrió de manera juguetona.

—Se quitará con el tiempo, ángel.

—Sí, pero no me gusta, amo tu piel —una caricia suave sobre el cuello y que sinuosamente bajo hacia su pecho, para después ir con sus dedos hacia las marcas del bikini— tu piel es un milagro, no me gusta compartirla con el sol, ni con otros hombres, no, no me gusta.

—Eres un hombre celoso.

—Soy un hombre desesperado y celoso, eso es lo que soy —dio un pequeño beso en la mínima parcela de su piel que aún mantenía el color cremoso— yo... yo... —y se apartó unos centímetros— me muero al saber que alguien más te haya visto, lo sé, sé que soy irracional y tonto.

—No digas eso, cuando iba a la playa yo solo pensaba en ti y en cómo nos divertiríamos tú y yo allí… y, baby, yo también soy muy celosa, ¡mucho! ¿acaso no te has dado cuenta?

De nuevo él volvió hacia ella.

¡Dios, es tan pequeña!… le sonrió con asombro.

—No tienes porqué.

—¿Cómo que no, señor Dragón? Desde el primer día he estado celosa de todas.

—Pero yo soy tuyo y de nadie más, desde que nací.

¡Oh, carajo!… como extrañaba ese tipo de palabras locas y hermosas.

—Lo mismo digo yo, ángel.

—Pero es diferente.

—¿Por qué diferente?

—Porque, porque… —dio una patada al suelo de forma infantil— porque estoy demasiado dañado y porque hay en el mundo mejores hombres que yo.

Ella le dio una mirada impaciente.

—Pero a ninguno amaré igual, tú eres mi enorme y perfecto desastre. Ahora, señor, lo voy a afeitar ¡el Todopoderoso Señor del Hielo como un hombre de las cavernas! □se pone en puntillas y le toma la cara con las dos manos□ ¡No, no, no!, es como si no tuvieras quien te cuide y eso habla muy mal de mí, no señor.

—También necesito un corte de cabello.

—¡No! déjalo así al menos unos dos meses —una sonrisa pícara— cumple mi sueño de tener un amante "rock and roll".

Arden ensombreció el gesto.

¡Oh! ¿y ahora qué dije?

—¿Has soñado con alguien más? —porque en el mundo de obsesión y celos hasta los sueños de Mae competían con él.

—Por amor de Dios! es un decir, además,

yo tengo eso y mucho más, tu tocas el chelo, eso es majestuoso, único y maravilloso, los demás son unos idiotas.

Una sonrisa entre tímida y maligna.

—Son unos idiotas.

—Totalmente.

Allí desnuda en el baño y con él sentado dejándose mimar como un niño pequeño, Marilyn comprendió que ese sería su trabajo: borrar todo vestigio de aquello que su madre y su pasado habían hecho con él.

Soy fuerte, si soy una guerrera, él es mi batalla.

Pero en aquella atmósfera de sensualidad y silencio Mae gritó:

—¡Arden! Son las nueve de la mañana, hay que ir a trabajar.

La contestación de él no se hizo esperar, y fue predecible y demente.

—¡A la mierda!

—¡Baby!

—No, hoy eres mía, tú crees que quiero ir a trabajar cuando no te he visto en más de un año. Quiero estar contigo, quiero mimarte, quiero que me alimentes, quiero escuchar tu voz, quiero hablar contigo, hacerte el amor hasta morir. Eso quiero y no voy a trabajar.

—Y supongo que yo tampoco.

—Supones bien —lo dijo con gesto ceñudo y severo.

La verdad era que Marilyn tampoco quería trabajar. Habían sido meses de melancolías y ausencias terribles para ambos. Quería un poco de él para ella.

—Está bien —hizo un gesto de niña pequeña y caprichosa— pero entonces, llama a la oficina y di que estoy en el banco, porque que el jefe falte, no importa, pero yo…

—Se cae la puta oficina y Russell Co.., tú

eres lo más importante en esa empresa.

Mae se le acercó casi ofreciendo sus pezones al hambre voraz del dragón codicioso

—Haláguese señor, me gusta.

Unos ojos verde lujuria se posaron sobre el cuerpo desnudo de la ninfa Baker.

—¿Lo de anoche y esta mañana no te bastaron? —y arremolinó su lengua en su pezón.

—No, quiero más. Estoy dispuesta a que me digas lo linda, inteligente, sensual y lo malditamente perfecta que soy.

—Eres un milagro, un enorme e inmenso milagro.

—Oh, mi precioso chico malo.

Se sentó a horcajadas sobre él y le dio un beso dulce, lento, cálido y profundo. Sin embargo, el estómago de Mae hace un sonido gracioso.

—¡Baker! No has comido.

—Ni tú.

—Yo ya me he alimentado, nena.

Unos ojos cómplices y sensuales se miraron.

—No, comida, pan, huevos, leche, proteínas y demás, mírate estas demasiado delgado —la conciencia de que él en realidad no había comido bien le llegó en su totalidad, además la teatralidad de Peter diciéndole como Arden dejaba la mitad de lo que comía, ensombreció su rostro— ¿Cuánto peso has perdido, cielo?

—No importa ¿Cuánto has perdido tú? Esa es la pregunta que en realidad importa aquí.

—Yo no mido un metro noventa, además soy delgada por naturaleza y desde que llegué de Miami, he comido muy bien, Carlo y Peter han estado tras de mí como un par de gallinas cluecas.

El sonido, mejor el rugido de furia no demoró ni medio segundo.

—Carlo y su maldita camioneta, dile que se la compro y después la quemo □hace un gesto de rabia□ ¡Todos los maldito días pensando en los riesgos que corrías!

Mae besó su pecho, y por un segundo intentó escuchar el sonido de aquel corazón. *Debería sonar como un motor a plena marcha.* Alzó la mirada como una niña pequeña tratando de calcular cuán alto era el árbol donde ella quería escalar. Se encontró con el rostro de gesto curioso y acechante.

—Pero no me paso nada, aquí estoy contigo, casi desnuda ¡Dios mío! Estoy desnuda, eres un peligro para el guardarropa de una chica —corrió hacia el armario y buscó algo en medio de esa exageración de ropa masculina.

—¿Cuándo me vas a contar lo que hiciste en estos meses?

¡Dios!, quiere tener esa conversación ¡ya lo veo dando puños sobre la mesa!

Marilyn respiró fuerte, quería contarle cada detalle de aquel viaje de descubrimiento, soledad y liberación. Presentía que muchas de las cosas que le contaría serían para él como pequeños puñales y seguramente se quejaría por no haber compartido aquel viaje, sonrió; si, tácitamente él lo había hecho.

Volteó y le dio una sonrisa dulce.

—Te lo voy a contar todo ángel, cada cosa.

—¿Seguro?

—Por supuesto, mi amor, cada cosa ¿me contaras tú qué hiciste en estos meses?

Arden frunció el ceño.

—Baker ¿Qué he de contar? Sabes la respuesta, agonicé y aprendí.

—¿Sanar?

El hombre inmenso bajó la cabeza y por unos segundos hubo un silencio en aquella habitación.

—Lo intenté, nena, pero si he de sanar tiene que ser contigo a mi lado, sino es así no lo puedo lograr.

Mae hizo un gesto triste.

—No puedes poner todo ese poder en mis manos.

—Puedo y quiero.

Guardó silencio, no quería discutir con aquel hombre sobre el hecho de que una de aquellas partes de su aprendizaje, sería hacerle entender que a pesar del poder y de todo su ego de buen ajedrecista, debía aprender que ella como todo ser humano estaba sujeta a las leyes del devenir y de la incertidumbre.

Arden llamó a la oficina e informó que ni él ni su secretaria estarían en su oficina. A los diez minutos su hermano Henry lo llamó:

—Catanzzaro está tras algo, no sabemos qué es, pero parece que presentará el informe sobre "tu pequeño trato" con los inversionistas de Emerick Editores ¿tenías que hacer esa mierda, hermano?

—Evítalo, no me importa cómo.

—Ese es tu problema, no puedes pasar por encima de medio mundo tan solo para lograr tus objetivos.

—¿Me estás juzgando?

—No seas tan quisquilloso, ricitos, yo sé cómo es el mundo de los negocios, y a veces hay que actuar de manera inescrupulosa, pero hay que tener límites.

Una risa cínica de parte de Arden hizo que Henry respirara pidiendo paciencia.

—¿Límites? ¿Con una empresa de miles de millones de dólares? ¿Y con todo el mundo tras nosotros? además la editorial estaba a punto de la quiebra, yo solo hice lo que tenía que hacer.

Henry entendía lo que su hermano quería decir, al igual que su padre Cameron y su abuelo William y su bisabuelo Ernest; Arden tenía que jugar los grandes juegos del poder, un juego que a veces no entendía de escrúpulos y de sentimientos. Por eso nunca deseó ser presidente de aquel monstruo enorme, él era demasiado sensible y de corazón blando. Aun así, era parte de aquella empresa, llevaba el apellido Russell y amaba a su familia y al loco de su hermano.

Presentía que algo amenazaba todo aquel imperio, y el rey de la torre era quizás el objetivo a atacar.

—Entiendo, esperemos y veamos la jugada de Catanzzaro.

—¡Quiero atacar! □lo dijo entre dientes.

—¡Maldición, Arden! Eso sería una muy mala táctica, tú le destrozas la cara y el viejo querrá venganza.

—Se lo está buscando □vuelve a hablar entre dientes□ ¡Maldito viejo!

—¡Yo lo haré primero! —soltó una sonora carcajada.

□Sí, tú, ¡muy gracioso! □dijo, irónico.

—¿Por qué gracioso? Yo también quiero pelear.

□Catanzzaro no quiere a Russell Co.., me quiere a mí □colgó el teléfono.

El olor de Marilyn se esparcía por la habitación, todas las esencias que guardó en el baño celosamente para cuando volviera inundaban la atmósfera y actuaban como un bálsamo en su espíritu, pero la llamada de Henry lo dejó intranquilo.

Baker... Ahora no era solo él, ahora su mujer también estaría metida en el huracán, el maldito de Catanzzaro ya había intentado utilizarla en su contra y si bien fracasó, en el momento que descubra que ella era su punto de quiebre, tendría un flanco por donde atacarlo.

Una furia absoluta se apoderó de él *¡No!, no ahora, no ahora maldito bastardo, jamás, ahora que quiero... ¡jamás!*

Tomó de nuevo el celular.

—¿Shilton?

¡Diablos! Al escuchar su voz, el hombre no pudo pensar otra cosa, rápidamente se resignó, al menos lo había dejado una semana tranquilo. Por supuesto, Marilyn Baker había regresado y si bien eso lo liberó, no pudo ocultar su decepción, esa mujer había sido capaz de darle una patada en el culo al Todopoderoso y esperó que hubiese sido para siempre, sin embargo, ella había regresado evidenciando que nadie podía contra su jefe.

Shilton no lo odiaba, tan solo era que le ofuscaba el hecho de que ese hombre representaba todo aquello por lo que abandonó el FBI: poder sin control.

—¿Señor?

—Tengo trabajo para usted.

Rosario estaba frente a una Marilyn casi desnuda ¿Qué podía buscar una chica como ella en su cocina?, y la pobre mujer estaba aterrada, y no ayudaba que Rufus ladrara con todas sus fuerzas.

—Señorita □dijo, parca.

—Rosario □Mae saludó algo incómoda.

Se produjo un silencio molesto que fue interrumpido cuando el dragón apareció vestido con solo un pantalón de pijama gris, ante semejante espectáculo, la pobre mujer quiso correr y saltar desde la azotea.

Petrificada, pensó en su virgencita de la Macarena y pidió que no se le note lo perturbada que estaba, temerosa de perder el trabajo si decía o hacía algo que no le gustara. Como siempre, optó por fingir indiferencia.

Mae corrió y se escondió tras la espalda de su hombre, bragas y camiseta no era ropa para estar frente a la severa dama.

—Buenos días, Rosario.

—Buenos días, señor.

Arden besó la cabeza oscura de Mae y le guiñó un ojo en complicidad.

—¡Hostia! —la mujer española no fue capaz de ocultar la sorpresa.

No tanto por ver a la chica semidesnuda en la cocina o que la chica fuera aquella tímida secretaria, sino porque nunca había visto una actitud cariñosa en ese hombre, ni si quiera con su familia. Él siempre se mostró con todos como una persona huraña y distante.

En dos pasos, el gigante se paró frente a la mujer y le preguntó en perfecto español.

⬜¿Algún problema?

La mujer tosió, nunca lo había escuchado hablar en su idioma. Años trabajando con él y a lo más habrían cruzado diez oraciones seguidas y nunca en español.

—No, señor, ningún problema.

La ninfa vio la conocida dinámica de mirada dura, voz inquisitoria y postura intimidante con la que enfrentaba a todos. Ahora, después de tanto tiempo, no supo porque aquello le causo más que terror, una sonrisa. Hablaba en español y la mujer contestaba con un "sí señor", "no señor", del resto no entendió nada, lo único que supo es que escucharlo hablar en otro idioma era sexy.

Mi "Suma Cum Laude" es la nada misma, frente a este hombre parezco una analfabeta sonrió por su ocurrencia.

A los cinco minutos la mujer agarraba sus cosas y salió de allí. Antes no pudo evitar dar un vistazo por lo bajo, pero solo se topó con la mirada verde de "no te importa" y antes de que se escuchara una rotunda declaración de despedida, salió de allí.

—No tenías porqué asustarla.

La respuesta vino con un beso mordelón.

—No la asusté, solo le dije lo que tenía que decirle.

Mae cruzó los brazos y preguntó:

—¿Y que fue eso?

—Que tú eres la dueña de la casa.

Aquella declaración la dejó atónita.

Cadenas, palabras de fuego y de compromiso, sonrió.

—¿Es decir que ese Picasso es mío?

—Y todo lo demás.

Mae suspiró mirándolo directamente

—Gracias por lo de Peter.

El dragón bajó la cabeza, pero lentamente volvió a los ojos pardos de su mujer.

—No, ese chico es lo mejor que llegó contigo, mi amor, no hubiera sobrevivido sin él, es tan fuerte, tan duro, creo que se convirtió en mi mejor amigo.

—¡Oh, sí! No sabes cómo alardea sobre eso, ¿ya le dijiste que lo amas?

—¿Para qué? le di un Pollock, si eso no es una declaración de amor, no sé qué sería.

Ella se abalanzó y lo abrazo *palabras, no cosas, mi amor.*

—Solo díselo, él te adora.

—Lo sé, lo sé.

Diez de la mañana y ya satisfecho de un desayuno donde se comportó como un niño mimado y caprichoso, que sin embargo disfrutó de todo lo que le dieron de comer, tomó de la mano a Mae y la llevó hasta la piscina, el ambiente temperado y luminoso del lugar contrastaba con la niebla fría que envolvía a la ciudad que se veía a través de los ventanales, la sentó en una reposera y se instaló frente a ella.

—Te escucho, Baker.

—¿Por dónde quieres que empiece?

—Desde que me fui de tu apartamento —la voz fue seca, sonaba al Señor del Hielo frente a una negociación importante.

—¡Oh!, es mucho, señor.

No le gustó el "señor", él no quería hablar con la asistente que abandonó su trabajo, quería el relato de su mujer amada.

—Tengo todo el día, toda la semana y toda la vida, así que cuéntame, cuéntame cuán fácil fue irte y no me digas señor. No hablas con tu jefe, hablas con tu amor.

Entendió, el hombre frente a ella todavía respiraba dolor.

—No fue fácil.

—Yo aún estoy en ese momento, frente a un apartamento vacío y un maldito dolor en mi pecho.

Mae respiró con fuerza, no omitiría ningún detalle, en ese viaje tremendo, él fue quizás la parte más importante: compañero de viaje, la voz que escuchaba en cada paso, su ángel protector, además de ser el causante.

Fue así fue que comenzó el relato con la ida al departamento de sus amigos y fingir sobre el viaje:

☐Peter no es bueno para decir adiós, baby, además tenía que protegerlo de ti.

Un rugido fuerte y un resoplar furioso.

☐¿Y no pensaste en protegerme a mí?

Una pequeña lágrima recorrió la mejilla de la chica.

☐Yo te estaba protegiendo, ¡claro que sí!, te protegía de mí ☐un golpe dragoniano sobre la mesa, pero ella no se detuvo☐. Sí, amor, te hago daño.

Furioso, se paró y caminó como animal enjaulado por el borde de la piscina.

—¿Cómo puedes decir eso? ☐gritó y la dimensión del lugar hizo que su voz se ampliara.

—¡Pero es la verdad! ☐fue hasta él, lo tomó de la mano y lo obligó a sentarse☐ yo soy parte de todos esos clics que detonan tu violencia.

—Mi naturaleza es violenta y fui mucho

más violento antes, tú no tienes nada que ver.

—¿Cómo que no, ángel? Siempre estas al borde conmigo.

—Siempre estoy al borde con todo, Mae.

Le contó cómo aquella noche una lluvia pertinaz la acompañó en su salida de Nueva York, cómo la camioneta fue el comienzo de una aventura y la herramienta para caminar por el mundo.

☐No te enojes con Carlo, él quería lo mejor para mí, los amigos hacen eso, mi cielo.

—No me hagas conciliar con la camioneta, ni con Carlo, fue un irresponsable, tienes dos autos, ¡dos malditos autos!

—Con chips de rastreo.

La sonrisa torcida emergió de él.

—Chica lista, siempre a un paso de mí ¿no es así?

Poco a poco Marilyn fue soltando cada uno de aquellos pasos. Su estadía en el lugar donde su madre nació. El recorrer cada uno de aquellos lugares donde había pasado su niñez. Cómo al estar allí el monologo interno con Aimé se intensificó y cómo paso a paso fue conociendo un poco más a esa madre a la que ella había idealizado y como en aquel trasegar le permitió valorar aún más a su padre Stuart quien se presentó frente a ella como un hombre capaz de tomar decisiones de responsabilidad y de hombría.

Le contó sobre sus días en los grandes lagos, bajo el sol, omitió lo del libro porque eso lo dejaría para el final.

Una extraña sensación fue invadiendo a Arden mientras Mae le contaba todo aquello. Un sentimiento de libertad y coraje lo poseyó. Se vio así mismo en cada paso y en cada camino, viendo lo que ella veía, sintiendo lo que ella sentía. Para él fue difícil entender como aquella que se fue siendo una niña, había regresado siendo una mujer, y como él -a pesar de todo su pasado de rebeldía, salvajismo, desafuero y violencia-, no había sido nunca libre en realidad, y que, bajo aquellas palabras del recorrer de su mujer por todo el sur del país, le proporcionó algo de esa libertad que ella tenía en sus palabras, en su corazón y en su piel.

□No hice cosas espectaculares, a veces me sentaba en la soledad del camino y me quedaba por horas recordando cada una de las cosas que me hacen ser yo, es difícil entender como muchas de ellas eran equivocadas, o simplemente no tenían la importancia que yo creía que tenían. Para mí, lo único constante eran las personas que han conformado mi vida, sobre todo mis padres □hace una pausa para respirar profundo□ y, a medida que me reconciliaba contigo, tú □Arden levanta una ceja, ella le acaricia el rostro suavemente hasta volver la ceja a su lugar□ ¿Sabes? nunca he sido una persona religiosa, pero me vi rezando por todos, por mí y por ti.

—¿Por mí?

—¡Oh, por supuesto que sí!, rezaba por ti, para que no estuvieras solo, para que no te hicieras daño, para que esta separación fuese también buena para ti… y para que cuando volviera, me estuvieras esperando.

Le da un abrazo.

—¿Y si no hubieses vuelto? □la toma de los hombros y la separa hasta tenerla frente a frente□. Te escucho y siento que fuiste tan feliz, que puedo entrever que en aquel recorrer por caminos y ciudades, hubo momentos en que no tenías deseos de volver a mi ¿te planteaste alguna vez no volver?

Si, si lo había hecho. En algún momento ella creyó no volver. Lo miró directamente a los ojos, y con eso lo dijo todo.

—Lo siento.

—¿Una vida sin mí, Marilyn?

—No hubiese sido vida ¿cómo vivir sin mi vida? ¿Cómo vivir sin mi alma? —ahora con las palabras de Heatcliff en su boca, entendió todo el poderoso concepto— habría sido algo terrible, pero una parte de mí creía que era la manera de salvarte.

—¿Salvarme? ¡nos habrías matado a los dos!, ese Heatcliff era un maldito bastardo, pero entendió que Catherine era parte de sí mismo y el resto de su vida se la pasó detrás de su fantasma, ese hubiese sido yo, viéndote en cada cosa, en cada calle, en este apartamento y en el tuyo, y al final yo habría destruido todo el puto mundo ☐hace una mueca amarga☐. Déjame creer que en aquel camino que describes siempre estaba contigo, y que nunca dejaste de creer que al final vendrías a mí.

Furioso, se fue, Marilyn corrió tras él, lo siguió hasta la habitación y solo se detuvo en el umbral cuando lo vio parado, muy tenso, junto al ventanal.

—Siempre estabas conmigo, en cada paso, ya te lo dije, hablamos, me protegías, acepto que ☐y bajo la cabeza— que hubo momentos en que no pensaba volver —el gigante hizo un gesto de dolor profundo y le dio una mirada que se confundía entre la melancolía y la rabia— ¡no!, ¡no! —se acerca a él a pasos rápidos— eso fue al principio, cuando todavía estaba muy enojada contigo y creía que era lo mejor, siempre fue así.

—¿Y tú? ¿Fue tan fácil para ti? ¿Fue fácil aceptar o creer que nunca nos volveríamos a ver?

—¿Te olvida de lo mal que veníamos? Lo nuestro iba de desencuentro en desencuentro y cada vez era peor. Mi dolor, mis lágrimas y mi corazón roto pudieron más, necesitaba... necesitábamos separarnos. Desde el momento que salí de la ciudad, no, desde el mismo momento en que cerraste la puerta de mi casa después de la última discusión supe que sería doloroso, mi cielo, pero algo dentro de mí me decía que, si no lo hacía, al final, me ibas a odiar.

—¿Qué? —dio dos pasos hacía ella y tomó su pequeño rostro entre sus manos—. ¿Cómo puedes decir eso?

—Pero era lo que pensaba, toda esa rabia, toda esa furia que manejas es algo sin control, cualquier cosa que yo hiciera, cualquier cosa que dijera u omitiera sería para ti una manera de lastimarte, y □ella se alejó— y odias a quien te lastima, vives enceguecido por tu rabia.

—Pero nunca contra ti, ¡jamás!, tú has purificado algo de mí, descubrí que al menos contigo puedo tener conciencia, una buena, una donde puedo cuidarte y no hacer de ti uno de mis fantasmas de odio y rabia.

—¿Ves? Tanto hablar de fe, y creo que yo fallé también, creí que era mejor que tú en ese sentido, necesité alejarme de todo y regresar para saberlo. Ayer, cuando te volví a ver, estaba muerta de terror, pero me besaste y supe que me excluiste de todo ese mundo fantasmal que te rodea □lo abraza□. Me doy cuenta de que estás tratando y que lo estás haciendo por mí.

Se levantó en puntillas para intentar darle un pequeño beso al gigante que estaba frente a ella. Arden hizo un mohín juguetón y se hizo de rogar. Ella hizo un puchero con su boca rosa y un gruñido animal salió de él.

—¡Mierda Baker! Esa boca tuya es de lo más hermoso del mundo, pero no me provoques, estoy en proceso de comportarme hoy como un maldito niño bueno.

—¿No estás enojado conmigo?

—Estoy furioso —y su voz fue piedra.

—¡Oh! —y ella hizo un gemido pequeño y contenido.

—Hubiera dado todo por estar contigo en la

carretera, nena, hubiera sido maravilloso, tú y yo.

—Algún día haremos ese viaje, amor, solos tú y yo.

Un guiño pícaro.

—Follando a la luz del sol.

—¡Dios! nunca cambias, eres tan grosero y ¡te amo mucho!

Se sentó a la orilla de la cama y la invitó a ella.

—Sigue contando, trataré de no enfadarme tanto.

Como una niña buena se tiró a sus brazos y recomenzó su historia.

En mi viaje al Mississippi conseguí una amiga, una veterinaria, quien me ayudó con Darcy, hablaba hasta por los codos, peor que Peter. Ella me enseñó algo muy importante: estar feliz con lo que se tiene, disfrutar cada momento y dar gracias por las cosas sencillas que la vida te ofrece.

Se abstuvo de contarle sobre Tristán, no era el momento indicado.

Yo no soy sencillo murmuró entre dientes, pero sonó a gruñido.

Eso lo sé. A pesar de que el espíritu de Faulkner estaba en todas partes y tú sabes lo que me gusta ese autor acotó, poco a poco supe que ya no podía vivir en un pequeño pueblo, mi piel clamaba por Nueva York y por el complicado amo de la ciudad.

Con un intenso beso Arden interrumpió el relato.

Sin embargo, demoraste en volver la miró levantando su ceja.

Tenía otras cosas pendientes ante la cara de pregunta, rápidamente agregó: yo misma y Aimée Gerad.

Tu madre.

Sí.

Y tú está vez el gruñido fue suave.

☐El mundo, hasta yo misma, me veía como una chica poderosa, una guerrera porque era capaz de enfrentarte, pero no, la Marilyn que ves ahora sí lo es. Viajé por el país sola, me atreví a cortarme el pelo, a conocer gente y si bien pasé más de un susto, ¡mírame! ☐se puso de pie y abrió los brazos y se expuso descaradamente ante él☐ ¿no estoy más linda que antes? ¿no me veo más... más mujer? ¿más libre? ¿más enamorada?

Arden, con la vena de la frente hinchada, la mandíbula apretada y la respiración entrecortada, empuñó las manos y le dio golpes a la cama, se puso de pie y de un salto la abrazó.

☐¿Más de un susto? ☐aplica más fuerza al abrazo☐ ¡Lo sabía! Estuviste en peligro de muerte y no me dijiste.

La abrazaba tan fuerte que la chica apenas podía respirar.

—Amor, ahora sí peligro, moriré asfixiada si no me sueltas.

Inmediatamente la libera, ella sonríe.

—¿Cómo puedes bromear? ¡Dios, no! Te lo advierto, Baker, soporté esta separación porque sabía que volverías a mí, pero si...

No lo dejó terminar, con un beso intenso interrumpió lo que sabía sería una declaración de dolor y muerte.

—De verdad fueron sustos, baby, pero fui tan desconfiada y astuta como cierto señor que conozco que apenas huele el peligro levanta una ceja y aprieta las mandíbulas así que la amenaza siempre desapareció ☐se tranquilizó cuando vio que Arden relajaba el ceño y sonrió cuando imitó su gesto☐. Hay tanta gente en el camino, ángel, de todo tipo: sin hogar, sin raíces ni familia. Desarraigadas de todos, sin recuerdos o memoria. Supe que yo era diferente porque tenía un pasado, una familia, unos amigos, porque pertenecía a algo y a alguien.

□A mí □sentenció.

Con un gesto de cabeza lo confirmó y siguió con su relato.

□En Bouton Rouge entendí que mi madre y yo somos diferentes y que ya hora de seguir mi propio camino □se le quebró la voz□ no quiero ser profesora de arte ni dedicar mi vida a pintar.

—Lo siento —una caricia en su rostro y un pequeño beso en la mejilla.

—Tú lo sabías antes que yo, ¿verdad?

—Eres escritora, nena, no maestra.

¿Cómo es que sabe cosas de mí antes que yo misma? Me conoce y entiende más de lo que yo creía. Lo mira con adoración, lo ve distinto, más luminoso y si fuera posible, más hermoso.

—¿Sabes lo más peligroso que viví durante mi viaje? □inquisidora.

□¡Mierda, sabía! Sabía que algo grave te pasó en el maldito viaje.

□Me dejó tan aturdida que durante unos días solo lloré y no supe cómo seguir.

El hombre contuvo el aliento y la miró directo a los ojos, así ella pudo percatarse como los brillantes ojos verdes se tornaron oscuros...

□¡Habla!

□El día que me visitaste en el hotel y te fuiste tan enojado.

Retrocede sorprendido, nunca imaginó que la había afectado de esa manera, la vio tan empoderada que solo le quedó marcharse.

—Pero me moría por traerte conmigo cual cavernícola.

—Eso lo entendí después, cuando vi el dinero en mi cuenta de banco. Al dejarme en el hotel me demostrarte que confiabas en mí y respetaste mi necesidad de recorrer el camino hasta el final. Me seguías cuidando y estuvo claro para mí, si el viaje me hacía mejor sería tan solo para volver a ti.

◻Y te fuiste a Miami.

◻Esa era mi última estación, tenía que enfrentarme con el adiós a Aimée ◻no contuvo sus lágrimas◻. Fue muy doloroso, finalmente estuve allí frente a todas sus cosas: libros, fotos, música ◻solloza◻ y me di cuenta de que mi madre, a quien yo creí perfecta, solo era un ser humano. Que sus ansias de libertad no eran más que incapacidad para enfrentar sus conflictos ◻se secó las lágrimas◻, no la juzgo, ahora sé que la súper mamá no existe. Ella tuvo sus propios demonios, aun así, nunca me abandonó. Lo más triste es que cuando ya se decidió a no huir más, vino la muerte y se la llevó.

◻¡Perdón! Perdón por la carpeta infame.

◻Aunque no fue la manera ideal de enterarme, me ayudó a descubrir verdades de mi vida.

◻Fui un idiota.

◻¿"Fui"? ◻con la mano se quita las pocas lágrimas que aún persisten es su rostro y sonríe◻. Eres mi señor Dragón, ya no huiré, esta Marilyn tiene armas para domarte.

◻¡Ven aquí! ◻la atrapa con los brazos y la choca contra su pecho◻. Eres mi chica, mi niña coletas, mi chica libros, mi ninfa, mi domadora con látigo y todo ◻la siente reír contra su piel◻ y te seguiré hasta donde vayas.

Se besan con ternura.

◻Finalmente, Aimée Gerard, me enseñó que mis caminos los elijo yo y como último acto de amor ◻se le quebró la voz◻ me dejó ir.

Un silencio incómodo se cernió sobre la habitación, de pronto las imágenes de las dos madres enfrentadas una a la otra: Aimée liberando a su hija mientras que Tara demente encadenada al suyo.

—No llores, nena, tu madre hizo algo

maravilloso contigo.

—Y papá, todo esto me hizo valorarlo más, siempre silencioso, viviendo sus propias batallas y asumiendo las responsabilidades sin chistar.

□Stuart, sí □exhaló contenido□. ¿Le contaste a Susy? —preguntó desconfiado.

—Ella lo supo, tú sabes cómo es, yo solo se lo confirmé.

—¿Qué dijo?

—Estaba sorprendida y aterrada.

Él lo sabía, ella conoció a Tara, a Chanice, a Faith, sabía su pasado, cada cosa temible que hizo ¡claro que estaba aterrada! Solo Susy lo sabía.

—Ella me conoce ¿Qué te contó?

—Sobre tu madre.

Arden asiente resignado.

—Tara... ¿te contó del día en que por defenderme de su locura mi madre la golpeó? o, ¿de la vez en que ella y solo ella viajó a Canadá para sacarme de un cuartucho y llevarme a un hospital porque me moría de una sobredosis?

Del pecho de Mae sale un sollozo ahogado y se le llenan los ojos de lágrimas.

□No, pero le agradezco mucho lo que hizo por ti.

□Le debo la vida, en todos los sentidos. Ella te trajo a mí.

—¡Sí! Otro motivo para darle las gracias.

—Ella es mi mejor amiga.

Mae se limpió las lágrimas e hizo una pataleta juguetona.

—¡Epa! yo soy tu mejor amiga.

—No, tú eres mi chica, mi novia, mi todo.

Una obnubilada Marilyn se perdió en la frase "tú eres mi novia".

—¿Tu novia?

—¡Diablos, sí! Desde que te soñé cuando tenía ocho años.

—Lo soy —dijo con el corazón contrito.

—¡Te tengo un regalo!

—¿Otro?

El dragón creía volver a las épocas de tira y afloje cuando cada vez le ofrecía presentes e inmediatamente ensombreció el gesto.

—¿Por qué no?

Mae, deja de ser tan estúpida, te prometiste aceptar cada cosa, cada uno de sus exagerados gestos hacía ti, déjate mimar.

—No te enojes, quiero cada uno de tus regalos.

☐Eso me satisface mucho.

☐¿Qué es? Todos son tan hermosos, me vas a mal acostumbrar.

—¡Por supuesto! quiero consentirte, pero sobre, cuidarte.

—Bueno, lo acepto y creo que me gustará —cerró los ojos— ¡sorpréndeme!

Durante unos segundos Mae esperó impaciente.

—Abre los ojos.

La luz del medio día entraba por la ventana, abrió los ojos y de pronto el cuarto se vio inundado de una gama de colores entre rosas y azules, frente a sus ojos lo más hermoso que ella había visto en su vida: unas hermosas peinetas resplandecían en un estuche forrado de terciopelo azul.

—¡Oh, señor Dragón! ¡Qué maravilla! —lo tomó entre sus manos.

☐Lo compré en Roma.

La chica miraba la joya, sorprendida. Su formación artística le permitió valorar el regalo más allá de las piedras preciosas que contenía.

—Son perfectas, mi cielo.

—Así como lo eres tú ☐le dice ilusionado.

Un dragón con corazón infantil y poeta.

Va hasta un espejo y se las coloca.

☐Son una reliquia ☐de nuevo empezó a llorar como una niña.

—¿No te gustó?

En medio segundo se vio besándolo por todo el rostro.

—¡Es precioso! Es un regalo maravilloso.

—¿Entonces?

—Yo nunca te doy nada, me siento tan pobre, tan pobre.

—¡Por Dios, Mae!, tú ya me lo has dado todo lo que me hacía falta y que necesitaba para seguir viviendo.

—¿Yo? □preguntó con una verdadera ingenuidad.

Una mirada de hambre la recorrió, una mirada de reconocimiento, esas miradas que se dan cuando todo el mundo se derrumba, y a pesar del tronar de la catástrofe se sabe que tras la Apocalipsis está el cielo redentor.

—¡Existes, Mae, existes! Si tú no hubieras vuelto y yo habría agonizado como un loco, pero habría persistido, porque mi amor yo vivo en un mundo donde tu existes. Sabiendo que tú estás, el puto mundo es bueno para mí.

—¡Yahooo! —el grito de Peter tras el teléfono.

—¡Dios! deja de gritar.

—No me quites mi final feliz, Mimí ¿cómo no voy a gritar?

□Me romperás el tímpano.

□Exageras, ¿cómo está nuestro chico?

—Muy bien —había dejado un Arden profundamente dormido, repleto de comida y envuelto en su cobija.

—Quiero hasta los más sucios detalles. Creo que anoche tembló en Nueva York.

—Fue… fue… fue una buena noche amiga.

—¡Perra suertuda! te envidio, ¿está feliz?

—Sí, si lo está.

□¿Y tú?

¡Ay, Peter! Te juro que ya no cabe en mí ni un gramo más de felicidad. Valió la pena, amore, y te agradezco todo lo que hiciste por él mientras estuve afuera.

Al otro lado del teléfono su amigo sonreía orgulloso, satisfecho del trabajo que realizado y de pronto, todos aquellos meses en que fue testigo del infierno en que vivió Arden le parecieron una verdadera tragedia de amor. No estaba banalizando el dolor, pero deseaba que su amigo cual héroe de película romántica, al final del camino se encontrara con la mujer de sus sueños. ¿Por qué no? Los príncipes azules siempre resplandecen, los héroes literarios triunfan, y Arden Russell era eso y todo más.

Hazlo feliz, amiga.

—Te aseguro que pondré todo mi esfuerzo.

¡Bien! el gritón de Peter apenas susurró.

Cariño, necesito un favor.

—El que quieras, cielito.

—Ve a mi apartamento, alimenta a mi gatito, y me traes ropa, por favor.

El pobre chico se asustó.

—Okey, pero ¿estás segura de que me quieres allá?, te advierto que corres un riesgo, quizás repiense su cariño por ti y me elije a mí — suspira.

—Sueña, perra.

Ambos sueltan la carcajada.

—Oye sucia ¿estás desnuda?

—Aja —Mae contestó autosuficiente.

—¡Te odio!

—Yo te amo, amiga.

—¡Oh, no lo haces!, si fueras la amiga que dices ser me describirías a tinta y papel cada una de tus proezas sexuales con el rey de Nueva York, escríbelas y serás millonaria y la mujer más envidiada de América.

—¡Tonto!

—Sin embargo, me amas.

—Con todo mi corazón, cariño.

Un Arden dormido y una Mae abrazada a su cuerpo, esperó a que Peter aparezca. El estuche de terciopelo con los peines sobre la cómoda la hacen sonreír.

Es algo lleno de misterio, nena: Roma, un anticuario y una niña hermosa que vivió en la Rusia zarista, todo al final llegó hasta ti, donde realmente debe estar.

Autos, libros, joyas, la promesa de toda una ciudad a sus disposiciones y el corazón de tormenta de Arden.

Soy una chica afortunada...

Su alma de ninfa se sentaba en el trono de poder y se disponía a gobernar el mundo.

A la hora un Peter juguetón estaba en el apartamento. Rufus parado sobre sus patas traseras le hacía fiestas.

—Mírame, Mae, si ya posees el corazón de la mascota de un hombre, lo tienes todo, así que apártate, porque Rufus y yo tenemos una historia aquí ¿no es así, mi amor? —Peter juguetea con el animal quien lo ama a cola batiente.

—Eso lo sabremos, no puedes competir con mi bistec.

—¡Tramposa!

Peter observa el apartamento, lo conoce muy bien, durante meses acompañó al animal dueño de todo.

—Al principio esto me asustaba ¿sabes? con Picasso incluido, después entendí la soledad que aquí existía.

—Tú lo ayudaste, amore.

—Hice lo que debía hacer.

—No me cansaré de agradecerte —besa la mejilla de su mejor amigo— adivina de quién es ahora el Picasso.

El amigo pestañea asombrado y le hace un gesto de indiferencia.

—Yo tengo un Pollock —hace un grito ahogado— ¿te das cuenta de que ese hombre hace regalos que pueden asustarte de por vida? ¡Dios! es una cosa dulce y loca y estoy tan feliz de que estén juntos nuevamente.

Marilyn lo abraza.

☐Nunca me cansaré de darte las gracias, a Carlo también.

☐¡Ahh! Cuando se encuentren esos dos otra vez…

☐¿Crees que llegará la sangre al río? ☐hizo un gesto exagerado que provocó la risa del amigo.

☐Ahí estaremos nosotros para evitarlo ☐lo dijo a modo de súper héroe.

☐Seremos como unos mosquitos en medio de una tormenta ☐rio.

☐Eso serás tú, mi reina, yo seré "Peter, el moscón nuclear" con mi lanceta de diamante ☐estiró el brazo y en el movimiento deja al descubierto su reloj pulsera☐ ¡Madre mía, la hora que es! ya tengo que estar en otro lado.

☐¿Tan pronto?

☐Lo siento, corazón, pero sí. Además, el señor del castillo pronto se despertará.

—Estará feliz de verte aquí.

—No, Mimí, lo vi sufrir durante meses, siempre esperándote, hambriento, desesperado, y ahora que tú estás, yo no voy a incomodar, es el momento de los dos.

—Eres adorable, el mejor amigo del mundo, Arden y yo somos afortunados.

—¡Mucho! —guiña un ojo☐. Y te aviso que un día de estos, me llevo a Darcy a mi apartamento. Ese gato tiene que contarme muchos secretos y se va sonriendo entre chistes y canciones.

Hacía un frío de los mil demonios ¿por qué demonios hacía tanto frío? Un viento pesado le recorría. Se despertó y se encontró en una vieja habitación, una habitación que él odiaba, una habitación que lo había encerrado por años, una habitación donde pasó los días más terribles de su vida.

□*No, no, no... por favor no...*

Corrió hacia la maldita puerta y no la pudo abrir. Desesperado gritó, pero su voz no salía, le dio una patada a dicha puerta, pero parecía de hierro. Una imagen frente a él, un espejo, un niño, un adolescente con el pelo revuelto y muy largo, unos ojos verdes oscuros y hoscos lo miraban.

□*No, no quiero estar aquí, debo estar soñando... todo es un maldito sueño, quiero volver, quiero volver, no ahora.*

Sintió la presencia tras él, un aliento a licor y una risa siniestra.

□*No mires, ella está tras de ti no mires, no mires...*

□*Keith cariño, aquí esta mamá, ¡mírame maldito estúpido!*

□*No quiero ¡lárgate de mi vida, Tara!*

□*No seas tonto bebé, yo estoy aquí contigo... para siempre.*

□*¡No! solo Mae... solo Marilyn... fuera de mi vida.*

El recorrer lento de unas manos heladas por su espalda.

□*¿Quién es ella cariño? De nuevo soñando con esa niña mi pequeño... ella no existe, solo somos tú y yo cariño, solo somos tú y yo, nadie más... tú me amas a mí, solo a mí.*

□*Por favor, madre... por favor, madre...*

□*Eres un idiota Kid, no sueñes más, la niña esa está solo en tú imaginación.*

□*¡No!*

La mano helada tomó su cabello y lo jaló

con fuerza.

☐*Tú me perteneces, bebé, eres solo mío, de nadie más ¿Marilyn? No te hagas ilusiones querido, ella, como todo a tu alrededor, desaparecerá y yo te estaré esperando bebé.*

☐*¡Nunca! ¡Marilyn!*

Con todas sus fuerzas gritó y volteó para ver la presencia de miedo de su madre y allí estaba, hermosa y sonriendo de manera macabra.

☐*Somos uno, que nunca se te olvide* ella se acercó a su rostro *no puedes escapar de mi... ¡jamás!*

☐*¡Mae!*

Y de la pesadilla de muerte y de dolor despertó y la habitación estaba a oscuras, y no era octubre, no, hacía un día Mae se había ido y él estaba loco y demente y su madre fantasma infernal lo acompañaba.

—¡Mae!

Marilyn escuchó el llamado y corrió, estaba leyendo en la biblioteca, esperando a que despierte. Subió las escaleras, abrió la puerta y prendió la luz.

—¿Baby?

Un Arden mirando al vacío, un rostro enérgico y aterrado.

—¡Maldita sea, Baker! ¿Dónde estabas?

—Leyendo, no te quería despertar.

—¡No te vayas!

Una corriente de aire frío recorrió el espacio de la habitación, un aire helado entraba en ella y con su potente intuición supo que ocurría.

—¿Tara?

—Shiss, no la nombres.

Lentamente se acercó, ese no era un niño aterrado, era una fiera a punto de atacar.

—Yo estoy aquí, ella no puede hacerte daño, no se lo voy a permitir, no se lo voy a permitir.

—Ella es fuerte, es muy fuerte.

Lo abrazó.

—Pero yo lo soy más, yo soy un guerrero, yo puedo contra todos esos fantasmas y Tara no puede contra mí.

—¿Vas a salvarme?

—Con uñas y dientes, mi amor.

La noche caía sobre la ciudad, no bastaron los besos o la música que con furia hizo surgir del chelo, la voz de su madre se le había estacionado de nuevo en la mente. Cada vez que había un atisbo de felicidad en su vida (y fueron pocos) ella venía a estropearlo todo.

Marilyn lo observaba tocar... *Tara, no puedes conmigo, no te lo voy a permitir.*

—Oye, Russell, te reto.

El volteó y suavizó la mirada.

—¿Qué quieres, nena? Yo aún soy el maestro —una voz sexy se deslizó en el espacio.

¡Oh divino sexo!... pero no, ahora no.

—Vamos al cine, tú y yo.

—¿Y cuál es el reto, señorita Baker?

—Vamos en metro, señor multimillonario.

—¡Claro que no!

Provocadora, se mordió los labios y levantó una de las cejas.

—No me digas que tienes miedo de salir de la cueva, señor Dragón... *Tengo que sacarlo de aquí.*

—Tú y yo como dos chicos de aventura en el terrible metro.

Arden dejó de lado el chelo y se acercó a Marilyn, ella se vio como una presa a punto de ser devorada.

—Yo tengo mejores ideas, aventuras donde implique que tú yo estemos desnudos —mandó sus manos a sus pechos— son tan hermosos nena.

Mae gimió y el calor de su caricia inundó todo su cuerpo.

¡Diablos, no!... que no me toque así.

—No, no, señor —dijo con voz quebrada—
¿Acaso no quieres salir de aquí?

—No, estaba pensando esposarte de nuevo.

—Vamos, Arden, tú y yo solos en la jungla
de cemento —hizo un puchero de lo más tierno.

Arden giró su cabeza hacia la ventana.
Nueva York, su imperio y él se mostraba cual
déspota tirano que no conocía su reino.

—No metro.

—No pretorianos, no autos de quinientos
mil dólares, no guantes de doctor siniestro.

—Ese soy yo, Baker.

Ella lo abrazó con fuerza.

—Yo lo sé, ángel, y eres un demonio
divino, pero todo ese decorado que tu manejas a
veces es tu prisión, vamos Keith —se alejó tres
pasos— la ciudad nos espera.

A la media hora, los dos, vestidos como dos
jóvenes más en la gran ciudad iban de camino al
cine. Theo intentó seguirlos, pero con un gesto de
las manos él los paró en seco.

Lo vio perdido entre la gente, la chaqueta
negra y la gorra que cubría su cabello, no lo
hicieron invisible, pero nadie podía creer que aquel
hombre que gobernaba la ciudad desde el
rascacielos de cristal hiciese fila como cualquier
mortal para ver una película.

—¿Hace cuánto no vienes a cine?

Sus músculos se tensionaron y ella sabía
que venía una respuesta terrible.

—Vine con Chanice y Dante, cuando
cumplí dieciséis años, estaba tan drogado que no
me acuerdo de la película.

Y sin medir consecuencias ella le dio un
beso en medio de la multitud.

—Es hora de fabricar nuevos recuerdos ¿no
crees, mi amor?

Decir que ambos vieron la película fue una
exageración, porque las manos y la boca de ambos

estaban más ocupadas en otras cosas que en poner atención. Mae tuvo que luchar con el gigante para que no le hiciera el amor en la sala.

—¡Mierda, Baker! Me quitas la maldita diversión.

—¿Quieres que nos echen del cine por escándalo público?

—Vamos, tú y yo haciendo el amor es algo digno de ver —y se acercó a su oído para susurrarle algo caliente y lleno de promesas delirantes y sucias.

—Baby, podemos hacer nuestra propia película, así como en el estacionamiento.

—Serán obras de arte, nena —y atacó su boca.

Las luces de la calle comenzaban a brillar e iluminaban a Mae que feliz corría delante de él, retándolo.

—¡Marilyn, me lo prometiste!

La ninfa le sacaba la lengua.

—¡Metro!, ¡metro!, ¡metro! —hacía un gracioso bailecito.

Arden se detuvo y miró con satisfacción a esa niña tierna que lo invitaba a jugar *¿juegas?* Una sonrisa perversa cruzó por su cara.

—¿Quieres ir en el metro?

—¡Sí!

—¡Diablos! □se adelantó y la tomó de la mano□ ¡Vamos en el metro!

Ella compró los tiquetes, él observa y se deja llevar, era un acto tan trivial sin embargo parecía fantástico; un hombre poderoso que nunca había usado el metropolitano siendo arrastrado por una chica joven con alas en los pies por aquel mar de gente, un gigante tratando de mimetizarse con todos aquellos seres humanos de a pie que allí se encontraban, forzando una sonrisa para no desencantar a la ninfa que lo guiaba.

Debían llegar estación a la Flushing Main

Street, hicieron el viaje apretujados entra la gente que a esa hora volvía a su casa con caras de tedio, ya resignados a una vida de rutina, soledad y tristeza. En medio de todo, estaban los dos, abrazados.

—¿Siempre viajabas en esto para ir a tu casa?

—De la casa al trabajo, de ahí a la universidad y de vuelta a casa. Todo eso antes de que se me diera un Chrysler —sonrió, pícara.

Arden hizo un gruñido, la giró y abrazó su cuerpo con fuerza. Mae sintió como se le apegaba a las nalgas, el sofoco la hizo sonrojar, trató de zafarse, pero el brazo portentoso la retuvo y al segundo sintió la lengua dragoniana deslizarse por el lóbulo de su oreja izquierda, gimió, pero tuvo que morderse los labios cuando sintió que con la mano trataba de penetrar su blusa.

—Quédate quieta □le susurró.

La petición estuvo de más, estaba paralizada. Solo atinó a hablar.

□Yo… yo… ¡Dios! me encantaba al salir de la oficina, tomarme un capuchino para desconectarme del trabajo, a veces, caminar por Central Park —la mano y la boca la recorrían en lugares estratégicos—. Antes de subir al metro… □un mordisco en el cuello la interrumpió□ ¡Arden! Nos están mirando.

—Nada puede importarme menos, además, tú quisiste viajar así —intensificó la fricción contra las nalgas de su chica— ¿Sabes? Tengo una sucia fantasía en este lugar, me pregunto si puedo comprar el maldito metro.

Estaba a punto de explotar, el roce se le hacía cada vez más insoportable, la caricia en su vientre le resultaba hipnótica y las pequeñas lamidas en su oreja la tenían a punto de muerte, así que se liberó soltando una carcajada.

—¡Por todos los cielos!

—No bromeo— lo dijo de manera seria. *¡Oh, claro que no!*

La ninfa interrumpe el coqueteo cuando se percata de unos ojos azules la miran con lasciva, Arden atento a todo lo que ocurría con ella levantó los ojos hacia el hombre y con una mirada asesina y sin hablar lo obligó a perderse entre los pasajeros del vagón. Aquellos pasajeros que se percataron de la silenciosa pero violenta acción, solo atinaron a bajar la mirada. El hombre se veía muy peligroso.

"¡Fuera de mi camino, malditos idiotas!" No lo gritó, tampoco lo dijo, pero su cuerpo y su mirada lo dio a entender y todos se hicieron a un lado para facilitarle la salida; a él y a su chica. Una vez en el andén y en un gesto primitivo, más bien infantil, marcó a Marilyn en el cuello con un mordisco que la hizo gemir descaradamente.

Dos calles antes de llegar a casa y en un pequeño callejón florido, la pareja se besaba contra la pared como si fueran dos adolescentes ansiosos ante la despedida.

Con sus dedos de música le recorrió el cuello e hizo círculos suaves y tiernos para darle besos pequeños y llenos de una sensualidad dócil y leve.

—Ardo por ti.

—Yo también —dijo Mae mientras que con sus manos le mesaba el cabello.

—Quiero leerte siempre, quiero saber cada sensación de tu cuerpo —las manos bajaron hacia sus pechos— quiero saber cuánto me deseas.

—Mírame ahora y veras □tenía la mirada afiebrada y la boca hinchada□ ¡mírame siempre!... ¿Qué ves? —jadeaba.

—Tu boca, cuando la curvas un poco sé que estás feliz, cuando tu labio inferior sobresale sé que quieres que te dé un beso —y la mordió levemente—. Cuando bajas los ojos y te miras los pies, sé que estas apenada o triste, cuando te echas tu cabello hacia atrás de tu oreja, sé que estás atenta a todo lo que yo te digo y que estás analizándolo todo, a veces puedo ver la pulsación de tu corazón en el cuello y entiendo cuan excitada estás por mí.

—Así es, este amor por ti me va a matar de un infarto —hizo un movimiento rápido y lo puso contra la pared, abrió dos botones de su camisa y besó su pecho. Él la abrazó.

—Puedo olerte nena, sentir como tu calor irradia hacia mí —besó su coronilla y cerró los ojos, evocando— amo los tonos de tu piel —un mordisco gatuno lo hizo vibrar—, cuando estás excitada es más oscura y tu boca más roja y los labios de tu coño perfecto son más rosa y palpitas por todas partes y te dilatas y enloquezco —ante cada frase ella besó y mordisqueó los firmes pectorales de su amor□ adoro tener mis dedos dentro de ti, moverlos y sentir como los aprietas □Mae lanzó sus manos hacia el trasero dragoniano y lo masajeó de forma lenta, él hizo lo mismo con ella— tu culo es una puta maravilla de la naturaleza y lo quiero morder todo el día —ella levantó su cabeza y lo miró enamorada, él gimió en su boca— mi lengua saboreándote, lamiéndote, sabes tan bien, nena… □puso un dedo en sus labios, no lo dejó terminar la descarada declaración de amor.

—Yo moriría por ti, Arden □fue rotunda.

Una mirada de fascinación y de profunda consternación se mostró en los ojos de aquel a quien un día le dijeron que fue un maldito error, que no merecía vivir porque no debió nacer. Siempre estuvo de acuerdo con aquella afirmación.

—¿Morir? Debes vivir para mí, Marilyn, eso está fuera de discusión, es más, debes prometérmelo.

—Te lo prometo, ángel ¿harás lo mismo?

—Viviré por ti, para siempre.

En el apartamento, Darcy ya acostumbrado a los grandes espacios que dejó la reforma, juguetea con su pequeña borla y el olor a café recién hecho completa el cuadro hogareño que hay en la casa de Mae.

—Hace tanto frío allá afuera.

—Pero aquí no, nunca hace frío donde tú estás —se sentó a la mesa y respiró hondo—. Yo no me siento cómodo, nena.

Mae lo miró, no entendía su última frase.

—¿A qué te refieres?

—A estar en la oscuridad contigo, al maldito secreto, quiero salir al mundo contigo, quiero que todos sepan que eres mía, que tú me perteneces.

Ella tembló.

¡Dios! él me ama tanto... y quiere... yo... con él, quiere que todos sepan, quiero llorar, lo hace por mí, lo hace por mí... ¡Sagrado Batman! La novia oficial del rey del Olimpo... no quiero que se sienta presionado, no quiero que sienta miedo...

—Yo no pido nada, cariño.

El hombre se paró impaciente.

—¿Te sientes cómoda? ¿Qué Rosario te mirara como si no estuvieses en el lugar correcto? A veces pienso que para ti es más fácil estar en la oscuridad, es como si eso te diera la licencia para irte.

—¡Por favor! Claro que no, pero es más fácil así, sin tener que dar explicaciones a nadie.

—¿Y quién mierda va a dar explicaciones? Eres mi mujer y punto, si les gusta bien y si no me importa un pito, yo soy Arden Russell, mi mundo, mis reglas.

Mae sonrío de manera paciente.

—Claro que sí, rey del mundo, pero tienes una familia, yo tengo una familia.

—No me des excusas, tú eres mi novia, mi

mujer ¿Acaso no quieres que se lo digamos al mundo entero?

Mae corrió y lo abrazó con fuerza.

—Me muero de emoción, quiero que todos lo sepan, quiero que todos sepan que tú eres mío, pero no somos solo tú y yo, no podemos ser tan egoístas.

—Soy un puto egoísta, nena ¿no te has dado cuenta? —sus espesas cejas formaron una línea dura y sus ojos se oscurecieron. Era la mirada que siempre hacía cuando esperaba uno de esos no rotundos.

Pero Mae soltó la carcajada…

¡Diablos, no me importa…!

—Que se venga todo el puto mundo encima de nosotros, baby, yo tengo a mi guerrero cruzado que peleará por mí ¡Sí, señor!

Instantáneamente las aprensiones iniciales desaparecieron y relajó toda su musculatura de hierro.

—Y pisotearé a todos los que se atrevan a meterse con nosotros ☐hizo una mueca que pretendió ser graciosa☐ por menos he pateado los culos más poderosos de este planeta.

☐¡Oh, mi Sagrado Batman! ☐rio feliz.

Pero una sombra, una amenaza. En la semana en que lo había esperado, ella y Henry habían tenido que sortear los acontecimientos que tenían el sello de Catanzzaro en cada uno. Hacía unas horas atrás le dijo que no necesitaba que él le contase todo sobre su vida si no estaba preparado, pero ahora bajo la luz pública y con todo ese mundo de secretos que él guardaba seguramente el viejo, Dante, amantes, todo se vendría encima de ella.

—¿Qué? —él vio el cambio de humor.

—Valery Adler.

Una risa macabra se dibujó en él.

—Ya no existe— los ojos interrogantes de

ella se quedaron perplejos.

—¿No existe? —preguntó asustada.

—Ella no puede estar en el mismo lugar donde yo esté, en el lugar donde vives tú, así que sí, ella no existe más.

Mae respiró tranquila. La mano pequeña y blanca se posó sobre su mejilla, símbolo de reflexión en ella.

—Muchas mujeres, y todas conocieron al señor del dolor.

—No puedo huir de eso, nena.

—Ni yo tampoco.

—Yo no te juzgo, solo quiero saber un poco de ese pasado, pero te juro que no voy a juzgar.

Arden se paró de la mesa y llevó sus manos a los bolsillos y directo como era, habló:

—Con Chanice, probamos cosas mientras nos… drogábamos, fue todo mal y en la universidad no pude detenerme, todo era parte de mi odio, me echaron de Harvard porque me metí con la hija de un decano quien era lo más pervertido del mundo, pero yo superé sus expectativas y la lastimé —una sonrisa amarga se muestra dolorosa en su rostro— y a ella le gustó y sobrepasamos los límites —hablaba y miraba a la chica de ojos pardos que no pestañeaba… *No me dejes.*

☐¿Y…?

—El rumor de mis "talentos" se esparció por toda la universidad y como era solo sexo, no fui exclusivo para ninguna mujer.

—¡Dios!

Dilo ahora, Keith, empieza ahora, sino nunca serás digno… no lo seré jamás.

—A la chica no le gustó que yo fuera "generoso" con mis dones y me chantajeó, pero no me importó, fue así que un día me acusaron de abuso, pero apareció mi todo poderoso padre y probó que ella no era una santa. El padre no presentó cargos, pero me aburrí y me largué a Yale, lo más ridículo de todo es que me vi compartiendo espacio con Dante quien también estudiaba allí, pero todo fue peor, la universidad no era tan conservadora como Harvard y... —bajó la cabeza— estuve metido en grupos que harían sonrojar a Sade.

—¿Tan terribles? —las imágenes del video la asaltaron.

—Indescriptibles... —se paró frente a ella y de su estatura se arrodilló para dejar caer su cabeza en su regazo— todo era parte del castigo, del odio y de la rabia.

—Lo sé, ángel —besó su cabello salvaje— es mucho más ¿no es así?

—Viste muy poco en el video, Mae.

Estaba avergonzado, como jamás lo había estado.

—No sé qué decir... sé que mientras sea consentido, no se debe juzgar, pero...

—¡No me odies!

—Por favor, no lo haré Arden, pero es difícil para mí —se paró de manera abrupta.

—Pero no he vuelto a hacerlo —era un hombre desesperado frente al vacío y frente a la posibilidad del asco—. Te dije, nena, durante dos años dejé de tener sexo, estaba agotado, hastiado, asqueado, y luego llegaste tú y todo fue distinto.

—¿Distinto?

—¡Por supuesto! Mis instintos se agudizaron, mi deseo se potenció al millón, comprendí el concepto de hambre en su totalidad, me siento muy pervertido contigo, mucho, antes era solo una máquina ¿viste mi expresión en el video?

Mae hizo una mueca de repugnancia mezclada con celos.

—Terrible.

—Ese era yo, no sentía nada ¿ves esa expresión en mí cuando te hago el amor?

No, sus expresiones eran bellas, sexys y profundas.

—No.

—Porque a ellas las odiaba, porque me odiaba en ellas. No voy a ser hipócrita, no me voy a dar golpes de pecho por mi pasado sexual, yo sé quién soy, un sádico, un animal, pero contigo he replanteado todos mis esquemas —le dio una sonrisa de niño juguetón.

—¿Has pensado practicar eso conmigo?

—¡No! – y el grito retumbó.

—¿Te gustaría?

—¡Qué coño! ¿En alguna parte de nuestra vida, juntos, te he insinuado eso?

—No, pero…

—Me corto una puta mano antes de lastimar tu piel, nena —y fue hacia ella y la abrazó— además tú no tienes alma de sumisa y odiaría eso de ti, parte de mi placer es hacerte el amor en medio de mi frustración por el ser rebelde que tú eres, mi igual en todo.

—¿Entonces, no te gustaría que te llamará amo? —una risa de campana resonó en el pecho de Arden, pues ella escondió la cara en él.

—No, me gusta baby… o señor, pero no amo.

Mae levantó sus ojillos.

—Podríamos jugar.

—No.

—Probar.

—Baker, eres mala, yo no te ataría, ni encadenaría, ni… pondría cera ardiente en tu piel y no haría que tuvieses instrumentos en tus senos o vagina, ni mucho menos te golpearía con un látigo.

¿¡Qué!?…

—¡Dios, no! solo —se mordió la boca— no quiero que te aburras conmigo.

—Marilyn —y su voz fue ronca y sus ojos verdes encapotados estaban a punto del devorarla— yo nunca me aburriría contigo, soy adicto a ti —besó su cabello— además, llevas poco conmigo… aún estamos en clases, no has llegado conmigo a niveles superiores.

La voz de amenaza porno educacional al estilo del maestro dragón hizo que la ninfa casi se desmayara.

—¿No me he graduado?

—Estas en preescolar —y allí estaba de nuevo con su expresión *Nadie sabe más de sexo que yo y soy el jodido maestro*—. Yo te daré tanto placer que te volverás loca, nena, no conoces ni la mitad de lo que soy capaz.

Mae llevó sus manos al rostro de facciones duras y varoniles.

—Yo no quiero compartirte con nadie, no quiero que esas mujeres vengan a mi diciéndome que ellas pueden darte cosas que yo no, no quiero sus risas de burla detrás de mí, no quiero sus pasados contigo, quiero serlo todo en todo sentido, afuera en el mundo y en nuestra intimidad.

—Y así será —tomó una de sus manos y besó con lentitud su palma, entrelazó sus dedos con los de ella y se quedó mirando de forma delicada de sus dedos, para luego sonreír de manera soterrada *¿Diamantes? ¿Esmeraldas? ¡Diablos! Creo que le diré a mamá para que ayude… ¡Jackie! Se va a morir de gusto.*

—¿Qué?

—Nada, nena, tú me haces sonreír, eso es todo.

—Eres tan misterioso.

—No tanto como usted, señorita Baker, no tanto como usted.

Lento…

Suave…

Mínimo…

Un baile...

Una voz sensual y nostálgica cantando y hablando del fuego; de algo que no se extingue, del final de una búsqueda...

Bailando desnudos en la habitación, en un pequeño ritual que iba más allá del sexo, se comprometían sin decir palabras, no era necesario porque entendían que después de todo lo pasado, nada podría separarlos.

Bailaron con un ritmo cadencioso, ella se subió a los pies del amado y dejó que la guiará en aquel lento danzar, recostó su cabeza contra su pecho y el olor de la colonia, y el calor de su piel la hicieron feliz.

—Lo acepto.

—¡Shiss! déjame escuchar la canción —y empezó a cantar quedo.

¡Ángeles del cielo! ¿Está cantando? ¡El dragón canta! Peter, si te lo cuento ¡te mueres!

—Lo acepto, Arden.

Él paró y sonrió.

—¿Qué aceptas?

—Acepto que de ahora en adelante solo somos tú y yo, no te haré subir al metro, no haré que bajes de tu pedestal, no habrá gente a nuestro alrededor, nadie tendrá porque entendernos, somos diferentes, yo podré tener amigos, mi padre, mis libros, esta ciudad, mis dibujos, mi guitarra, pero en realidad somos tú y yo y nadie más, nadie nos va a tocar, solos y felices en nuestra pequeña burbuja.

—Eso me gusta, no quiero a nadie más, no me interesa nadie más, no soy de nadie más, yo soy el Señor de la Torre y te invito nena a compartir el maldito cielo conmigo.

—O el infierno.

—Es solo cuestión de geografía, nena.

La mirada del enorme cuadro que decoraba la habitación parecía decirle a Marilyn, míranos, hemos llegado hasta aquí, finalmente.

Regalos, libros viejos y costosos… *porque amas los libros.*

Autos *debes estar cómoda…*

Joyas… *para ti, que eres hermosa.*

Cuadro… *porque esa eres tú.*

Cada cosa de él para ella *son cosas Baker, simples cosas que se compran y se dan.*

Un bello peine se *hizo pensando en ti…*

Y ella ¿Qué?

¿Qué le ofrezco? Algo de mí para ti

—Arden.

Abrazada a ella como una hiedra y escuchando la lluvia que caía.

—¿Mm?

—Te tengo un regalo, uno especial para ti.

—¿Sí? □y con un movimiento rápido desanudó el abrazo y se puso encima de ella.

—Arden, ángel escribí un libro ¿quieres leerlo? Lo escribí para ti, mi amor.

Los ojos verdes de niño sorprendido se quedaron por unos segundos viendo el rostro de su chica quien batía las pestañas de forma traviesa mientras esperaban una reacción de aquel hombre anudado entre sus piernas.

—¿Escribiste un libro, señorita Baker? —si antes la expresión de Arden eran de niño tierno y tranquilo, ahora era juguetona y perversa.

—Así es —confirmó tímidamente.

El hombre gigantesco se apartó del cuerpo de su mujer y se paró desnudo frente a ella, cosa que para Mae era la señal total para dejar de pensar.

—¿Para mí? —la recorrió con su mirada.

—Solo para ti —se sentó en la cama, y de pronto una sonrisa franca y hermosa surgió de él y en un microsegundo el señor Dragón fascinante fue a su boca y la besó como un salvaje.

—Habías tardado mucho —la levantó hacia

su cuerpo y la llenó de besos por todas partes— el mejor puto libro de la historia de América. Apártate, Moby Dick, mi chica ha escrito un libro y es para mí, ¡mierda Baker!, voy a pasar a la historia como tu inspiración.

Mae soltó una carcajada.

—Pero no lo has leído.

—Me va a fascinar, es lo único que sé.

Fue hacia él y lo besó con desenfreno.

—Crees mucho en mí, puede que no sea gran cosa.

Arden se desató y con un gesto furioso la miró.

—¿Cómo que no es gran cosa? Lo escribiste tú, inspirado en mí —dijo arrogante.

—Te amo —pequeñas lágrimas felices cayeron por su rostro— y sí, eres sumamente inspirador —no pensaba en el libro, hacía casi doce horas él no la tomaba salvajemente y eso no estaba bien. Se mordió los labios, se irguió sobre la cama en actitud sensual, se llevó su melena hacía atrás y suspiró en exhalación profunda.

Él gruñó.

—¡Oh, no!, no hagas eso demonio perfecto, porque en este momento este sátiro está en retiro, quiero leer mi libro.

—Arden —ella le hizo un guiño divertido.

Él se apartó unos pasos, dándole a ella un panorama de su trasero maravilloso y comible.

—¡¿Qué, Baker?! Me dices que me has escrito un libro y solo piensas en tener sexo conmigo, ¡me utilizas, niña! —se puso su pantalón y ella hizo un sonido de decepción profunda.

Él vio los ojos de hambre de su mujer y se sintió muy satisfecho, finalmente ella estaba al nivel de su lujuria.

—Te prometo mi amor que cada página de mi libro será celebrada de manera sucia y perversa, hasta hoy le hice el amor a Marilyn Baker, desde ahora follaré de manera perversa a la próxima ganadora del Pulitzer. A ver muéstrame el libro mujer.

—Siempre me amas de manera perversa.

Su sonrisa torcida.

—Esa es mi manera, ahora levanta tu lindo culillo de la cama y dame mi libro.

Mae se aprestó a ponerse algo para traerle el manuscrito, pero Arden le quitó la camiseta.

—Que no te vaya a hacer el amor, no es sinónimo para que te vistas, yo no lo he ordenado, me gusta ver cuando caminas.

—Hace frío.

—No, no lo hace —tomó su cabello, la jaló con suavidad y le dio una mirada oscura y tierna— voy a adorar tu libro, nena ¿sabes por qué? Porque tú eres literatura, hasta tus cartas como mi secretaria son putamente poéticas, yo amo cada una de ellas, le das sentido a cada palabra, chica libros.

—Gracias, pero tú también tienes mérito, con ese amor porfiado, absoluto, fuiste capaz de hacerme enfrentar todos los miedos.

—Yo tengo fe en ti.

☐Espero no defraudarte.

Mae fue hasta el escritorio y del último cajón sacó un el manuscrito de más de quinientas páginas. Durante su estadía en Miami transcribió sus anotaciones a Word dando forma a un enorme mamotreto. Lo puso contra su pecho, y exhaló, allí en cada letra estaba ella, su madre y Arden Russell y por primera vez alguien más sabría de ello.

☐¡Mierda, eso sí que es todo un libro! ☐exclamó asombrado.

—De mí para ti, cielo.

Se quedó estático, nadie, nunca en su vida le había regalado algo tan profundo y tan lleno de significados: un libro secreto escrito por una chica perfecta y misteriosa quien, en ese acto, le abría de par en par las puertas de su mente y alma silenciosas. Lo tomó con delicadeza y posó sus manos a lo largo de todo el texto, abrió la primera página y en ésta una pequeña dedicatoria:

Para mi madre y para ti, quien,
sin saberlo, me acompañas desde mi niñez.
Gracias por permitirme ser tu sueño.

Arden se estremeció.

—¿Ese soy yo?

Ella asintió como niña pequeña.

—Ese eres tú, Arden Russell.

Como un niño pequeño emocionado por su regalo se sentó en la cama y pasó a la página que daba inició a la novela. El corazón de Marilyn retumbó, así debía ser, él era el que debía leerlo primero.

—"A un lado del camino", me fascina Baker, me fascina —y concentrado y en silencio posó sus ojos sobre las primeras líneas.

Un día ella salió de casa.

Ese día supo que no habría vuelta atrás.

Empacó su ropa, dos viejos vaqueros, cuatro camisetas, entre ellas la camiseta que amaba con el dibujo de Charlie Brown, regalo de su madre. Su libro favorito "El Principito" Un viejo disco de la Motown. Tres fotos y todos los recuerdos importantes de su vida en un pequeño cofre. Un mechón de cabello de Tracy, su madre. El empaque de un chocolate dado por su amor de secundaria. Una foto de su perro Knox. Unos zarcillos que compró en una feria de baratijas y que eran sus favoritos, un anillo de oro que le perteneció a su padre y una flor seca que le recordaba el chico triste que fue su novio de secundaria y que un día encontraron muerto con una bala en la sien. Robert quien le enseñó que la vida está más allá de la casa, de la escuela y de esas cosas que condenan a la gente a estar en un mismo lugar.

En la noche y sin despedirse Sara se fue de casa, para nunca más volver.

Aquellas primeras letras lo estremecieron, la sensación de que lo hundirían en un mundo trashumante de alguien desgarrado y hambriento que emprendía un viaje narcótico y nostálgico para no desaparecer hizo que su corazón se agita: en algún punto se reconocía en esas palabras.

—¡Dios! ¿Qué diablos es eso? —atinó a decir.

—Es solo el principio, ángel.

Arden volteó y dijo de manera rotunda:

—¡El principio de algo maravilloso! —se paró frente a ella y sus ojos relucían de emoción.

—Señor Dragón, no seas condescendiente conmigo, quiero que leas no como mi amante, sino de manera objetiva.

Los ojos de te amo intensamente y no me pidas que sea objetivo contigo la recorrieron de palmo a palmo.

—¿Objetivo? Tú respiras y me parece fascinante mi amor —alargó la mano y tomó la pequeña barbilla y se acercó lentamente para quedar al nivel de sus ojos. Un Arden de gesto oscuro, concentrado y voraz se deleitaba en mirar; era la mirada que hacía que Marilyn se derritiera como una pequeña velita de cera; se ruborizó intensamente— ¿Ves? fascinante, además yo te voy a leer como tu amante, como tu amigo, te voy a leer con suprema curiosidad y avaricia ¿no te das cuenta, nena? En mi mundo de enfermiza obsesión contigo, esto —y levantó el manuscrito— es como si abrieras una de tus muchas puertas.

—No soy nada misteriosa.

—Lo eres, ambos lo somos, pero tú eres impredecible, siempre me tienes a pleno vértigo —suavemente la besó y ella, desesperada por profundizar aquel beso, lo sujetó de la pretina del pantalón, mas él, juguetón, se alejó— ¡me voy!

—¿Qué? ¿Por qué?

—Me voy a leer un libro y tú tan desnuda y follable Baker haces que mi mente no funcione y me comporte como un troglodita, solo pienso con mi pene.

Ella le hizo un gesto coqueto.

—Yo amo esa parte de tu anatomía, mi guapo señor.

Una carcajada sonora resonó en el cuarto.

—Tienes que hacerlo, mi diosa —ahora era él quién se mordía los labios— tienes que hacerlo —continuó con el acto absolutamente criminal de vestirse.

—Lo puedes leer conmigo, son las diez de la noche, no trajiste tu auto —dijo, triunfadora, pero una sonrisa torcida de suficiencia la hizo dudar— ¡Oh! ¿no me digas que tus pretorianos nos han seguido todo este tiempo? ¡Tramposo! —le tiró una almohada.

Pero él se ponía sus zapatos y se carcajeaba.

—Juego sucio, nena, sabes que es así —la recostó dulcemente sobre la cama y besó su cuerpo de manera compulsiva— no hay nada como esto —fue hasta su sexo y jugueteó con su lengua en la punta de su clítoris hasta provocar un pequeño murmullo y un estertor a lo largo de su columna, para trepar sobre ella y tomar sus muñecas y llevarlas hasta arriba de su cabeza y con voz profunda, sentencia—: No vuelves a dejarme.

—No, nunca.

—Es una maldita orden.

—No me volveré a ir.

—Porque esta vez iría tras de ti, porque buscaría debajo de cada piedra, explotaría todos los caminos, dejaría mi sangre en cada lugar golpeando a quien te haya visto.

—No me volveré a ir, ángel, no puedo vivir sin ti, ya no es el corazón de mío o tuyo, es uno solo, y si alguno se aleja…

—Moriremos —él termina la frase.

—Ambos.

A los cinco minutos, una melancólica Mae asomada al balcón lo despedía con una leve seña de mano. Cuando llegó al departamento, sacudió el pelaje del lomo de Rufus con una mano y con la otra dejó el libro sobre una mesita, entró a la cocina, se sirvió una copa de vino y se fue directo a la biblioteca con el librote, la copa y el perro, prendió las luces y se instaló en el sofá, tomó un sorbo de vino, miró la biblioteca y divagó sobre el mejor lugar donde pondría la obra literaria de su amada, mientras Rufus se echaba a sus pies.

Volvió a la primera página, leyó, y a la página diez ya lo sabía, aquel libro era una pequeña obra de arte escrito por alguien enigmático y sibilino.

Palabras como:

El camino está lleno de fantasmas. Sombras que han dejado su alma en cada paso, seres que ansían llegar a un punto donde todo sea reconocible, total y real…

Hablaba de él.

Sara respiraba en un mundo de alcohol, violencia, sexo anónimo, heroína y música triste. Entendía que cada cosa que respiraba a su alrededor estaba llena de las pequeñas grandes tragedias que hacían que cada uno de esos hombres y mujeres tuviesen identidad y forma, sin ellas, sin toda aquella cosa poética y forajida ellos eran la nada misma. Cada uno amaba su propio estiércol.

—¡Dios Baker! —¿Quién era él sin todos aquellos años de porquería?

Joshua, un extraño animal melodramático, alguien que había amado en exceso y que había odiado en exceso. Sara lo miraba cuando se quedaba por horas observando el trago de whisky y trataba de descubrir los maldirtos misterios de la muerte y de la vida humana, un día sin más le dijo.

—La vida es una mierda, la muerte en realidad no existe y todos somos títeres de un puto sistema que quiere que seamos "gente de bien" me cago en ese concepto Sara, me cagó en él... ¿seres de bien? ¡Qué no me jodan! Yo fui hijo de unos de esas gentes de bien y cada noche escuché cómo mi padre follaba a mi madre y la golpeaba, al otro día nos hacía rezar frente a una taza de pudín podrida. Vi como ese ser de bien mataba a mi madre frente a mí y luego se volaba la tapa de los sesos ¡esa es América, Sara! lleno de ese tipo de seres buitres que se comen a las personas y luego joden el cerebro de sus hijos, ellos, que en algún momento tendrán una casa limpia llena de mocosos asustados y futuros psicópatas.

En ese momento soltó el libro y fue hacía el vino y bebió otro sorbo, todo le parecía tan hermoso, tan duro y le costaba entender cómo aquella niña dulce podía entender el alma desarraigada de gente como él que había probado de la mierda de un mundo de madres locas, de padres llenos de mentiras y de abuelos indiferentes.

Fue a su teléfono y, compulsivo escribió.

Mae…

¿Quién eres?

Te leo y agonizo.

A los treinta segundos ella le contestó:

Ángel…

Soy la que te conoce,

la que un día te vio con un arma

y otro, mirando la ciudad con un telescopio.

Y supe que tú eras el tema inabordable

del que se podía escribir.

¿Quién soy?

Yo soy tuya.

Unos segundos después:

Nena.

Joshua, es temible.

Me asusta.

Fue así que cuando llegó a la muerte de aquel hombre sin Dios y sin ley, sintió un vacío en su corazón, sintió pena de éste y de sí mismo.

Y así continuó la lectura compulsiva e hipnótica sobre esa mujer y a oscuras estuvo en el camino con ella y pudo comprender cada uno de sus pensamientos durante su viaje y entendió como vivió a Sara, vivió a su madre y lo vivió a él.

Entendió entre líneas que el camino que emprendió fue mucho más que abandonarlo, el viaje de Mae fue un aprendizaje duro, solitario, desgarrador y liberador y eso había que celebrarlo.

Caminó por su casa tranquilo, pensando en cómo darle a la Marilyn que volvió todo lo que merecía. Cuando llegó a la habitación, sonrió al darle sentido al apodo que ella le tenía. Sí, era un verdadero dragón, sí, por ella sentía en su interior un gran y poderoso fuego que nunca nadie ni nada lo apagaría.

Mi Alma, Mi Dragón
Capítulo 3

Jackie sonreía en la cocina a pesar de lo terrible del día anterior que continuó luego de la partida de Arden. Una vez que éste se marchó, sus dos hijos menores se sentaron a su lado y la bombardearon con preguntas y varios reproches; ella aceptó la culpa de su silencio y lloró frente a ellos permitiéndose por primera vez en veinte años, mostrar cómo la herida de su cobardía salía a flote. Sus hijos la consolaron con un abrazo cálido y con ello logró sentir un poco alivio de la carga de saberse culpable con respecto a Tara.

También entendía que afuera de la mansión hubiera miles de cuervos acechando y tratando de escarbar en su mundo para hacer de los Russell un grotesco espectáculo, a pesar de todo esto, sonreía. Su hijo estaba enamorado y era correspondido, eso le daba la esperanza de que, más temprano que tarde, todo el dolor se dispersaría y finalmente el sol entraría en su casa. Por eso estaba alegre en la cocina, su amor se desbordaba en hacer toneladas de alimentos para sus niños y su esposo.

Jacqueline tenía algo más que cincuenta años, se había casado con Cameron con solo diecinueve y nunca en sus años de matrimonio, ni siquiera en los más oscuros, ella había dejado de sonreír, de tener esperanza y de intentar cada día que sus polluelos fueran felices.

El día que conoció a Cameron, la niña de Atlanta, campeona nacional de esgrima e hija única y mimada de un matrimonio perfecto de dos personas que se habían casado siendo mayores, supo que aquel hombre hermoso, de cabello rubio, alto, con una sonrisa melancólica y con un dejo de tristeza en su gesto, sería su esposo. Era una chica tímida que nunca había tenido un novio, solo era ella, sus padres y su deporte, pero al escuchar la voz de ese hombre supo que no habría nadie más, ni nada más en su vida. Al principio él fue renuente a ella, siempre estaba tan callado y parecía sufrir de una manera que no entendía. Le asustaban sus silencios y su aire retraído que hacía que Jackie se preguntara qué era lo que lo hacía sufrir de tal manera

En los primeros meses de noviazgo era ella quien, obnubilada con aquel príncipe de hielo, lo seguía, lo llamaba y sin saber qué decir por el teléfono colgaba muerta de vergüenza. Fue ella quien lo besó y fue ella quien dio el primer paso para que Cameron asumiera sus sentimientos. Mas él era renuente, siempre dejaba todo a medias y ella se hundía en la incertidumbre. A veces él se comportaba de manera fría entonces se veía llorando en la habitación de la casa de sus tíos en Nueva York donde había llegado para estudiar y competir en los nacionales de esgrima. Cameron huía, desaparecía por semanas y se veía así misma contando cada segundo hasta que él volviera. Una vez no fueron semanas, fueron meses, que la hicieron pasar un infierno. Desesperada se atrevió a ir hasta la enorme corporación Russell Co. allí conoció al titán de hielo, el padre de Cameron, William, quien la miró curioso. Había escuchado sobre el arrogante y distante patriarca, pero lo que encontró fue a un hombre amable, más bien tímido quien al ver la joven de cabello avellana y ojos azules la invitó a almorzar en el mejor restaurante de la ciudad.

—Espéralo, niña, él vendrá.

El viejo sabía el infierno en que su hijo estaba hundido y en la chica tierna vio la esperanza para que éste pudiera salvarse. Si él no había podido ser feliz ¿por qué no su muchacho? Hacía poco los doctores le habían diagnosticado cáncer linfático y quería reconciliarse con su hijo, aunque éste no lo amara y sintiese desprecio por él.

Jackie esperó, pero Cameron no apareció. Con su corazón roto, decidió volver a la casa de sus padres y concentrarse en su carrera de esgrimista. A los meses y a portas de ir a las Olimpiadas lo volvió a ver, estaba más delgado, pero diferente, se veía tranquilo y con la sonrisa fácil. La esperó a la salida del entrenamiento con una flor y nervioso, como un adolescente sin experiencia, la invitó a salir.

—No, te esperé por meses, te busqué y no apareciste ¿era tan difícil llamarme, Cameron? ¿Tan difícil?

—Me disculpo, pero no podía, tenía cosas que resolver, debes comprenderme, por favor.

—¿Por qué no las compartes conmigo? Estoy cansada de tus silencios, si no me amas, dímelo a la cara y dejamos de todo esto, Cameron —trató de alejarse de él, pero una mano fuerte la tomó del brazo y los ojos azules y profundos la miraron de manera ansiosa.

—No, tengo miedo, mucho miedo.

—¿Miedo? ¿De mí?

—Tengo miedo de amarte tanto, no quiero volver a ser lastimado. Yo estoy casado —bajó la cabeza y unos ojos azules muy tristes se atrevieron a mirar a aquella chica inocente—. No, no. Estuve casado y tengo un bebé ¿quieres estar conmigo sabiendo eso?

Y así fue como aquella chica inocente, terminó en una pequeña heladería escuchando la historia sobre la violinista Tara Spencer y Cameron Russell. Nunca en su vida de pompones rosas había escuchado algo más triste y horrible, pero aceptó, estaba irremediablemente enamorada de ese hombre, ya no era posible volver atrás. Todavía más cuando vio al pequeño niño de solo un mes de vida. De inmediato sintió que lo amaría con todo su corazón, su amor por el padre se extendió hacia el hijo y desde ese momento el pequeño tuvo la madre que necesitaba.

Se casó con Cameron un hermoso día de

septiembre, prometiéndose a sí misma que lucharía por hacer feliz a sus dos hombres, que construiría el mejor de los hogares para que sintieran que la vida no era ese destino fatal que parecía imponerse sobre los Russell.

Y no fue fácil, su proyecto de familia se estrelló contra una suegra indiferente que no mostraba interés por su hijo y menos por su nieto, contra un suegro huraño y enfermo que torpemente trataba de congeniarse con su hijo y amar a su nieto. Fue entonces que con la sabiduría de una mujer que coloca el amor por sus hombres sobre todo y que además tiene clara sus prioridades, decidió que su gran batalla estaba en apoyar a su esposo que pronto asumiría la responsabilidad de dirigir la empresa familiar y, sobre todo, crear un blindaje para que la loca de Tara Spencer y su corazón maldito no los tocara.

Lo que nunca vio venir fue que la guerra se desataría en su propia casa, que su hijo adorado sería la bomba y que todo explotaría con él.

Pero ahora, quizás, ese chico salvaje de cabello de oro tendría la oportunidad de ser feliz, de olvidar y perdonar. Por eso Jackie Russell bailaba y cantaba en su cocina a voz en cuello escuchando AC/DC como cuando era adolescente.

Su esposo y el gigantón de su hijo entraron a la cocina y la miraron divertidos.

□¡Tenemos fiesta! □Henry tomó un pedazo de pastel y la acompañó en el baile.

□¡Canta conmigo! □le dijo la madre divertida, viendo como su hijo prácticamente engullía el trozo de tarta.

Uno a uno de los integrantes de la familia fue llegando a la gran cocina. Asombrados, veían a la madre moverse, canturrear y servir café, panqueques, huevos con tocino, jugo de naranja y fruta, nadie se atrevió a decir que no y se sentaron gustosos a la mesa.

Al final de la comida, Mathew intentó poner el tema de Catanzzaro, pero Jackie amorosamente dijo:

—¡No, señor!, en mi casa no se habla de ese hombre que, más que hombre, parece un cadáver asqueroso.

Todos voltearon a mirarla y soltaron la carcajada, nunca la decorosa señora Russell había hablado en esos términos de nadie.

—¡Madre! —gritó Ashley divertida.

—¿Qué? —contestó— Guido Catanzzaro es un pedazo de estiércol y no merece que hablemos de él en mi mesa y con mi familia.

—¡Sí, señora! —ratificó Henry mientras le daba un beso a su madre en la mejilla e iba por más del pastel de fresa— ¡esa es mi mamá!

Cameron fue hacia su esposa y le dio un beso amoroso en su cabeza.

—Mi chica fuerte y bonita.

Ella le respondió con un ardiente beso en la boca. Un beso nada pudoroso en frente a todos que hizo que se sintieran incómodos, ¡Caray! Nadie quería saber que ellos tenían una vida sexual más activa que dos adolescentes hormonales.

—Consigan una habitación —dijo el grandulón con cara de espanto.

—¡Henry, por Dios! —gritó Bianca— no seas grosero.

La madre soltó la carcajada y le dio una mirada pícara a su esposo rubio y hermoso.

—Nos tienen envidia cariño, estos niños no saben nada aún —Cameron dijo esto con un aire risueño.

La noche anterior, el fantasma de Tara había aparecido de nuevo y Jackie con su piel aún firme y hermosa tuvo, como siempre, la última palabra frente a la medusa y con amor le había demostrado lo afortunado que era por haberla encontrado en su momento más oscuro.

—¿Podrían dejar de hablar de su vida sexual frente a nosotros, por favor? —Ashley quien miraba a su madre, presentía que algo había ocurrido en la larga conversación con su hermano mayor.

A la media hora Henry y Bianca se habían marchado a su casa, Ashley y Mathew se quedaron un poco más, era fin de semana y la chica insistió en que deseaba estar con su madre ese día.

En la cocina y con Jackie planeando cómo acercársele a Mae Baker de una manera más íntima, Ashley con ojos suspicaces habló.

—Desembuche, señora Russell.

Ella fingió no escuchar y siguió con sus recetas de cocina pensando en qué le gustaría a la chica callada que amaba a su hijo. Sin pensarlo hizo un gritillo de felicidad.

—¡Madre! —una Ashley impaciente la siguió como cuando era niña.

—No me pasa nada, mi amor ¿no puedo estar feliz?

☐¿Feliz? ¿Con lo de Catanzzaro? ¿Con toda esa gente de allá afuera queriéndonos robar la intimidad? ☐le puso una gran cara de duda.

☐Al mal tiempo, buena cara ☐siguió con su quehacer.

—Yo te conozco y sé que cuando abres ese bendito libro de recetas es porque algo grande va a ocurrir… ¿qué te contó el dragón furioso?

—No le digas así a tu hermano, Ash.

La chica sonrió cómplice y maliciosa.

—¡Vamos mami! —la abrazó con fuerza— ¿qué te dijo el tiernito de mi hermano?

—Nada y deja de molestarme —Jackie no sabía mentir y se moría por compartir su secreto con su hija, pero no hablaría.

Ashley entendía la extraña complicidad de su madre con Arden, es así que ella decidió dar el primer paso.

—Te contó sobre Marilyn ¿no es así?

La madre se paralizó, giró, se plantó frente a su hija con los ojos brillosos y confirmó las palabras con un movimiento de cabeza.

Por unos segundos ambas se contuvieron, pero al final gritaron como dos chicas locas y se carcajearon al tratar de dominar la algarabía para que los esposos y la servidumbre de la casa no se asustaran.

—¿Lo sabías?

—Hace meses, mamá.

—¿Y porque no habías dicho nada? Soy tu madre, Ash —fingió enojo.

—Porque él me hizo jurar que me quedaría callada, mami, pero no sabes lo difícil que ha sido, me moría por contarte.

—¡Dios! □Jackie se llevó las manos a la cara para contener el llanto— he rogado por esto durante años y es un milagro, hija, un verdadero milagro y estoy muy feliz.

Ashley abrazó a su madre.

—Yo también, mami —la llevó de la mano hacia una de las sillas de mesa— no sabes cómo ha sido esa historia entre esos dos, ha sido hermosa y dolorosa y él es tan diferente cuando está a su lado. Ella camina y él lo hace también, ella respira y él lo hace también, es algo desgarrador ver cómo cada paso de Marilyn es contado, medido y vigilado por él. Tú sabes cómo es, y ella es una chica tan fuerte, mamá.

—Debe serlo, para poder con ese huracán.

—¡Oh, mamá!, ella se le ha enfrentado, lo reta todo el tiempo, lo vuelve loco con su rebeldía, ahí donde la ves, ha sido la única capaz de hacer que él detenga un poco su furia. Pero ella lo ama, mami, se aman de igual manera, ambos son salvajes y eso los hace ser terroríficos y perfectos, el uno para el otro.

—¡Oh! —un gesto de sorpresa y dicha□

solo me contó lo superficial, pero lo poco que me dijo fue tan... tan...

—Apasionado, mamá.

—Sí —una sonrisa de oreja a oreja y un suspiro de alivio salió de ella— quiero saber, quiero saberlo todo hija, cuéntamelo.

—Que chismosa eres.

—¡Vamos, hija!, te haré tu comida favorita, escucharemos música y luego planificaremos nuestro malévolo plan.

—¿El cuál es...? ☐malicia.

—Traer a Marilyn a esta casa y encadenarla para siempre.

—¡Oh, mamá!, eso es labor de Arden.

☐Sí, pero somos su familia y tenemos el deber de ayudar.

☐Debes tener cuidado, ella es tímida, con tantas atenciones se sentirá aturdida. Yo la conozco, madre —Ashley sonrió pícaramente—. Además, creo que él ya tiene todo fríamente calculado, solo es esperar, lo único que podemos hacer es que cuando ella finalmente entre a esta familia, darle la bienvenida.

—Pero podemos ayudar un poco.

—Mamá, ayudamos, amamos a Marilyn Baker.

—¡Por supuesto que sí!, esa chica es mi heroína.

—¡Dios, sí! vamos mamá, estaré todo el día aquí, te voy a contar todo lo que sé, y te voy a preparar para que cuando los veas, no grites, a veces parecen que se devoran vivos, y eso para una mujer de tu edad no es bueno —esto último lo dijo en manera de broma.

—¡Ashley! —una palmada en el muslo de la chica— ¿De verdad es... es así?

—No tienes idea, madre, no tienes idea.

Durante el fin de semana Mae puso toda su

voluntad de hierro para hacer que la melancolía emergida por la confesión terrible de Arden fuese sustituida por sonrisas y buenos momentos *debo crearle nuevos recuerdos,* pero él solo estaba huraño, intranquilo, con la mirada llena de preguntas.

Fueron hasta el departamento, él abrió para ella el cuarto que mantenía cerrado y le mostró cada una de las fotos que tenía de Faith. Lo observó recordando cada momento que pasó con ella. El gesto tierno y de paternidad perdida, se dibujaban en un rostro de hierro.

En el cuarto habían otras fotos que al principio no quería mostrarle, pero finalmente emergieron: Tara Spencer en todo su divino y terrorífico esplendor. Se quedó sin aliento, era el ser humano más hermoso que ella había visto en su vida. Un leonino cabello rubio, unos ojos verdes jade y una mirada arrogante de animal superior salían de la imagen.

—¡Dios mío! —allí estaba, vestida de terciopelo negro, mirando fijamente la cámara con su violín en las manos.

La mirada de hielo, la elegante arrogancia y la pose de total control del mundo traspasaba la fotografía.

—Hermosa ¿no es así?

Pero el alma de escritora de Mae veía algo más y sin miedo a ella y a su recuerdo feroz dijo:

—No, no lo es.

—Soy igual a ella.

Mae le arrancó de sus manos la foto y dijo de manera contundente:

—Eso es lo que ella hubiese querido, pero no eres igual a ella, mi cielo, ¡eres mejor!, eres maravilloso y si Tara no fue capaz de ver eso ¡qué se pudra en el infierno!

Una mirada demoníaca la recorrió por todo su cuerpo.

—Ella no hubiese podido contigo.

—No, yo te habría defendido de ella ¡sí señor! Te habría arrancado de su lado y te hubiese llevado conmigo.

—Eso hubiese sido impresionante, Baker, yo tras de ti en cada momento de tu vida.

Por fin una sonrisa, finalmente la expresión de perverso magnífico volvía a él por un momento. Ella aprovechó aquello.

—¿Me habrías seguido hasta Aberdeen, Russell?

—Sí, te habría acechado como un loco, en cada momento, nada ni nadie me habría separado de ti ☐hizo un gesto soberbio☐. Ese maldito que babeaba por ti estaría en el infierno. Más bien, te habría raptado y llevado lejos para que nadie te tocara y así, te vería dormir extasiado como un puto loco psicópata todas tus noches. Eso hubiese sido el cielo.

—¡Qué distinto habría sido todo si hubiésemos coincidido en tiempo y espacio! — suspiró, resignada.

☐Tu padre, el juez, me habría secado en la cárcel ¡mocoso sátiro inmundo, no te acerques a mi inocente hija! ☐trató de imitar la voz de Stuart.

Ella rio ante el intento y replicó osada:

—Creo que a tu lado yo nunca hubiese sido inocente, te habría deseado desde el primer día, así como te deseé cuando te conocí en ese ascensor.

Arden comenzó una caricia por todo su cuerpo, agarró las nalgas de su chica fuertemente acercándola hasta su sexo por siempre dispuesto y famélico. Mas su mirada era oscura y agónica.

—¿Me hubieses deseado sabiendo todo lo que sabes ahora? ¿Sabiendo que estoy loco y que siempre lo estaré, nena?

—Creo que todavía no lo entiendes, mi amor —su voz era firme—: eres inevitable para mí, nada ni nadie me haría no amarte, estamos unidos de una manera casi metafísica, de alguna manera todo lo que te pasó, sé que suena cruel, pero te trajo a mí, quizás si Chanice y Dante no se hubiesen comportado de esa manera tan temible, nunca hubieses sido mío —en ese momento se le quebró la voz pensando en aquella posibilidad tan terrible.

Cruzaron miradas, Arden parpadeó; si cada dolor, cada lágrima y cada momento de aquellos días de furia fueron para que él estuviese con ella, ¿por qué era tan difícil?

Una sensación desgarradora lo inundó al comprender que sí, estaban destinados, pero que a veces los caminos se truncan y que ella podría ser tan solo un sueño perdido entre las brumas si cometía de nuevo un error y ella no lo perdonaba.

—Yo solo sé que resistí porque una mínima luz en el fondo de mi corazón tenebroso siempre se mantuvo encendida esperando tu llegada. Algo me decía que estabas en alguna parte y que te amaría, que solo tenía que buscarte porque era la única manera de comprobar que yo no estaba maldito, que podía amar □la atrapó entre sus brazos y la miró con orgullo□ ¡y te amo!

—Béseme, señor.

La mueca de sonrisa torcida se dibujó.

—Tengo algo mejor en mente nena.

—¿Sí?

De una forma veloz la cargó y la llevó hasta el dormitorio, y mientras se quitaba la camisa de forma teatral dijo:

—Marilyn Baker, mi pequeña zorra sexy, ya celebramos la dedicatoria de tu libro —sonrió satánicamente—. Ya le diste permiso a este loco para desatar el infierno —desnudo frente a ella y arrodillado y con ojos de perversos, dio un suspiro largo—. Entonces, mi sueño —le quitó los zapatos para morder uno de sus dedos—, ahora no tengo vergüenza.

—¡Ja! ¿Has tenido vergüenza? —jadeaba frente a la amenaza que se le venía encima.

—Hum, vergüenza de no mostrar todo lo sucio que soy —llevó sus manos a las bragas y las rompió provocándole un dolor gozoso con ella.

—¡Dios! ¿He visto un poco?

Arden se irguió en su estatura y perfecta desnudez

—Nada, absoputamente nada —y la atacó sin piedad, y con la pasión de alguien que se sabe aceptado en todo el esplendor de su oscuridad.

Le hizo el amor todo el día, solo permitía un poco de descanso en los momentos en que cenaron en el enorme comedor de la cocina del ya no tan frío apartamento, desnudos y cómplices compartiendo ese espacio de tiempo eterno en que solo eran ellos dos, niños queriendo recuperar tanto tiempo perdido.

El domingo la pasaron juntos en el yate.

—Tiene el día libre □la orden fue seca.

—¿Está seguro, señor? □el capitán vikingo se sorprendió.

El rostro de piedra de su jefe lo dijo todo.

—No lo quiero cerca de mi mujer, una mirada como la de hace unos segundos y le arranco los ojos.

—¡Arden! —Mae alzó la voz más divertida que otra cosa. Si el hombre la había recorrido con ojos de deseo animal no se percató. En todo caso le pareció muy bien que desapareciera sin decir adiós—. No tenías por qué decirle eso.

—Es tu culpa por lucir de semejante manera —unos vaqueros ceñidos al cuerpo, una blusa de seda negra, botas de vértigo y su cabello al viento.

—Ni mi culpa ni nada, espera a ver los bikinis que usé en Miami, de lo más sexys.

El rugido característico y un gesto de amenaza tierna.

—Ni por el puto demonio, hace frío, y no vamos a salir del camarote, así que no te atrevas.

—¡Ahhh! —un puchero de decepción.

Mae Baker en el agotador trabajo de hacer que aquel hombre con nostalgia de una hija, con el dolor de una madre que lo odiaba y con una adolescencia de mierda, tuviese días mejores, días de risa, días sin vergüenza de sí mismo, días de esperanza. Sabía y entendía que esa esencia de bestia furiosa estaría siempre allí, su trabajo era y sería siempre ser la única mediadora de él con el mundo y con todo el pasado que lo atormentaba *exorcizaré cada demonio...*

El lunes fue un día terrible para él, ella sin decirle porqué le pidió el día libre, casi se muerde la mano

¡Maldición Baker!

—Dile a tus guardaespaldas que no me sigan.

—Al menos uno.

—No.

—Guido y su gente te sigue, presiento que están en todas partes.

—¿Y tú crees que con todos tus soldados tras de mi él no va a confirmar sus sospechas?

—Me importa un rábano —llevó sus manos hasta el borde de la mesa y la apretó con furia—. El maldito hace que lo nuestro parezca algo asqueroso, nena, lo único bueno que he tenido en mi maldita vida y ese perro lo quiere enlodar.

—Lo sé, pero no se lo vamos a permitir.

—¿Lo puedo matar? —y no lo dijo en forma de broma.

—Ya te dije, baby.

—Me quiero divertir, mi amor.

Marilyn soltó la carcajada.

—Claro que sí, Arden, pero te vas a divertir más cuando veas al viejo amarrado y con la boca cerrada sin poder decir nada, eso será realmente divertido, vas a ver.

Él se acercó como serpiente sigilosa y abrazó a la chica quien estaba casi desnuda sirviendo el desayuno, ella sabía sus intenciones, una lengua socarrona y sensual a lo largo de todo el lóbulo de su oreja y unas manos acariciando su vientre.

—¿A dónde vas hoy?

—Voy a buscar editoriales, hacer unas compras, almorzar con Peter, llamar a mi padre.

—¿Necesitas dinero?

Ella tragó en seco.

—No cariño, las compras serán de solo unos dólares… es una sorpresa para ti.

—¿Para mí?

—Así es.

—No quiero estar solo en la oficina.

—Lo sé, pero es necesario.

—Muy pronto, Baker, saldré contigo de la mano por toda la ciudad —besó su cuello de manera tierna.

—Espero ese día, mi cielo… en verdad lo espero.

Catanzzaro frente a los periodistas al medio día, lucía su sonrisa de hiena prepotente.

—No le pediré disculpas al señor Arden Russell, estamos en una sociedad donde la libertad de expresión es el sustento de nuestra nación. Tan solo diré que la próxima vez que mi periódico dé una información sobre el presidente de Russell Co. será con pruebas irrefutables sobre su infracción a las éticas corporativas y a su vida personal, mi único error fue el confiar en mis fuentes y en la información que éstos dan.

—Es decir, señor Catanzzaro, ¿qué la información no fue corroborada? Está usted infringiendo el principio del periodismo.

El viejo observó al periodista que le hizo tal pregunta, su mirada de cadáver en descomposición fue indiferente.

—Confiamos en la información dada y en la declaración dada por el señor Johan Krung, pero parece que él fue coaccionado más por motivos personales contra Arden Russell, a veces los medios de comunicación somos víctimas de intereses personales.

El periodista insistió.

—Es decir, señor Catanzzaro ¿seguirá tras el rastro del presidente de Russell Co.? no es ningún secreto la animadversión de años que su editorial ha tenido con la poderosa familia, y para nadie es un secreto además que fue esta compañía quien no permitió que usted y su editorial se apoderaran de Emerick Editores, esto se ve más como una venganza personal, no como la búsqueda objetiva de la verdad, es más el interés sobre la vida personal de alguien que como sabemos nunca ha dado entrevistas y no permite que nadie se inmiscuya en su vida, todo esto parece una vendetta.

El viejo antes indiferente mostró un sentimiento: Ira.

—¿Me está usted diciendo que Arden Russell es intocable?

—No, le estoy diciendo que en esta persecución solo hay juegos de poder y que solo usted ha dado su tergiversada versión de los hechos.

—Entonces ¿por qué no son ustedes quienes hacen la investigación? ¿Es tanta la influencia de la familia Russell que no se atreven? Me pueden acusar de muchas cosas, señor periodista, pero nunca de no querer llevar la verdad sobre las cosas que son injustas, el señor Russell ejerce su poder sobre todo y todos, esta es América, no es un país de tiranos.

Iago cerró los ojos al ver que su jefe estaba jodiendo todo.

Los periodistas se lanzaron sobre el viejo quien de manera inteligente no permitió más preguntas sobre sus razones ocultas contra Arden y su familia. Sonreía, algún día todos le darían razón y él saldría sonriendo frente a la carnicería.

Henry, Mathew y Arden veían la conferencia de prensa por la televisión.

—El maldito no se disculpó, más bien redobló la apuesta, ¿escucharon bien? hizo una amenaza velada —Henry, furioso, miró a su hermano quien no demostraba ninguna emoción frente a la declaración.

—Lo sabíamos, Henry, el viejo seguirá tras nosotros —la voz de Mathew, aparentemente tranquila, ocultaba la rabia que la amenaza de Catanzzaro le provocaba.

Arden resopló con fuerza.

—El viejo es un idiota —el dragón sonrió de manera cínica— no sabe mover sus fichas, su odio hacia nosotros hace que juegue al azar, lo único que hizo fue mostrarles a todos su odio y su deseo de destruirnos, será divertido ver como al final todo se irá contra él.

—¿Seguro? —se acercó a su hermano— tienes años en el mundo corporativo y todo el camino hacia aquí está lleno de "pequeños" destrozos, cualquiera puede abrir la boca.

—No lo harán.

—No lo sé, unos cuantos dólares, rencores sembrados o tan solo el deseo de mojar prensa harán que los cuervos vuelen hasta aquí.

Mas el presidente de Russell Co. guerrero nato, estaba preparado para eso y para mucho más.

—¡Déjalos que vengan! podré con todo.

Henry hizo un gesto de impaciencia.

—¡Eres un arrogante! Mathew, dile a este idiota que deje de disfrutar tanto esto, ¡mierda, Arden! No eres tú, somos todos, la familia, la empresa, todo.

—¿Tú crees que no sé eso? Pero el viejo tiene miedo, lo vi el otro día, sospecho que tiene mucho que perder ▢apagó su computador y se puso de pie▢. Mira hermano, yo sé que Guido Catanzzaro va tras nuestros huesos —miró por el telescopio hacia la ciudad como buscando a alguien— ... yo voy tras los de él. Ian Shilton hará su trabajo, yo haré el mío y al final serán mis secretos por los de él, Henry.

—¿Y si no hay secretos?, ¿y si el viejo no nos tiene miedo? —Arden volteó y dio una mirada macabra a su hermano quien levantó los brazos en un gesto de desesperación— ¡todo es así contigo!, nunca eres razonable.

Ignoró la queja.

—¿Y ustedes, irán conmigo hasta el final? ¿Serán capaces de soportar lo que el viejo nos tiene preparado? ▢volvió a su escritorio▢ Bianca, ella será el blanco perfecto para atacarlos a ustedes.

Henry y Mathew cruzaron miradas, Bianca no merecía que su pasado volviera a ser expuesto en la picota pública, ya había sufrido y pasado por muchas cosas como para que en esta guerra volviera a ser una damnificada.

—Nadie va a tocar a mi esposa ▢sentenció Henry.

—¡Claro que no! ▢habló Matt▢. Tú, como marido y yo como hermano la defenderemos de ese maldito asqueroso. Y por favor, cuñado, no dudes de nuestro apoyo. Solo debemos planificar nuestra estrategia, asignar las tareas y ese viejo se jode para siempre.

Mae caminaba por la ciudad en busca de pequeñas editoriales, tenía fe en conseguir un editor que le interesara ayudar a una principiante con aspiraciones de escritora, por ahora solo investigaba cuáles eran y cómo se accedía a ellas.

Mas ese día su interés estaba en Faith

Russell y en su padre.

Se dio cuenta que Theo la seguía *¡Dios! Arden eres... eres ¿contra quién peleo Señor del control?*

En la Torre de Cristal y después que su hermano y cuñado se habían ido Arden volvió al manuscrito, volvería a leerlo, releer un libro para ir hacia la profunda psiquis de quién lo escribía.

Marilyn:

¿Dónde estás?

¡Tres horas! ¡Diablos!

Ella se ríe, mucho había demorado en enviarle un mensaje.

Jefe: .

Tú sabes dónde estoy, Theo es demasiado grande para pasar desapercibido, no permites la sorpresa.

La respuesta no demoró en llegar y ella la leyó ansiosa. Amaba esos intercambios

¿Sorpresa?

A menos que seas tú, en hermosos stilettos negros, bailando desnuda para mí, te lo aseguro, eso sería sorpresa.

Marilyn sonrió. Entró a una boutique, eligió zapatos, ropa interior y se fue al probador, allá se desnudó completamente y se puso los zapatos nuevos y se sacó fotos.

Mira…

¿son de tu gusto?

En la foto se veían los zapatos y su pierna hasta las rodillas. A los segundos.

Señorita Baker:

Lo que hay en ellos es lo que me mata.

Feliz como una niña pequeña porque le estaba resultando su estrategia, mando otra foto con un mensaje:

Maestro

No me dejas terminar, van acompañados con esto, mi cielo.

Lucía su coqueta y diminuta ropa interior

nueva con sus stilettos negros recién comprados.

¡Baker!

Juegas sucio. Estoy en esta maldita oficina excitado con el solo pensamiento de tus zapatos y me mandas esto…

Señor:

He aprendido del mejor.

Y el mensaje iba rematado con ella completamente desnuda mirándose en el impresionante espejo con una sonrisa de maldad pícara y su precioso cabello salvaje.

El celular repicó.

—¡Señorita Baker, venga inmediatamente a mi oficina!

—¿Qué? ¿No te gustó? □coqueteó.

—¡Mierda nena! Estoy que salto desde el maldito último piso de esta cárcel, no cuentes tus monedas frente a este miserable.

—Te extraño también.

—¿Demoras?

—Voy a estar fuera todo el día, mi cielo, ten paciencia.

—¿Paciencia?

Sí, ¿qué concepto es ese Baker?

—Un poquito, ángel, por favor, mis zapatos, mis bragas y yo estaremos contigo en la noche.

—¡No, ahora!

—Te amo □susurró.

—Mala.

—Me amas así, Russell.

—¡Diablos, sí! Estoy leyendo de nuevo tu libro y estoy más emocionado que la primera vez, eso me pasa contigo, Marilyn, cada vez quiero más de ti.

—Eso es bueno.

—Al final de mi vida no habrá nada de mí, porque yo me mimetizaré contigo de tal manera que seré consumido por ti y no me importará. Yo seré completamente feliz.

—Esa es mi misión, jefe y así será.

—¿Aún estas desnuda?

—Sí ¿por qué? —preguntó coqueta, sabía a lo que se refería.

—¿Harías algo para mí?

—Lo que quieras.

Y con una sonrisa maliciosa que Marilyn intuyó tras el teléfono, Arden cerró su oficina, bajó su bragueta, dejó el animal libre, se sentó en su todopoderosa silla de presidencia y dijo de manera queda.

—Abre las piernas, Baker, voy a cogerte con mi voz.

La voz oscura que viajaba a varios kilómetros de distancia hizo que los detonantes de placer explotaran por el cuerpo de Marilyn.

—Me van a escuchar, mi cielo.

—¡Me importa un bledo! ¿no me desea usted, señorita Baker?

—Siempre, mi señor Dragón.

—Entonces, prepárate porque estoy duro como una roca.

—Mm, ¿es una lección?

—Educación a distancia... —suspiró y con voz cavernosa empezó— estoy ahí ¿me ves? Estoy desnudo, me acerco mi amor y beso esa boca divina que tienes, ¿sientes mi lengua?

—Sí ¡Dios!

—No, Arden, mi sueño, Arden Russell... ahora, bajo lentamente y beso tu cuello y luego beso tus senos nena mientras que mi mano y mis dedos te follan con delirio... ¿lo sientes?

—¡Sí!

—Estoy dentro de ti ☐jadeaba de manera agónica mientras que su mano se deslizaba a lo largo de toda su longitud☐. Sí, como siempre, te siento apretada y húmeda. Me muero por lamer tu coño pecaminoso, nena.

Marilyn cerró los ojos y con sus manos dibujó cada movimiento, cumplió cada orden y sintió la presencia total de ese hombre en su piel y en su sexo.

A la media hora, Marilyn era observada por todas las dependientas de la boutique con cara de sorpresa y de admiración, una chica con disimulo le levantó el pulgar, ella que en otra época se habría avergonzado, sonrió y con su ninfa a flor de piel, movió sus caderas como bailarina exótica y se despidió con un alegre "Gracias" *Si conocieran a Arden Russell me aplaudirían de pie.*

Puntualmente llegó al restaurante de Carlo, había hecho una cita con Peter, quería dedicarle tiempo a su amigo porque sintió que lo tenía abandonado. Cuando entró al lugar lo vio solo, sentado en un rincón, leyendo un libro y con un vaso de café macchiato al lado, con la mirada buscó a Carlo y no lo encontró, pero no le pareció raro.

☐Te extrañaba, amigo ☐lo abrazó con fuerza.

—¿Qué tienes? ☐suavemente le tocó las mejillas☐. Estás ruborizada.

—Nada, amiga —sonrió y pestañeó varias veces seguida.

—¡Oh! el Dios de Nueva York ha hecho de las suyas.

—Es el rey, nene, ¡es el rey!

Peter no hizo comentario cosa que a la chica le extrañó.

—¿Estás enfermo, cariño?

—No, Mimí, estoy cansado eso es todo.

—¿Seguro?

—Seguro.

☐Entonces, mejor no te pido lo que tenía pensado ☐lo dijo en tono dramático.

☐¡Ay, Dios! ☐cruzó las manos sobre su

pecho□. Soy una madre para ti, tu pides y yo te lo doy, ¿Qué necesitas?

□Es poquita cosa, necesito que te hagas cargo de Darcy, está loco con la remodelación del edificio ¡pobre mi bebé! Me siento mal, pero no puedo dedicarle el mismo tiempo de antes.

□Tienes a otro bebé a quien cuidar □lo dijo con voz apagada.

Mae se preocupó.

□Peter Sullivan, a ti te pasa algo y no me lo quieres decir ¡y no te atrevas a negármelo!

□Creo que me dará gripa.

□¿Peter? □Mae lo miró con cara dragoniana, es decir, por lo bajo y con una ceja levantada.

□¡Debe ser hambre! □se sacudió el desgano y cambió su cara□, que tal si comemos una pizza y me cuentas otra vez de la visita que te hizo Arden cuando estabas de viaje.

No, Peter no hablaría, sabía que en ese momento su amiga estaba tan solo para ser feliz y él no quebrantaría su alegría contándole sus problemas con Carlos.

Jackie nunca aparecía en la oficina a menos que fuese una fecha señalada, así que fue extraño verla llegar con su presencia elegante y tranquila, saludó a las secretarias y entró a la oficina del hijo. Mientras tomaba un sorbo de agua, no dejaba de mirar hacia la puerta. Arden la miraba divertido.

—No está.

—¿Quién, querido? —sus hoyuelos pícaros se asomaron en las mejillas.

—Madre —su tono era amenazante y juguetón— no sabes mentir.

La mujer se dio por vencida, bajó los hombros y fue hacia el cabello de su hijo.

—¡Oh! □con decepción□ yo deseaba invitarla a almorzar ¿Dónde está?

—Pidió el día libre —y su hermoso rostro juguetón se ensombreció por la respuesta, aún tenía los sonidos tras el teléfono— madre, por favor, no la asustes, mira que Ashley ya lo hizo una vez.

—Bebé, no me quites la felicidad, quiero conocerla mejor, eso es todo □hizo un gesto de enojo□: se lo dices a Ashley, pero no a tu madre, mal hecho niño, mal hecho, no me importa que midas un metro noventa y tengas treinta y cinco, debería darte unas palmadas por no decirle las cosas a mamá.

Él se quedó en silencio.

—Te amo ¿lo sabías?

Jackie ahogó un gemido.

—Lo sé, cariño.

—Parece que no te lo he dicho suficiente.

—Dímelo más de seguido, yo no me opongo, señor Dragón —se tapó con sus manos en rostro y soltó una risa de niña joven.

—Gracias madre, en verdad gracias, por todo —era un agradecimiento por cada día que ella le había regalado, por estar siempre allí aún en los momentos más oscuros, por el amor que todo lo perdonó y que dio sin pedir nada a cambio.

Se acercó a ella y besó su cabello rubio que olía delicioso, la misma fragancia que lo hizo feliz cuando era un niño.

Jackie iba a llorar, pero se detuvo, en lugar de eso le dio una palmada en la pierna de manera cariñosa y juguetona.

—No me hagas eso chico, no quiero llorar, es momento de festejar no de lágrimas ¿me invitas a almorzar? Tú y yo como dos viejos amigos.

—Claro que sí, mamá.

Se fue hacia el elegante perchero en el que descansaban su abrigo y sus guantes, pero la voz de Becca por el intercomunicador interrumpió la salida.

—Señor, han traído su almuerzo.

Con gesto hosco él contestó.

—No he pedido nada, Becca.

La chica se silenció un segundo.

—Aquí dice que es para usted señor. Restaurante *Fiorenze.*

El gesto hosco desapareció, Mae había mandado a traer su alimento.

—Está bien, tráelo por favor.

La chica intimidada por la madre de su jefe entró a la oficina. Arden sacó su billetera para pagar.

—¡Oh, no, señor!, ya está pago, eso dijo el chico que lo trajo.

Una sonrisa torcida emergió de él.

Baker siempre sabes qué hacer... siempre en lo más mínimo me dices lo independiente que eres.

La madre adivinó la causa de la sonrisa.

—Huele delicioso hijo ¿qué es?

Él no la escuchó, leía la pequeña letra de Mae que le decía.

Para que no me extrañes demasiado, ángel, siempre cuido de ti como lo haces conmigo, por favor, come, una de tus favoritas, y no te preocupes, Carlo no le puso veneno... ¿no te enojas? Invité a Theo a cenar, creo que está cansado de seguirme por media ciudad, debes especificarle que no es su trabajo estar escondido en una de las secciones de corsetería, su rostro en aquel lugar merecía una foto.

Te amo.

Creo que tendrás que comprar la tienda, con el espectáculo de hoy no me dejarán entrar de nuevo.

Mae.

Arden reprimió una carcajada.

—¡Diablos!

La madre vio a su hijo con un gesto que no veía desde que tenía doce años, en un segundo toda la carga de muchos años desapareció y allí estaba el niño que ella anhelaba.

—Mejor me voy, hijo.

—¡No! podemos compartir, yo no comeré todo eso, Mae piensa que debe darme de comer todo el tiempo.

Aquellas últimas palabras para Jackie fueron el cielo.

—¡Oh, esa es mi chica!

A la media hora madre e hijo compartían el mismo plato y conversaban de pequeñas cosas, el tema de Catanzzaro fue vedado en ese espacio para dos.

—¿Qué te dijo?

—Pensé que me odiaría.

—¿Le contaste todo?

—Todo sobre Faith, sobre Chanice, Dante, la droga y no salió huyendo —con sus manos dentro de sus bolsillos aún se preguntaba por qué no lo hizo.

—No fue tu culpa, Arden.

Una mirada de *¿en verdad, madre? ¿No lo fue?*

—Es hora de que me responsabilice de muchas cosas, Jackie.

Ella se le paró enfrente, muy pequeña y frágil, allí estaba con la misma actitud que tenía antes de cada competencia, segura y siempre certera.

—Te has responsabilizado de todo, toda tu vida. Primero de Tara, cargaste con ella durante tres años, aunque ella te lastimaba. Después fue Chanice y Holly, parte de que estuvieses con ella era porque sentías lástima de la pobre chica y de la vida que vivía, ambos eran niños rotos, después Faith, siempre estuviste ahí, has cargado con tus hermanos protegiéndolos de todo, con este monstruo de empresa, por favor, deja de —suspiró de manera enérgica y sin miedo a las reacciones de furia de su hijo habló— deja de estar auto compadeciéndote siempre, andas flagelándote con la culpa, te he amado desde niño, pero a veces me sacas de quicio, construiste un muro a tu alrededor y de manera silenciosa te hiciste arrogante con el sufrimiento, le dijiste a todos de manera tácita que en el dolor eras mejor y eso es egoísta.

—No soy un puto mártir, madre.

—¡Cuida tu boca, muchacho!, y sí, aunque no te guste, te has comportado como uno y has hecho del mundo y de tu padre los verdugos, ¿vas a hundir a esa chica en todo eso? ¿Vas a darle tus fantasmas? ¿Agobiarla con tus culpas como hizo tu padre conmigo? —Jackie se llevó la mano a su boca, sabía que en ese momento había traicionado a su esposo, nunca se lo dijo a nadie, para ella fue un pequeño precio a pagar, pero solo el cielo lo sabía, que a veces quiso huir y no volver jamás.

El muchacho consternado ante aquella confesión vio a su madre y por primera vez supo lo difícil que fue para ella.

—No lo sabía ¿fuimos tan egoístas?

—Amo a tu padre, Arden, mi familia, mis hijos, pero llevar a la espalda el apellido Russell y su extraña cualidad para el drama no ha sido fácil. Ahora, quieres formar una familia ¿en verdad es necesario tanta culpa? ¿Te has planteado tener hijos de nuevo?

El muchacho retrocedió tres pasos y su pecho se levantó agitado, volteó hacia la ventana y su rostro se endureció.

—No. Es muy joven, tiene veinticinco años, tiene mucho qué hacer, escribir, conocer, viajar… ella —sintió la mano de su madre en su espalda, aquel toque paró el huracán interior.

—¿Quieres hijos, Arden?

—¿Los querrá ella conmigo? —la pregunta fue hecha con furia.

—No, Arden, la pregunta concreta es si tú quieres tener hijos.

—¡No!, ¡no! Cuando murió Faith juré no tener más hijos.

⬜Pero ¡tenías diecisiete años! y mucha droga en tu cuerpo ¿Qué validez puede tener ese juramento? ⬜enérgica, lo tomó de las manos⬜ Perdóname hijo si sueno cruel, pero no es justo que te sigas castigando por ese pasado.

⬜No lo sé, madre ¿un hijo? creo que me volvería loco.

—Sería hermoso.

—No, sería terrible. Yo, "la máquina" tratando de que el mundo funcione como quiero para que nadie toque a mi hijo y al final todo se vaya al carajo cuando algo que no supe controlar lo lastime —frunció sus cejas y aun sabiendo que lastimaría a su madre, confesó— no quiero ser como Cameron.

Jackie soltó sus manos al tiempo que unos ojos verdes condenatorios, la miraron de manera profunda.

—Hijo, en realidad nunca entendiste nada y quiero ver el día en que comprendas al fin la capacidad de sacrificio que tuvo Cameron, ese día rogarás por ser el padre que él fue para ti —Jackie tomó su cartera y se dispuso a abrir la puerta de la oficina— mi anillo de compromiso espera la mano de Mae, yo te lo ofrezco, seré muy feliz cuando vea ese anillo en su mano, dile a ella que en mí tendrá una amiga y alguien en quien confiar, quien ama a mi niño es amado por mí.

Jackie salió en silencio y su hijo cerró los puños con furia, salió tras ella y la alcanzó en el ascensor y detuvo las puertas.

—Sería un honor para mí, mamá, como ha sido un honor tenerte en mi vida.

La mujer le dio una mirada dulce y amorosa. Llevó su mano a la mejilla del muchacho y la deslizó por su rostro suavemente, pero no pronunció palabra y se retiró hasta el fondo de ascensor diciéndole así a su hijo que aún le faltaba mucho por perdonar.

Maldito idiota... eres un idiota Arden Russell se gritó a sí mismo mientras veía las puertas cerrarse.

Marilyn llamó a su padre con quien habló por más de dos horas, conversaron sobre su libro, sobre Peter y sobre cosas en general, pero jamás mencionó sobre su decisión de quedarse en Russell Co., era su manera particular de decirle que respetaba sus decisiones.

—Motitas ¿vendrás para el día de Acción de Gracias?

¡Oh! eso no lo había previsto.

—No, papá, lo siento —odiaba hacerle eso.

—Entiendo, tienes mucho trabajo —su voz sonó decepcionada☐ parece que la gran ciudad finalmente se llevó a mi chica.

Mae quería llorar, hacia casi dos años que no lo veía, era una herida en su alma.

—Puedes venir a Nueva York, papá, traer a Diane y a David, les fascinará.

—No lo tenía previsto, pero lo voy a pensar —dijo no muy convencido.

Salió de la oficina a las seis de la tarde, Theo y los hombres lo esperaban.

—¿Qué haces aquí? ¿Por qué no estás con la señorita Baker? —preguntó furioso.

—Dijo que usted la había llamado, señor, y que me necesitaba aquí.

—¡Yo no llamé! —pateó el suelo—. Yo doy las ordenes ¡demonios! ¿Sabe dónde fue?

—No, señor, ella es astuta, además estaba fastidiada de que la siguieran.

Oh, Mae eres... eres...

Sacó el celular y apretó el dial de llamadas.

—Estoy en tu casa, ángel, antes de que

enloquezcas.

—No es gracioso.

—Sí lo es, deja de refunfuñar y ven a casa, te espero.

Todos salieron tras él, odiaba que alguien condujera sus autos, pero estaba agotado, dejó que Elgar, uno de sus hombres, tomara el control del Aston Martin. Theo evitó la mirada asesina de su jefe asumiendo personalmente la conducción de un carro escolta.

—Señor, los periodistas nos siguen, desde que salimos de la torre ¿qué hacemos?

Arden vio dos autos que lo seguían y tres motos más.

Chócalos

Cruzó una mirada con el chofer por el espejo retrovisor, el hombre conocedor de la fama de su jefe sabía que gustoso ordenaría que los chocara, pero sabía que no podía. Quizás en otras épocas.

—Llama a Theo, que él los detenga, yo quiero llegar pronto a casa.

Arden, impaciente, quería estar al lado de su mujer. Todo el día la extrañó como un loco, se la pasó releyendo el libro y entre más leía se fascinaba más con las sombras detrás de cada letra. Pero había otro sentimiento que yacía tras la adoración del libro, entendía que era hora de tomar una decisión radical con respecto a Marilyn y su estadía en Russell Co. y eso lo tenía desgarrado.

Sabía que no podía ser tan malditamente egoísta, -¡diablos! lo era, era un bastardo egoísta-, mas su chica merecía un poco de sacrificio, eso quería decir que desde mañana en adelante su único aliciente para estar en aquella oficina de miedo se iría.

Al llegar frente a la puerta no tuvo necesidad de abrirla, ella vestida de manera sencilla lo esperaba con una sonrisa esplendorosa, la furia por haber estado caminando sola por toda la ciudad desapareció y tan solo quedó la lujuria y la alegría de volverla a ver.

—Bienvenido a casa, señor Dragón —ella lo abrazó con fuerza— te extrañé todo el día.

—¿Lo haces, Baker? Demonio —agarró su pequeña coleta y la llevó hacia atrás estampando un beso sonoro y mordelón.

—¡Oh, sí! —Mae contestó entre las brumas y la embriagues del beso que siempre la dejaba parada en los precipicios del éxtasis— ¿Por qué siempre que me besas creo que me voy a ahogar?

—Porque así debe ser, niña, si no lo hicieras yo podría pensar que algo anda mal en mí.

Ella sonrió y se le quedó mirando.

Caray... siempre tan hermoso ¿Cómo lo hace? Parece que saliera de una sesión de fotografía de la Vanity Fair... menta, colonia y demoníacamente perfecto.

—Eres un arrogante, ángel.

—Ese es mi segundo nombre —y quería atacar de nuevo, pero una mano pequeña detuvo el ataque sensual

—No, te tengo una sorpresa.

—La única sorpresa que quiero eres tú sobre esos zapatos que compraste hoy, nena —se apartó unos pasos y oscureció la mirada— ¿Por qué diablos no estás desnuda? Eso no me complace, y tú sabes que necesito ser complacido todo el tiempo —y sin importar la mano que se interponía fue hacía el seno de Mae y mordió el pezón camuflado por la blusa y por el sostén.

—No, por favor Arden, más tarde, más tarde dejaré que me hagas lo que quieras, pero no ahora, quiero enseñarte algo, cielo.

Arden frunció el ceño, en su mundo de sexo experto no le gustaba un no como respuesta, mucho menos de quien él dependía para vivir.

Gruñó por lo bajo.

—No me hagas esperar, mujer.

—Nunca —lo tomó de la mano y lo guio hasta el piso de arriba— este apartamento es enorme Arden, cinco habitaciones que tú no ocupas.

—¡Diablos, Baker! Necesito lugares enormes para que mi ego y yo nos sintamos a nuestras anchas.

Ella besó su mano de dedos largos, desnudas sin sus guantes. Abrió una de las habitaciones que ella estaba segura de que él ni siquiera visitaba.

—Rosario se fue, yo sola hice esto, mi amor, para ti —prendió las luces del cuarto y de la oscuridad a la luz apareció una habitación de niño—. No la pude decorar como yo deseaba, dame un poco de tiempo y será perfecta.

Arden desamarró su mano con fuerza y dio dos pasos hacia atrás. La cuna de su hija estaba en el centro de la habitación, de ella colgaba un toldillo blanco con un conejillo dibujado en todo el centro, un móvil de un duendecillo pendía de forma graciosa, éste hacía un sonido tierno mientras volteaba, Dentro de la cuna estaban los juguetes que él compró cuando tenía diecisiete años y que guardaba celosamente, dos peluches y una muñeca. En las paredes estaban las fotos de la niña, las mejores, donde no se podía observar la agonía de la pequeña, muchas de las fotos estaban al lado de fotos de Arden en diversas etapas de su vida, todas ellas acompañadas de poster de figuras infantiles, y en la pared el nombre de Faith Russell resaltaba de forma perfecta.

Un gesto de exaltación, mezclado con ese algo desgarrador que era en él indescifrable se dibujó en su cara. Ella entendió aquello y se acercó un poco, mas él se alejó mientras que empuñaba sus manos.

—Shiis —pero el gesto casi violento no

asustó a la chica— tranquilo, Arden —se paró en la punta de sus pies para alcanzarlo y con sus manos tocó su rostro— ya, todo está bien, esto lo hice para ti, es hora de que dejes de avergonzarte de tu paternidad, es hora de que dejes de culparte, ella estuvo aquí, por poco tiempo, pero estuvo aquí, hay que celebrar su vida, no su muerte, hay que celebrar que fuiste padre, mi cielo, no la escondas más —pero el gesto concentrado y receloso seguía allí— ¿no te gusta? Si es así guardo de nuevo todo y —pero la frase no fue terminada porque los labios del dueño del castillo la sellaron de forma furiosa y agónica con un beso violento lleno de significado.

Mae abrió los ojos para verlo mientras que ella tomaba su cabello delicadamente. Su rostro antes de hielo era en ese momento hermoso y triste. La lengua se deslizaba entre la lengua de ella y chasqueaba el paladar, bailaba, tocando de forma dulce, experta y certera la punta de la suya, entraba para volver a salir y de nuevo atacar. El corazón de Marilyn latía con fuerza casi de manera dolorosa. Finalmente, en un beso que pareció eterno Arden con un gemido de nostalgia se apartó de ella y sonrió.

—Es lo más hermoso que han hecho por mí, gracias, mi amor, de verdad, mil y mil gracias.

—Todo por ti, ángel, no quiero que estés triste nunca más, no te lo mereces.

—¿Me he portado como un puto emo? ¿No es así?

—No ¡por Dios, no! eres lo más fuerte que he conocido, tenías todo el derecho a estar triste, sería terrible sino lo hubieses estado, casi veinte años de luto y has sobrevivido, eres un guerrero, mi cielo.

El hombre gigantesco caminó en aquella habitación que de pronto estaba llena de su hija por todas partes, tocó la cuna y los juguetes e hizo que el móvil tarareara la tonadilla sentimental. Se fue hacia las fotos y acarició una por una, observando cada detalle. Marilyn entendió en ese momento que ella allí sobraba. Lenta y silenciosa salió del cuarto, era un momento entre él y Faith Russell.

Lo esperó en la sala de casa con Rufus jugueteando a su lado. Lo vio bajar y prender la chimenea en silencio. Mae se le quedó mirando.

¡Dios! dame fuerzas para no morir de amor cada vez que lo veo.

La luz del fuego le daba al rostro un aire distinto y lejano, su cabello se veía más rubio de lo usual y su piel, perfecta.

—Tendría casi veinte años si estuviese viva, ¡veinte! quizás mi vida sería diferente, no lo podré saber nunca —se paró frente a ella— ¡Dios me perdone! si es que Dios existe, y que me perdone mi hija, pero en este momento sé que quizás si ella estuviese aquí, tú no estaría conmigo, tengo esa certeza en mi corazón, ¿mi hija o tú? Y yo te escojo a ti, tal vez ese Dios en el que tú crees tomó la decisión correcta.

—No digas eso □lo dijo tranquila.

—Sí, sí lo digo, suena terrible Mae, suena monstruoso, pero es así, me fue quitada Faith para que tú llegaras a mi vida, una por otra. Yo te presentí desde niño, tarde o temprano sin la heroína en mi sistema y tratando de tener una vida más pura volverías de nuevo y yo me la pasaría buscándote como un enfermo, en cada mujer que tuviese tu cabello, el timbre de tu voz, tratando de descifrar por qué ninguna olía como tú.

—Yo te habría encontrado, Arden, tu voz sería mi guía, tu deseo sería mi mapa, ni siquiera ese Dios en el que tú no crees me detendría.

De una manera intempestiva él se ubicó entre las piernas.

—No te atrevas a dejar de amarme —sus ojos eran oscuros— ¡nunca!

—Eso no pasará —lo atrapó entre sus piernas y besó su cabello— jamás, ni siquiera estando muerta.

Y la palabra lo enfureció y se paró violentamente.

—Yo moriré antes.

—No seas melodramático, Arden —pero al decir esas palabras supo que debió quedarse callada…

¡Diablos! ¿Por qué no puedo quedarme callada?

Ella entendió la fuerza cruel de esas palabras y se confesó que la posibilidad le aterraba de la misma manera a ella.

—No entiendes.

—¡Lo siento!, ¡lo siento!

—Prométeme que dejarás que yo me vaya primero.

—¡No digas eso Arden! ¡Basta! Nada me va a pasar, tenemos años por delante, todos con un demonio, yo tengo que escribir mil libros y tú tienes que manejar el planeta, hacerme el amor como el dios que eres, gritar a todos, ser malditamente arrogante e insoportable, tocar el chelo, ser hermano e hijo, así que nada de muerte Arden, nada. Yo la he vivido también y no la quiero cerca, no en este momento, hemos pasado por muchas cosas, batallamos para llegar aquí, tú contra Tara y todos los malditos que te hicieron daño, yo contra una vida simple a la que estaba destinada en Aberdeen —respiró con fuerza— contra Richard Morris y su demencia hacia mí.

¡Oh! y los ojos verdes no me hables del maldito ahora se clavaron en ella de manera celosa.

—Richard Morris.

—Lo amé, Arden —el gesto de profunda ira la asustó— o creí que lo amaba, él era…

—No quiero escuchar.

—Fue mi novio durante dos años y —pero

un sonido salvaje retumbó en el apartamento, Rufus salió corriendo, el dragón había pateado la mesa de centro y ésta estalló para dar contra la pared.

—No quiero oír nada más de ese imbécil —su tono era rudo.

—Tienes que saber.

—¿Saber más de lo que me contaste en el yate? Si quieres soy un maldito estúpido y muy infantil, pero no quiero escuchar nada acerca del maldito ese, no deseo oírlo, me enerva, me enfurece ¿sabes que lo conocí? ¿Sabes que lo vi en Aberdeen cuando fui a buscarte?

La sangre de Mae se enfrió de miedo, emitió un gemido de angustia.

—¿Qué? ¿Cómo? Él... ¿él?

—¿Te importa? —caminó hacia ella de manera rápida como un felino a punto de atacar.

—¡No!, claro que no.

—¿Piensas en él? Porque el maldito te está esperando.

"□Eres mía… me perteneces, nadie te va a amar como yo, maldita perra estúpida".

Escuchó los gritos de él en el bosque, comenzó a llorar de terror, esas palabras la instalaron en aquellos días, en aquel día terrible.

—¡Dios mío!

Los celos enfermos hicieron presencia en aquel momento *¿Por qué llora?... ¿por él?*

—Te espera como un loco, sueña contigo, el maldito me lo dijo —el tono de él iba subiendo, Marilyn temblaba.

—¿Hablaste con él? ¿Sabe que tú…?

—No, estaba tan drogado que ni sabía cómo se llamaba, y yo lo quise matar, quise ver su sangre por el piso cuando empezó a contarme de su novia y de cómo ella volvería y se irían lejos para jugar a la pequeña casa en la pradera. Sí, Baker, loco, demente como yo, quizás por eso no lo destripé en el bar donde me lo encontré con aquella mujer de cabello rubio.

¿Summer? ¿Aún sigue con él?

—Sin duda era él. Un loco fantasioso que nunca aceptó el no de mi parte.

—¡No quiero saber!, me cuentas más de esa historia y me voy a Aberdeen y lo despellejo □bufó□. Era tan patético como yo lo fui, iguales de idiotas esperando por una mujer que no nos ama. Vi su cara y me figuré igual a él, ¡igual!... —se acercó a ella casi al nivel de su cara— estuve así de volver a la heroína □hizo el gesto con los dedos pulgar e índice□, a nada de recaer, un segundo y todo se hubiese acabado, ¡todo!, por eso no quiero que me cuentes nada, los celos me enceguecen, no soy racional ¡maldita sea! y no quiero serlo —se alejó de ella unos metros, simplemente para que no viera como la furia tomaba el control.

—¡Nunca igual a él! ¡Nunca! Yo te amo. Yo volví a ti y te amo. Salí de Aberdeen y supe de inmediato que él nunca más sería parte de mi vida.

—Él piensa que sí, ¿fue tan fuerte lo que tuvieron que aún cree que volverás? □puso cara de sospecha□. Algo, algo con un demonio, se me escapa.

Mae dio pasos tímidos hacía él.

—Mi historia con Richard fue solo una caricatura, algo que no debió pasar. Si me espera, ¡qué se pudra!, jamás en la vida volveré con él. Lo decidí antes de conocerte y conocerte a ti marcó mi destino: tú eres el hombre que quiero y amo. Richard tiene que morir mil veces para llegar a ser medianamente como tú, pero nunca lo lograría, Arden —finalmente los pasos terminaron hasta quedar pegada a él, podía sentir su corazón latir con fuerza, miles de caballos al galope—. Tú eres mi hombre. Yo confió en ti, te amo a ti, mi señor... mi maestro.

Las últimas palabras fueron dichas de

manera oscura, como si fuera una extraña invitación, un sí a la eternidad juntos dicho de manera tácita, pero también una aceptación completa, un sí al guerrero, a quien le brindaba su cuerpo como campo de batalla para desahogar su esencia salvaje ¿a quién engañaba? el padre de Faith, amoroso, tierno y dulce existía, pero todo arropado por el bárbaro dragón quien no estaba hecho para dulces arrullos y caricias tranquilas.

Palabras dichas desde el corazón y un beso; se pegó a él y le dio un beso tan intenso que lo sorprendió.

—Hunm —gruñó soterradamente, sus ojos se oscurecieron casi hasta provocar miedo y de un solo tirón desgarró la blusa— ¿no Richard Morris? —la voz cavernosa resonó por todos los poros de Mae, la ninfa surgió presta a la depravación.

—¡Nunca! *¡Dios, gracias! ¡Ha vuelto!*

Los ojos oscuros como el jade se clavaron en sus senos, ella tenía el sostén de color rosa pálido que había comprado en la tienda, se relamió los labios, rosa inocencia en el cuerpo de aquella mujer que era la encarnación de toda la lujuria soñada.

Sin mediar palabras y lleno de la furia de Otelo la tomó con fuerza le dio la vuelta y pegó a su pecho la hermosa espalda de su amada. Ella respiraba agitada, sintió la suave tela de la camisa de rozándola levemente, podía sentir como sus vellos emitían electricidad provocándole pequeños espasmos. Un mordisco fuerte en su cuello que casi la hace caer *su marca*, sorprendentemente le quitó el sostén de forma delicada y lo tiró a un lado, pero el gesto fino fue reemplazado por un amasijo duro sobre uno de sus senos, luego los dos. Las grandes manos abarcaron sus pechos, acariciando, apretando y pellizcando los pezones, Mae gimió con fuerza y en su afiebrado placer puso sus manos sobre las de él para hacer más fuerte la caricia.

—Creo que he sido muy delicado contigo en estos días, mi amor, y yo exijo más —jaló su cabello hacía atrás y la besó de manera demandante hasta dejarla sin respiración. Se alejó de ella, cosa que causo un frío por todo su cuerpo, intentó moverse☐ ¡Quieta!

—Arden... yo... —giró la cabeza un poco para verlo.

—Te dije quieta —no gritó, pero la orden fue tan contundente que Mae solo atinó a quedarse en el mismo lugar, no le importó porque era una ninfa que ardía en fuego esperando que el señor sátiro hiciera su aparición.

Entendía la necesidad de sumisión que él demandaba, Richard estaba presente y él iba a competir con él, no había necesidad, pero él lo requería.

—¡Sí, señor! —la mirada eléctrica pringaba su cuerpo.

—¡Desnúdate!

—¡Sí, señor!

—Lentamente ☐arrastró la palabra.

☐¡Noo! ☐se quejó, haciendo un puchero, pero él la miró amenazante.

Y así lo hizo: primero, los zapatos y sus complicadas correas, luego el pantalón vaquero que deslizó sinuosamente por sus piernas y de forma juguetona, los pantys; en este último movimiento dejó que todo el esplendor de su trasero se viera en una posición de ofrecimiento apetitoso y lascivo.

—Amo tu culo, Baker —su voz potente fue acompañada con una mordida lasciva de sus labios inferiores.

Marilyn dio un gritito y luego sonrió gustosa, estaba de espaldas y solo veía una sombra proyectada en la pared que se notaba enorme. Quiso erguirse desde su pequeña estatura.

—¡No!

Se quedó allí estática, excitada por la orden marcial, abrazó sus piernas. Sabía que miraba su trasero, podía hasta sentir como le castañeaban sus dientes, movió sus nalgas cual delicada bailarina, lo escuchó gruñir, aún en esa posición se sabía poderosa, miró hacia el frente, unos sonidos de ropa cayendo y entendió que él se desnudaba, quiso gritar, amaba verlo desnudarse, tres pasos y sintió como Arden se instalaba entre sus glúteos con su poderosa masculinidad punzando sobre ella. Una mano acariciaba rudamente sus nalgas,

—Esto es hermoso —dio una palmada suave pero certera que onduló hasta su clítoris.

La mano empezó a deslizarse suavemente entre sus pliegues y comenzar con dos de sus dedos a moverse de arriba abajo, inmediatamente la excitación de Marilyn fue notable y abundante.

—¡Ángel! —fue un jadeo, una súplica.

—¡Silencio!

—¡Sí, señor! —y él continuó en aquella caricia para sorprenderla al introducir sus dedos dentro de su sexo.

—Eres tan hermosa mi preciosa joya, tan hermosa —y cada palabra era dicha al ritmo de los dedos dentro de ella— y eres una zorra mala, una diosa sexy, una reina porno.

¿Una reina porno?... ¿a dónde va con eso? Tuvo que contener la risa excitada y nerviosa; Mae Baker de niña inocentona a movie star porno, gracias a la dirección del señor perverso.

El movimiento era lento, casi agónico, uno de los dedos largos pareció estirarse y hacer un movimiento sorprendente hasta llegar a su punto G, presionó con fuerza y un dolor agudo de un segundo para detonar un placer cegador, delicioso y mareador.

Pero el movimiento continuaba….

Sus dedos se movían plásticos, curvándose de manera sorprendente provocando un vértigo y sembrando una necesidad urgente en su sexo.

—¡Ah, señor! —se tambaleó iba a caer, pero instantáneamente, los brazos fuertes la tomaron por la cintura y la levantaron varios centímetros del suelo, ella lo abrazó por el cuello, se topó con su rostro y la sensación de su barba tenue rozando sus mejillas. Lo quiso besar, pero Arden no lo permitió, solo se vio siendo llevada hasta la mesa del comedor.

—Una vez te lo dije, mi amor —la tomó del cabello—: en cualquier lugar de la tierra y en cualquier superficie —la puso boca abajo sobre la mesa, mitad de su cuerpo en el vidrio laminado y duro— ¡agárrate duro!

—Baby, vamos a romper la mesa.

—No —dio dos poderosos golpes contra la superficie— más fuerte que el acero, tecnología Russell Co. ◻un beso húmedo de omoplato a omoplato.

Una sensación eufórica la recorrió, algo oscuro y peligroso emergió en ella y dio un pequeño brinco lleno de expectación.

—¿Qué vas a hacerme? —su voz tenía miedo mezclado con deseo salvaje.

—Un buen amante —y se inclinó para susurrarle al oído— siempre improvisa. Voy a amarte duro como solo yo sé hacerlo.

La palabra follarte reemplazada por el amarte fue para ella más aterradora y subversiva pues el "amarte" en boca de Arden era el sinónimo de algo capaz de hacer mover las placas tectónicas de la tierra. Marilyn se agarró de las orillas de la mesa, lo vio caminar desnudo hacia donde estaba la ropa, observó el perfecto detrás de aquel hombre y su maravilloso trasero, exhaló un suspiro que empañó el vidrio, se mordió los labios, volvió a mirarlo él mientras caminaba con su gloria desnuda.

¡Y es mío, gracias, Dios!

Algo llevaba en la mano, una corbata ¡una corbata!

¡Sagrado Batman!, va a improvisar ¡qué carajo!

—¿Y eso? —lo vio anudarla en su mano y tirarla hacia los lados con rudeza.

—Vas a sentir, Baker... vas a escucharme, solo quiero que sientas —y sin esperar respuesta tapó su boca con la costosa tela, el amarre no era doloroso, pero era preciso y no daba espacio para el sonido— sostente, mi amor.

Ella lo hizo con fuerza, esperó el embate furioso y duro, pero fue sorprendida con un beso a lo largo de toda su espalda hasta llegar a una parte prohibida.

Caray me va a besar... allí.

La lengua se arremolinó en aquel lugar causando en Marilyn un cosquilleo *¡señor, que agonía deliciosa!* lo sintió erguirse y con la punta de su miembro empujar sin penetrar haciendo que ella jadeara frente a la expectación, pero Arden, maliciosamente se alejó y deslizó su animal de hierro a lo largo de su sexo y tentar su centro.

—Esto es solo para mí, solo para mí.

Mae esperaba el ataque brutal, pero no, el penetrar fue lento, milímetro a milímetro, tortuoso y enloquecedor.

¡Más, más fuerte, por favor!

El peso de Arden se instaló en su espalda, ella quiso moverse, pero la fuerza de su cuerpo no lo permitió.

—Eres deliciosa y me aprietas de una manera que me enloqueces —y en su totalidad dentro de ella empezó a moverse en forma circular, rítmica, lánguidamente y de manera contundente.

Aquel movimiento de tortura unido al peso dominador de él sobre ella más la imposibilidad de verbalizar el placer y sus jadeos, la hicieron concentrar todos sus sentidos en el centro de su sexo el cual empezó a contraerse en palpitaciones pequeñas. El frío del vidrio se empañaba y humedecía con el ardor de su piel, cerró los ojos y se dejó llevar por el placer agonizante que ese hombre le proporcionaba.

¡Sagrado Batman!

—¡Nunca Richard! —lo escuchó decir entre jadeos— ¡nunca! Mae Baker, él no existió en tu vida ¡jamás! —y fue entonces cuando tomó su cabello con fuerza, aplastó sus casi ciento setenta libras sobre ella, haciendo que luchara por respirar, él la dominaba con su peso, con sus embates perezosos y perfectos, si, él creaba la necesidad de más, ella quería rogar, pero él no se lo permitía, la castigaba por haber permitido a Richard en su vida.

Mae intentó quitarse la corbata de la boca, quería gritar por favor más fuerte, por favor más duro, que suave no le era suficiente en ese momento, pero Arden tomó su mano y la volvió a poner en la mesa. Salió de ella dejándola a medias, ansiosa, pero al segundo un mordisco en su nalga y su verga dura y satánica entró agresiva, la mesa se movió unos centímetros, entonces los embistes fueron brutales a plena máquina y sin piedad

Sí, sí... así... ¡oh, madre santa!... voy a desaparecer.

El placer tierno de unos minutos antes dio pasó a una violenta explosión de goce que rápido se trastocó en una atómica deconstrucción de su cuerpo que voló por los aires transformado en mínimos pétalos de rosas, los gruñidos y gemidos de Arden eran enloquecedores y condimentaban el clímax que en ella iba subiendo a espirales.

—Solo yo ¡tú eres mía! de nadie más, solo... —un grito agonizante para hacer más furiosa cada estocada.

La amaba feroz, la marcaba para que nadie

más osara siquiera tocarla, para que ella no osara nunca pretender desear a alguien más.

Un orgasmo alucinante corría por cada poro mientras que él golpeaba las paredes de su vagina. El cerebro de Marilyn se iluminaba, sus pupilas se dilataban, el sudor corría por su espalda, cada músculo se desprendía y los huesos parecían volverse líquidos.

Necesito gritar... no aguantó más.

—¡Tú eres mía! —gritaba mientras, en un movimiento, rápido quitó la corbata y fue cuando Mae libre empezó a gritar— ¿Quién es tu dueño? — exigió— ¡Contesta! —se enterró con fuerza.

—¡Tú!

—¿Quién te ama?

—¡Dios! tú...

—¿Quién es Richard Morris?

Marilyn estaba enloquecida, desconectada.

— ¿Quién es él? — volvió a preguntar de manera furiosa.

—¡Nadie! ¡Nadie! Él no es nadie, él, él no existe... —la chispa del placer recorrió su columna vertebral y llegó a su cerebro—. Yo te amo a ti ¡siempre! ¡siempre! —un clamor desgarrador salió de su garganta, la sensación de satisfacción era casi dolorosa y preciosa.

Él continuó por un minuto en su movimiento espiral hasta que moverse fue casi imposible porque el sexo de su mujer lo apretaba deliciosamente; fue entonces que él se puso rígido. Grító el nombre de Marilyn con voz sensual y ronca, vaciándose en su interior para caer de forma delicada y suave sobre su espalda y repartir besos a lo largo de su columna.

Por unos minutos ambos estuvieron en aquella posición tremendamente incómoda, sexual e íntima. Marilyn le ofreció una sonrisa cálida, para Arden fue la invitación a un beso tierno donde atrapó su labio inferior jalándolo de manera erótica.

—Te amo, eres todo para mí todo, yo quiero ser el primero en todo maldito cavernícola, no quiero a Richard Morris en tu memoria.

Mae tocó su rostro de piel suave.

—¿Quién es Richard Morris? Yo no lo conozco.

Su risa torcida y un arrugar la nariz fue para Mae la señal de que lo había hecho feliz.

—Sí ¿Quién demonios es el bastardo ese?

En ese momento para Marilyn el fantasma de Richard desapareció, si alguien le hubiese preguntado cómo era él, ella no sería capaz ni siquiera de describirlo.

Caminó con su ropa en la mano, tratando de no hacer ruido.

— ¿A dónde vas?

¡Diablos!

—Voy a casa a cambiarme, son las siete de la mañana.

Lo vio pararse de la cama con un gesto extraño y triste.

—No.

—¡Por favor, Arden! Ayer no fui a trabajar, hay mucho que hacer.

El jefe de todo suspiró.

—Estás despedida.

Mae lo miró y sonrió sin entender nada, pero al segundo supo que él hablaba en serio.

—¿Por qué? ¿Qué hice? juro que no vuelvo a pedir días libres.

Él levantó los brazos impacientes y la abrazó con fuerza. Ella gimió y unas lágrimas amenazaron en salir.

—Por todos los diablos, nena, eres insustituible en esa oficina —la tomó de los hombros y la apartó un poco—, pero es hora de que te vayas de ese lugar, tienes un libro, has empezado a vivir tu sueño y estar allí lo aplazará más, soy un maldito egoísta y sabes que me gusta más que nada te quedes trabajando conmigo, pero no puedo hacerte eso.

Mae hizo un puchero, su labio regordete sobresalió en un gesto infantil.

—¡No, por favor! —lo abrazó y le puso su cabeza en el pecho— todavía no, yo deseo estar allí, amo ese lugar, amo ese trabajo. Cuando me fui, lo extrañé muchísimo, ¡todo!, la gente, mis amigos, el stress, ¡por favor, no! además, ¿quién te va a hacer tu café? ¡Yo quiero estar allí!

—Pero eso no es justo contigo, mi amor, tienes que escribir y allí estarás estancada, tan solo por complacerme, por mucho que me guste la idea, no es justo, no lo es.

—Solo unos días, hasta que lo nuestro se sepa, ahora hay mucho que hacer, tres grandes negocios en puerta, no puedes sacarme de allí, no puedo dejar a Becca sola y no puedo dejarte solo allí, por favor, por favor, unos días.

Arden sonrió a su manera.

—¿De verdad?

—Sí, quiero estar allí.

Una mirada tremenda y juguetona resaltó en él.

—Confiésalo, quieres estar allí para que yo esté siempre dispuesto a tus perversiones, niña.

Mae recorrió el cuerpo desnudo y le hizo un guiño.

—Tú me conoces, jefe, sabes que solo deseo tu cuerpo.

—¡Perfecto! No esperaba menos de mi asistente personal.

En el ascensor privado ella trataba de arreglar su corbata.

—¿Sabes? Hace dos días cumplí tres años de trabajar contigo.

Un gesto sombrío en su rostro y Mae pensó

¿Ahora qué dije?

—Yo no como gente, no a esta hora del día, eso fue lo que dije, me burlé de ti y te humillé como un idiota.

—Yo no me acuerdo de nada de eso, amor, solo sé que desde ese día salió el sol para mí.

—Debiste seducirme.

—Tonta de mí.

—¡Muy mucho! —mordió la punta de su nariz— el primer día de mi vida, ese día comencé a vivir.

Agendas. Miles de llamadas. El jefe gritando por papeles. Becca corriendo por todas partes. Hillary deseando explotar los teléfonos. Mae comunicándose con los bancos.

Dinero.

Poder.

Y a las tres, Dante furioso en frente de ella.

—Señor —ella en el intercomunicador— el señor Emerick desea hablar con usted.

Un gesto irónico y burlón en el rostro del hombre moreno hizo que ella se enardeciera.

No te atrevas a juzgarme.

—Estoy ocupado —la voz fue dura— dile que haga una cita.

Mathew apareció al medio segundo.

—Ya escuchó, señor Emerick, haga una cita.

Dante ignoró las indicaciones y presionó el botón de comunicación.

—Idiota, no te hagas el difícil, es sobre Catanzzaro.

Silencio por unos segundos y finalmente:

—¡Pasa!

Entró a la oficina, seguido de Mathew y Mae y sin preámbulos empezó a gritar. Temía al escándalo, a ser tildado de títere útil, un bueno para nada que permitía que la poderosa editorial se fuera al traste.

—No tengo por qué estar en medio de tu pelea con ese viejo.

Un Arden frío lo miró burlón.

—Bueno, bueno, después de todo seré yo quien salve tu trasero, la ironía es cómica, Dante.

—No tienes que salvarme nada imbécil, yo no tengo nada que ver.

Mathew se interpuso y miró de hito en hito al hombre que le llevaba casi veinte centímetros de estatura.

—Tienes mucho que ver, es tu empresa y es el nombre de tu familia el que también está en entredicho.

—¿Por qué? El maldito va tras la cabeza de los Russell, es la sucia vida de este □indicó a Arden□ lo que quiere.

Mae, dos metros más atrás, observaba atenta.

—¿De verdad crees que nada tienes que temer? ¿Qué podrás salir impune?

—Contigo nadie es impune ¿no es así, Marilyn? —volteó y la retó con la mirada.

—¡Con ella no te metas! —la frialdad del presidente de Russell Co. se convirtió en furia.

—Ese viejo zorro tiene la capacidad y la gente para investigar —un aire de triunfo estúpido emergió del ex mejor amigo— ¿sabes lo que eso significa?

Arden tiró la silla, Mathew dio dos pasos hacia los hombres que se aprestaban a pelear.

—¿Cuál es tu maldito miedo? ¿No soy yo el monstruo en toda esta situación?

—Claro que sí, no creas que me preocupa tu vida, que todos sepan quién eres sería el final de tu despotismo, de tu carta blanca hacer lo que quieras y nadie se atreva a cuestionarte. Arden drogadicto y sádico que va por el mundo destruyendo a quien se le interponga, con una madre demente y…

—¡Cállate!

—¿Le has contado a ella?

—¡Déjala fuera!

—¡Ja! —era Dante Emerick, tratando de sacar la miseria—. Mae, pregúntale sobre Chanice, pregúntale sobre sus vicios, pregúntale sobre toda la mierda que ha tenido en su vida.

¡Ya no más! ¡Esto tiene que terminar! Él, con sus secretos como una maldita arma.

Arden se aprestaba a atacar, pero antes que ocurriera Mae se paró frente a Dante, mientras que con su mano derecha en el pecho de Arden estableció distancia y dijo rotunda:

—¡Basta ya! Para ti es muy fácil ser la víctima y no asumir tus propias responsabilidades. Formas parte de esta historia y no actuaste precisamente como el héroe. Lo sé todo, Faith, Chanice, las mujeres, Harvard, Yale, ¡todo!

La quijada de Dante se tensionó, de sus ojos claros centelleaban chispas de impotencia, una mirada de curiosidad y de incertidumbre.

—¿Lo defiendes después de saberlo todo?

Mae dulcificó su gesto, miró a Arden con tranquilidad y una sonrisa.

—Lo amo con todo mi corazón —imitando la mejor cara de cinismo de su maestro lo encaró— ¿No es terrible? ¿Cómo es posible que yo ame un monstruo?

Mathew sonrió, Arden levantó sus cejas en señal de triunfo. Ella estaba allí para bien o para mal.

—Te va a destruir.

—¿Qué sabes tú? —con la fuerza de sus padres y con la seguridad que ya no había vuelta atrás, habló—. No eres un salvador, ni ahora ni antes, más bien es el momento de que asumas culpas y empieces a resarcir daños, ¡deja de lavarte las manos!, tuviste la oportunidad de ser amigo y no lo fuiste. Arden no fue quien traicionó. Elegiste mal, callaste cosas, te aprovechaste de la adicción de la pobre Chanice y has hecho de toda esa historia tu pequeño drama. Si Catanzzaro con todo esto le quita la carta blanca a Arden, a ti te quitará ese halo de chico bueno, de corazón sensible que prefiere el arte al dinero ☐siguió, esta vez ajustó la puntería☐. Es verdad que ese viejo miserable quiere destruir a los Russell, pero tú serás el daño colateral favorito, te hará mierda ☐lo dijo sin asco☐. Dante Emerick, por una vez en tu vida sal del papel de víctima y enfrenta las cosas, ahora es tu oportunidad, da una conferencia de prensa y di que sabías lo de Johan Krung, que te diste cuenta tarde que él no iba a invertir y que fue Russell Co. quien te salvó de la ruina.

Arden tragó saliva, Matt silbó por lo bajo.

—¡Pero eso no es verdad! ☐saltó Dante.

—Es eso o Catanzzaro investigando todo y déjame decirte que corres el riesgo de que a quien tú llamas verdugo la investigación demuestre que fue una víctima.

Emerick quedó pasmado, a Arden no le cabía más orgullo en su pecho, Mathew soltó una carcajada que resonó por todo el lugar.

Un aullido de furia sorda salió del pecho del gigante moreno.

—¡No lo voy a hacer!

—Lo vas a hacer, al menos para que salves tu trasero cobarde.

Arden estaba sorprendido, Marilyn capaz de domar dragones y de enfrentar batallas.

La jaló hacía él con rapidez y enfrente de un Mathew sonriente y un Dante furioso la besó de forma lasciva y dominante.

—Ustedes están locos, son tal para cual, se merecen —en dos pasos salió de la oficina, mientras que dos amantes locos se comían la boca. Mathew carraspeó con fuerza, pero nadie allí lo escuchó, fue así que como gato silencioso también se retiró.

A los dos minutos Mae se sostenía del escritorio tratando de recuperar el aliento, mientras que Arden se paseaba como un pavo orgulloso.

—¿Estás orgulloso de mi?

—¡Puta madre, eres de otro mundo!

—Le di una patada en su culo envidioso.

—Debe estar adolorido con semejante demostración, mi amor.

—¿Crees que va a dar la declaración?

—Claro que sí, no tiene más salida nena, tú le diste miedo, vampiresa.

—Todo por ti.

—Somos dinamita —se acercó a ella la atrapó con sus piernas— hoy celebramos nuestros tres años, si Baker... yo no como gente... —y sus ojos voy a devorarte hasta la médula la recorrieron— no a esta hora del día.

La declaración de Dante fue hecha en un pequeño comunicado en uno de los periódicos de la enorme editorial, a los dos días dio una conferencia de prensa donde explicó los pormenores del negocio. Con la mandíbula tensa contestó de manera escueta. De esa manera acalló las habladurías y de paso le dio a Catanzzaro una excusa más para odiar a Arden Russell.

Las dos siguientes semanas fueron para todos de locos, pues se acercaba fin de año y parecía que no había ni tiempo para respirar.

Arden y Mae prácticamente vivían las veinticuatro horas del día juntos, sea en el apartamento de él o el de ella. Tan solo la rutina vertiginosa de pasión, sexo salvaje y momentos tiernos era interrumpida por la necesidad de la chica de estar con sus amigos, cosa que casi siempre causaba un gruñido furioso en el todo poderoso dragón, pero ella lo recompensaba en todo momento, además, tácitamente, empezó a empujarlo más a su familia y a todo aquello que él adoraba.

Correr en su auto en la autopista de carreras como un loco, volar el aeroplano o enfrentarse al mar en su yate. Mae supo que no podía hacer que detuviera su palpitar violento. Alentó aquella furia para que fuese puesta en cosas que él disfrutaba y que lo hicieran sentirse bien y sin vergüenza de su naturaleza tremenda.

Mas su parte favorita fue cuando la llevó a conocer a Ronna, su maestra. Se sentó a observar la clase mientras comía galletitas de chocolate y tomaba té con limón. Tuvo que contener la risa cuando vio a la anciana regañar en forma recia a ese gigante cuando hizo un movimiento que no era correcto en el chelo.

—¡Así no es, Arden! —una palmada sobre las manos— no cargues tanto las cuerdas, esto es tierno, amoroso, suave, ¡es una anacrusa! —miró a la chica— ¿ves? Siempre ha sido así, él cree que puede redefinir a Bach.

—¡Claro que puedo! —argumentó tocando a su manera.

Ronna sonrió solapadamente y le guiñó un ojo a la chica, de esa forma le dijo que así había que hacerlo, a Arden Russell había que retarlo continuamente.

Pero resultó ser en el sexo la mayor sorpresa que se llevó, cuando creía que ya era la alumna más aventajada de Duras, Nin y hasta del Marqués de Sade, él le revelaba otro secreto de su pericia y comprobó, placer intenso de por medio, que no era una broma cuando le dijo que era el maestro y que ella todavía estaba en la primaria. Por eso, más de una noche se vio a sí misma al borde de perder la razón, donde simplemente le era difícil dormir pues la adrenalina la dejaba a punto de la exaltación queriendo más y más.

¡Dios! así se debe sentir el adicto a una droga. Era como si pudiese saltar desde un

precipicio y volar.

Arden esperaba el movimiento de Guido Catanzzaro, pero el viejo estaba callado, cosa que no le gustó. No habían encontrado a la antigua secretaria traidora y Taylor Coleman estaba en cuidados intensivos pues fue golpeado brutalmente en la cárcel. Presintió que tras la golpiza estaban las manos sucias de Guido. Lo único bueno era que Shilton tenía las pruebas de las chuzadas telefónicas y del chantaje del viejo sobre varias estrellas de cine y de la música, así como a grandes políticos; de todas formas, Mathew continuaba investigando y Henry le mandó al viejo un intrincado documento legal que lo atemorizaba un poco.

—Paciencia, él vendrá y lo estaremos esperando.

—No te confíes, hermano, no te confíes.

Marilyn, entre tanto no transigía en su intento, llevó su manuscrito a otras dos nuevas editoriales, pero no muy amables le dijeron que estaban copados de manuscritos. Decidió callarse, sabía cuál iba a ser la reacción de Arden, por lo tanto, recurriría a su cara de póker y pestañas batientes y le diría que no se preocupe, que le dijeron que lo leerían. También insistiría en que no la ayudara, que debía mantener la promesa de dejarla sola en la empresa de buscar quien le publicara su primera novela.

Aunque estaba decepcionada, insistiría, era una guerrera y no se dejaría vencer tan fácilmente. Mientras tanto tenía muchas cosas que hacer, una de ellas era ayudar a su amiga Becca a preparar su matrimonio.

Becca, cada vez más cerca del poder, solo pudo dar gracias cuando sin mucha explicación se vio acompañada por Ashley y Bianca en los preparativos de la boda.

Peter también ayudó y hasta Hillary, quien se encargó de las invitaciones.

El día de la despedida de soltera, organizado por Peter, fueron a un bar privado y entre bromas, risas, canciones y bailes, Bianca dio cátedra sobre el sexo oral y Peter, con una gran caja llena de juguetes sexuales, pidió a gritó que Marilyn les enseñara como se usaban.

Gritos y risas no evitaron que la aludida se sonrojara y que, con una sonrisa soterrada, pensara: *¡Oh, sí!... ¡claro que sí!*

La madre de Becca se moría de risa, no podía creer lo divertidas y simpáticas eran las personas que trabajaban con su hija, Becca trataba de relajarse, nunca en su vida se habría imaginado tremenda fiesta.

☐Te lo mereces, Becca ☐le dio abrazo☐. Disfruta, todas las que estamos aquí estamos agradecida por tu trabajo y queremos que seas muy feliz.

☐¡Ay, Mae! ¿tú me agradeces? Si desde que llegaste a la oficina ☐le toma el cabello y en un gesto simpático, simula el peinado que usaba cuando se conocieron☐, te convertiste en un ángel para mí, yo debo darte las gracias.

☐¡Salud, por la amistad! ☐chocaron las copas.

Estaba feliz al ver que su amiga lo estaba también. Lo único perturbador fue ver a los pretorianos, no solo los cinco de Arden, sino los de Ashley y Bianca fuera del lugar. Durante toda la velada el IPhone de Mae fue "atacado" sin piedad por Arden, hasta que Ashley se lo arrancó de las manos y llena de impaciencia contestó:

—No molestes Arden, no se irá temprano, porque hoy nos emborracharemos hasta perder la razón.

Marilyn hizo un divertido gesto de asombro y esperó la réplica, y esta llegó cuando Theo, muy preocupado, se instaló a su lado, pretendiendo así evitar que la amenaza alcohólica se cumpliera.

Sin embargo, nadie pudo contra el huracán Ashley y fue así que Mae llegó pasada de copas y canturreando al apartamento una canción muy sexy y provocativa.

—No me hace ninguna gracia —le dijo en la oscuridad.

Mas ella prendió la luz, pestañeó con cara de inocencia y le sacó la lengua muerta de la risa, mientras mostraba su más poderoso argumento: su cuerpo desnudo.

Voy a hacerte el amor de tal manera que vas a desear que salga otra vez de copas con...

No pudo decir más, su boca fue devorada por el hombre que moría de ansiedad cada vez que ella no estaba.

La muy sencilla boda de Becca, con el toque mágico de Ashley fue convertido en algo digno de un cuento de hadas; la chica estaba asustada y feliz. Mae vestida como dama de honor en un hermoso vestido color salmón la besó en la mejilla con cariño.

—Estás perfecta amiga, hermosa.

—¿Tú crees?

—¡Oh sí!, ve camina hacia el altar, un hombre perfecto te está esperando.

El pastor comenzó a oficiar la ceremonia, cuando algo lo detuvo, todos voltearon a mirar y vieron a un no muy cómodo dragón entrar.

Becca miró sorprendida a Mae, ella se encogió de hombros. Lo invitó, pero nadie creía que iba a venir, todos sabían lo antisocial que era.

La mirada verde oscura de Arden se posó sobre su chica e instantáneamente su sonrisa torcida apareció.

Mírame... te dije que iba a venir.

La ceremonia y el íntimo ritual de dos personas que se comprometían para ser uno fueron poco a poco calando en el espíritu de los dos silenciosos amantes que allí estaban. Mae y Arden escuchaban y aquellas palabras sobre el amor y el compromiso fueron dichas no solo para los novios sino para todos aquellos que entendían el significado de amar en la tristeza y en la alegría, en la salud y en la enfermedad, en la vida y en la muerte.

—¿Tenías que venir a hacer el show no es así, hermano? —una Ashley muy divertida tomó el brazo de Arden quien se sentía observado por todos.

—Me conoces, debo ser siempre el centro de atención.

La madre de Becca se le acercó, con voz tartamuda y sintiendo que el mundo era pequeño frente a ese hombre le dio las gracias por todo lo que había hecho por su hija y por ella.

—Es lo de menos señora, Becca es mi amiga, solo un amigo aguanta a alguien como yo —le dio una sonrisa misteriosa a la mujer, mientras que la novia casi llora, era lo más cálido que le había dicho en años de trabajo.

La música se escuchaba por todo el salón, los novios estaban radiantes, Mae estaba feliz por su amiga, finalmente su historia de amor con el tímido abogado tenía el final que la chica se merecía.

Todos bailaban la muy cursi música que en una fiesta de bodas se acostumbraba, pero a nadie parecía importarle, es más, la disfrutaban.

Mae se sabía observada, por su columna vertebral recorría el fuego de una mirada oscura, a pesar de que intentaba mantenerse alejada de Arden, siempre terminaban cruzando una mirada, eran como imanes por lo cual tenían que poner mucha fuerza de voluntad para no chocar.

☐Una canción de amor para los novios ☐dedicó un muchacho al micrófono y *"When a man loves a woman"* comenzó a sonar.

Todos aplaudieron y despejaron la pista para que los nuevos esposos comenzaran a bailar. Marilyn y Arden, separados por la pista de baile, se miraban intensamente, conectado como estaban tuvieron la ilusión de que todo desaparecía y que solo existían ellos bailando en el salón.

Solo somos tú y yo... nadie más existe, nadie más.

Los minutos fueron eternos y un nuevo aplauso los despertó de la ensoñación.

Por unos segundos Arden desapareció y fue entonces que la canción que los identificaba sonó por todo el lugar *"Every breath you take"* Marilyn reprimió una lágrima, la cuñada apretó su mano con fuerza, mientras que Peter la miró con ternura.

—Baila conmigo —la voz oscura la acarició como suave seda.

—¿En frente de todos? —ella le dio una mirada triste.

—Me importa un bledo, baila conmigo, solo un momento, muero por tocarte.

Ashley y Peter se miraron en complicidad, el mejor amigo de la chica la empujó con fuerza.

—Vamos Mimí, dale al hombre lo que necesita.

Arden la tomó lentamente y la arrastró a la pista. Tímidamente ella tomó su mano y se dejó llevar. Se sabían observados por todos. La mano poderosa se deslizó por su cintura, de la misma manera en la que bailaban cuando ambos estaban solos en casa.

—Eres lo más hermoso que existe —le susurró al oído— aún me acuerdo de la primera vez que bailamos, yo estaba como loco, nena —la sinuosa canción se deslizaba suavemente— cada vez que respiras, cada vez que te mueves, cada pequeño paso que das, yo estoy allí, observándote.

Pero ella temblaba, ese no era el momento

ni el lugar, era la fiesta de bodas de una de sus mejores amigas, ella en ese momento frente a todos era la simple secretaria de Arden Russell y los empleados nunca entenderían por qué el todo poderoso amo de la torre de cristal parecía mimetizado con la silenciosa y misteriosa chica.

—Es la boda de Becca, es su momento no es el nuestro — interpuso una mano entre su pecho y el de ella—. No es nuestro tiempo.

Lo sintió tensarse y respirar con fuerza.

—¿Cuándo lo será? —la atrajo hacia él con fuerza y la pegó a su pecho, finalmente la canción terminó, con una mirada verde reproche, volvió a preguntar□: ¿Nunca, quizás? □y la dejó sola, bajo la mirada curiosa de gente que no entendía lo que pasaba.

A los segundos Peter le informaba que el Vanquisch negro dejó las huellas en el cemento de una huida furiosa, mientras todos sus escoltas corrían tras él, dejando solo a uno allí.

Se llevó una de sus manos a la boca, mientras que Ashley fruncía el entrecejo.

—Si dentro de diez minutos no vas tras de mi hermano, te golpeo.

Los diez minutos fueron eternos.

Salió corriendo en el auto mientras el guardaespaldas la seguía.

Eres una idiota, una completa y absoluta tontarrona ¿qué demonios te ocurre? Vuelves y sigues huyendo ¿Cuál compromiso? Dices para siempre y luego dices no.

El recorrido del ascensor fue eterno, el apartamento estaba oscuro, pero ella lo sintió allí, emergió de la oscuridad y se paró frente a la gran ventana que mostraba un Nueva York ciudad de todos y de ninguno.

—Lo siento, mi cielo.

De espaldas a ellas mirando la ciudad un dragón con aire solitario miraba su reino.

—He caminado hacia ti durante treinta y cinco años y estos han parecido cien, he dejado mi sangre en el camino y he derramado la sangre de muchos solo para llegar a ti, sufrí con una madre que no me amaba, y casi muero con mi hija, es una historia tan idiota, tan absurda, pero esa es mi vida ¿Cuál es mi recompensa, Baker? ¿Cuál?

—Soy yo, Arden, yo soy tu recompensa y eso me hace tan arrogante, que hago estupideces.

—Huyes con cada no y eso me enardece —volteó hacia ella y caminó — ¿sabes lo que tus no me provocan? ¡Furia! Y de nuevo soy el hijo de Tara, solo y enojado con el mundo, siempre al límite del caos —encendió la luz y ella lo vio en todo su esplendor, cabello salvaje de un color imposible, ojos verdes llenos de recuerdos, y el gesto de mil batallas— hoy tuve envidia de Becca y de ese chico con quien se casó, en esas dos personas comunes hay un futuro esplendoroso que tus no me quitan.

—Arden —dijo con voz rasgada.

—¡Dime que sí, Marilyn Baker! □gritó contenido.

—Digo sí, Arden Russell □no necesitaba más, él pedía un sí y ella se lo daba.

Dos pasos de felino.

—¡Repítelo!

—Sí, Arden, te digo sí mil veces a lo que tú quieras.

Fue entonces que vio algo tan conmovedor, que la asustó: el gigante dueño del mundo se arrodillaba frente a ella, un gemido ahogado y una certeza en su pecho la asaltó.

—¿Quieres hacerme el honor de ser mi esposa? ¿Hacer de mí un hombre decente y absurdamente feliz, amor?

Mae cerró sus ojos con fuerza, pequeñas lágrimas recorrían sus mejillas. Desde Aberdeen hasta Nueva York, desde el arte hasta Russell Co., desde el día de su nacimiento hasta él.

—Sí, Arden, el honor sería mío, sí quiero ser tu esposa, es para lo que nací, sí, una y mil veces sí —nunca en su vida había estado tan segura de algo.

Todo el cuerpo de Arden estaba tensionado en ese momento. Toda aquella musculatura de hierro, toda su estatura y su alma completa en aquel preciso instante donde ponía su vida en la contestación que le daría un cambio radical a su existencia, donde podría al fin decir que toda aquella mierda valió la pena.

—¿Sí?

Mae sonrió con lágrimas en sus ojos.

—Sí, me caso contigo.

El gigante rugió en aquel segundo y la abrazó fuertemente de su cintura.

—Vuelve a decirlo —besó su vientre una y otra vez.

—Sí, mi amor, sí me caso contigo.

Arden levantó sus ojos hacia ella y se quedó por segundos mirándola en una mezcla entre arrogancia y lujuria. En un movimiento felino y rápido se paró, llevando a Mae a la pared. Ella esperaba un beso total, pero él se quedó allí frente a ella, respirando con fuerza y dándole aquella sonrisa torcida y diabólica que solo él podía darle.

—¡Diablos! Nos casamos mañana mismo.

Mae soltó la carcajada y trató de besarlo, pero él estaba alucinado y se apartó un poco. Tenía su pecho agitado.

—Como tú quieras, mi cielo, mañana nos casamos.

Arden estrelló su boca contra la de ella, mientras que acariciaba de manera lasciva sus senos.

—¡Qué mala eres! —le dijo mientras mordía su labio inferior— quieres que muera de un infarto —llevó la mano de ella a su corazón— ¿lo sientes? Nunca en mi puta vida he sido tan perversamente feliz como ahora.

—¿Creías que te iba a decir que no? sabías muy bien que yo nunca diría eso —lo tomó de su cabello y le dio un beso que casi lo dejó sin oxígeno. Se despegaron por un segundo— esa ha sido mi meta, sexi dragón, ser la única dueña de toda tu fortuna —de nuevo volvió a reír.

—Te doy el maldito mundo si quieres.

—Arden —una caricia pequeña en su hermoso rostro feliz— tengo lo que quiero aquí contigo, mi cielo.

—Te amo ¡con un demonio! □la levantó para que ella enredara sus piernas en su cintura y la llevó hasta el mesón de la cocina— quiero hacerte el amor como un loco en este momento.

—¡Dios! eso es aterrador.

Él se detuvo y la miró por lo bajo.

—¿Qué? ¿El ser mi esposa?

—¡Nooo!, el que me digas que me harás el amor como un loco □se ríe□, ¡si siempre ha sido así!

Un suspiro agitado y se lanzó sobre ella. Deslizó sus manos bajo el hermoso vestido de seda y con la punta de sus dedos acarició el borde las pequeñas bragas.

—Pero ahora soy indetenible, mi amor —y jaló con fuerza mientras que la delicada tela cedía al arranque. Sonrió al escuchar el gemido agónico de Mae, pero algo lo detuvo— ¡No!

Se preparaba para la embestida de aquel toro. Se asustó al verlo correr escaleras arriba.

—¡Arden! ¿A dónde vas, señor? —pero de nuevo las poderosas pisadas y de nuevo frente a ella con mirada oscura. Tomó su mano y la obligó a pararse y de nuevo se arrodilló.

—¡No hagas eso! No me gusta verte arrodillado.

La sonrisa torcida.

—¡Oh, sí te gusta!, me he arrodillado frente a ti para venerar tu hermoso cuerpo.

—¡Ah bueno! hay excepciones —dijo de manera orgullosa. Mas la sonrisa se le borró de su rostro cuando lo vio sacar de una pequeña caja de terciopelo azul, el más hermoso anillo del mundo *¡por todos los cielos!*

—Yo, Arden Russell —tomó su mano.

—¡Ángel! —dijo entre sollozos.

—Te pido que seas mi esposa, que me ates a ti de por vida, que me aceptes para acompañarte, amarte, adorarte, asfixiarte y poseerte por toda la eternidad.

Marilyn vio deslizar el anillo en uno de sus dedos. Éste era de oro trenzado con pequeñas vetas de plata, para ser coronado en unos pequeños diamantes corte princesa de un color azul aguamarina.

Al instante ella se arrodilló frente a él y tomó su cara.

—Sí —fue un pequeño susurro, algo quedo pero total— para siempre como debe ser.

Se quedaron mirando, la electricidad, siempre presente entre los dos, iba en aumento. Los golpeaba con fuerza, Arden se relamió los labios en señal de lujuria. El sí que ella le había proporcionado le validaba toda su hambre y su sucio, letal y arrasador amor por ella.

—¿Harás de este dragón un hombre honorable?

¡Caray! ¡No!

Mae entendía el lenguaje cifrado y lleno de tremendos y sexuales significados.

—No, mi cielo —de manera traviesa mandó la mano a su miembro— ¡no quiero! —lo apretó con fuerza— entre más terrible sea, más adorable me parece a mí.

Arden bramó frente al toque.

—No hables así, me matas cuando de esa

boca tuya llena de literatura salen cosas sucias.

—Tú eres el que sabe decir cosas malas— se acercó a su boca, sacó la punta de su lengua en invitación y con la punta de ésta delineó los labios de él— señor muy mío.

Perverso y veloz Arden tomó su lengua y mordió causando un pequeño dolor y un espasmo en el sexo de aquella que pronto llamaría esposa.

—Así es, amas mi enorme verga dura dentro de ti.

Mae se sonrojó, no ante la palabra, sino ante el tremendo hecho de que él entendiera cuanta verdad existía en aquella tremenda afirmación.

¡Haz que nunca sienta vergüenza... nunca más!

—Dentro, afuera y en todas partes.

—¡Ahg! —se arrojó sobre ella para morder sin pudor su cuello, derribándola en el suelo frío, abrió sus piernas y penetró con dos de sus dedos para hacer movimientos violentos y arrítmicos— ¡qué caliente estás! y mojada.

—¡Oh sí, sí!

Pero de manera cruel se paró dando dos pasos hacia atrás.

—Ven a mí —se empezó a quitar su ropa— ven a follarme con tu boca, nena, y quiero que mientras que lo haces no te quites esos putos zapatos que tienes puestos —la camisa voló mientras que se alejaba.

Mae sonrió, alzó las cejas en señal de reto, maliciosamente gateó frente a él.

—Russell ¿cómo confesarme frente a un sacerdote y contarle esto? No podré casarme por la iglesia contigo mi cielo.

Pero lo único que ella escuchó fue la risa de ese diablo que a media escalera estaba casi desnudo.

—Vamos al infierno, Baker, eso lo sabías desde el principio.

¡Oh, sí!

Se paró del suelo y lo siguió por el corredor del segundo piso, al llegar a la puerta de su habitación él ya estaba desnudo y tendido sobre la cama. Le sonrió pícaro e hizo un movimiento provocativo: llevó la mano a su animal erecto.

Ella se paró frente a él *Es mío, lo amo y haré cualquier cosa por él, porque quiero ¡diablos! Y porque puedo.*

—Eres hermoso y te amo, y nos vamos a divertir por el resto de nuestras vidas, Arden amo del maldito mundo — y en un abrir y cerrar de ojos se desnudó frente a él— ¡dime qué quieres!

—¡Quiero todo! —se acarició lentamente.

Sí, en aquel momento eran fieras enamoradas que asumen estar irremediablemente unidos desde el principio de los tiempos, entienden que el amor que los unía no estaba en los límites de la razón y del pudor. Estaban en el centro de un huracán, ambos eran el vórtice donde se concentró la más espectacular tormenta eléctrica.

Mae llevó sus manos a sus senos, y en un gesto maligno los unió.

—¿Te acuerdas cuando me enseñaste hacer esto? —escuchó el rugido perverso— fuiste un maestro muy mandón en esa clase.

—Pero nos divertimos mucho, mi querida pupila —sus ojos despedían rayos verdes.

—Voy a mostrarte lo bien que aprendí.

—¡Mierda! Qué cosa tan jodidamente sexy follarme con tus tetas nena.

Sucia boca, sucia y mala, dañina y hermosa. Perfecta boca de mi amor.

☐Ferragamos de dos mil dólares— ¿Te gustan mis zapatos, dragón malo? —lo dijo mientras enterraba los tacones sobre su pecho.

—Hermosos y en ti son el cielo.

Mae hizo un recorrido de fuego a través del torso de aquel hombre hermoso, pasó sus manos por su vientre y lo acarició con dulzura.

—Tú eres el cielo, Arden □se colocó entre sus piernas, atrapó con sus senos el pene de su hombre y comenzó a frotarlo— ¡vamos amor, dime cosas malas! □frota y lame el glande□ dime cosas terribles, así como eres tú □frota y lo besa□ porque yo te amo tanto, tanto □frota y su lengua lo recorre□ y amo tu manera sucia de amarme □frota y lo mira a la cara□ me voy a casar contigo porque quiero y porque puedo.

Una fuerte risotada para después ahogar un gemido de fiera.

—Te amo de una manera dañina —levantó su cabeza rubia. Jadeaba por la no tan sutil caricia que ella le hacía con sus senos— ¡Joder amor! Eso se siente putamente fantástico —y fue así que el Señor De La Torre dio paso para que de su boca saliera el más colorido, enamorado y vulgar lenguaje.

Sus gritos inundaban toda la habitación, animado por ella quien no se midió y le dio todo para que fuera él en su salvaje esplendor y lo fue cuando con un gruñido salvaje derramó su simiente en la boca avariciosa y en la lujuriosa piel de su mujer.

De esa manera, Arden Russell y Marilyn Baker, sin necesidad de bendiciones, de ritos de validación social y de papeles firmados, declararon su unión eterna al universo.

—Yo prometo que haré que cada día de tu existencia tengas presente que, si alguna vez hubo sufrimiento en tu vida, yo estoy aquí para recompensarlo.

Besó su espalda en picotazos pequeños y dulces.

—¡Quiero una boda con todo el maldito circo alrededor!

—¿Qué? ¿No nos casaremos mañana? □volteó lo que más podía y lo miró de forma traviesa y mordiéndose de labios.

—No me tientes, además si lo hacemos otra vez no duraremos □suspira resignado□. Ashley y mi madre nos matarían si nos casamos sin toda la parafernalia correspondiente, además hay un padre con una pistola que no dudaría en colocar una bala entre mis cejas si no le doy la boda que se merece su "Motita" □sonrió tierno.

Mae tembló *¡Stuart!*

La luz de la mañana se filtraba por la habitación. Arden abrazaba a Mae con una pierna y con su brazo la retenía con fuerza. Ella no había dormido en toda la noche, pero no importaba, aquella sensación de abrazo potente le resultó mucho mejor que las ocho horas de reparador sueño.

Levantó su mano y observó el anillo *Cuatro años después estoy aquí y no estoy soñando, tantos kilómetros de Aberdeen hasta este lugar y ahora voy a ser la esposa de alguien. Mi madre estaría orgullos, todos estarán orgullosos de mí, hasta Tom, mi amigo si lo hubieses conocido mejor sabrías que él no era como tú pensabas... no es una máquina, no, no lo es...* Lo sintió respirar en su cuello... *no, no es malo... es... ¿cómo definirlo?* Nunca sería un hombre dócil, nunca sería humilde, siempre sería violento y celoso, arrogante y mandón... *él es diferente Thomas... él es diferente.*

—¿En qué piensas? —su voz grave vibró por todo su cuerpo.

—En ti.

—No espero menos —una pequeña risa sopló en su oreja, mientras que unos dedos bordeaban las curvas de su cuerpo— ¿dime en qué piensas? —el tono era demandante—. Dame eso, siempre me veo al borde del abismo muerto de furia preguntándome en qué piensas, tantas cosas, tantos mundos en los que yo no estoy —se desprendió del abrazo de hiedra que le daba y rápidamente la puso frente a él. La miró profundo, de pronto ella gimió y unas lágrimas se asomaron por sus ojos— ¿Por qué estás llorando?

¡Joder! ¿Qué hice? ¿Siempre vas a ser así? Una montaña rusa...

—Tenía tanto miedo, Arden, mucho miedo cuando dejé mi ciudad, cuando me bajé del avión y vi por primera vez este monstruo que es Nueva York, mi papá estaba ahí y yo solo le decía que no se preocupara, pero en realidad estaba muy asustada, la universidad, ver la enorme torre de cristal, trabajar allí, entrar en tu oficina. No se lo dije a nadie, no se lo había dicho a nadie, a veces sola en mi apartamento yo solo quería quedarme allí y no tener miedo —lo abrazó, mientras limpiaba sus lágrimas.

—¿Miedo de mí?

—Mucho.

Un gesto hosco casi de rabia se dibujó en su rostro.

—No debiste estar sola —besó su cabello y aspiró la esencia dulce de su perfume.

—Eso fue al inicio, después y de manera mágica, aparecieron ángeles en mi vida: Thomas, Stella, Suzanne, Becca y mi Peter y todo mejoró.

—Y yo —unos ojos ansiosos y hambrientos que deseaban que ella le confirmara que a pesar de aquel primer año de conocerla él no fue la sombra temible que ocultaba al final del pasillo.

—Y tú, lo mejor de todo.

—Lo peor de todo.

—¡No! —ella se irguió sentándose sobre él desnuda y tierna— cada día iba a trabajar sabiendo que estabas allí, tan hermoso, tan malo y tan solo, algo dentro de mí me decía que eras tú la razón por la que yo había salido de Aberdeen y que a pesar de lo arrogante y gritón necesitabas de mí, no eras tú Arden, no eras tú el que me daba miedo, era el sentimiento violento que nació en mí y que creció cada día y me ahogaba, y ahora —sonrió como niña tranquila— todo ha valido la pena, todo, aún los momentos no tan buenos —se inclinó y lo besó de manera casta— ya no tengo miedo de nada, de nada, lloro porque soy muy feliz y volvería a pasar por cada cosa, miles de veces, tan solo por estar aquí contigo.

—¿Cada cosa? ¿Cada grito? ¿Por gárgola Baker? ¿Los Angeles? ¿Los archivos? ¿Las mujeres? —Marilyn llevó su mano a la boca de aquel hombre y su manía de autoflagelación.

—¡Shiss! por todo, por todo ¿No te das cuenta, Arden? Todo eso me hizo quien soy ahora, sin ti yo no lo hubiese logrado, me has enseñado, me has forjado... eres mi maestro —como arte de magia, apareció la sonrisa arrogante y maliciosa.

—¡Soy el puto maestro de mi chica libros! —se irguió y la besó como él solo sabía— soy bueno, ¿eh?

—¡El mejor!

Con sus manos delgadas de músico y guerrero Arden hizo una caricia fantasma por todo el torso de su mujer.

—Yo también aprendí, aprendí y mucho, somos buenos el uno para el otro.

—Así es, somos perfectos.

—Hoy tiene cita con el veterinario, señor —la chica pelirroja tartamudeaba frente a él— lo traeré un poco más tarde.

Él le brindó una mirada dura y seca, cosa que siempre actuaba inversamente proporcional con todas las mujeres.

—Nunca le he preguntado a usted su nombre.

—¿Eh?

—¿Su nombre? —dos pasos y quedó frente a la cabeza de zanahoria que estaba que se caía frente a ese hombre que llevaba unos vaqueros simples y una camiseta blanca, cosa que lo hacía ver como un chico de veinte.

—Maxim señor, mi nombre es Maxim.

—Bueno Maxim, creo que es hora de que le suba su sueldo, siempre ha cuidado de mi muchacho muy bien —miró a Rufus quien batía la cola y miraba la puerta del edificio, presto a correr— ¿no es así amigo?

El perro ladró con fuerza.

—Es un buen niño, señor.

—¡El mejor! —le hizo cosquillas a su mascota detrás de las orejas—. Llame dentro de una semana a mi oficina, mi secretaria arreglará lo del nuevo contrato.

—Gracias, señor —Maxim agarró el perro de la correa, pero la voz gruesa de aquel hombre la detuvo.

—¿Cuidas gatos?

La chica parpadeó de manera profusa.

—¿Señor?

Arden sonrió *eso será una pelea a muerte ¿no es así Darcy?*

Al entrar al apartamento escuchó algo increíble Mae cantaba a voz en cuello mientras se duchaba, una canción increíblemente vieja: *"He's a dream"*

¡Oh!... ¿en qué año naciste, mi amor?

Le dio una mirada a todo aquel lugar y de pronto aquel tomó un color nuevo, ella estaría para siempre allí, dándole contenido a todo aquel espacio lleno de cosas frías, costosas y sin sentido.

Detrás de su espalda un aire glacial se instaló y supo que allí estaba *ella*... Puso todos sus músculos en tensión y con toda la fuerza que no tuvo cuando ella vivía no permitió una sola sílaba en su memoria.

Caminó como animal, lento, escaleras arriba, abrió la puerta del baño mientras que Mae cantaba de manera desafinada y divertida. Se pegó a la puerta de la enorme ducha, cerró los ojos.

No eres un sueño... no eres un maldito sueño... no eres un sueño, estás aquí, cantas en mi casa y estarás conmigo siempre, sino es así no habrá nada para mi... solo mi odio, solo mi odio.

Marilyn vio la sombra siniestra pegada a las puertas que él intempestivamente abrió. Se encontró con la mirada oscura, el gesto de rabia y todos aquellos músculos de hierro en tensión. Miró por encima de su hombro. Cualquier cosa, mínima, pequeña, todo lo que amenazaba la cordura de aquel hombre...

—Me voy a casar contigo Arden, soy real, no me iré nunca —el vapor del agua caliente forma una atmósfera cargada, agónica y pesada— te amo, contra ella y contra todo el maldito mundo, seremos felices y nadie ¿me oyes? nadie lo va a impedir, no permitas que ellos vengan de nuevo.

—Camino entre los dos mundos —lo vio quitarse la ropa.

—Lo sé.

—No se irán —metió un pie dentro de la bañera.

—Somos fuertes ángel.

Se estrelló contra ella, levantó sus brazos y apretó sus muñecas.

—Siempre cantarás en mi casa.

¡Dios mío! Que soledad tan terrible...

—¿Con mi voz horrible? —voz pequeña, pucheros dulces. Trataba de traerlo hacia la luz.

Mas él no escuchaba, miraba su cuerpo desnudo y húmedo... nada más importaba.

—Sostente fuerte, te necesito ahora, no digas que no.

—No diré que no Arden, no diré que no.

La tomó en aquel espacio, fue rudo, violento y agónico. Cada orgasmo fue celebrado con un grito de batalla, un grito sobre toda la basura de su vida, un grito sobre el horror. Ella supo que en ese momento él necesitaba ser así. Entendió que Arden necesitaba aquella rudeza en su vida para así tener control sobre sus fantasmas. En algún momento el animal dominador emergía y ella estaba preparada para verlo.

El desayuno fue silencioso, pero cargado de gestos amorosos. Rosario que había llegado hacía unos quince minutos, trataba de no mirar, sirvió rápidamente el alimento y los dejó solos, no quería ser una intrusa en esos momentos tan íntimos.

Llevó su mano hasta la de él, diciéndole en aquel gesto que todo estaba bien, Arden correspondió con un apretón fuerte y un beso en los nudillos de sus dedos.

—¿Dónde quieres ir de luna de miel?

¿Luna de miel? ¡Señor!

—Donde tú quieras. Aunque en realidad, si nuestra luna de miel fuese en un cuarto pequeño donde solo implique verte a ti desnudo eso sería para mi perfecto —lo dijo maliciosa.

—¿A sí? □su mirada encapotada lo dijo todo— de todos modos, el tenerte encerrada en una habitación es mi idea de la luna de miel perfecta, aquí o en cualquier parte del planeta.

—Debo estar preparada para eso.

—¡Oh sí, nena!, mucho ejercicio.

Mae suspiró como adolescente tonta, él soltó la carcajada y fue como si el peso de la hora anterior se hubiese esfumado.

Y comenzaron las negociaciones.

Ella había visto durante dos años como el Todopoderoso nunca tranzaba con nadie acerca de sus deseos. Ante cualquiera oferta el comenzaba diciendo "No" "No, no me interesa" "Esto es lo que quiero" "Lo toman o lo dejan". El tema a discutir era la futura vida en común.

Sonrió. Coqueteó, sedujo, hizo pucheros tiernos, voz de gatita sexy, prometió que permitiría días de asfixia.

☐¿Sexo perverso?

Y ella contestó:

☐No tengo que prometer eso, ángel...

Y al final él con voz dura de derrota accedió.

Becca estaba de luna de miel, por lo tanto, ella sería secretaria hasta principios de enero, pues parte de las negociaciones era hacer que él aceptara que Becca fuese la secretaria principal; también estaba Hillary de por medio, ella pasaría a hacer lo que la Becca hizo durante cinco años, la tonta ex reina de preparatoria se había esmerado por mejorar, ahora trabajaba a la par que todas ellas y merecía el ascenso. Lo que dejaba un puesto vacante, era un trabajo difícil, no solo por el carácter del jefe sino por las responsabilidades que conllevaba. Desde su experiencia, hizo un perfil de la nueva secretaria y se avocó a buscarla. No pudo evitar emocionarse cuando recordó a Suzanne pidiéndole que la ayudara en el trabajo de ser la secretaria de Arden Russell.

Esto va a ser duro... ¡pobre chica!

La otra parte de la negociación era cómo hacer pública la relación. Arden quería hacerlo ya, es decir:

☐Poner un maldito anuncio en plena Quinta Avenida y decir que soy tu dueño, ¿para qué más?

Ella sonrió, pero al segundo entendió que como siempre él no bromeaba. Marilyn no deseaba nada de eso, pero entendía las implicaciones que conllevaba ser la novia y la futura señora Russell...

¡Sagrado Batman! Eso suena... ¡lindo!

☐No, amor, hay que ser respetuosos con los afectos, con la familia. Que sepan ellos es lo importante ☐cambió la cara a un estado de preocupación☐. Stuart nada sabe de esto y no quiero que lo lea en un anuncio.

—¿Cuándo se lo vas a decir? ¿o quieres que se lo diga yo?

—No, yo se lo diré, vendrá para Acción de Gracias. Es una buena oportunidad —se animó y puso cara graciosa—. Se lo voy a decir mientras le sirvo un pedazo de pavo, vas a ver.

—Quiero estar allí.

—¡No! por favor, es algo entre él y yo mi cielo, lo más seguro es que después él querrá hablar contigo así que prepárate, te vas a encontrar con papá oso en toda su dimensión.

—No tengo miedo.

¡Oh, claro que no!... eso será ¡Dios mío!

La mente creativa de Mae se imaginó al padre con su medalla olímpica en el pecho, apuntando con su pistola a su hermoso hombre... *mis dos hombres en pelea por su chica.* Un estertor y rápidamente desechó el pensamiento.

—Ese mismo día puedes decirle a tu familia.

—Mamá y Ashley lo saben, y están felices.

—Ellas son amorosas conmigo, pero Cameron es mi temor, siempre tiene una mirada extraña cuando me mira. Tal vez se oponga.

Un puño sobre la mesa.

—Él no importa, no tiene derecho a opinar.

—No quiero empezar una vida contigo sabiendo que quizás a tu padre yo no le agrade o que piense que hicimos todo mal, no estoy pidiendo su aprobación mi cielo, y tú no tienes que pensar en la aprobación de Stuart, pero quiero tener eso, quiero que empecemos una vida con la cabeza en alto.

—Estoy orgulloso de lo que tenemos.

—Yo también —se levantó de la mesa y se sentó en sus piernas— pero no por eso debemos dejar a los seres que amamos rezagados, vamos a construir una familia tú y yo —esa afirmación hizo que del pecho del dragón surgiera aquel sonido de fractura que ella conocía como el sonido de la extraña vulnerabilidad y constante lucha interior— y parte de esa nueva familia es incorporar a hermanos, padres y amigos.

—Pero al final, somos tú y yo —frunció el ceño duramente. En el mundo de egoísmo terrible, Arden Russell era feliz sabiendo que dentro de muy poco, él se apartaría del mundo tan solo para vivir en la burbuja donde solo él y ella estarían. Ya se veía viviendo, respirando en un espacio donde solo Marilyn existiera. Mae lo sabía y lo entendía. Ella, niña solitaria, también lo anhelaba, un mundo donde la ninfa lasciva, chica escritora solo pudiera estar obnubilada por ese hombre inspiración.

—Solo seremos tú y yo Arden.

El grito de Peter fue estremecedor y divertido. Después empezó a toser profusamente.

—¡Puto diablo! ☐agarró un libro y empezó a abanicarse de manera rápida—. Eres una perra suertuda ¡agua! ¡no! qué agua ni que nada, vino, whisky, cualquier cosa para celebrar. Necesito oxígeno —abrió las ventanas, pero hacía tanto frío que las volvió a cerrar— ¡Diablos! Mi amiga la intelectual se va a casar con el dios del sexo, ¡escuchen, niñas del mundo!, vean a mi amiga, ¡véanla! es la consecuencia de leer tanto, atrapar al magnífico Arden pelo sexy Russell —estaba que lloraba— ¡pellízcame, Mimí!

Mae sonreía, su amigo Peter quien hacia show de diva prima donna por aquella noticia.

—Cariño, no grites tan fuerte.

Con una cara de enojo fingido se plantó frente a ella.

—¡Oh no!, a mí no me quitas este mi momento cumbre —la señaló con un dedo— he esperado por esto desde el mismo momento en que lo vi entrar en tu apartamento hace años ¡Dios! Mae Russell, ¡mierda! ¿Cómo te lo propuso? ¡No me digas! Ya sé, desnudo y sudoroso, con el anillo atado al…

—¡No seas pornográfico, Peter!

—Tú no seas mojigata conmigo, Marilyn □Mae retrocedía y él la perseguía, apuntándola□. ¡Yo sé cómo son ustedes!, animales en celo que siempre están hambrientos □se dejó caer sobre el sofá□ ¡Dios! me voy a morir de emoción.

Mae se le sentó al lado.

—Fue muy lindo —al recordar aquello sintió electricidad recorriéndole la espalda□, se arrodilló frente a mí.

—¿Desnudo? —con cara de ansiedad, Peter esperaba una afirmación positiva.

—No —bajó la cabeza y la levantó con su típico sonrojo pícaro—, pero se arrodilló así.

□¿Desnudo?

□Sí.

Peter tiró el libro en un acto teatral.

—¡Te odio! —le dio un suave empujón en el hombro— ¡muéstrame la roca! —ella metió la mano en su bolso y sacó la cajita, la abrió y se lo enseñó—. ¡Me lleve el diablo!, sencillito como es él, ya veo a todas las perras de esta ciudad morirse de envidia, este anillo dice que eres la dueña de la maquinaria más poderosa de todo el puto mundo, sí y que nadie lo mire —paró sus exclamaciones teatrales, volvió a la cara de niño amoroso, y abrazó con fuerza a su amiga—. Mi amor, te lo mereces, has sufrido mucho.

Ambos se quedaron en silencio.

—Me dijo que te contó sobre Faith.

La usual sonrisa cómica de Peter se transformó en una mueca triste.

—Sí, fue en esos días en que convivimos mucho. Lo siento Mimí, merecías saberlo primero.

—No —Mae tomó sus manos y las besó— estabas ahí para él, te necesitaba y tú respondiste como el súper héroe que eres para nosotros.

—¡Carajo! ¿en qué momento pasé de ser la Nanny Macphe a ser un súper héroe para Arden Russell? □preguntó teatralmente.

Mae rio con ganas.

—No solo eres su amigo, sino que eres su súper amigo. Para él, cuadro en que me pintaste es un verdadero tesoro, mejor que su Picasso.

Peter le pasó su brazo por los hombros y la atrajo hacia él.

—Cuando pienso en cómo pudo sobrevivir, me respondo siempre lo mismo: te esperaba. Yo creo que sentía -en alguna parte de su alma furiosa- un calorcito, un rayito de luz que tenía tu nombre y se obligó a tener esperanza, presentía que en algún lugar estabas y te esperó □suspiró profundo□. Tuvo razón, eres una de las mejores personas que he conocido, he estado ahí contigo y con él, me siento feliz por ti, un poquito envidioso, pero bueno —los ojos claros la miraron serio— al final, mi amor, saber que te casas con él, me hace sentir como la princesa de un final de cuento, es decir, completamente realizada y comiendo perdices.

—No me hagas llorar, Peter Sullivan □le dio un beso en la mejilla y apoyó la cabeza en su hombro□, y no tengas envidia, porque si hay una personita que merece ser feliz eres tú.

El muchacho suspiró, su relación con Carlo se deterioraba, pero como siempre, desde pequeño, ocultaba sus penas en la máscara de Pierrot. Levantó sus manos exorcizando los malos pensamientos.

—Lo nuestro es imposible, Marilyn Baker —se llevó una de sus manos al corazón— ese dragón malvado te aleja de mí.

—Nada ni nadie me alejará de ti, amore.

—¿Me permitirás ser tu dama de honor?

Mae se carcajeó.

—No, serás mi padrino.

Peter se paró del asiento, retuvo el aire y

exclamó.

—¡¿Quieres matarme?! Yo frente a toda la sociedad de Nueva York siendo padrino de bodas, claro está que quedaría mejor como madrina, pero acepto.

—De verdad cariño, eres tú o no es nadie, Arden y yo lo sabemos —alargó sus brazos en señal de que deseaba un abrazo de quien había sido su cómplice y su paño de lágrimas. El chico corrió y la abrazó.

—Me amas.

—Así es, ni siquiera el dragón furioso puede con esto, amiga.

—¡Oh, él! —levantó su rostro de forma arrogante— si te hace daño iré por su cabeza, o mejor dicho por su enorme maquinaria —ambos como niñas adolescentes se miraron de manera cómplice y soltaron la carcajada.

—¡No te atrevas! Esa maquinaria es mía.

Un levantar de cejas por parte de la diva Sullivan.

—¡Perra suertuda!

—Sí, yo, Marilyn Baker, próximamente Russell.

Fue nuevamente hasta las ventanas y sin importar el hielo del invierno gritó.

—¡Nueva York escucha! Mi amiga se casa, muéranse malditas, Arden Russell se retira del mercado.

—¡Peter Sullivan! —chilló para después sonreír traviesa— ¡grítalo otra vez!

Y así lo hizo.

Stuart, Diane y David llegaron a Nueva York el día acordado. Mae fue y los recogió en el Mustang rojo. La novia de su padre y su hijo casi se caen al ver aquello, estaban impresionados. La chica hija del juez era para ambos una figura casi mitológica, pues Stuart como el padre orgulloso que era, había dibujado un ser ideal frente a ellos. Al verla llegar en tremendo carro les hizo suponer que sería distante y de difícil trato, mas se encontraron con alguien muy cálido, que los besó con cariño y con una mirada dulce que de inmediato derribó las barreras de recelo que tenían.

—Hola, papá —ella se paró frente a él— ¡Qué bien te ves!, cada vez más guapo.

Stuart con sus ojos oscuros la miró lleno de amor, hacía casi dos años que no la veía y ese viaje por el país estuvo a punto de acabar con su salud mental, la vio adulta, sin ese pelo largo que tanto problema le causó cuando era pequeña y él tenía que peinarla. La abrazó con fuerza, sollozando, ella se aferró a él y se quedaron largos minutos unidos hasta que necesitaron respirar de nuevo.

—Estoy bien, Motitas —le dio un sonoro beso en la frente y la miró de cerca—. Estás muy delgada niña, no me gusta, pero tu pelo se ve muy bien, me gusta.

—Pa —ella devolvió el abrazo con fuerza, por un momento hundió su nariz en su pecho, él olía como siempre, a miel de maple y a hogar cálido— te extrañé.

Mae presentía que ese día iba a tener que darle muchas explicaciones y rogó para que él no se enojara demasiado, y sí, la primera pregunta no se hizo esperar.

—¿De dónde diablos sacaste ese auto? ¿Te lo prestaron?

—No, Stuart, ese auto es mío.

David un niño moreno de ojos negros estaba boquiabierto.

—¿En verdad? ¡Wow! ¿Me enseñas a manejar?

—Cuando seas mayor, David —volteó hacia su padre— Stuart es bueno enseñando, él te puede enseñar también —un recuerdo de ternura emergió en ella cuando por primera vez su padre le mostró las llaves de su carcacha amarilla.

—No has contestado mi pregunta —Stuart parado frente al auto se negaba a subirse a él.

—Es un regalo, papá, por favor, súbete, después te explico.

Renuente el padre se subió al lujoso auto, Mae temblaba. Durante el trayecto hasta el apartamento vio por el espejo retrovisor el auto negro que los seguía.

Gracias a Dios no ha empezado a acribillarme por el IPhone.

—¿Qué le pasó al edificio?

—Lo están terminando de remodelar, papá, alguien lo compró.

Stuart estaba con su mente de abogado al cien por ciento. No le gustó lo que vio, su niña con ropa costosa, con una actitud diferente, hablando con una voz más gruesa y ¡por todos los santos! ¿Qué diablos hacía sobre esos zapatos? Y sobre todo ¿quién demonios le regaló un auto que valía su sueldo de toda una vida? ¿Dónde estaba su chica sencilla y tranquila?

—¿Qué te ha pasado, Mae? Estás diferente.

Diane suspiró con tranquilidad.

—¡Déjala, Stuart, por Dios!, ya no es la niña de Aberdeen, es toda una mujer ahora, una mujer independiente, que escribe y vive en esta enorme ciudad ¿cómo crees que no va a cambiar?

El padre miró de reojo con actitud de sospecha.

—Me debes muchas explicaciones y un libro para leer —el hombre sonrió. Profundas arrugas en su rostro y Mae pensó que su padre, ese ser maravilloso había envejecido y ella estaba a punto de cambiarle de nuevo la vida. Fue otra vez hacia él y lo abrazó.

—Claro que sí, pa, claro que sí □besa su mejilla□. Es bueno verte papá oso.

A la media hora el IPhone resonó por toda

la casa, Mae corrió como loca y un mensaje.

Mae.

¿Ya tiene tu padre la pistola cargada?

Ella le respondió.

Baby.

Estoy muy asustada, no, no le he dicho nada.

Durante todo el día la chica distrajo a su padre, quien estaba con ojo avizor observando cada movimiento. Cuando ella le mostró el manuscrito, Stuart dejó de ser abogado y solo fue el padre orgulloso de su chica.

—Aimée estaría muy orgullosa —besó su frente—, tú nunca defraudas.

¡Dios! Stuart, no me conoces... lo siento.

—¿Tú crees?

—Claro que sí, eres lo que soñamos ambos, hija.

Trató de ocultar el llanto corrió hacia el baño y llamó a Peter, quien la tranquilizó durante minutos.

—Estoy aterrada, Peter.

—Mimí, si has sido capaz con Arden, eres capaz con cualquiera, ¡mierda, Mae! Te vas a casar con el hombre más impresionante del mundo, tu padre estará orgulloso de ti, ya verás.

Diane y David miraban por la ventana la enorme ciudad que se elevaba frente a ellos. Mae dilataba el momento y con la excusa de llevar a la novia de su padre y a su hijo a conocer, los sacó del apartamento.

Los llevó a cenar a una parte tranquila y familiar, ya con el auto bastaba para que su padre sospechara. No tenía la necesidad de llevarlo a uno de esos lugares donde Arden era el rey y todos bajaban la cabeza en sumisión cuando lo veían entrar.

Se moría por darle a su viejo un regalo de lujo, pero sabía que Stuart al igual que ella siempre se sentiría incómodo con ese tipo de cosas.

La cena fue tranquila. David habló de la escuela y de sus amigos. Diane contó que estudiaba para ser odontóloga y Stuart reservado como siempre solo contó lo preciso. De pronto, Stuart preguntó por Richard Morris.

—¿Quién?

—El chico que estudió contigo en el instituto, no puedo creer que no te acuerdes de él □le comentó a Diane□ yo siempre creí que él gustaba de Mae. Alguien, un día, comentó que tú y él fueron novios, por supuesto que yo lo descarté, no te meterías con semejante idiota ¿no es así? —los ojos oscuros de su padre la miraron inquisitivos.

Marilyn se sorprendió de aquella pregunta. Su padre siempre la sorprendía, parecía saber más de lo que decía. Se removió incómoda en la silla del restaurante. Para contrarrestar la pregunta, Mae hija de Stuart Baker con cara de niña preguntó.

—¿Y cuándo se casan ustedes? Papá haz de Diane una mujer decente.

Stuart tosió mientras que la mujer morena sonreía ante la broma.

El IPhone retumbaba constantemente, la chica sonreía mientras intentaba calmar a los dos hombres de su vida.

En el apartamento se preparaba para lo inevitable.

—Diane no te preocupes, yo dormiré en el sofá.

Marilyn había llevado el cuadro a uno de los apartamentos vacíos, no deseaba que su padre viera aquello. Además, el anillo de compromiso colgaba de una cadena en su cuello, cosa que Arden detestó, aunque al final entendió que era mejor así.

—¿Estás segura?

—¡Claro que sí! —se acercó hacia ella— estoy muy feliz con tu relación con papá— señaló a su padre quien ayudaba al chico a ponerse la pijama— nunca quise que estuviera solo.

—Es un gran hombre.

—Lo es, el mejor —dudó un poco pero finalmente le pidió un favor a la mujer de cabello negro azabache— ¿podrías quedarte un momento mientras hablo con él? Necesito ayuda.

La mujer intuía desde el mismo momento en que la vio en el aeropuerto que algo ocurría.

—Ten cuidado, él está preocupado.

—Lo sé, necesito tu ayuda.

A los diez minutos Mae servía café, David había quedado rendido sobre una camita con el pobre Darcy a su lado, quien estaba agotado con las energías del niño y su ansia de jugar.

Stuart estaba intranquilo, había esperado todo el día y sentía que llegaba la hora de las explicaciones. Para él, su hija, ese ser silencioso que se instaló en su vida, siempre fue un misterio, diferente y especial, le demostró ser una mujer fuerte capaz de sostenerlo en esa época temible en que Aimée falleció. La miraba ahora y, aunque la leía mejor, seguía siendo un misterio y tenía mucha curiosidad por lo que le iba a contar.

☐¿Cómo va tu trabajo?

Ha comenzado, ¡Dios!, finalmente.

—Bien, va bien.

—Mmm ¿vas a quedarte allí? Tienes un libro ahora, no puedes posponer esto hija —tenía el manuscrito en la mano.

—No lo voy a posponer, papá —Diane estaba en silencio.

—Espero que no sea así, esta chica que veo frente a mí con ropa lujosa y un Mustang no eres tú.

Mae paró en seco la servida del café y se enfrentó a su padre.

—Esta soy yo, esta ropa y ese auto no dicen nada, sigo siendo tu hija, solo que ahora las cosas han cambiado un poco ¿desde cuándo juzgas a la gente por cómo viste o por lo que tiene?

—No eres "la gente" eres mi hija ¿Quién te regalo ese auto? ¿Cómo puedes pagar zapatos de miles de dólares? ¿Por qué vives pendiente del IPhone? ¿Por qué no trabajaste hoy? ¿Acaso el arrogante de tu jefe te da días libres? Y lo más importante es ¿cómo recuperaste ese trabajo cuando te fuiste de allí?

—¡Stuart, por Dios! Deja de portarte como un juez con tu hija.

Diane estaba en medio y sentada en la mesa trató de apaciguar los ánimos.

—No me porto como un juez, me porto como un padre —se paró frente a su hija y cruzó los brazos— ¡quiero respuestas!

—Somos guerreros, Stuart.

Algo en aquellas palabras hizo que el viejo temblara.

—Te escucho.

Ella respiró, sí, hablaría por él, por Arden y contra todos.

☐Amo a Arden Russell y me voy a casar con él.

Stuart dio dos pasos hacia atrás, endureció el rostro, Mae supo que su padre estaba furioso.

—No escuché bien

—Escuchaste muy bien, papá.

El hombre resopló y la pobre Diane sorbió el café hirviendo para después toser con fuerza.

—¿Desde cuándo?

—Hace meses.

—¿Cuántos meses?

—Casi dos años —musitó.

Stuart volteó y se aferró al mesón de la cocina.

—Me lo presentaste en tu graduación y ya estaban juntos ¡y no me lo dijiste! te fuiste como una loca por todo el país y yo me callé, pensé que al fin te alejabas del presuntuoso ese que a todos mira por sobre el hombro y eso estaba bien, pero cuando volviste me dije ¿cómo puede volver a trabajar con ese idiota? ¡Ahora entiendo! Caíste en el cliché del jefe y la secretaria. Y ahora me dices que te vas a casar con él. Te desconozco, hija. Nunca te creí capaz.

Diane lo tomó de un brazo con fuerza y lo encaró.

—¿Por qué le hablas así? Mae es mayor de edad y te está diciendo que se va a casar ¿Qué más quieres? Te desconozco.

—Lo amo papá y él me ama —tenía la voz rasgada, pero parada frente a su padre y con la imagen de unos ojos verdes tras su espalda, no tenía miedo— quizás porque no te lo conté desde el principio y crees que he obrado mal, pero esa es la historia y ahora te aviso, voy a casarme con ese hombre, no te pido permiso, porque es mi vida, tú eres muy importante, te amo, papi —sus ojos se llenaron de lágrimas— has sido el hombre de mi vida y lo sabes, pero él es ahora mi futuro y no voy a renunciar a él porque a ti no te agrada.

El espíritu estoico del juez Stuart hizo su aparición.

—Dile que quiero hablar con él.

—Él hablará contigo mañana, quería hacerlo hoy, pero esto era entre tú y yo papá.

—Ahora, llámalo y dile que voy a su casa.

Mae bajó los brazos en derrota, tomó su teléfono y llamó a Theo, quien a los tres minutos estaba estacionado en el auto frente al edificio. Stuart tomó su chaqueta y en silencio se marchó hacia el vehículo que lo esperaba.

—Ángel, él va para allá —una sonora carcajada fue la respuesta.

—¿Viene a matarme?

—No te rías, da gracias a Dios que no puede cargar armas, sabes que fue campeón de tiro en las Olimpiadas.

—Pues le mando a mi madre que fue campeona de esgrima. Medalla de oro.

—No es gracioso, cielo.

Arden suspiró con paciencia.

—Él viene a pelear por su chica, mi amor, yo sé lo que me espera, él te ama.

—Tengo miedo.

—¿Por mí?

—Por él —y el aire juguetón y cínico del todo poderoso le hizo esbozar una sonrisa— no sabe con quién se enfrenta.

—No te preocupes, ese hombre merece todo mi respeto y eso es lo que tendrá de mí, yo sé respetar niña.

¡Cielos! Estos hombres.

—¿Te portarás bien, dragoncito mío?

—Yo sé portarme bien, tú sabes que sí.

—Se buen niño, te amo.

—Soy un buen niño chica libros ¡mierda que sí! Y yo también te amo.

Stuart Baker se paró frente al edificio. El portero se acercó apenas lo vio.

—El señor Russell lo espera, último piso señor.

Caminó hacia el elevador y pulsó el botón que lo llevaba hacia el Pent-house. El ambiente lujoso le desagradaba en extremo. A los cinco minutos estaba delante de la puerta, no tuvo que tocar, pues el Todopoderoso cretino como lo había llamado durante años estaba frente a él.

Arden vestido de manera sencilla se quedó en silencio mientras que el padre de su chica lo examinaba de arriba abajo.

—Pase señor, Baker —su voz era grave y respetuosa.

Dos pasos adelante, una mirada fugaz por el impresionante lugar y sin miramientos frente al idiota que se llevaría a su hija.

—Hace unos minutos mi hija me dijo que ustedes dos se casarían.

—Es verdad, Stuart.

—No le di permiso para que me llamara por mi nombre, señor Russell, eso solo lo hacen mis amigos y usted no es uno de ellos.

—Siéntese, por favor.

¡Mierda! Esto va a ser difícil... y he dicho por favor, estarías orgullosa de mi Baker.

—No, no quiero —el pecho de Stuart estaba agitado— hace cinco años mi hija me llamó emocionada diciéndome que había conseguido un trabajo en la prestigiosa compañía Russell, me sentí orgulloso de ella, siempre he sabido lo que mi chica es capaz, pero con el paso de los meses sentí que ella no estaba bien, le dije que se fuera de allí, pero no quiso y siguió insistiendo, creí que era porque su temperamento de no dejarse derrotar la hacía continuar, después fue el paso a presidencia, para esa época mi intuición me decía que aquello no estaba bien, su voz era diferente, la notaba triste y extraña, pero me quedé callado, un día conocí a su poderoso jefe ¡usted! Un tipo arrogante y engreído y dije ¿qué hace mi Motitas trabajando para ese idiota? Ella es mucho más, mucho más que eso, mucho más que él o la compañía Russell.

—Sí señor, ella es mucho más.

—¡Por supuesto! —dio dos pasos hacia el gigante— ¿Y quién es usted? Sin duda que un gran canalla, la hizo su amante durante meses, ¡años!, ocultándola como si fuera algo vergonzoso y ahora viene a decirme que se va a casar con ella.

—La amo.

—Por supuesto que sí, sería un imbécil sino no lo hiciera, nunca en su vida tendrá algo como ella, ni con su dinero, ni con todo el apellido Russell encima.

Arden levantó su rostro en una expresión profunda.

—Lo sé, tengo suerte, no sabe cuánto, no crea, señor, que he querido irrespetarlo ni a usted ni mucho menos a Marilyn —se alejó y se sirvió un trago—. Sí, mi maldito apellido, la enorme compañía, toda la parafernalia Russell encima y al final, Stuart —dijo su nombre tan fuerte que el hombre no se atrevió a contradecirlo— solo estoy yo, alguien que quizás sin eso no sería nada, mire la ciudad —y con el trago en la mano señaló Nueva York que se extendía frente a él— millones de habitantes y no hay ciudad más solitaria que ésta ¿Quién soy yo? Un animal ermitaño que la caminó y nunca supo realmente a dónde llegar, su hija es mi casa, su hija es mi norte, ni mi apellido, ni el dinero, ni el poder, eso no es nada, nada sin ella.

—¿Por qué su amante?

—Las cosas se dieron así.

—¿Se avergonzó de ella?

Un Arden furioso se enfrentó al padre quien no movió un músculo al ver venir ese hombre encima.

—¡Maldita sea! ¡No! Tenía que cuidarla, ¿se imagina cómo habría sido la vida de Mae si la prensa descubría que salía conmigo?

—Ahora que se casan ¿ya no la cuidará porque la prensa la dejará tranquila? ¡qué excusa más tonta!

—Ella va a ser mi esposa, no le estoy pidiendo su permiso.

—No, claro que no, hombres como usted no piden permiso ¿no es así? Mae tiene veinticinco, ella puede hacer lo que quiera ¿Quién soy yo? Solo un viejo juez de un pueblo pequeño.

—Queremos hacer las cosas bien.

—¡Pues no lo hicieron! Ocultar y mentir no es algo con lo que yo esté de acuerdo, señor Russell —se fue hacia la puerta— no necesitan mi bendición, ella lo ama y eso basta, pero tenga en cuenta una cosa, usted no me gusta, no me cae bien ¿sabe por qué? Porque hombres como usted necesitan sacrificios, necesitan obediencia y control sobre el mundo que gobiernan, mi hija sacrificará todo por usted, por el amor que siente, al final solo ella saldrá perdiendo. El mundo que lo rodea y su ansia de control la sumirán en la tristeza y todo lo que ella es, será devorado por lo que Arden Russell representa.

—La enseñaste bien, Stuart, reconozco que al principio traté de imponerme, pero ella defendió su independencia y me puso en mi lugar ¿cree que no la conozco? Tal vez la conozco mejor que usted —dejó el trago que no bebió y lentamente se puso frente a frente a aquel hombre que le merecía todo su respeto— ¿De verdad crees que la hija de Aimée no tiene la fuerza para patearme la espinilla si no la respeto? ¡Diablos! Esa mujer es digna hija de los padres que tiene, Stuart, no la deje sola.

—Si le hace daño a mi hija, lo mato, se lo aseguro —y sin decir más se fue.

Mae lo esperaba. Arden la había llamado y le dijo que el hombre estaba furioso. Presentía que estaba más furioso con ella que con aquel con quien se iba a casar. Efectivamente Stuart llegó en silencio y solo dijo.

—Mañana vuelvo a casa.

—No me hagas eso, papá.

—¿Te vas a casar con ese hombre?

—Así es.

—Entonces ¿qué importa?

—Importa mucho, Stuart, tú eres mi familia.

—No tenías por qué ocultármelo, apuesto que todos lo sabían menos yo ¿soy un extraño? ¿Lo soy?

—¡No!, por favor no, papá, dime que no te decepcioné —dijo entre sollozos.

El rostro amoroso del padre se mostró en su

esplendor.

—No, cariño ¡nunca! Yo solo quiero saber que hice mal para que esta chica a quien crie con todo el amor del mundo no confiara en mí y no me contara lo más importante que le ha pasado en su vida.

Mae no pudo más y empezó a llorar, ocultó su rostro entre sus manos y no fue capaz de contestar.

—Lo siento, papá, lo siento mucho, yo... yo no soy perfecta.

—¿Quién te dijo que yo lo era? —le dio un beso en la oscura cabeza— eres libre, cásate con ese hombre, es tu vida. Estaré aquí ese día, apoyándote.

—¿Pero?

Le dio unas palmaditas tiernas.

—Ya, dejémoslo hasta aquí. Avísame con tiempo.

Al día siguiente Marilyn vio como su padre se iba con Diane y David en silencio. En algún punto supo que, aunque él no hubiese querido decírselo, estaba desilusionado de ella.

El auto oscuro la esperaba en las afueras del JF Kennedy, corrió hacia él, y en la oscuridad, Arden la abrazó mientras que, como niña pequeña, lloraba por su padre.

—Él te ama, nena.

—Lo sé —aferrada a su abrigo y con su rostro enterrado en su pecho entendió lo que Stuart le quiso decir— creo que fui yo la que no lo entendió, fui yo, mi papá y su silencio, siempre ahí, siempre para mí, fui yo la que no confió.

Al día siguiente, Diane la llamó y la calmó.

—No te preocupes, linda, al final él solo está enojado porque ya no es el hombre más importante en la vida de Marilyn Baker.

—Es mucho más, Diane.

—Entonces, déjalo, el amor de tu padre es

tan fuerte que cuando vayas al altar con ese hombre, será el padre más orgulloso del mundo. Tranquilízate, él está bien, durante el vuelo leyó tu libro, está tan emocionado que yo, sin leerlo ya se quién es Sarah, me habla todo el día de ella, ya estoy celosa □hizo un chiste para levantarle el ánimo, pero no lo logró.

Fue tanta la tristeza de Mae que Arden no sabía qué hacer. En la oficina le aligeró el trabajo, le mandó flores, chocolates, trató de hacerla reír con sus excesos, pero nada fue posible y eso hizo que él estuviese furioso y reconcentrado durante el día antes de Acción de Gracias.

—¿Quieres ir a Aberdeen? —preguntó de manera lenta, ojos peligrosos y tragando hiel.

—No, no quiero, Arden, no es el momento ni para él ni para mí.

El dragón levantó una de las cejas.

—¡Ódiame!

—¿Por qué? —preguntó asustada.

—Porque soy egoísta y me alegra que no quieras ir a Aberdeen, por eso.

Esas palabras enternecieron a la chica.

—Voy a quedarme aquí —se paró de la silla de secretaria y se sentó en las orillas del escritorio— es nuestro tiempo, nuestros días y nuestra vida, ya no hay vuelta atrás, iré cuando tenga que ir —besó su cabello rebelde— y eso no es ahora.

Una vez en el apartamento de Mae, Arden observaba con dedicación y recelo a Darcy, quien aparentaba ser indiferente mirando hacia otro lado, pero lo delataba el movimiento constante de la cola. Mae observaba a los dos, a pesar de lo triste que estaba no pudo evitar esbozar una sonrisa juguetona, pues ambos machos siempre parecían pelear por el territorio.

—¡Diablos, Baker! Años y este animal no ha podido entender que el maldito amo soy yo.

—Eso es lo que tú crees —Mae dijo eso entre carcajadas y un gesto caprichoso.

—¿Ah no? —el rostro se endureció y sus labios se tornaron rectos.

—Nop —tomó a Darcy en sus brazos— él es mi bebé ¿no es así cariño? Darcy ama a su mamá y está dispuesto a pelear a muerte por ella, ¡oh sí, mi amor!, ese hombre es malo y quiere despellejarte —vio al dragón pararse de la mesa con gesto de felino y ella gritó muerta de risa— ¡No!

—¡Estúpido gato! —se arremangó su camisa— espera a ver como domestico la fiera.

—Es salvaje, Arden.

—¿Quién habla del maldito gato? —una sonrisa torcida que traducía que iba tras la mínima camiseta de la chica. Mas el sonido del IPhone interrumpió el comienzo de la batalla sexual en la cocina.

—Es Peter —Mae se asustó. Su amigo era un chico que siempre había respetado los horarios entre ella y su amante, es más últimamente no llamaba casi.

—Hola amore —pero el gesto de risa se esfumó— ¿qué? ¡No! ¿Cuándo? No llores mi cielo, tranquilo, si, cariño, allá voy, no te preocupes… no —miró a Arden quien tenía un gesto oscuro de frustración□ él no dirá nada, en diez minutos estoy contigo. Mimí va a estar con su amiga mi cielo —colgó y corrió hacia su cuarto.

—¿Qué pasó?

Ella desesperada agarraba unos vaqueros, se cambiaba de camisa y de zapatos.

—Peter, es Peter, él me necesita.

—¿Qué le ocurrió? —su voz retumbó de manera seca por toda la habitación, presentía que algo malo le había ocurrido y se sintió incómodo porque tras el regreso de Mae lo tenía abandonado.

—Está mal —se colocó unos vaqueros y

una sencilla camiseta—, acaba de terminar con Carlo y está llorando solo en su apartamento, él es mi amigo, siempre ha estado para mí, ángel —con impaciencia dijo— ¡para ambos! Él es nuestro amigo, y no lo voy a dejar allí solo ¡no señor!

—Lo sabía, ¡maldito sea ese italiano! a Carlo le faltan bolas —Arden masculló entre dientes un sin fin de malas palabras.

—Mi pobre bebé —se hacía una coleta— yo sé, lo conozco, Arden, siempre está sonriendo, siempre me hace reír, pero yo sé que tras de todo eso hay alguien muy sensible, toda su vida ha peleado para defenderse de todos, en la escuela lo golpearon varias veces, no fue a la fiesta de graduación porque un idiota lo amenazó que si iba lo golpearía en frente de todos; hacían dibujos de él insultantes en su casillero y siempre ha luchado ¡siempre! —agarró su bolso con las llaves del Chrysler, llaves que fueron arrancadas de sus manos— ¡Arden!

—Yo conduzco, él fue por mí en ocasiones oscuras, me salvó, se lo debo ¡vamos!

Mae respiró con alegría y lo abrazó con fuerza.

—Gracias, cariño.

—Si quieres, llamo a Theo y le digo que golpee al cretino.

Peter abrió la puerta, estaba destrozado. Siempre iba impecablemente vestido, pero en ese momento tenía una pijama tonto, unas tontas pantuflas y un bote de helado a punto de terminar.

Al ver a Mae y Arden bajó la cabeza en derrota.

—Lo siento, amigos —tartamudeó frente al gigante, pero un sonoro beso en la mejilla le hizo saber que no importaba.

—No, no, amore, estamos aquí ¿qué pasó? Peter se derrumbó en el sofá, ya no había teatralidades, ni poses graciosas, solo Peter

Sullivan tratando de entender por qué él no cabía en la vida de las personas.

—Tiene novia.

—¿Qué? —Mae se sentó a su lado— ¡No!

—¡Oh si, Antonella!, es la chica más fea que he visto, pero eso no importa, no importa, es tan tonta que parece que la única palabra que sabe decir es "Sí", es de ese tipo de mujeres que parecen que solo sirven para procrear. Ayer, yo estaba harto, harto de todo, harto de tener que esconderme, harto de pasar por ser cliente regular de ese restaurante, yo no quiero eso, le reclamé ¡carajo! Me porté como una perra gritona y odio eso, lo odio. Él no dijo nada, empezó con sus tontas excusas ¡años! escuchando esa sarta de tonterías. Yo nunca he tenido miedo ni vergüenza de lo que soy, Mae, pero Carlo… □volvió a llorar.

Arden, parado en la puerta con las manos en los bolsillos de su abrigo, solo atinaba a observar a aquel que durante meses estuvo acompañándole, alentándolo a esperar y a tener esperanza en que Marilyn volvería, sin atreverse a darle palabras de consuelo.

□Nunca, ni siquiera frente a mi padre, el coronel, me avergoncé —y miró al dragón frente a él— ni siquiera cuando golpee al Todopoderoso Arden Russell, tuve miedo, pero Carlo, el muy tonto hizo que yo sintiera vergüenza ¿por qué? Hoy fui con la esperanza de que mi amenaza de terminar lo hiciera recapacitar ¿y qué me encuentro? Estaba con esa chica, haciéndose el hetero ¡Qué tonto!

—¡Qué tontera!

—¿Y sabes qué es lo peor? Me la presentó y yo solo atiné a seguirle el maldito juego, al final, yo quiero que sea feliz, aunque no sea conmigo. ¡Ay, cariño, no puedo contra su miedo!, yo no nací para vivir así, prefiero terminar que vivir en una mentira ¡yo no soy así!

Mae llevó una de sus manos al cabello rubio de su amigo, despejó los mechones revueltos que se esparcían por su frente; su amigo tierno y romántico estaba sufriendo y ella, con su historia de amor épica con el Todopoderoso, no se había percatado.

—Perdóname cariño por dejarte solo.

—No, mi amor, perdóname tú, perdón Arden, no quería arruinar la felicidad que están viviendo.

—Él está preocupado por ti —le susurró— es tu amigo.

De la oscuridad surgió y se paró frente al chico.

—Lo soy, lo sabes mejor que nadie, Pete, eres mi mejor amigo.

Peter parpadeó.

—Gracias Arden —se pasó una mano por la cara y se limpió las lágrimas— yo saldré de esto, se los aseguro, saldré con la cabeza en alto y con cinco kilos más.

Pero la perspectiva de volver a estar solo e intentar el duro comienzo de una nueva relación hizo que el chico volviera al sofá con su rostro entre sus manos.

Marilyn lo abrazó con fuerza.

—Ya mi amor, estoy aquí cariño.

—Me duele, Mimí, me duele.

—Lo sé.

Arden tenía los puños cerrados escondidos en su abrigo. Peter sufría y Mae también y eso no le gustaba para nada. Respiró profundo, dio dos pasos hacia la puerta, un llamado y el restaurante de Carlo pasaría a la historia. De pronto unas llaves. Mae y Peter se paralizaron pues escucharon un gruñido por lo bajo.

—¡Vete de aquí Carlo! No quiero verte ¡fuera! Ésta ya no es tu casa.

El joven de profundos ojos azules miró

tristemente a Peter.

—Lo siento, en verdad lo siento, me odio por esto, pero no soy tan fuerte como tú.

Mae en una ráfaga de segundo vio la actitud de su amante y solo atinó a gritar.

—¡Arden no!

Pero ya era demasiado tarde.

Carlo Di Pietro vio frente a sí el puño de Arden Russell, quien sin piedad y con toda la furia, se estrelló contra su rostro de adonis italiano.

—Esto es por la camioneta y por hacerle daño a Peter ¡idiota!

El golpe fue certero, brutal y seco. Carlo fue a dar a la puerta, su rostro sangraba. Peter estaba paralizado, era como si el príncipe brutal y sanguinario viniera a salvar su honor.

—Lo siento Peter —fue lo único que atinó a decir Carlo, el dolor de la herida y el dolor de infringirle pesar a su amante eran demasiado.

Arden estaba furioso, se disponía a dar el segundo golpe, el muchacho no se protegió sabía que se lo merecía. Pero la voz de Peter lo detuvo.

—Déjalo así, Arden, ya nos hemos hecho mucho daño ¡vete Carlo! Por favor, no quiero verte más, mañana mando tus cosas a tu apartamento, no quiero volver a verte en mi vida.

Carlo trastabilló para poder erguirse.

—Sabes que te amo, Peter, pero hay cosas, con las que no puedo lidiar —Carlo sintió como una fuerza telúrica lo arrastró hacia fuera del apartamento.

—¡Te dijo que no te quiere ver, Carlo! —la voz de mando de Arden resonó por todo el pasillo.

El muchacho caminó derrotado por el lugar hasta las escaleras. Escuchó unos pasos menudos que lo seguían.

—Por favor donna, no me sigas, él es más amigo tuyo que yo.

Mae bajó las tres gradas de la escalera que

la separaban del chico.

—No entiendo, Carlo, le haces daño y te haces daño ¿cuál es el propósito? Además, eres mi amigo también, no quiero ver sufrir a ninguno.

—Mae —se llevó su mano a su nariz rota— creí que era capaz, de verdad lo creí —bajó la cabeza— pero no soy tan fuerte como tú o como Peter. Él habla del chico que lo golpeó en el casillero cuando tenía dieciséis años ¿sabes? Yo fui uno de esos chicos linda, yo era de los que golpeaba a los mariquitas en los baños, tan solo porque ellos me recordaban quien era yo —río de manera amarga— sigo siendo igual, en la mesa con mi familia —Mae limpiaba su nariz sangrante— mis tres hermanos hablan de sus hijos, son unos sementales que tienen todo el tiempo a sus mujeres embarazadas ¿tú crees que *un frocio* tiene cabida allí? Soy de los que se burla de los mariquitas en la mesa familiar. Al final, bambina, me irrespeto a mí mismo □tomó la mano de la chica—. Soy un idiota, Peter está mejor sin mí —se acercó a Marilyn y la besó en la mejilla— dile a ese amante tuyo que no te lastime, lo admiro a pesar de lo cabrón que es, ese hombre iría al final del mundo por ti — y sin más, Carlo di Pietro se fue sabiendo que ya no era posible volver atrás.

Esa noche y por primera y única vez Arden permitiría que Marilyn durmiera con otro hombre que no fuese él

Afuera en el apartamento ambos se despedían con un beso sofocante, punzante.

—Esto lo permito porque es Peter y es mi amigo —lo decía mientras acariciaba de manera demandante el trasero de Mae— pero sabes que no me gusta, no me gusta dormir malditamente solo.

—No tenías por qué golpearlo, ángel.

—Él me lo debía, además es un puto cobarde.

—¡Dios! ¡Qué malo eres!

—Lo soy —y volvió a la boca de su mujer para morder su labio inferior de forma tierna— cuídalo, mi amor, y dile que estoy con él, que, si necesita algo, lo que quiera, que solo lo diga.

Peter trataba de dormir. Mae se acostó a su lado y lo abrazó.

—¿No vendrá a matarme porque duermo contigo?

—Está preocupado por ti, no lo dice, pero yo sé que sí, eres de la familia.

Peter volteó y a pesar de la tristeza sonrió.

—Él me defendió, eso fue impresionante.

—Tú sabes, cariño, Arden es un príncipe.

—Sí, gracias a él finalmente fui la princesa.

Al fin y en la oscuridad el chico golpeado, burlado y degradado por muchos permitió que Mae viera como, aunque siempre trató de mantenerse en alto y con dignidad, se rendía agotado de pelear contra el mundo. Lloró como un niño pequeño hasta que finalmente se durmió.

Pasaron el día de Acción de Gracias, juntos, en el departamento de Mae, acompañados de Darcy que milagrosamente decidió quedarse en casa ese día. Arden, aunque no estuvo presente, fue el principal tema de conversación, un melancólico Peter habló de los días intensos que pasó con su amigo cuando Mae no estuvo, al final se animó cuando empezaron a hablar de cómo debería ser la boda Baker&Russell y así pasaron el día.

Jackie lo esperaba en la casa, cuando vio el Bentley desde lejos, saltó de alegría. Corrió y lo esperó en las escaleras del porche de la mansión en los Hampton, una construcción de casi cien años que era su orgullo.

Lo vio salir del auto, pero se decepcionó al verlo llegar solo, esperaba ver a Marilyn le había preparado un postre de chocolate que sabía era su preferido. Arden sonrió torcidamente y besó su mejilla.

—No viene.

—¿Por qué? —preguntó desilusionada.

—Porque es hora de hacer esto oficial, y para eso solo es necesario la familia y yo.

—Pero ella es familia, bebé.

◻Ten paciencia, ya vendrá.

En la sala estaban todos, sonrió. Henry y Mathew estaban concentrados en un videojuego, Bianca intentaba leer una revista sentada muy pegada a su marido, Ashley hablaba con su padre, quien bebía una copa de oporto.

Cameron como siempre trataba de controlar la alegría que le daba ver como su hijo iba cada vez más seguido en las reuniones familiares.

—Hola —saludó seco y contundente.

Bianca lo miró de manera burlona.

—¡Vaya! La alegría de la fiesta ha llegado.

—Yo también te extraño, señorita Canadá.

—¡Ja!

Fue y saludó a su hermana y a su cuñado. Henry destapó una lata de cerveza y se la ofreció.

—Solo una, Kid, solo una.

—No me emborracho fácil como otro presente.

—¡Qué gracioso, enano!

A los cinco minutos los hermanos estaban sentados juntos. Bianca y Mathew cedieron gustoso el protagonismo y disfrutaron verlos completarse de manera tierna.

◻¡Hey, Matt! Agradece que llegó Arden, te salvó de la más terrible derrota.

Cuando Henry gritó, Ashley aprovechó para preguntar por lo bajo a su hermano mayor:

—¿Mae?

—Peter terminó con Carlo, está con él, el pobre está destrozado.

—¡Oh, no!, mi pobre nene —cambió de cara— ¡vaya dragón, qué civilizado estás! Ya aceptas que Mae tenga amigos.

Arden hizo un gesto entre burlón y caprichoso.

—Pero que no se acostumbre demasiado.

La respuesta de su hermano hizo que ella lo pellizcara con fuerza.

—¡Idiota!

—¿De qué hablan? □preguntó Henry.

—De que eres un tonto, tanto escándalo por un videojuego de adolescentes.

□Qué tu marido también juega y que todavía no puede ganarme.

—¡Oye! □se quejó Matt.

La discusión se trasformó en la queja de las chicas porque sus maridos pasaban tardes enteras con el videojuego y los muchachos, en defender el derecho a relajarse con un juego de puños, patadas y balazos.

Coincidentemente, Cameron y Arden se mantuvieron al margen. Jackie parada en la puerta de la cocina escuchaba y se alegraba, esa era su familia ¿qué más deseaba?

—¿Cómo estás, hijo?

El padre de manera tentativa se acercó, pero el hielo de los ojos verdes de Arden siempre lo paralizaban.

—Estoy bien —se paró del sofá y dejó a su padre con las palabras en la boca. Caminó hacia su madre quien lo recibió con un trozo de pastel.

Todos vieron el desfile de Acción de Gracias por televisión. Ashley llamó a Peter y le prometió una salida de chicas con la boca de camionero de Bianca, quien se dio cuenta de lo que le había pasado y le gritó por el celular que si quería ella iba y le arrancaba las bolas a Carlo Di Pietro y así convertirlo en una mujer de verdad.

Estaban esperando el momento de la cena cuando de la sala se escuchó el sonido dulce de las cuerdas de un chelo. Todos corrieron a ver y ahí estaba Arden, en el centro de la sala tocando el majestuoso instrumento que lo acompañó toda su niñez. Jackie tomó el brazo de su esposo y ocultó su rostro en su pecho para acallar el llanto. Cameron se irguió en su estatura y puso todos sus músculos en tensión, años esperando escucharlo y allí estaba de nuevo. Los chicos se miraban entre sí, ninguno lo había escuchado jamás.

Estaban asombrados, el miembro más rudo, hostil y violento de la familia sacaba la más hermosa melodía de un instrumento que siempre vieron en la casa de los Hampton, pero nunca lo escucharon sonar. Sabían que fue un regalo que le hizo Jackie cuando cumplió diez años, que existía una profesora llamada Ronna y que cuando Arden se fue, Cameron lo mandó a sacar de la casa y que la mamá lo trajo a la playa.

Ashley quiso decir algo, pero Matt la calló, Henry miraba interrogante a sus padres, pero ellos solo le indicaron con un gesto amable que pusiera atención, Arden estaba tocando una cantata de Bach y había que escucharlo.

Cuando terminó, soltó la vara y comenzó a masajearse la mano izquierda, dos segundos y se dio cuenta que tenía público mirándolo con la boca abierta.

—¿Qué? —preguntó de manera incómoda.

—¡Puta madre! ¿Qué fue eso? —Bianca, la única capaz de hilvanar una palabra.

Ashley y Henry se quedaron mirándolo profundamente, veían al Arden de antes de las tormentas, ese hermano chelo casi mitológico que se perdía entre las historias melancólicas de Jackie sobre la niñez de su niño salvaje.

—¡De verdad tocas el chelo! —el hermano menor se acercó— estaba por creer que era un mito, pero sí, tocas esa cosa y sonó fantástico.

Trató de darle un beso, pero Arden lo esquivó. Pero no pudo esquivar el beso que le dio

Ashley.

Incómodo, se paró rápidamente, se llevó sus manos a su cabello y actúo como si aquello no hubiese sucedido.

—Cenemos, se me hace tarde.

Esa fue la manera en que les dijo que aún no estaba preparado para volver. Jackie y Ashley se miraron cómplices y sonrieron, al menos, lo estaba intentando.

El padre como jefe de familia cortó el pavo, de alguna manera el escuchar a su hijo mayor tocar permitió que sonriera un poco. Dio las gracias y sabiendo que a Arden esto no le agradaría, pero lo necesitaba decir, concluyó:

—Y doy gracias porque he vuelto a escuchar a mi muchacho tocar el violonchelo, eso es algo que se agradece, lo digo en nombre de tu madre y de toda la familia.

—¡Sí! —Henry apoyó a su viejo levantó una copa de vino.

Todos dieron las gracias, Arden, incómodo, se levantó de la mesa, se tocó su barbilla, miró a su madre, tomó en un solo trago el vino de la copa y se preparó para hacer algo que siempre detestó: decir palabras frente a toda la familia.

—Mi vida cambió hace tres años —tosió. Mathew le dio una mirada rápida a Ashley quien parecía a punto de saltar de su silla y con una mano sobre el muslo, la calmó—. Antes, mi vida —río en ironía— era una maravilla: madres locas e hijas muertas —Bianca quien trataba de ser indiferente frente al siniestro "cara de palo" parpadeó, volteó hacia Henry quien le ordenó silencio con la mirada—. No explicaré nada más sobre eso, pero parece que hasta para mí hay oportunidades ¿no es así mamá?

Jackie asintió tiernamente.

—¡Diablos Arden! ¡Dilo ya! Me voy a morir de un infarto.

—Voy a casarme con Marilyn Baker.

Ashley gritó, Jackie se llevó una de sus manos a su pecho, Henry se atragantó con el vino y los ojos azules de Cameron se quedaron mirándolo de fijamente.

—¿Estás seguro? —su voz era tranquila.

—Nunca he estado más seguro en toda mi vida y tú lo sabes, hace años que lo descubriste.

Todos voltearon hacia el padre.

—He visto como amas a esa chica, desde la primera fiesta de Navidad a la que asististe, te vi sufrir cuando ella enfermó, te vi agonizar cuando se fue, pero como no tengo cabida en tu vida, me quedé callado y nada comenté ☐miró a Jackie, a modo de explicación de por qué no le dijo nada de lo que pasaba con Arden☐. También he visto como durante todo este tiempo, ella te cuida y te protege ☐su voz se quebró☐. Supongo que te ama y te hace feliz.

—Me ama a mí y no a mi apellido ni a lo que represento.

☐¡Doy fe de eso! ☐gritó Ashley.

☐¡Yo también! ☐agregó Matt.

El patriarca se paró lentamente y fue hasta el otro lado de la mesa, se paró frente a su hijo con una actitud solemne y le habló con voz pacífica:

—Es una buena chica —trató de poner una mano sobre el hombro de su muchacho, pero éste se apartó— estoy feliz por ti hijo. Marilyn es bienvenida a esta casa y a esta familia.

Las palabras del viejo fueron como un aire de viento fresco. Ashley fue la primera en gritar de alegría e irse hacia su hermano para abrazarlo, después fue su madre y Mathew. Bianca solo dijo.

—Quiero ver eso —se carcajeó— he de vivir para ver como el maldito nazi se comporta como un marido amoroso ¡Diablos!

Solo el hermano callaba.

De camino a su auto se topó con Henry que

estaba sentado en las gradas de las escaleras de entrada, se fumaba un cigarrillo. Arden, que había visto su reacción cuando dio la noticia, presumió que más de un reproche le haría y se dispuso a escucharlo. Bajó lentamente.

—Hace años que no fumabas.

Henry levantó su rostro que estaba furioso.

—¿Por qué diablos siempre me excluyes de tu vida? ¿Tan estúpido soy?

Arden se sentó a su lado, agarró la cajetilla de cigarrillos, sacó uno y lo prendió.

—No, claro que no.

—¡Debí intuirlo!, nunca fuiste así con ninguna secretaria, el día que peleaste con Catanzzaro □lo miró acusador□, como ella podía contigo y tú te dejabas, esas miradas que cruzaban, ahora todo me hace sentido □le da una pitada al cigarrillo, luego lo tiró al suelo aplastándolo con el pie□. Matt y Ashley lo sabían… y yo, ¡nada!

—Lo siento —una bocanada de humo se esparció en el aire.

—¡Soy tu hermano! —se paró frente a él— ¡mierda, Arden, soy tu hermano!

—Tienes tu vida, tratas de tener hijos, de hacer feliz a tu esposa, mis problemas son mis problemas, tú no tienes porqué cargar con ellos.

—¿Tus problemas? Debería romperte la cara de niño bonito que tienes ¡no me jodas! □se volvió a sentar□. Te conté sobre las novias que tuve, aún me acuerdo de cómo le rompiste la ventana a esa chica que no quiso salir conmigo, supiste quién era la chica con quien tuve sexo la primera vez, fuiste el primero al que le dije que me casaría con Bianca, ¿y tú? ¡Nada! No me hablas y pasas como un maldito ermitaño y de pronto ¡todo explota! y resulta que todos sabían ¡Maldición! me siento como un tonto tratando de entenderte y haciendo de todo para que me consideres.

Arden supo que tenía razón. Henry fue y

sería siempre su incondicional. Botó el cigarrillo, llamó a Mae y le dijo que no iría esa noche.

—Sí, tengo un hermano furioso conmigo, quiere matarme, no, no te preocupes, soy yo el del problema... —sonrió maliciosamente— espérame desnuda, nena —oyó la risa de su chica tras el teléfono— sí, te amo también.

Una carcajada acompañada de una maldición en la voz de Henry le hizo saber a su hermano que ya no estaba tan enojado, el solo hecho de escuchar mariconadas tiernas dichas por ese loco furioso lo reconcilió con él.

—De esta no te salvas, ricitos, oficialmente te tienen de los testículos ☐se puso de pie, levantó los brazos☐ ¡Karma! ¡Venganza poética!

Fue así como ambos hombres se fueron a beber unas cervezas y Henry escuchó toda la historia entre Marilyn Baker y Arden Russell.

☐Hola, papá—su voz era queda, tenía miedo de haberle decepcionado— ¿cómo estás?

Del otro lado del teléfono, Stuart suspiraba aliviado, su pequeña era lo más importante y haberse ido abruptamente lo atormentó durante todo el viaje.

☐Bien, ¿y tú?

☐Extrañándote, pa.

Silencio.

☐Stuart, lo siento. Me equivoqué, no debí ocultártelo—hablaba atropelladamente.

☐Es doloroso para un padre saber que su única hija se casa y sin enterarse de que estuvo de novia, Marilyn Baker.

Mae llevó la mano a su pecho, cuando él la llamaba así, se sentía frente al gran jurado.

☐Perdón, papi —Stuart al otro lado de la línea adivinó el puchero que su hija hizo con intención, siempre lo derritió con ese gesto— no quise ocultarlo. Siempre he querido evitarte problemas, solo por eso no te dije.

☐¿Ves? Ese hombre es problemático y dudo mucho que te haga feliz.

☐Stuart, por favor. No volvamos a lo mismo —la voz de niña cambia abruptamente, ahora es una mujer de veinticinco años, que defiende su autonomía.

☐Igual te casarás…

☐Sí ☐la respuesta es rotunda. Mae tomó valor y lo enfrentó☐. Papá, tú juzgas a Arden sin conocerlo, te quedas con una imagen que no es verdadera. Los diarios amarillistas tergiversan todo para lograr más ventas.

☐¡Ni siquiera he leído esos pasquines! Me asusta que pienses que soy un hombre de farándula e idioteces, tan solo que las pocas veces que he visto al señor ese….

—Arden Russell.

—Como sea… tenga ese aire de que tiene poder sobre la vida y la muerte de todos, soy un abogado y un hombre de justicia, Mae, y eso no me gusta, pero si ha logrado que mi hija ¡mi hija! lo ame entonces soy un viejo prejuicioso.

La chica se alivió, una batalla menos.

☐No digas eso papá, eres mi guerrero y sé que proteges a tu niña.

—No lo dudes —el profundo bigote oscuro se movió de un lado a otro, sentía orgullo al saber que Mae reconocía que por ella sería capaz de hacer todo, ir más allá de la ley si pudiera.

—Por favor, confía en mí. Confía en que me educaste bien, en que cada decisión ha sido siempre la mejor, venir sola a Nueva York; estudiar una carrera, viajar por todo el país. Sabías dentro de ti que yo podía con todo y más, porque sí, soy tu hija Stuart Baker, tengo a papá y a mamá en mi sangre, dos seres extraordinarios, nada puede salir mal cuando las voces de Aimée y Stuart me guían. ¿Ves? No estoy equivocada, todo eso me llevó a ser la mejor, para eso me educaste, ahora soy una persona adulta y una escritora ¿no era lo que siempre decías?

Silencio.

☐Debiste ser abogada, abogada defensora. No puedo contra esos argumentos. Tienes mi confianza.

Mae, respiró aliviada y sonrió.

☐¿Confianza? ¡Vamos, señor juez, usted puede más que eso! Es su Motita la que se casa.

El padre rio con ganas.

☐Tienes mi bendición, hija querida, y mi amor incondicional.

☐¡Gracias, papá! Te amo ¡Iré a verte para Navidad!

☐¿Podrás? ¿No será mejor que te quedes allá? Me ponen nervioso esos días de tanto tráfico.

☐Dos navidades sin ti Stuart, no me gusta, eres lo mejor de esas fechas.

—Pero papá siempre está aquí, cariño.

—Para siempre y por siempre.

Stuart carraspeó, su hija ese don, el motivo por el cual cada día vivido había valido la pena.

☐¿Por qué no vienes pasadas la fiestas? Así me puedo tomar unos días de vacaciones y podremos pasar más tiempo juntos para hablar de tu libro.

—¿Pescar?

☐Me parece genial.

☐En eso quedamos, entonces.

☐Te amo, papá.

☐Yo también, motitas, gracias por llamar.

Jackie, Ashley y Bianca frente a la puerta esperaban ansiosas, hoy era el gran día, venían a visitar a Mae que estaba aterrada.

Cuando oyó el timbre, se dio ánimo y abrió la puerta, trató de no quedar paralizada cuando vio a las tres mujeres perfectas, en su mente cruzaba la idea de lo increíble que era que allí estaban concentradas la belleza y toda la clase de la selecta sociedad de Nueva York.

—Bienvenida a la familia.

Y se vio abrazada por Jackie, y por todas.

—No sabes lo que te espera, ten miedo, mucho miedo.

Esa fue Bianca.

—¡Cállate! □grito Ashley.

Y en media hora, las tres mujeres se apoderaron del apartamento. Todas hablaban como cacatúas y la chica de Aberdeen se vio inmersa en ese mundo de mujeres que pronto sería su familia.

Jackie atacó su cocina. Darcy fue hacia su amor: Bianca Allen.

□¿Ya tienen fecha?

□No, todavía no.

□¿Qué? ¿Y cuándo sabremos? Hay que organizarla.

□Queremos algo íntimo □lo dijo con la esperanza de que el "íntimo" de ella fuera lo mismo para su futura cuñada.

Suzanne Ford tras el teléfono y con el corazón en la mano, escuchaba feliz la noticia, mientras tanto, Arden y Mae continuaban en su burbuja, ni siquiera su familia podía vislumbrar en su totalidad lo que allí ocurría. La chica hizo que el Todopoderoso celebrara el nacimiento de Faith, fue algo simple, un recordatorio de que ella existió. En la cabaña, profundamente dormido la voz de la niña volvió *¿me enseñarás a tocar?* Susurros, frufrú de telas, un olor a flores frescas, un cabello rubio al sol *¿me enseñarás a tocar? Quiero aprender ¿puedo?* Se despertó buscando y solo para su alegría, encontró el cuerpo tibio de Marilyn a su lado.

Segunda semana de diciembre y el edificio central de Russell Co.. estaba de fiesta para celebrar la Navidad. Jackie, Ashley y hasta la misma Bianca habían puesto todo su empeño para que ésta fuese perfecta.

Mae en medio del salón de fiestas esperaba, como todos, la llegada de la familia real. Estaba con Stella y Becca, quien las hacía reír con las anécdotas ocurridas en su luna de miel. Dos horas antes, en la oficina de presidencia, Arden estuvo a punto de arrancarle el vestido de seda azul que se puso para la ocasión.

—¡Diablos! Ese vestido no es legal.

Ella, tratando de huir se refugió tras el escritorio alegando que fue Ashley quien se lo obligó a poner.

—¿No te gusta?

—Por supuesto que sí, pero no para que lo luzcas para todos, ¡se te ve toda la espalda! ¡Maldición! Extraño a la chica de ropa oscura. Me voy a pasar toda la noche mirándote el trasero y queriendo enterrar mis dientes en él.

Mae hizo un puchero; miró el reloj y caminó hacia el baño y de un rápido movimiento se quitó el vestido.

—No tienes que esperar, ángel.

Una carcajada perfecta.

—¡He creado un monstruo! —lo dijo mientras lentamente se quitaba su camisa.

A las ocho de la noche estaba como todos los trabajadores esperando que llegaran los amos y señores de todo.

Y llegaron, con su áurea brillante y todos aplaudieron. Mae sintió el calor celoso y posesivo que recorría su espalda. Luchó por no mirar y no miró, pero podría jurar que mentalmente la llamó.

—¡Carajo! Ese hombre cada día está más divino —Stella suspiró.

—Eso lo dices tú porque no tienes que aguantarlo todos los días —la maternidad había convertido a Hillary en una mujer rezongona, odiaba eso, se parecía a su madre y eso para ella era insoportable.

—No digas eso, Hillary, ha sido bueno contigo —Becca lo defendió.

La secretaria bajó la cabeza y aceptó el regaño. Sí, le había subido el sueldo y para Navidad le dio un generoso bono.

Mae ruborizada caminó al lugar donde se encontraba la familia, la recibieron con un beso.

Él detrás de ella y sin que nadie lo notara, pasó una de sus manos desde el cuello recorriendo su espalda hasta la cadera.

—Maldito vestido —le susurró al oído.

Jackie, quien solo los había visto juntos una vez después del anuncio, se sonrojó.

La fiesta empezó, como siempre con el discurso del patriarca y para sorpresa de todos, el Todopoderoso dijo también algunas palabras. Fue como siempre distante y seco, pero al menos lo intentó.

—¡Vaya!, la Navidad no siempre hace milagros —se burló Bianca, después miró a Marilyn y le guiñó un ojo— pero trae consigo cosas lindas.

Mae bajó la cabeza tímidamente, aún no se acostumbraba a la dinámica de aquellas personas.

La música comenzó a sonar y toda aquella gente, en ese momento, dejaron de ser trabajadores de Russell Co. y se transformaron en los amigos que trabajaban desde hacía muchos años juntos.

La familia trataba de bajar de sus tronos de oro para mezclarse con los invitados. Cameron era a quien más querían, simpático y carismático, eliminaba todas las barreras fácilmente. Los demás Russell no lo hacían mal, solo el presidente de la compañía era quien se resistía.

Silencioso, obligó a su secretaria que se quedara a su lado, ninguno de los dos hablaba, no era necesario, mas ella, sofocada por el calor que emanaba de su varonil cuerpo y la respiración sobre su cuello, trataba de no desmayarse.

Mathew se acercó sonriente.

—Mi jefe —y señaló a Ashley— me ordenó que te sacara a bailar ya que el caballero aquí presente es demasiado estirado para divertirse.

—Yo sé divertirme ¿no es así, Baker?

El intenso rubor en la cara de Marilyn no se hizo esperar.

—¡Qué burdo eres, Arden! —arrastró a la chica a la pista— te admiro, Mae, en verdad que sí.

Arden solitario observó a todos, sus ojos oscuros recorrían todo el lugar y siempre llegaban al mismo punto: Mae Baker.

Henry y Bianca se acercaron a él.

—Es hermosa, hermano.

—Lo es.

—Baila con ella.

—Es hora, Arden —Bianca lo enfrentó— ¿no crees?

Una mirada desafiante entre Bianca Allen y su cuñado, una sonrisa cómplice y todo fue dicho. Fue hacia la orquesta y pidió una canción, la primera que había bailado, caminó por la pista y mientras lo hacía, el resto de la familia se reunió en un mismo punto, expectante ante lo que iba a ocurrir.

—Y aquí comienza el show —dijo Henry de manera maliciosa.

—¿Quiere bailar conmigo señorita, Baker?

Mae se paralizó.

Este era el momento.

Su momento.

El de ambos.

Ella lo sabía.

Sonrió y se mordió los labios.

—Por supuesto señor, Russell.

Mathew se fue con la familia, disfrutaba ver como Arden aceptaba los retos y quería comentarlo con su jefa.

Luther Vandross sonaba otra vez. La misma canción de tres años atrás, cuando todo comenzaba y ahora como la última pieza de aquel tremendo rompecabezas de amor y desencuentros finalmente encajó para armar el cuadro perfecto de dos seres que habían sido destinados desde siempre.

—¿Sí, Marilyn Baker?

—Sí, Arden Russell, es nuestro momento.

Arden la tomó de la cintura y empezaron a bailar lentamente, se miraban a los ojos, una lágrima furtiva recorrió el rostro de la chica, en un gesto instintivo, él llevó su mano y se la secó. Las parejas que bailaban cerca dejaron de hacerlo y abandonaron la pista. Sí, todos querían ver como el muy maldito, frío, arrogante y sin corazón de Arden Russell se besaba de manera apasionada con la señorita Marilyn Baker.

¡Diablos! Y pareció que, en Nueva York, ciudad de niebla e indiferente, el tiempo se paralizó.

La mano de Arden recorría su espalda, mientras la besaba, como siempre, ella se perdía en aquellos besos, aunque este era especial, porque era el beso con el que le decían a todo el mundo que aquel hombre al que todos apodaban "La Máquina" tenía alma y que aquella solo le pertenecía a su pequeña y tímida secretaria.

La atmósfera de la fiesta cambió, de alguna manera todos se vieron inmersos en aquella dimensión de intimidad y entrega, y aunque la música siguió sonando, nadie más bailó.

—Todos nos están mirando, baby.

Arden juntó su frente a la de ella, Mae sonreía feliz y algo avergonzada.

—¡Que miren!, me importa un rábano.

Unos pocos compases más y la música terminó. Silencio rotundo. Cuando la pareja todavía no se soltaba del abrazo, un aplauso tronador, junto a los ¡Hurra! de Henry y Matt, los gritos de ¡Viva! dados por Ashley y los silbidos de Bianca, sonaron por todo el enorme edificio de Russell Co.

Mae roja como tomate ocultó su rostro en el pecho de Arden y él, con su apariencia de César Imperator los miró con ojos de águila orgullosa y sorpresivamente, sonrió.

Mae buscó los rostros de sus amigas Stella bebía su vino y cuando se encontró con la mirada de la chica, le giñó un ojo y le tiró un beso, Becca la miró curiosa y con una gran sonrisa, pero Hillary tenía la misma expresión de aquella vez que la vio llegar en su Mustang. Se sintió incómoda, miró a su alrededor y todos ya habían vuelto a la dinámica de la fiesta y nadie más se preocupaba de ella, pero la mirada de Hillary le molestaba, era como el punto negro en una hoja blanca.

Hillary la auscultaba de manera clínica ¿Cómo? ¿Cuándo? ¿Ella? Nunca vio nada, siempre creyó que tenían una relación de trabajo: jefe, secretaria, indiferencia y respeto. Los había visto en tantas reuniones, en tantas conferencias y la relación entre ellos siempre fue de absoluta normalidad. El maldito cliché del jefe con la secretaria.

Marilyn se puso pálida, Arden, quien era experto en entender los juegos crueles de las personas, miró a su alrededor y rápidamente entendió lo que pasaba.

Ahora era Hillary, mañana, cuando la algarabía de la fiesta pasara, más de un empleado pensaría lo mismo. Su corazón rugió de rabia ¡no! ¡Jamás! Tomó la mano de Marilyn y la besó tiernamente, luego la llevó hacia el escenario, donde estaba el micrófono.

Ella no quiso avanzar más y se plantó a la entrada del escenario.

—¿Qué vas a hacer? No tenemos por qué dar explicaciones.

Arden sonrió porque sus palabras le sonaron perfectas, su chica guerrera enfrentándose a la hipocresía le señalaba el camino.

—No tenemos, pero quiero —su voz fue rotunda y fuerte.

Tomó el micrófono, su presencia enorme y la energía de mando que siempre emanaba de él, en ese momento no solo eran más fuertes, sino que también atemorizantes. Sus ojos se veían oscuros y profundos, impulsados por su corazón tormenta, se aprestaba a dar el mejor discurso de su vida. La música se detuvo y el Todopoderoso Russell habló.

—Hace años —le dio una mirada de fuego— ella entró a mi oficina y me sirvió el café más delicioso del maldito mundo —Mae tapó su boca para que su gemido no se escuchara— desde ese día me desafió como si yo fuese un idiota, un día levantó su dedo □hizo el gesto y un murmullo de asombre y risitas se escuchó□ e hizo que yo "La Máquina" —otro murmullo— supiera que no era infalible y me dio un corazón. Me dijo que no era gran cosa y que parte de mi éxito se lo debía a ustedes ¿no es así, amor? —todos estaban a punto de un síncope□. A veces los sueños se cumplen, incluso para alguien quien es considerado un insufrible idiota arrogante —se llevó una de sus manos hacia la corbata, respiró con fuerza, sonrió hacia ella con aquella mueca de *te amo y que el maldito mundo se atreva a contradecirme* y le tendió su mano—. Señoras y señores, Marilyn Baker, mi prometida y futura señora Russell.

Un "Oooh" se extendió en todo el lugar, expresiones de asombro, y el grito y la carcajada de la tímida Becca resonó por todo el salón. La risa era contagiosa, sí, de alguna manera la pequeña señorita Baker, era la única que podía con el Señor Del Hielo, ella lo sabía.

Caminó con timidez hacia su novio ¡Diablos! aligeró el paso hasta que llegó a su lado para enterrarse en su pecho de hierro que la protegía de los lobos.

—¡Gracias, amor! —levantó su rostro y un pañuelo la esperaba para limpiar sus lágrimas. Aquel pequeño pero significativo gesto de parte de la máquina hizo derribar las barreras de prejuicios sobre aquella revelación inesperada. Mae volteó frente a todos y el rubor característico se asomó en su cara, tapó su rostro con las manos y volvió al pecho de Arden. Un aplauso; Cameron Russell, frente a todos, Henry acompañó a su padre y así lo hizo Mathew, aquel aplauso se extendió por todo el salón por varios minutos. Al fin, aquella cosa que manejaba los destinos de casi cincuenta mil empleados en todo el planeta parecía estar, aunque fuese un poco al lado de los demás mortales.

Ashley se apoderó del micrófono.

—Habrá boda ¡sí, señor! parece que el dragón tiene quien lo acompañe en su terrible cueva □todos soltaron la carcajada— ¡música! Que nadie diga que Russell Co. no se divierte.

La orquesta comenzó a sonar y el ambiente festivo volvió a tomar su lugar.

Mae, quien estaba encadenada a las manos de Arden trataba de zafarse e ir hacia sus amigas, mas él no la soltaba.

—¿A dónde vas?

Ella parpadeó como niña pequeña y señaló el lugar donde Becca, Stella y Hillary se encontraban.

—Son mis amigas, Arden.

—No, más tarde, me debes cientos de bailes, nena.

Jackie quien estaba allí, sonrió melancólica. Siempre fue así. Cuando niño peleaba con Henry por su atención y le gritaba *ella es mi mamá* con los juguetes era una pelea constante, su niño era un animal tiernamente egoísta, parece que siempre sería así.

—Vamos hijo, déjala.

Arden volteó hacia su madre y le sonrió cómplice y malvado.

—Solo unos segundos —tomó a Jackie de la cintura— creo que le debo algo a mi madre —la llevó hacia la pista, mientras la mujer sonreía.

—Eres un diablo, hijo —lo abrazó con fuerza— lo que hiciste fue hermoso —dirigió su mirada a la chica que caminaba hasta donde estaban sus amigas— déjala que disfrute de ellas mientras puede —alzó su rostro dulce hacia su enorme muchacho— después, el apellido Russell no lo permitirá.

Ambos callaron, sabían lo que pasaría. Marilyn Baker sería irremediablemente absorbida por la dimensión alienante de aquel apellido y los apartaba a todos de ellos.

—Ella es fuerte.

—Lo sé, además presiento que es lo que ambos quieren.

—Solo ella y yo, nadie más.

Mientras caminaba hacia sus amigas, todos los demás empleados abrieron paso y le sonrieron amables, no hubo abrazos ni felicitaciones y no por falta de afecto, la señorita Baker ahora era la futura señora Russell y no se le podía tratar con tanta familiaridad, ya no era una compañera de trabajo más.

—¡Hola! —se sentó junto a las chicas.

Stella estaba muy alegre, no hablaba, sus ojos claros miraban de forma curiosa y pícara. Becca estaba ansiosa y expectante, pero Hillary no estaba siendo amable.

Al final fue Stella quien rompió el silencio incómodo.

—Thomas estaría feliz por ti, mi cielo —le dio un beso en la mejilla— ¡lo tenías bien guardado! —y bebió otra copa— ¡Oh! ¿y ahora cómo te llamo? ¡Mierda sagrada! Te vas a casar con ese hombre —Stella se puso nerviosa, ya no era la niña que fue a solicitar trabajo de asistente de archivo, era una mujer diferente—. El mundo cambia, ¡oh, sí y de qué manera!

—Yo no, Stella, yo no —puso la cabeza sobre el hombro de la mujer, de pronto lo brazos de Becca la arroparon con fuerza.

—¡Lo sabía! ¡Lo sabía! ☐desamarró el abrazo— en el viaje a Paris no dejaba de hacer preguntas sobre ti, siempre sonreía cuando estabas con él y eso era algo tan extraño, como hablaban, su rabia y tristeza durante esos meses ☐una sonrisa maliciosa— las horas encerradas en su oficina— ¡Mierda, Mae! ¿lo hiciste rogar? ¿No es así, Baker, fea gárgola? ☐las palabras que ambas escucharon años atrás resurgieron en su cabeza— ¡eres mi héroe! —volteó para verlo bailar con su madre— es un señor bastardo afortunado, amiga, algo debe tener para que lo amaras a pesar de lo terrible que es ¡Dios! tenías que ser tú y nadie más, ahora entiendo todo, ¡todo! él siempre te miraba tan extraño, y… y ¡caray! Arden Russell y tú.

Becca lo había aprendido a querer y a respetar, sabía que en ese mundo de control férreo de vez en cuando ese muro de hierro permitía que algo de luz surgiera en él.

—¡Es tremendo, Becca! *y perfecto*

—¡Y te vas a casar con él! —Becca quien era tranquila no se pudo contener y gritó atrapando el sonido con sus manos, pero paró en seco— ¡Oh no! ¿Ya no serás su secretaria? ¿Vas a dejarnos solas con él? ☐se sentó muerta de susto— ¡no!, ¡no!, ¡no! ¿Hillary? —miró desesperada a la mujer quien estaba en total silencio.

—Serán las dos y otra chica, pero ambas están ya preparadas para eso.

Becca tomó una copa de la mesa y la chocó

contra la copa que sostenía Stella y se la tomó al seco.

—No necesito tu caridad, Mae Baker —finalmente Hillary abrió la boca y dejó salir su amargura.

—¡Hillary! —Becca gritó.

La aludida hizo un gesto de desprecio.

—¡Por favor! No actúes como si la gran cosa —se paró furiosa de su asiento, el peso de los kilos que le faltaban para volver a su peso normal le jugaron una mala pasada— ¿Te hizo gracia burlarte de nosotras mientras estabas encerrada con el Todopoderoso en su oficina? ¡Apuesto que mientras nosotras hacíamos todo, tú se lo chupabas!

—¡Hillary! —ahora Becca estaba furiosa.

—¡No soy hipócrita!, ¿cómo crees que consiguió los zapatos, el Mustang, las joyas? ¿Me dirás que con fue trabajo? ¡Nosotras también trabajamos y no tenemos nada de eso! —la música era muy fuerte y las voces de todas las personas que estaban allí confluían en un ruido fuerte, casi metálico— ¡qué no se haga la mosca muerta!

—¡Qué perra gorda más envidiosa! □murmuró por lo bajo una mareadita Stella.

□Siento mucho que pienses eso □le dijo Mae con asombrosa calma.

Una sensación de vómito arremetió el cuerpo de la exreina, ahora madre soltera. Miró a Mae que la observaba con tristeza.

—¡Mierda, Mae Baker! ¿Podrías dejar de ser estúpidamente noble? □salió corriendo como pudo entre la gente.

Mae la siguió y la encontró frente a un ventanal del hall. Ella la vio llegar por el reflejo.

—Soy una maldita perra envidiosa y amargada ¿no es verdad?

—¡Bastante! □Marilyn levantó una ceja y ladeó su cabeza.

La mujer volteó de manera perezosa y sonrió.

—¿Sabes? Solo tú podrías con ese idiota.

☐Pues, me moría de miedo. Más de una vez quise renunciar.

Hillary la miró con cara de duda, trataba de recordar algún momento de debilidad.

☐Chicas como tú logran lo que quieren, él te respetaba, a mí no, yo solo fui la reina de las porristas.

—Ahora te respeta.

☐Sí, ahora que estoy gorda y tengo un hijo ☐Mae trató de replicar, pero ella no la dejó☐. Es un chiste malo, no me hagas caso.

☐Has cambiado mucho, eres una mujer confiable y fundamental en la oficina.

—Yo no quería ofenderte, pero soy una idiota consumada y todavía me cuesta dominar mi carácter ☐dio dos pasos al frente☐ siempre he sido una idiota contigo y sin embargo has sido muy tolerante. Sé que no tendremos la misma amistad que tienes con Rebecca y Stella, pero para mí está bien porque no soy masoquista ☐Marilyn puso cara de no entender☐. Sí, sí, tú eres mi permanente recordatorio de lo que pude haber sido si hubiese hecho las cosas bien. Y no me refiero a quedarme con Arden ☐hizo una mueca chistosa☐ ese intratable hombre desde siempre tuvo dueña y esa eres tú.

—Hillary…

☐Buena suerte, como señora Russell, la vas a necesitar ☐estiró la mano y Mae se la estrechó☐. Ahora me voy, me espera un Uber abajo, tengo niño que ir cuidar.

Y se fue, Mae pensó en seguirla, pero desistió, ¿para qué? si nunca serían amigas.

Antes de que cerrara el ascensor, escuchó la voz de Hillary gritar.

☐¡Mae Baker, gracias por el ascenso!

Mientras tanto en el salón de la fiesta, Arden buscaba a Mae, pero era interrumpido por Stella.

—La primera vez que la vi me dijo que se había leído como un millón de libros □le decía la mujer con voz vinosa□. Thomas Ford la amaba y nosotras también.

—Usted la contrató ¿no es así?

—¡Un millón de libros! Tan pequeña y tenía todos esos libros en la cabeza —Stella se perdía en el recuerdo de la entrevista y no contestaba.

□¡Señora! □Arden insistió.

Sus ojos verdes jade se concentraron en ella, la mujer sintió la energía de esa mirada y empezó a temblar.

—Becca— le habló a la chica que estaba a su lado.

—Señor.

—¿Cree usted que la señora...? —¿cuándo se aprendería los nombres de todos?

—Miller... Stella Miller.

—Sí —dijo de manera seca — ¿podría ser mi secretaria?

La madre de Sean reacciona a la pregunta con una cómica cara de asombro.

—Yo creo que sí, señor —Becca sonrió.

—¿Le interesa? —Stella, tembló ante la pregunta directa.

—Yo... yo...

—Bien, el lunes vaya a verme con su hoja de vida — sin más se fue tras de Mae.

—¿Qué fue eso? ¡Puta madre del cielo! ¿me acaba de ascender?

Becca se carcajeó.

—Pues, sí. Te acaba de premiar, tú le trajiste a su futura esposa.

—¡Mierda! —Stella se sentó atontada, tomó un vaso de agua de la mesa y bebió. Quería estar sobria para celebrar, llamó a su hijo y se auto felicitó por haber contratado a esa tímida chica que, con nombre de artista, llegó a pedir trabajo a "Archivo y Documentación" de Russell Co..

La oficina estaba en penumbras, Mae miraba por el ventanal de presidencia como caía la nieve en la ciudad. Se aprestaba a mirar por el telescopio cuando un rayo de luz iluminó la habitación, giró y vio que Arden desde la puerta la observaba. Sonrió y volvió al telescopio.

—¿Cómo lo haces, amor? Todo esto es abrumador —lo escuchó caminar mas no volteó, solo esperó el abrazo que llego envolvente y férreo. Un beso en su cuello para deslizarse hacia el lóbulo de su oreja y allí con su lengua juguetear de manera húmeda y erótica hasta que finalmente la mordió como un gato tierno.

—No tienes que estar sola aquí y a oscuras.

—Tú lo has estado, solo y a oscuras.

—Pero es que ese soy yo y esos son mis territorios.

Mae se hundió en aquel abrazo, casi lo obligó a que la aprisionara más fuerte.

—Hoy comprobé lo complicado que es ser un Russell, todavía no nos casamos y ya sentí el áurea de aislamiento, solo mis amigas me trataron igual, casi igual, pero mis compañeros de trabajo, esos que estuvieron de tú a tú en la tarea diaria, de inmediato levantaron un muro. Cómo entiendo ahora lo que pasa con Cameron y contigo. Prácticamente aislados, levantaron y sostienen a este monstruo.

Él se apartó, colocándose a su lado.

—Mi padre es el alma, yo solo puse mis músculos y mi voluntad de máquina en esta compañía, cada día me levanto sabiendo que así debe ser, de una manera u otra toda la sangre Russell —desde mi bisabuelo Ernest hasta la mi padre— está en cada piedra y hierro de este monstruo, soy el producto final de cien años de poder.

—Eso suena horrible, cielo. Todos te juzgan terriblemente y yo quiero decirle al mundo que no eres así —Marilyn lo vio sonreír mientras que sus ojos traspasaban la ciudad.

—No quiero eso, nadie necesita saber que amo la música o que leo poesía, ninguno quiere eso de mí, entro aquí en las mañanas y soy el maldito motor que hace que toda esta cosa se mueva, eso es lo que se espera. Mi hermano Henry es la risa, Ashley la calidez, Cameron el alma y yo soy la voluntad.

—Pero eso es terrible —en un segundo se vio atrapada entre los fríos cristales y el enorme cuerpo de Arden que la arrinconaba de forma asfixiante.

—No, no lo es nena —agarró las manos de ella y las puso encima de su cabeza— la única persona a la que quiero mostrar cómo es mi corazón eres tú, no quiero decirle al mundo que soy bueno, porque no lo soy —se acercó a milímetros de su boca y la rozó de manera sensual— dentro de nuestra burbuja solo tú sabrás que tengo alma, el resto del mundo no tiene porqué enterarse y no me importa —con una de sus manos apretó fuertemente sus muñecas, mientras que la otra acariciaba el pecho de pezones erectos de Mae— esta máquina que es Arden Russell tiene un corazón, pero no es el que late dentro de mí, eres tú mi amor, está aquí —y puso su mano en su pecho— cada día vendré a esta empresa y todos correrán asustados porque llegué, todos hablaran de mí y dirán que soy una alimaña ponzoñosa, pero en realidad saben que cuentan con mi capacidad de golpear, dirigir y gobernar, es el maldito poder. Creo que hasta me pondré peor, mi amor —y sus ojos verdes relampaguearon de manera malvada— ¿sabes por qué? Porque a pesar de todo, aunque el mundo me odie, yo sé que en alguna parte mi corazón y mi alma descansan en el hecho de que tú estás a mi lado. Lo que pase aquí, en el afuera, no es nada, no me importa, porque en la noche llegaré a mi casa y seré tan solo un ser humano, pues mi corazón —que eres tú— palpita junto a mí.

Mae gimió levemente ¿cómo era posible que ese hombre tuviese el poder de fuego en sus palabras?

—Solo serás para mí, ángel.

—Así es, hoy le he dicho al mundo que te amo, pero mañana vendré y la maldita empresa temblará y todos preguntaran ¿qué vio esa chica en ese bastardo? Serás una heroína, nadie tiene que saber que yo soy tu puto esclavo.

Ambos carcajearon. Mae mordió sus labios en un gesto sensual e infantil.

—Voy a ser muy cruel contigo, Arden.

—¿Sí? —levantó la ceja y le dio ese gesto arrogante de maldad y suficiencia.

—Te obligaré a que me adores todo el día, dilapidaré tus millones —suspiró en gesto de ensoñación y capricho— te haré que me supliques por una mirada, me portaré como una nena caprichosa y te atormentaré con mis exigencias.

Arden recorrió su cuerpo con el gesto de hambre característico en él.

—No puedo esperar —de manera urgente tomó su cintura y en cinco segundos la llevó hacia su enorme escritorio—, después me darás el maldito premio —abrió sus piernas de manera ruda para instalarse entre ellas.

—¿El cuál es…? —y un jalón brutal en sus pantys que le sugerían la respuesta.

—Tu coño hermoso, húmedo y apretado Marilyn Russell.

Ella chilló de risa.

—¿Tan poco, Arden? No es… ¡ah! —las palabras murieron en su boca, cuando de manera intempestiva el gigante bajó hacia su sexo y enterró su lengua hambrienta y sádica provocándole un espasmo glorioso a través de su columna vertebral.

La humedad de la lengua que serpenteaba en su centro y la labor ágil y perversa de dos de sus dedos en su botón de placer lograron un orgasmo rápido, fulminante y atronador. En la penumbra, la cabeza de cabello rebelde se levantó y con una mirada de cobra letal a punto de matar, le sonrió.

—Mira, hermosa, Russell Co. con sus subsidiarias es una mierda idiota frente a esto —un lengüetazo desde el centro hasta su clítoris— ¡aquí está mi tesoro! —y de nuevo, un sonido de succión erótica que hacía que los músculos de Mae estuvieran a punto de derretirse— ¿Quieres mis millones? ☐se levantó, abrió su bragueta, dejó salir su verga en excitación perpetua, la tomó de las piernas y haló duro hacia él, entonces la penetró sin piedad—. Todos te los doy —y embistió con la fuerza de mil caballos.

—¡Oh! —fue lo único que atinó a decir mientras se sostenía fuertemente de los bordes del escritorio.

Tres años atrás Marilyn había entrado a esa fría, aséptica e inhumana oficina, le había servido café y estableció con ese hombre una lucha entre su rebeldía y el deseo de control. Allí en medio de aquella batalla diaria empezó a comprender cómo vivía aquel ser, cómo era su relación con el todo que lo rodeaba, cómo cada cosa era un signo de la tormenta que rugía en su interior y cómo en las noches, él, solitario, miraba el viejo telescopio. La oficina de presidencia se convirtió en su casa, en su espacio, en un lugar donde parecía protegido del mundo.

En la mañana había redactado su carta de renuncia y sintió pánico, pues al no volver allí sabrían que estaba dando un paso a otra vida, la seguridad de las cuatro paredes se perdía, quedaría sin la intimidad que aquella oficina le había dado. ¡Dios! amaba ese lugar, su primera casa con él, el lugar de sus batallas, el lugar donde ella finalmente supo quién era.

—¡Diablos! —el rugido que anunciaba su orgasmo retumbó en el lugar— ¡sabes apretarme tan bien! □en los últimos segundos todo el instinto animal tomaba su lugar y embistió más fuerte de manera total y sin piedad.

Gritó el nombre de Mae y se derrumbó sobre ella, dando besos por todo su cuello mientras que su pelvis se movía de manera involuntaria bajo la réplica de su clímax. Por un minuto ambos gemían haciendo eco en la boca de cada uno.

—Voy a extrañarte aquí —enterró su rostro en el cuello níveo y delicado de la chica, ella lo abrazó con fuerza.

—Lo sé.

—Todo volverá a ser igual y lo odio.

Mae agarró el cabello que a esas alturas estaba más largo de lo usual y lo jaló tiernamente.

—No, no será igual, yo estaré en casa esperándote.

—¿Mi corazón?

—Tu corazón cariño, aquí —dio una última mirada por aquel lugar— ¡que retumbe el mundo!

Un par de horas y el chofer dejaba a la pareja en la puerta de la cabaña de Catskill, que fue el lugar elegido para pasar la Nochebuena, decorada por Mae con un gran árbol, luces y cuatro medias con los nombres de él, ella, Darcy y Rufus.

Sí, porque las mascotas formaban parte de esta familia ensamblada y que lastimosamente tuvo un mal inicio: días atrás fue la presentación, el enorme y amoroso perrote no pudo contra el petulante gato, apenas lo vio, corrió muerto de miedo tras su amo porque el gato malvado inmediatamente le hizo saber quién mandaba.

—¡Maldito gato! ☐acariciaba a su perro☐. Mae, dile a ese animal del demonio que Rufus no está solo —a Arden no le hacía ninguna gracia.

Ella chilló de risa, la imagen era de lo más cómica, tres machos, dos de ellos enormes y el pequeño diablo peludo se enfrentaba a ellos como león enfurecido.

—¡Darcy! —gritó entre risas.

Arden con cara de piedra soñaba desollar al animal, no solo porque asustaba a su fiel compañero sino porque parecía ser siempre el primero en los afectos de su mujer.

Después del encuentro inicial y una vez establecidas las reglas: el amo era Darcy y Rufus no lo molestaba, la familia se armonizó.

El alma siempre atormentada de Arden también tuvo calma, la cabaña olía y lucía diferente, ya no era el lugar oscuro y tenebroso donde se escondía, ahora estaba lleno de luz y calor. Sin embargo, su melancolía enfermiza era palpable en todo el lugar y ella lo aceptaba "camino entre los dos mundos, nena". Era difícil darle felicidad a alguien quien durante años creyó que no lo merecía, pero ella estaba preparada para hacerlo.

—¿Qué es esto? —preguntó con cara de niña.

—Es tuyo, es tu regalo de Navidad.

Las escrituras de todo el edificio.

—Ángel —arrastró la palabra con dulzura— ¿qué haré con él?

—Para ti, para tu padre, para Diane, Peter, no importa, es tuyo.

Ella lo miró en silencio.

—Gracias, mi cielo —dio una mirada sobre la cantidad de regalos que descansaban por debajo del árbol— soy una chica afortunada, ¡qué cantidad de obsequios!

—Son de todos, hasta uno de mi padre.

En la mañana, en un desayuno familiar había entregado los presentes en casa de sus padres. Por supuesto que fueron extravagantes, aunque algunos de ellos fueron entrañables y llenos de significado, todos supieron que estos tenían la mano pequeña y dulce de su prometida. Jackie recibió un pequeño carrusel mecánico que giraba al compás de una tierna música. Henry, un guante viejo de béisbol de uno de sus ídolos y una colección de estampillas temáticas, difíciles de conseguir para los coleccionistas. Mathew una enorme colección de fotografías originales sobre la guerra civil; Bianca, pequeñas bailarinas de porcelana italiana que ella coleccionaba desde niña; Ashley, una hermosa serigrafía de su pintor favorito, acompañada de un título de propiedad en el que constaba que era la dueña de un local en el Soho donde podría tener su galería de arte. Cameron también recibió el suyo y sonrió al ver que su hijo, aún desde la oscuridad de su rabia, se acordó del viejo juego de ajedrez de cristal que un día en los excesos de cólera rompió contra el piso, era idéntico al anterior.

Ahora le tocó a Mae, los regalos que le dieron eran increíblemente costosos. Todos ellos mostraban como cada uno de los Russell no tenían idea de que era dar un regalo sin que mediara los millones de dólares de los que eran poseedores. Suspiró, no, no tenían por qué hacerlo, vivían entre el lujo y esa era la manera de manifestar su cariño.

"□*Tendrás que aprender a jugar su juego, Mimí*" se lo dijo Peter dos días antes…. "*esa es la dimensión en que la todas viven, pero no por eso dejan de ser personas buenas, cariño. Mírame, tengo un Pollock en mi casa, y Ashley me amenazó con que me dará un Alpha Romeo ¡Dios mío! la princesa Peter tendrá una calabaza de miles de dólares ¿qué mierdas haré con una cosa de esas?*"

—¿Otro regalo, Arden?

Su mirada esmeralda parpadeó de manera inquieta.

La chica abrió el pequeño sobre divertida y curiosa, esperaba como siempre algo exagerado e impresionante. El sobre era de un papel muy costoso, con un membrete que, al verlo, Mae tembló "Oxford University" al ver aquello cerró el sobre y se paró asustada, fue hacia la chimenea.

—No tengas miedo, mi amor, es para ti, te lo mereces.

Marilyn se llevó sus manos al pantalón y mordió su boca como lo hacía cuando era adolescente. Volvió al sobre, mientras que Arden se acercaba con una copa de vino.

Señorita Marilyn Baker Gerard.

En el sobre estaba la dirección de la compañía Russell.

La Universidad de Oxford hace extensiva la invitación para que participe de nuestro Taller Seminario sobre las Mujeres Escritoras del siglo XIX, con énfasis en Jane Austen, Charlotte Brontë y Emily Brontë.

Dicha invitación se realiza por medio de tesis que estudiantes de literatura han realizado a lo largo de todo el planeta. Su tesis "La obsesión y el arte en la obra de Jane Austen, Charlotte y Emily Brontë" fue leída por nuestros especialistas y ésta mereció por parte de ellos un merecido reconocimiento, el cual se evidencia en la presente invitación, por lo tanto, esperamos que participe en nuestro seminario exponiendo su tesis y a la vez confirme su asistencia como estudiante a la conferencia que tres de los más grandes especialistas en estas escritoras van a realizar.

Aguardamos ávidamente su confirmación, para así contar con su presencia en este Taller Seminario.

Atentamente,
Lindon Stransberg
Decano de la Facultad de Literatura.
Oxford University.
Londres. Inglaterra.

Adjunto a la carta estaba cada uno de los nombres participantes. Marilyn los conocía a todos por medio de los libros que leyó a lo largo de sus años como estudiante y como material de apoyo para su tesis.

Levantó su rostro lívido de la emoción y se encontró con los ojos juguetones de su novio enfrente.

—Tu maestro y Peter ayudaron.

—¡Ángel! — un salto hasta él y lo abrazó con emoción— ¡qué malitos son! —besó su pecho— esto no se le hace a una chica sensible como yo.

—Serán dos meses —su voz se endureció gravemente.

La emoción de Mae fue oscurecida por el hecho de que no se veía sola en Londres, no sin él.

—¡No! yo no voy a dejarte Arden, no lo soportaría, no de nuevo ¡dos meses! Si no te veo tres días y enloquezco, ahora dos meses.

—¿Cómo crees que te voy a permitir dos meses sola en Londres? ¡Demonios qué no! esos malditos ingleses y su idiota acento, son peligrosos.

—Dos meses, y empieza a mediados de febrero. No, Arden, escribiré que no puedo participar.

Un puño sobre la mesa y un gruñido por lo bajo.

—Claro que sí ¿entonces dónde estaría la

gracia del regalo, Mae?

—Pero, baby…

Arden la tomó de los hombros y la sentó en la silla junto a la chimenea.

—Iré contigo, mi amor.

—¿Qué? — una sonrisilla tierna y asustada.

—Iré contigo como tu esposo, nena —se agachó frente a ella— nos casamos a finales de enero —lo último lo dijo más como una orden que como una propuesta.

¡Dios!

Mae se llevó las manos a su rostro y ocultó su risa de campanas en ellas.

—¿Finales?

—Así es, Inglaterra, luna de miel —sonrió como un chiquillo caprichoso— les enseñaremos a los civilizados británicos cómo se hace el amor a nuestro particular estilo nena, rompiendo camas y derribando las malditas paredes.

La chica se carcajeó de manera rotunda.

—¡Sí! Y gritando tu nombre mientras me dices sucias palabras.

Los ojos malvados y divertidos se oscurecieron.

—Poesía, Baker, hasta me invitan a dar una conferencia —se acercó en movimiento felino y mordió su labio inferior. Unos minutos antes estaba a punto de ceder los dos meses sin ella. Se jugó el todo por el todo ante la fecha de matrimonio. Si por él hubiese sido ya estaría atado de por vida. Atado, feliz y aislado del maldito mundo.

—¿Y la empresa? —parpadeó y su rostro se tornó serio y preocupado.

—Henry, Mathew, Cameron, es mi luna de miel, y la pienso pasar desnudo contigo el mayor tiempo posible, y cuando vayas a estudiar iré contigo y marcaré mi maldito territorio.

Una sensación de ternura cálida inundó el

corazón de la chica *¿Qué hice bien en mi vida? ¿Qué hice bien?*

—Gracias, mi cielo —se lanzó a su cuello y repartió besos pequeños desde su barbilla hasta sus ojos y boca— eres un sueño, señor Dragón.

—No, tú eres mi sueño —tomó su cabello, enterró sus dedos en él y los deslizó suavemente por la impresionante melena oscura— quiero darte todo, todo, agradecerte por estar aquí y no huir de mí, recompensar el hecho de que me soportas y que me has dado la oportunidad que creí no merecer.

—No digas eso tan horrible.

Una mueca amarga se dibujó en el rostro de rasgos perfectos, la oscuridad venida de nuevo cerró los ojos y trató de espantarla de su lado. Miró la cabaña decorada de hermosa forma.

¡Vamos, idiota! Véncela por hoy... es Navidad, Navidad, aprende a creer, aunque sea un poco.

—Mi regalo, Arden —Mae extendió emocionada un enorme paquete frente a él.

—No tenías por qué hacerlo —¿Para qué regalos? Si el más importante palpitaba junto a él.

—¡Oh cállate, Russell! Es mi hora de regalar —sonrió maliciosa.

El regalo venía envuelto de manera primorosa en un papel brillante de color rojo y en la tarjeta decía:

Para que veas con nuevos ojos todo tu reino Señor de la Torre y te atrevas a mirar las estrellas.

Y allí estaba un enorme telescopio, ultramoderno, elegante y hermoso. Mas la expresión de Arden se tornó dura y dolorosa.

—No entiendo.

—Para que reemplaces el de tu oficina —la chica se asustó.

El hombre se apartó dos pasos de ella.

—Me lo dio mi mamá —y la fragancia de jazmines se concentró en su nariz—. Tara me lo regaló, fue lo único que ella me dio, en el único maldito día en que fue un ser humano, no lo voy a reemplazar.

Mae ahogó un gemido *"camino entre dos mundos"* ¿cómo pudo ser tan tonta? Tara y su fuerza maldita estaba allí y el amor malsano y aterrador de él por ella también. Nunca podría vencerla, pues Arden no deseaba hacerlo, si la dejaba ir perdería algo de sí mismo con ella: la madre muerta, loca y poéticamente maldita a la que él amaba a pesar de todo.

—Lo siento, ángel.

Lo vio mirar hacia un punto en el espacio, un segundo y sonrió.

"Mira bebé, lo compre hace años para ti, Kid, mi precioso niño de ojos dulces, cuando lo veas te acordarás de que tu mami te ama, que a pesar de todo te ama, te ama, te ama"

Los brazos de Mae lo abrazaron por detrás de su espalda. Los músculos de hierro parecían impenetrables.

—Amo tu regalo, no soy un bastardo desagradecido mi amor, pero…

—Lo entiendo, Arden, no te preocupes, lo cambiaré.

—¡No! —él volteó y la enfrentó con rostro duro— es mío, lo pondremos en nuestra casa, allí me enseñaras a mirar de nuevo hacia el cielo, juntos —la alzó con fuerza a centímetros del suelo como una frágil porcelana— juntos.

Mae puso sus piernas alrededor de su cintura.

—Juntos —pegó su pecho al pecho agitado de Arden y enterró su rostro en su cuello.

Silencio.

Compresión de la oscuridad que siempre amenazaba.

Mae alzó sus ojos por encima del hombro de Arden y por un momento pudo jurar que percibió el olor dulzón de un extraño perfume.

—Somos una familia, Arden, en febrero será oficial.

El pecho rugiente de Arden esperaba y ansiaba ese momento.

Al la mañana siguiente toda la ciudad despertaba con la sorpresiva noticia de que el hombre intocable e inconquistable había anunciado el compromiso con su secretaria, los fotógrafos de Nueva York se desataron y en verdaderas hordas los acosaron. El día siguiente a Navidad, ella se refugió en su apartamento, no tenía ganas de jugar a la superestrella, mientras que Arden adoptó una cara de destripador queriendo matar a quien se le acercara y sin temor a ser tachado de tirano asqueroso se paró en frente de los fotógrafos y con voz rugiente dijo:

—¿Quién quiere una puta demanda?

—Estamos en un país libre, señor Russell —se escuchó un gritó detrás de las cámaras.

—¿A sí? ☐quería apercollar al idiota, pero escuchó la voz de Henry *no queremos un show sobre esto* sin embargo con el gesto duro y a ceja levantada habló de nuevo fuerte y claro☐ vuelvo y repito ¿Quién quiere una demanda? —todos se estremecieron, sabían muy bien que podían tomarle todas las fotos que quisieran, pero de alguna manera todos aterrados frente a los millones y a los abogados que los joderían de por vida, los paparazis tomaron la decisión de hacer fotos de la pareja del momento desde lejos.

¿Cómo?

¿Cuándo?

¿Por qué?

De pronto Marilyn Baker era el blanco de

todos los chismosos, de las revistas estúpidas que se vendían en los supermercados y era el motivo de envidia o suspicacia de aquellos que conocían e idealizaban la familia Russell.

Una foto pequeña tomada un día en una reunión de gerencia la mostraba detrás de Arden, con la cabeza baja, huyendo de cualquier atención, siempre como la sombra tras el gigante. De alguna manera las mujeres que leían aquella nota o estaban pendientes de la noticia, sonrieron. Todas ellas hermanastras vieron cómo alguien supuestamente insignificante era capaz de tener el corazón de aquel hombre mítico que gobernaba desde lo alto. Toda la ciudad en su ir y venir veía la enorme torre de cristal. Las mujeres sabían que allá arriba existía esa cosa hermosa y todas en algún momento suspiraron por él y de pronto aquella bomba.

Mae era la venganza de todas aquellas mujeres que siempre se vieron oscurecidas por la imagen rubia, delgada y perfecta de lo que Norte América sobre valoraba: la belleza perfecta de mujeres de portada, mujeres que parecían no respirar, no comer, y solo vivían de su apariencia física.

Leyendo las notas o viendo la televisión matutina, la ciudad se preguntó por ella, y se preguntó cómo Arden Russell fue capaz de enamorarse de alguien como Mae Baker.

Catanzzaro se revolcaba de rabia en su oficina. Hacía una semana estaba preparado para atacar a la chica, quería hundirla en la vulgaridad y en el escándalo ¡Maldita sea! Arden Russell no se casaba, y menos con alguien como ese ratoncillo tímido y tembloroso. Era algo con lo que no contaba, no contaba con tal ridiculez, según él de una historia de amor entre jefe y secretaría, era el mayor de los clichés, esperaba el desenlace final del aburrimiento por parte de su enemigo y de una pobre chica despechada capaz de vender su historia a todo el mundo.

Sobre su escritorio había miles de fotos de ambos ¿ahora? ¿Cómo enlodar a la futura señora Russell?

—¡Maldita sea!

Iago lo observaba caminar ansioso de un lado a otro.

—Una cosa era ser la amante oculta, otra es ser la prometida, son cosas muy diferentes.

Los ojos de animal carroñero se clavaron en su asistente y esbirro personal.

—¡Estúpido niño rico! Cada vez que deseo joderle la vida él siempre se me adelanta ¿Quién iba a pensar que se casaría con esa cosilla? Todas estas malditas fotos son una mierda frente a eso— tomó una de las instantáneas que mostraban a la chica saliendo del pent-house— ¿Quién es esta chica? ¿De dónde viene? —hizo una mueca macabra— Marilyn Baker ¿Quién demonios eres?

Iago, un hombre venido de las calles creía que su jefe estaba por perder todo si no calmaba su furia, más de una vez intentó que dejara a esa gente en paz, pero no, el viejo y su odio casi genético eran incontrolables.

— ¿No cree señor que es suficiente?

Dos pasos hacia él, Guido delgado casi cadavérico lo enfrentó con sus ojos oscuros.

—¡No! ¿Averiguaste algo sobre su madre?

—Solo espero unas confirmaciones, señor, pero —se retiró por unos minutos y volvió con papeles y viejos videos, Guido esperaba impaciente, no despegaba los ojos de las fotos, hervía de rabia—, tengo esto que es muy raro, por no decir que imposible.

☐A ver, genio ¡deslúmbrame! ☐se burló el viejo.

Iago no hizo caso de la mofa y puso una foto del registro de nacimiento de Arden y otra de una nota de una revista de Esgrima de hace muchos años.

▢Mire, fíjese en las fechas.

El viejo sacó una lupa del cajón de su escritorio y miró detenidamente.

▢¡Eureka! ▢dejó la lupa sobre la mesa y aplaudió▢ ¡Qué hace una mujer recibiendo una medalla el día que debería estar pariendo en un hospital!, pariendo!

—¡Ja! —en la cabeza del viejo Guido surgían millones de preguntas▢ ¿Tienes algo más?

▢Sí, espero noticias sobre la señora. Para confirmar una pista muy importante ▢le mostró una tercera foto que el viejo ignoró.

▢Me alegro comprobar que no eres tan idiota, hoy me has hecho feliz ¡Tráeme un latte!

El custodio, secretario personal, camarero e investigador que era Iago, no se molestó por el pedido sino porque difícilmente el viejo hacía caso de sus sugerencias.

Puso la taza humeante frente a él e insistió con la foto.

—Quizás no ha visto bien, señor —y de las sombras de una vieja foto salió ella—. Esta mujer —una foto de la impresionante Tara Spencer, luciendo un vestido blanco y detrás de ella un muy joven Cameron.

—¿Qué te pasa con esa foto? ¡No seas idiota! Me la sé de memoria, ¿para qué querré verla de nuevo? ▢tomó un sorbo de la taza, hizo una mueca, abrió una cajita que tenía sobre el escritorio, tomo un saquito de azúcar y lo vació entero en el líquido caliente▢ ¡revuélvelo!

Mientras Iago revolvía el café con leche, el anciano, retomó la foto.

▢Fíjese en la dama de blanco, ¿no le recuerda a alguien?

El viejo Catanzzaro tomó su lupa y la acercó a la foto y observó su cara, un extraño escalofrío lo recorrió, él conocía esa mirada: ojos amenazadores, de burla y arrogantes. Eran los ojos del maldito que odiaba.

Se levantó como llevado por un resorte.

—¿Quién es?

—No lo sé señor, estoy averiguándolo, no hay nada sobre ella en ninguna parte.

—¿Dónde fue tomada la maldita foto?

—En Julliard, en el conservatorio □Iago le mostró que en el respaldo de la foto había un timbre con el nombre de la prestigiosa escuela de música.

El viejo cadáver aspiró con profundidad, era como una vieja hiena oliendo la putrefacción. No podía creer que todo eso estaba a la vista de sus ojos y que la rabia no lo había dejado ver

—¡Vaya, vaya!, ahora sí, claro que sí: algo se pudre en Dinamarca. Ve a Julliard, investiga quién es la dama, consigue la lista de sus compañeros de cursos, averigua dónde están ahora y los entrevistaremos, diremos que es para un reportaje, "Una generación de Julliard, qué fue de ellos" □la mente panfletaria y amarillista del hombre trabajaba a mil para conseguir la información de la dama de blanco que acompañaba a Cameron en esa añosa foto.

□Muy bien, señor.

□Antes de que te vayas, dile a Jefferson Blackwell que venga.

Apenas entró el editor en jefe de su revista, comenzó a gritarle:

—¡Quiero una edición especial sobre el compromiso de Russell, enfocado en la novia! Esa mujer se las da gran dama así que búscale todas sus faltas, multas de tránsito, deudas, dinero en el banco. Esa mujer debe saber que un desaire a Guido Catanzzaro se paga caro.

—No menos de quince días. La chica es una desconocida y hay que hacerle la historia.

—No, no me sirve. Entonces, que sean cuatro páginas todos los días, hasta el día de la boda. Quiero amargarles los preparativos de su gran evento. Digan cualquier cosa, siempre en potencial y muchas fotos ☐el hombre estaba en éxtasis☐. Quiero ver la cara del maldito cuando lea sobre su novia y las fotos que tengo.

Marilyn Baker,
y ese fiero estigma de la cenicienta.

Hoy el reino de Russell Co. se estremece frente a la noticia que su príncipe heredero se casará con su muy elusiva y misteriosa secretaria. Todo Nueva York suspira y aquellas que aún soñaban con que algún día Arden Russell misterioso rey corporativo bajara de su trono de hielo para buscar consorte en un baile de cristal, lloran convulsas, pues parece que el corazón del que ha sido llamado "la máquina" tiene dueña. ¿Quién es Marilyn Baker? Ella que osó robarse el sueño de todas las damitas de alta clase social que integran el muy ridículo circo de la muy intocable y elitista sociedad de Nueva York...

El artículo era despiadado, terminaba diciendo que "que el arribismo y la ambición nunca fueron característica de la Cenicienta de Perrault, cosa que no estaríamos en condiciones de decir de la señorita Marilyn Baker, prometida del Todopoderoso Arden Russell." E iba acompañado de decenas de imágenes de Marilyn saliendo de tiendas exclusivas cargada de bolsas, en su Mustang, con vestidos de gala, haciendo parecer que esos momentos puntuales, eran lo cotidiano en la vida de ella.

Abrió la puerta con aspecto de león en cacería. Todo el lugar pareció retumbar.

—¡No leas esa mierda! ☐agarró la revista y la rasgó en cientos de pedazos.

Mae lo miró con ojos tiernos.

—Sabíamos que sería así, cariño.

—Con un demonio, mi amor, ellos no

saben nada.

Ella con pequeños pasos llegó y lo abrazó en la cintura.

—Por eso no me preocupo —besó su pecho agitado— nadie sabe nada, déjalos que hablen todo lo que quieran que hablar, después se cansarán.

Pero él no podía calmarse, desde la mañana había presionado a Henry para que pusiera a todos sobre aviso.

"—Quiero matar al hijo de puta."

"—No puedes hermano, es algo que se tenía previsto, eres una figura pública, y nada de lo que dice el artículo atenta contra ti o contra Marilyn, por favor espera un poco, Mathew e Ian están sobre las pistas, Taylor Coleman fue llevado hace una semana a otro reclusorio, está muy asustado, solo es presionarlo un poco y abrirá la boca."

Durante una hora Henry como buen abogado trató de calmar a su hermano, ambos sabían que no podían hacer nada frente a la noticia que se extendía como un tsunami por todo el país.

Arden gruñía por el teléfono, ni él ni Mae tenían que ser parte de todo el espectáculo mediático al que la prensa los enfrentaba y exigía no aparecer más.

Maldita primera enmienda ese era el pensar de Arden, quien deseaba volver a las épocas de la decapitación y hacer de la cabeza del viejo cadáver un recordatorio de que nadie tenía porque hacer de su vida privada un show.

Faltaban dos días para el Año Nuevo y Marilyn, aunque estaba atareada pensando en lo que se le venía encima, por primera vez en cuatro años se vio en su apartamento asustada frente al hecho de que no tenía trabajo.

Hacía varios días dos cartas de editoriales rechazaban su libro, con Darcy en sus brazos y mirando la calle desde su nuevo balcón, lloraba en silencio, para no poner sobre aviso al dragón enojado quien esperaba con impaciencia la noticia de que alguien publicaría su libro. El rechazo a algo hecho con tanto esfuerzo la tenía devastada, se enfrentó a la incertidumbre de que quizás los halagos hechos por Arden, Peter y su padre fueron productos del amor incondicional hacia ella y no por la verdad de un real talento.

Peter, quien valientemente emergió de su melancolía, la acompañaba y la hacía reír, de esa manera también se ayudaba a él mismo, no tenía tiempo libre para pensar en Carlo.

Arden también preocupado por su amigo, intentaba ayudar.

—Cuando quieras, Peter, voy al maldito restaurante y lo destruyo.

El chico delgado sonrió.

—No te preocupes, has hecho de mí una doncella redimida, me puedo ufanar de eso, amigo, mi princesa interior te lo agradece.

Con una sonrisa amistosa, Arden aceptó las gracias y chocó su vaso de cerveza con el del chico.

□Me estoy perdiendo de algo, parece □Mae llegaba de la cocina con un arroz a la valenciana que dos días antes Rosario le había enseñado a preparar.

□Nada, temas de hombres □dijo Peter, con voz profunda, cosa que hizo reír nuevamente a Arden.

A la hora de la sobremesa Mae ofreció café o coñac.

□Cognac □Peter pronunció con acento francés.

□¿Y, tú, mi cielo? □reforzó la pregunta a Arden con un beso tierno.

□Café □respondió y con descaro, simuló que le mordía el trasero.

□Ustedes dan asco, se los digo sin ánimo

de crítica, pero es que exudan sexo □les soltó Peter con un tono de amargura.

□¿Tú crees? □Arden lo miró por lo bajo, con una ceja levantada.

□¡Qué se yo! □se encogió de hombros se tomó al seco el coñac y se sirvió otra copa□. Más bien creo que soy yo quien se muere de a poquito □suspiró con desgano□. Creo que me estoy secando.

Marilyn negó con la cabeza, le quitó la copa y lo tomó de la mano.

□¿No hay posibilidad de recomponer la relación con Carlo?

□¡No!, imposible. Técnicamente, yo lo hice gay, lo enamoré y lo obligué a aceptarse, pero no pudo. Él ama la claustrofobia, le gusta vivir dentro de un closet □sonrió desganado.

□Di Pietro no te merece, el hombre que te ame debe estar orgulloso de compartir la vida contigo □sentenció Arden.

□¿Escuchaste eso, Mimí? Tu hombre me acaba de decir un piropo □dramáticamente se quitó una lagrimita solitaria que rodaba por su mejilla□, ¡Cuídalo bien! o si no me lo rapto □sonrió, volviendo a su estado alegre.

□Lo siento, amiga, pero por más que te ame, jamás te lo dejaría □y de un impulso, la que fue una tímida secretaria, se inclinó y besó la boca de Arden Russell.

Peter se puso de pie, tomó su gran abrigo de piel sintética y su bolso.

□Al buen entendedor, pocos besos... me voy para que ustedes hagan lo que tienen muchas ganas de hacer □tomó a Darcy que dormía plácidamente y lo cargó□. ¡Vamos, gatito! Dejemos solos a estos dos inmorales.

Al día siguiente Peter Sullivan gritaba en su apartamento y llamó a Marilyn.

—¡Nuestro hombre es un maldito animal

divino amiga! ¡Qué fuego! Acaba de regalarme un viaje a España, caray, Mimí ¿cómo diablos haces? ¡España! ¿Tú qué crees? De pronto este chico flacucho aprende el lenguaje del amor en esas tierras.

Por más de una hora Peter bromeó con Mae, quien sabía muy bien que eso no pasaría, su amigo era demasiado romántico para amores de soledad y despecho.

La mañana del Año Nuevo, Marilyn llamó a su padre, Stuart le contestó con su voz tierna y calmada. No preguntó por Arden, no preguntó por las noticias que salían todos los días en el diario. Su conversación fue entrañable, pero llena de pequeñas omisiones.

—Te mandé tu regalo hija, no es algo costoso —la última palabra lo dijo con un dejo de melancolía, si, quizás los regalos del viejo juez de mil quinientos dólares a la semana no podían competir con las del señor multimillonario— ojalá te guste.

Mae emitió un pequeño hipo de culpa.

—Ya llegó y es hermoso. Los míos los llevo personalmente.

—¿Vendrás en Enero?

□¡Por supuesto! ¿ya pediste vacaciones?

—Sí, solo falta que tú vengas. Será nuestra última vez juntos, hija, después no estaré en tu vida.

—¡No digas eso, papá!, no me voy a ir, solo me voy a casar. Siempre tendré tiempo para ti, ¿con quién si no es conmigo irías a pescar? Estás exagerando. Siempre seremos tú y yo, juntos.

Stuart tras el teléfono calló para después cambiar de tema.

—Tu libro es hermoso.

¿Para qué editores? Stuart Baker, uno de los hombres más inteligentes y cultos que ella había conocido, decía que su libro era hermoso.

—¿Tú crees?

—Tu madre está allí... yo estoy allí, gracias, hija.

—¿Gracias por qué Pa?

—Le diste a este viejo el final que hubiese deseado con Aimée, al final Sara, la mujer de tu libro regresa donde aquel hombre.

—Jason.

—Sí, él, soy yo ¿no es así, hija?

Si, solo su padre entendería aquello, Sara y Jason, Aimée y Stuart. Ella, como una carta de amor a su padre, escribió aquel final feliz, el final de los hombres tranquilos, héroes de la cotidianidad y de la quietud.

—Sí, eres tú.

—Lo sabía cariño, mi pequeña Motita conoce a su padre.

—Eres mi héroe, Stuart.

—¿Lo soy? ¿No tengo que ser un multimillonario dueño del mundo?

El corazón de Mae se empequeñeció, su madre Aimée le había quitado a Stuart algo de la dignidad de hombre y era ella la llamada a devolvérsela.

—Nop, solo tienes que ser mi papá, aquel que se quedó conmigo y me dio el mejor hogar del mundo —Mae lo escuchó suspirar.

—Feliz Año Nuevo, hija.

—Feliz Año Nuevo, papi, nos veremos en dos semanas.

Malditos días extensos.

Y el Año Nuevo llegó, Mae con sus puños alzados metafóricamente hizo que aquella última semana del año fuese para Arden un cúmulo de hermosos recuerdos, pequeñas gotillas de luz, para que cuando el monstruo resurgiera, solo cerrase sus ojos y viera que a pesar de todo estaba ella siendo el puerto donde estaba seguro.

—¡No! ¡No! ¡No!

Mae oyó la orden temible y se enfrentó a su Dragón con fuerza. Por un momento pensó que la voz se había escuchado por toda la ciudad y que ésta tembló al sentirla.

Tranquilamente Mae informó, no pidió permiso, que iría a Aberdeen a ver a su padre. Al escuchar el tono contestatario de su mujer, él como niño caprichoso, golpeó a puño cerrado la mesa de la cocina, mas ella ni pestañeó.

☐¿Por qué demonios no puede venir él? Tu padre fue el que se negó al hecho de que ibas a ser mi esposa.

Con rostro paciente ella contestó:

☐No te estoy pidiendo permiso, Stuart es mi padre, él merece respeto, necesito ir, necesito hacer las paces con él, quiero que cuando me lleve al altar esté orgulloso de mí, necesito verlo, necesito ir a mi casa, pasar una semana con él, ¡ser hija!

☐¡No!

Ella en esa ciudad, con su padre como fuerza que se le contraponía, con aquel mundo de cosas que él no entendía, con el fantasma de una adolescencia que desconocía y con una sombra que él odiaba. Mae intuyó todo aquello y haciendo una jugada maestra y con voz dulce dijo:

☐Vamos juntos, tú y yo.

Los ojos verdes no me retes Marilyn Baker porque me voy a tu ciudad y la pervierto relampaguearon.

☐¡Vamos juntos!

Mae sonrió ¡Diablos! Él en esa ciudad, sería impresionante, Arden Russell y toda la guardia pretoriana frente a su casa.

Ni por un segundo pensó en Richard, en su memoria la imagen del chico rubio se había ido para siempre, era el personaje secundario de una novela en la cual aparecía en capítulos iniciales y con el devenir de la historia dejó de figurar ¿En qué momento de la vida su primer amor dejó de ser aquel personaje que se suponía había marcado su existencia? La respuesta vino rápida y sin titubeos: desde el momento en que ella creció y maduró. Richard Morris nunca fue aquello que ella idealizó, más bien fue un pobre personaje al que en sus sueños de niña libros había vestido de oropel y purpurina, pero que jamás tuvo la importancia que en su adolescente le había dado. Ahora, amparada en la confianza que tenía en sí misma, no sentía miedo, Richard Morris existía solo en unos lejanos recuerdos y poco o nada le importaba saber de él.

Sus preocupaciones eran otras, tenía una boda soñada que preparar y un reencuentro con el padre que disfrutar.

Un dragón doliente
Capítulo 4

La boca le sabía a hierro, se miró al espejo y observó como su cabello rubio estaba enmarañado y reseco. Llevó sus manos al pecho y toco los huesos que se le adivinaban bajo la piel. Dos días en aquel hotelucho de muerte hundiéndose con él en los sopores de la droga la habían llevado a un punto de su vida en que ya no sabía si era de día o de noche. Los días eran, para ella y él, un fluir de cosas superfluas y amargas.

Salió del baño y lo vio dormido. Se acercó a él y con un gesto que pretendió ser tierno le apartó un mechón de cabello rubio que estorbaba en su cara, se veía tan tranquilo y feliz hasta que de manera violenta le apartó la mano, murmuró un insulto y continuó durmiendo.

Se sentó en el borde de la cama, parpadeó varias veces, sin dejar de mirarlo. Se consumía y ella se consumía con él, parecían dos gatos callejeros, sobre todo él quien día a día se perdía más. Del chico rubio y hermoso de hace años quedaba poco o nada, solo sus ojos azules que siempre estaban ansiosos y expectantes frente a algo.

Ella renunció a todo y nunca miró atrás, no se había parado a reflexionar el por qué estaba con él, para ella eso ni siquiera se pensaba, así era y así debía ser.

Tenía hambre, caminó hacia los vaqueros rogando por que hubiese un dólar para poder comprar un desayuno decente.

No trabajaban, solo esperaban que el viejo depositara dinero en la cuenta de banco y así vivían, el único requisito era que no se acercaran a Aberdeen.

—¡Sí! —dijo en un susurro, cien dólares, con ellos podría tener un buen desayuno.

Eso era el concepto de triunfo que tenía: lograr sobrevivir con él cada día.

Se vistió con unos vaqueros raídos, una

vieja camiseta y salió de la habitación. Caminó lentamente por el sucio hotel sin atreverse a soñar con un lugar mejor o tal vez, con un hogar. Llevaba varios días sin comer ¿cuántos? no se acordaba, esa era su vida ahora.

La decoración de la cafetería la sorprendió, poco a poco el registro del tiempo se iba perdiendo, el continuo ir y venir de los días, de las semanas y de los meses hundida en el vicio hicieron que perdiera todo contacto con el entorno, ni siquiera se había dado cuenta que estaban en Navidad.

La camarera la observó con desconfianza y ella resintió la mirada. Sabía que se veía terrible, que tenía la imagen de drogadicta desesperada en los límites de la inanición y supuso que asustaba.

Pidió huevos revueltos con tocino, tostadas con mermelada, café y jugo de naranja, para llevar. La chica dudó en tomar la orden.

—Voy a pagar, ¿ok? —sacó el billete y lo mostró, sin poder ocultar su fastidio porque dudaban de su capacidad de pago.

Se sentó en una de las mesas que estaban en el rincón y esperó. Frente a ella había una chica que leía con suma concentración una revista. En su interno, se ufanó de que jamás en la vida gastó dinero en esas porquerías que decían chismes tras chismes de gente que no conocía. Fijó la vista en la vistosa portada llena de colores y un nombre saltó de ahí y le gritó tan fuerte que se le quitó el hambre: Marilyn Baker.

El corazón empezó a palpitarle más rápido, la imagen de la niña pequeña y delgada, con dos libros en su brazo y sonriendo tímidamente la marearon ¡Ella! Parpadeó de manera profusa haciendo muecas de fastidio con su nariz...

"□¿Por qué no follas con él? Deberías hacerlo, una chica como tú ya debería quitarse ese estúpido problema de encima."

"□No estoy preparada."

"□¡Qué tontera, amiga!, ninguna chica lo está, solo abre las piernas y deja que haga lo que tiene que hacer, después te gustará."

La camarera puso sobre la mesa la bolsa del desayuno para llevar, sin embargo, la rubia estaba en otro tiempo y lugar, un tiempo donde Marilyn Baker representó al enemigo. La chica popular y linda de Aberdeen, la gran estudiante, la que tenía gran prospecto, ella, aún, a pesar de estar lejos, era el enemigo. La sombra que se interponía entre ella y Richard Morris. La supuesta novia a la que él tanto esperaba.

Tomó la bolsa de la comida, pasó por el lado de la joven que leía y de forma rápida y violenta, le arrancó la revista.

—¡Hey!

Pero los uno ochenta de la rubia y su mirada peligrosa le dijeron a la mujer que no se atreviera ni a chistar.

Desesperada buscó el artículo y en medio de la calle chilló de júbilo. Durante años su gran terror era que la mosquita muerta volviera y se quedara con Rocco o que los denunciara. Leyó el informe que contaba sobre su compromiso con un hombre de Nueva York. La foto de Arden vestido de oscuro mirando con indiferencia la cámara le llamó la atención, pero él no era lo que a ella le interesaba, era Mae a la que Summer veía. Se fijó bien, ya no era ni la sombra de aquella adolescente flacucha y plana de hacía años atrás, la Mae que en la foto se mostraba era una mujer hermosa vestida impecablemente y lucía perfecta.

Se miró en los reflejos de los vidrios de la cafetería y como siempre que Marilyn Baker aparecía, ella sentía la envidia y la impotencia de saber que no era nada frente a ella.

—¡Vaya! ¿Con que sí? No eras la mosca muerta que todos creíamos —lo decía en voz alta tratando de convencerse de que frente a la hija del juez ella siempre era mejor.

Summer...

La más bonita de la escuela.

La que siempre llamaba la atención con su cabello rubio platino.

La que no tenía escrúpulos estúpidos para acostarse con Richard.

La que aceptó sus vicios.

La que lo amaba desde niña.

Ella que nunca dudó un segundo en ser su amante a la edad de catorce años y que tuvo que tragarse la rabia cuando la chica de pelo oscuro y pequeña interrumpió aquella relación malsana que tenía con Richard desde hacía varios años. ¡La muy inocentona chiquilla! ¿Cómo se atrevió a hacerle creer a él que podía ser mejor? ¡Ella! La que le hizo pensar que no era importante.

Durante un año esperó como alimaña entre la sombra que Richard se cansara de esa insulsa, como eso no pasó, se hizo su amiga para dársela de regalo. Sin remilgos, la animó a que fuera novia del muchacho, estaba más que segura que finalmente la muy tonta no sería nada.

Pero se equivocó, pues cada día Rocco se veía más enamorado. Con lo único que ella contaba era que al final el secreto de su amante saliera a la luz, sí, ese era su as bajo la manga: Richard era mediocre con ínfulas de rebelde sin causa y Marilyn, que era más fuerte e inteligente, luego se daría cuenta de que el "Príncipe Rocco" era un fraude.

Su plan maestro falló, no por la falta de inteligencia de la chica, sino porque Richard se obsesionó y murió de amor. Entonces quiso destruirla, hundirla para que dejara de idealizarla como la virgen buena o, más bien, como el ángel redentor en su vida, pero no fue posible. Ella huyó y en vez de terminar, todo quedó inconcluso, pues al irse la obsesión que Richard sentía por Mae fue la única razón por la que vivió.

Corrió hasta uno de los contenedores de basura, rompió la revista en miles de pedazos. No podía permitir que él lo supiera, no podía ¿Qué haría? ¡Mierda! ¿Qué haría?

Dante, recostado en su auto lo esperó en el estacionamiento del edificio. Arden lo vio desde lejos y simplemente pasó de largo hacia su auto.

—Finalmente te llevas a la chica —su voz era tranquila.

—Evítame tu mierda —le gruñó.

Abrió la puerta del auto, pero la mano morena la cerró de manera intempestiva. Arden se paró frente a él, empuñando sus manos *cualquier maldita palabra y te destruyo la puta cara.*

—Te conozco —sonrió— y no vine a pelear —Arden percibió el olor a alcohol y a cigarrillo que su antiguo amigo despedía— me cansé de hacerlo, me cansé de odiarte, ¡me agotas!. Tampoco vine a felicitarte por tu matrimonio, pero no te deseo ningún mal □lo apuntó con un dedo□ lo hago por Marilyn, no se merece sufrir.

Arden levantó una ceja y lo miró con desconfianza, pero nada le dijo, de nuevo intentó abrir el auto, pero la pierna de Dante lo evitó otra vez.

—¿Quieres que te pida perdón? □preguntó Emerick con algo de cinismo.

El rostro de Arden cambió con un gesto de furia reconcentrada.

—Nada quiero de ti, el maldito perdón no existe entre ambos.

—Pero yo te lo pido: ¡Perdón, Arden! —aún estaba ebrio, durante toda la noche bebió solo en su oficina de la editorial mientras miraba las fotos de Chanice—. El odio, la culpa y el despecho me carcomen ¿cómo me convertí en esta mierda?

¿En qué punto perdimos el alma, hermano?

—No quiero hablar de eso, Dante, vete a tu casa.

—¡No! si no lo digo ahora no lo diré jamás —se acercó—. Acepto la muerte de Faith porque no me importó que Chanice se drogara durante todo el embarazo, acepto que fui un idiota contigo porque tenía celos que más parecían envidia, acepto que te dejé solo en medio de la tormenta porque llegué al punto que solo quería que desaparecieras □extendió las manos con las palmas hacia arriba□ ¿es eso lo que querías? ¡Ahí lo tienes, amigo!, lo digo con el corazón —se dio golpecitos de puño en el pecho.

Un incómodo silencio se extendió entre los dos.

—Han pasado años —lo miró a los ojos, las aletas de su nariz se dilataban.

—Sí, pero ambos estamos condenados, tú con tus fantasmas y yo con los míos.

—¿Qué demonios quieres? ¿Quieres que yo te pida perdón?

Un gesto de burla dramática se dibujó en el rostro de Dante.

—¿Por qué no?

—No es a ti a quien debo hacerlo.

—Claro que sí ¡demonios! ¡Por Chanice!

—Lo de Chanice fue su decisión ¡basta ya de revolver las malditas aguas entre tú y yo!

—Todos te justifican ¡todos! El príncipe trágico, melancólico y violento que arrastra consigo la tormenta y todos te aman por eso, yo he aceptado que soy un idiota, Arden, acepta que pudiste hacer algo, que tuviste la jodida oportunidad, pero en ese estúpido afán de castigarla, no quisiste. Hubiese sido tan fácil salvarla, ¡salvarlas!, tenías el poder, si tan solo le hubieses respondido esa llamada. Ahora, años después, siento que no me importaría si ella hubiese elegido estar contigo, pero viva.

—¡No me jodas más! ¿para qué pides perdón si siempre vuelves con lo mismo?

—Viva y feliz, la pobre muchacha se lo merecía □lo recorrió con una mirada triste□. Arden, deja de tener el espíritu de Tara en tu alma. Cuando lo elimines, finalmente le ganarás a tu madre.

El presidente de Russell Co. se alejó tres pasos y apoyó sus manos sobre el maletero del auto.

—No soy tan fuerte, Dante, conociste a mi madre, no soy tan malditamente fuerte.

—Sí lo eres, lo eres ahora que estás con Mae □con una mano le tocó el hombro y después, con las dos, se toca su propio pecho□ ¡Mírame! ponte en mi lugar un maldito segundo y ve hacia atrás: yo, en la morgue reconociendo el cadáver de Chanice muerta en una carretera, ¿cómo te sentirías tú si ante ti está el cuerpo inerte de la persona que por sobre todo amas? Dime ¿el dolor no sería demasiado insoportable?

Su cuerpo dio la respuesta, lo invadió un dolor quemante y desgarrador. Alzó la mirada y observó a quien fue su único amigo, lo vio medio borracho, amargado y con una soledad que le hizo recordar la suya antes de Marilyn ¿en qué maldito punto él, Arden Russell, tuvo oportunidad y Dante Emerick no? Irguió su enorme y delgado cuerpo, se paró frente a Dante y su gesto duro de piedra mármol tomo su lugar.

Compasión, jamás la había tenido, Tara no lo hubiera permitido, pero lo intentó. Con un gesto llamó a Elgar.

—Vete a casa, mi custodio te llevará, estás ebrio y así no puedes conducir □abrió la puerta de su auto y se alejó de allí como alma que lleva el diablo, corría hasta Marilyn, hacia su cuerpo y en ella ocultar la maldita vergüenza que en ese momento sentía.

Faltaba un día para fin de año y Mae, guerrera hasta el final, decidió burlar la guardia fotográfica y salió. Quería recorrer Manhattan, Nueva York era una ciudad para caminar y no tenía certeza si después de casada podría hacerlo.

Tenía su propio dinero en el banco, la liquidación que recibió al terminar su trabajo en Russell Co. fue cuantiosa y aunque le pareció exagerada, no le reclamó a su exjefe, ella había puesto su alma en aquel monstruo de cristal, y definitivamente se merecía cada dólar.

Con esa convicción, entró a la "Barnes and Noble", su librería favorita que estaba entre la 82 y Broadway, en ese lugar era como una niña en chocolatería. Cerró los ojos, algún día su libro estaría allí, por ella, por su padre y por Arden, lucharía por eso, no sería una mujer que se quedaría en mitad de sus sueños. Escribir sería su trabajo de por vida.

Con sus lentes de chica inteligente miraba los libros expuestos en las estanterías del fondo de la laberíntica librería cuando percibió unos ojos que la miraban, volteó y allí frente a ella, estaban dos impresionantes mujeres: Rachel, su compañera de aventuras en Rio de Janeiro, con su amiga Carol. La primera la miraba con ojos de disculpa y la segunda, con curiosidad, como si ella tuviese las respuestas a todos los interrogantes de su vida.

—Lo siento, Marilyn —Rachel susurró, mientras intentaba jalar a su amiga para sacarla de aquella librería— ¡fue imposible detenerla!

La imponente rubia se desprendió de la mano fuerte que la sostenía y se dirigió hacia Mae, quien no movió un músculo, intentó buscar a los guardaespaldas con la mirada, pero ninguno de ellos estaba por allí, culpa de ella quien siempre se les escabullía para que la dejaran respirar.

—No te preocupes, yo... —Carol hermosa y siempre segura de sí misma tartamudeaba— no soy una loca.

—Sé quién es usted.

La rubia nerviosa, parpadeó como si sufriera de un tic nervioso.

—Lo sabe ¿no es así? ☐miró a su amiga quien bajó la cabeza confirmando que en una indiscreción le contó la sórdida historia entre ella y Arden—: No emoción. No algo más, No tiempo... ¿te dijo él alguna vez sus reglas?

Mae, incómoda, le dio a Rachel una mirada de por favor llévatela de aquí.

—Lo siento —fue su respuesta.

—¿Te dijo sus reglas? —la voz de Carol era suave y dulce, pero firme.

Marilyn la miró de hito en hito.

—¿Por qué tendría que responderte?

—A mí me lo dejaba claro todo el tiempo en las "citas para follar" que teníamos —la mujer pateó el suelo con sus zapatos caros— ¡Dios! lo siento, ¡odio esto! Nunca quise, pero me convertí en una de esas mujeres patéticas que suspiran por un enganche sexual, es que él siempre fue algo más. Era malditamente fascinante, bien debes saberlo tú. Nunca fue su belleza física, tampoco su dinero, siempre fue ese halo de violencia y hasta el asco por sí mismo ☐Marilyn tragaba seco☐. Todas lo sabíamos, de alguna manera, con su sexo, nos extendía el asco y la hipnotizante oscuridad que lo hacía irresistible.

Rachel tomó de nuevo el brazo de su amiga.

—¡Vámonos, Carol! no hagas más el ridículo ¿no estás cansada de torturarte con eso?

Los dos guardaespaldas aparecieron, Mae dio una orden con su mano para que estos no se acercaran.

—¿Qué desea? ¿Qué quiere que le diga?

Carol y sus ojos color miel la miraban, buscaba una respuesta. Rachel, intentaba halar su brazo.

Mae sintió lastima de la mujer.

—Solo quiero que me contestes, ¿cómo es sentir el amor de esa bestia? solo contéstame y me iré y te juro que nunca más me acercaré.

Mae cerró los ojos: *"Cientos de mujeres, a todas ellas nada le di, ¡nada!, tan solo mi furia y mi hambre por ti."*

Levantó su rostro, con certeza y ternura violenta contestó:

—¡Es hermoso! —sonrió—. Sientes que un dios te ha elegido.

Mae le dio la respuesta que seguramente hasta la maldita anaconda esperaría.

Carol emitió un gemido, fue como si algo en ella se liberara.

—Gracias por responder, sé que estoy siendo impertinente —la rubia mujer fue hacia un recuerdo temible que aún ahora la avergonzaba—. Llegué hasta amar sus latigazos.

Si ella hubiese sabido que las palabras dichas lastimarían a la chica en lo más profundo, jamás lo hubiese dicho. A pesar de todo, Carol era una buena chica.

Se quedó estática, mientras que Rachel le daba un beso en la mejilla.

—Lo siento chica "Easy Rider", me caes muy bien, pero ella es mi amiga. Nunca hubiese querido que escucharas esto, aún me acuerdo de nuestros días en Río de Janeiro, fue divertido □la miró pícara□ ¡creo que él ya estaba enamorado de ti!, no me di cuenta, es que nunca llegué a pensar que un escorpión tenía sentimientos ¡la gente te sorprende todo el tiempo! —y con esto Rachel y su hermosa amiga salieron de allí dejando una estela de perfume costoso.

Las vio irse y cuando desaparecieron de su

radar de visión, se prendió a los estantes. Todas *cientos de mujeres,* todas ellas tenían algo que no había visto. Y si ella no lo sabía, si ella no lo veía, entonces Arden aún no le pertenecía.

Durante el resto del día la frase de Carol "llegué amar hasta sus latigazos" la atormentó. Años escuchando las hazañas aterradoras del "Señor del Dolor" y él siempre negándose a mostrar ese algo que ella sabía que Arden guardaba celosamente en su interior, sí vio algunos rescoldos, algunas chispas, más de una vez la había atado, también vendado o amordazado, reconocía que era increíblemente rudo sexualmente, pero siempre tierno al final y a veces, hasta niño: "Te pertenezco, soy completa e irremediablemente tuyo". No, no lo era, aún no.

Arden estaba odiando la oficina, llegó rugiendo como animal salvaje y todas las hormigas trabajadoras de Russell Co. agitaron sus cabezas y siguieron con lo suyo.

Stella temblaba como una hoja cuando se sentó en la silla que durante 5 años había sido ocupada por Hillary y su estado de nervios empeoró cuando se dio cuenta que el lugar tronaba al ritmo de miles de llamadas de teléfono. Lo peor fue cuando la cosa divina llegó dando órdenes a diestra y siniestra, entró en pánico y quiso correr a esconderse en su antigua oficina de archivo.

Becca sonrió por la cara de espanto de su amiga y se dio ánimo, afortunadamente Marilyn la había llamado para decirle que no se preocupara por el café, que ella misma se lo mandaría para que, al menos, Arden la dejase tranquila con eso.

—¡Rebecca! —el intercomunicador aulló.

—Ya voy, señor —la nueva gran secretaria de Russell Co. se aprestó a enfrentarse en su totalidad a Arden Russell. Respiró profundamente y repitió lo que su amiga le susurró por teléfono:

"Cuando te pares frente a él, piensa que eres una guerrera. No le tengas miedo, es autoritario y a veces despótico, pero si te plantas con argumentos claros, él te respetará. Le gusta trabajar con gente competente."

Entró a la oficina armada con valor y con su mantra guerrero.

—¿Estás preparada, Rebecca? □la mueca perversa y juguetona apareció en su cara.

—¡Sí, señor!, tuve a alguien que me entrenó bien.

Sabía de quién se trataba, se miraron cómplices y divertidos.

—Soy Arden, Becca, aquí estaremos tú y yo. No tengo el mejor carácter y lo sabes, así que piénsalo bien, puedes irte y será tu decisión. Si te quedas, puede ser malditamente difícil.

—Lo sé, Arden.

—Bien —alzó sus brazos, remangó su camisa, dio una mirada a la enorme ciudad, endureció el gesto y empezó.

—Necesito que hoy me comuniques con el Banco Alemán, necesito hablar con Luther Grosst, llama a la subsidiaria Webster y di que me manden los informes de la última negociación, a las nueve comunícame con Brasil… —Becca parpadeó y se animó a no perderle el paso y a la media hora se vio hundida en la marisma de poder tremendo de aquella compañía.

Para Arden no era lo mismo.

Temiendo a la ridiculez y a la mariconada absoluta se abstuvo de llamar mil veces al día, pero ¡maldición! qué difícil era todo. Fue el primer día en mucho tiempo que se vio mirando el reloj y saliendo a las cuatro de la tarde como cualquier empleado. Dio vueltas alrededor del apartamento de Marilyn para hacer tiempo. Al final corrió escaleras arriba y sin más ni más le ordenó que se desnudara para quitarse el maldito frío de la enorme oficina.

Esa noche ella estaba diferente, los endemoniados silencios volvieron y él estaba que tumbaba las paredes.

Mae llegó por detrás y besó su cuello de forma húmeda y sexy. Se lanzó para desnudarla, pero ella huyó y se quedó observándolo como gata siniestra. Abrió su bolso y sacó una cajetilla de cigarrillos y en actitud de ninfa Easy Rider disparó

—Hoy me pasó algo interesante, ángel.

¡Puta madre! La voz críptica que lo volvía loco… ¡Los cigarrillos! que precedían un reto, una rebeldía y sexo salvaje.

—¿Qué cosa interesante? ☐se acercó preparando la redada.

—Carol —fue lo único que dijo.

Arden paró la encerrona y solo atinó a endurecer el rostro.

—Pasado —en su mente buscaba un lugar donde mandar a la tonta rubia.

Como si ella leyera sus pensamientos contestó.

—Fue amable y extraña, no tienes porqué mandarla a congelar para que no me toque ☐aspiró el cigarrillo—. Sé que me he de enfrentar con muchas más ¿no es así? —ardía de celos.

Pateó el suelo con impaciencia.

—Ninguna de ellas me conoce.

—No, solo yo —se dirigió a la ventana, sensual, con su cabello suelto, la camisa a medio abotonar y batiendo sus caderas en un contoneo cadencioso— pero quiero verlo, verlo a él.

Algo oscuro y pesado surgió en el ambiente. Arden no necesitó adivinar de qué se trataba. Algún día él vendría y se instalaría allí con su presencia de miedo… él, "El Señor Del Dolor"

—¡Jamás!

Marilyn lo miró por encima de su hombro.

—Te lo dije un día, Arden, que nunca te

tendrías que avergonzar de eso conmigo.

—No tientes tu suerte, mi amor, no la tientes —la voz cavernosa surgió de su pecho, de pronto un extraño deseo perverso arreció sus sentidos, el animal en él agazapado y siempre a punto de saltar bramaba ante la idea.

—Quiero saber.

—¡No!

—Quiero ver a ese hombre, al maldito por el que todas suspiran.

Arden dio dos pasos felinos hasta ella.

—¿Quieres verme siendo el dominador? □la miró desde su altura□ no te gustará.

Mae tiró el cigarrillo a la taza que aún contenía café y se le enfrentó con la fuerza de siempre.

—¡Pruébame!

Arden rugió, el lobo oscuro y sanguinario que siempre había estado en su corazón exigía, siempre exigía, nunca pudo lograr que dejara de aullar, la adrenalina corría por su sangre. Dio un paso atrás, a su cabeza vinieron de pronto las voces de todas esas mujeres que había utilizado para que su bestia interior pudiera ser alimentada, un grito, un por favor, un no me hagas esto bullían en su cabeza.

¡Las había matado a todas!

¡Era un asesino de almas!

Se enfrentó a Mae, el hermoso rostro de su mujer estaba impertérrito *¡Dios mío, mi amor! ¿Quién crees que soy? ¿Piensas que no puedo hacerte daño?*

—¿Crees que es un juego? —su voz era dura, repleta de crueldad.

—No —ella ahogó el oxígeno.

—No me interesa humillarte con mi poder.

—Arden.

—Puedo darte un maldito discurso sobre el dolor, sobre el castigo, puedo enseñarte todos los aparatos que sirven para lastimar, pero yo no quiero, si te lastimo, si lastimo la piel que amo me mataría, Mae, moriría por dentro —cubrió su rostro con fuerza— no voy a asesinar tu alma, no lo haré □retiró sus manos y la miró directo□ ¿no es suficiente que frente a ti sea el hombre que deseo ser?

Una gruesa lágrima corrió por el rostro de Marilyn.

¡Dios mío, ninguna entendió... y yo... yo!
Fue hacía él y lo abrazó con fuerza.

—¡Perdóname!, yo estoy tan celosa, tan celosa, pensé que ellas tenían algo que yo no, y me equivoqué, lo tengo todo, todo lo que esas mujeres desean, soy tan egoísta, lo siento.

—Tienes mi alma, Marilyn, tienes todo, ellas nunca tuvieron nada, solo mi rabia.

Mae lo miró y se puso de puntitas, parpadeando como niña maliciosa.

—¿Crees que si te hago una deliciosa cena me podrás perdonar?

Arden se alejó con la mirada todavía oscura, la sombra de la rabia se había ido, ahora la observaba en forma devoradora sabiendo que Mae adoraba que la vea así. Ella soltó la carcajada.

—Primero…

—¿Sí? —su cuerpo exudaba fuego, y sus pezones se irguieron frente al Dragón.

—Lo sabes, ninfa.

Mae caminó lentamente por la habitación, dejando caer la camisa.

—Entonces ¿no tienes hambre?

—Estoy malditamente muriendo.

—Pues no lo parece, nene —se quitó el sostén.

—¿No?

—Naa, realmente me preocupa —rápido se desnudó— tu salud mi amor —se sostuvo en el marco de la puerta.

—Marilyn Baker —dijo amenazante.

—Dragón.

—Voy a comerte.

Ella corrió entre gritos, él se paró en la puerta, con las piernas abiertas y ese gesto de guerra aterrador, se desgarró su camisa y la arrojó a un lado, cada movimiento era peligroso y excitante, en ese momento ella entendió que no necesitaba al "Señor del Dolor", y que aquellas mujeres que vieron a aquel monstruo no probaron jamás aquel Arden Russell que, aunque peligroso y dañino, se entregaba completo sin que mediara el dolor, la rabia, las bufandas, los látigos o el asco.

Cuando el huracán erótico amoroso amainó, conversaban en la mesa sobre conseguir editorial.

—Son unos idiotas, dime quienes son y los jodo de por vida.

—No soy lo que están buscando —le dijo sentada en su mesa mientras sostenía a Darcy en su regazo.

Arden K. Russell, presidente de la enorme compañía, la encaró.

—¿Vas a rendirte, Marilyn? —la retó con mirada de fuego.

—No, claro que no, ángel.

—Lo vales, vales todo y más, cada palabra es maravillosa, cada personaje, no voy a permitir que ese libro quede escondido porque unos imbéciles de mierda no saben que es literatura y se quedaron en los tiempos de Hemingway, ¡qué se pudran!

El gato, un animal extrañamente empático, rugió con furia.

—Parece que Darcy está de acuerdo contigo.

—Tiene que estarlo, nena —intentó tocar el animal, pero éste le dijo con un nuevo rugido, una cosa era defender a su ama y otra cosa permitir que él lo tocara— ¡maldito gato endemoniado!

Estoy condenada a que estos dos peleen por mí siempre, parece que no saben amar sino de manera posesiva.

Un día antes de partir él le anunció con una voz que no daba lugar a la discusión.

—Cuando regresemos de Londres tu libro estará en las estanterías.

—Pero…

Levantó su mano de César imperioso.

—¡He dicho!, nadie va a humillarte más, no a Marilyn Russell.

Una chispa pícara surgió en ella.

—¿Y si no quiero llevar tu apellido?

Oh oh…

Intentó escapar del peligro, pero él furioso, en un movimiento rápido la atrapó.

—No me hace gracia.

Mae parpadeó coqueta y traviesa.

—¡Oh, baby! ¿Cuándo aprenderás a sonreír?

—No con tus chistes, Mae Russell —la última palabra sonó como si un sello de hierro fuese impreso e impuesto.

—Llevaré orgullosa tu apellido, Arden, soy tu territorio.

—Así es, demonio terrible, es en lo único que no voy a ceder.

□¡Ven! ¡corre!… ¡corre!

□¿A dónde vamos?

□Al bosque, Arden, vamos al bosque, tengo que correr, tengo que correr ¡ven conmigo!

Mae de ocho años lo tomaba de la mano y lo jalaba con fuerza *¡vamos! ¡vamos!, mi madre dice que no puedes, pero debes venir conmigo. ¡Vamos!, tenemos que ir juntos, los lobos nos esperan.*

Se despertó en la noche, el cuerpo de Mae se incrustaba casi de manera dolorosa en sus costillas.

—¿A dónde quieres ir? Nunca entiendo lo que dices, nunca.

Henry informó que los socios de Solomon Arquitectos habían parado la construcción del nuevo hotel en Brasil, pues se excedieron de presupuesto y se negaban a seguir construyendo, amenazaron que si no había una nueva partida de dinero el hotel pararía obras definitivamente. El grito furioso se oyó en toda la compañía, Stella se vio llamando a cada uno de los socios y escuchó como cada uno era amenazado con ser demandado si paraban los trabajos.

La firma de ingenieros y sus abogados comandados por Rachel no cedían un mínimo, el trato era llegar hasta el final, Russell Co. se había comprometido a la inyección de capital y era la vida de más de veinte socios y casi dos mil trabajadores.

Ajena a lo que pasaba en el corazón de las oficinas, Mae, con Ashley, Peter y Bianca, daba inicio a los preparativos de la boda.

□Fecha exacta □una ejecutiva Ashley, armada de su Ipad, dirigía la reunión.

Mae se encogió de hombros y miró a sus amigas con cara compungida.

□¿Día de semana? □Mae negó con la cabeza□ ¿mes?

□Primera semana de febrero.

□Okey, entonces □miró el calendario□ tenemos, cuatro días □dijo resignada la futura cuñada.

□¿A ti te da igual dónde y cómo casarte, ¿verdad? □Bianca la miró comprensiva□ ¡Claro! Siempre y cuando sea con Arden.

□La verdad, sí.

☐¡Pues, no! ☐dijo enérgica Ashley☐. La historia de amor de ustedes se merece una boda grandiosa.

—¿Es demasiado para ti, Mimí? —Peter la conocía y se preocupó cuando vio que no opinaba.

—Sí, pero así deber ser.

—¡Claro! La boda real en Nueva York.

Mae sonrió por lo bajo y le susurró a Peter.

—Arden y yo somos uno —apretó sus muñecas, fuertemente— hay cadenas que nos unen de manera inexorable.

Peter la miró de reojo y respingo su nariz. Se llevó las manos a su boca.

—¡Dios! Si me dices que hizo contigo lo que hizo con otras, ¡lo mato! —estaba aterrado, pero su amiga volteó hacia él y le sonrío.

—¡No! yo quise, pero no.

—¡Marilyn Baker! Realmente me asustas.

Tres horas estuvieron conversando, al final, el único acuerdo que llegaron es que no contratarían ningún servicio profesional de boda.

Al final de la tarde, la pareja, en la intimidad del hogar, discutía.

—Solo serán dos días, Arden.

—¡No!

—¡Por favor!

—¿Qué le pasa al maldito mundo que no quiere obedecer?

Estaba furioso, no debió decir las últimas palabras, Mae se le plantó en frente.

—Yo no te voy a obedecer Arden, no soy una oveja.

—Marilyn —su voz resonó.

—Quiero ver a mi padre, Arden, no le di su Navidad y tampoco su Año Nuevo, no le he dado nada, nada. Eres tú, siempre, tú, ¿por qué no lo entiendes? Es la última vez que voy a estar con él como Marilyn Baker —se paró y le hizo la oferta—: permitiré que me mandes con tu ejercito personal, no saldré sin ellos, yo te esperaré en mi casa, solo dos días, te juro que, si no puedes visitarme, al tercer día, agarro el avión y vuelvo.

—¡No! —la tomó de la cintura, pero Mae, pequeña y delicada, con el ceño fruncido no permitió que él hiciese su juego de "todo lo arreglo llevándote a la cama"

—¡Demonios! —la soltó.

—Dime qué te preocupa, ángel.

—¡Richard! ¡Todo! Necesito hablar con tu padre, necesito que él me respete ¡maldición!

Mae sonrió con ternura y le acarició el cabello.

—Deja de ser tan niño, Arden, Richard no existe y sí existe, debe estar medio muerto en un hotelucho en algún lugar del mundo, lejos de Aberdeen, ¿crees que compites con él? ¡Ay, Dios! es un pobre tipo —Mae, meses atrás había dejado de temerle a ese fantasma absurdo que era su novio de preparatoria, él ya no la podía tocar—. Voy de visita, amor, Aberdeen ya no es mi lugar, pero allí vive mi padre —no supo por qué, pero comenzó a llorar—, mi compañero, mi amigo, le debo tiempo de hija ¿Por qué no puedes entenderlo?

No, él no podía entender la relación intrincada de Mae con su padre ¿cómo? Si la relación con sus padres era una extensión de adioses, lejanías, omisiones, crueldades y mentiras.

Sin dejar de mirarla, tomó el celular, llamó a su hermano Henry y después a Mathew, y sin importar que uno era el hermano y otro su cuñado y ambos sus mejores amigos, gritó que, si no se arreglaba el problema del maldito hotel, él iría con sus propias manos y lo derrumbaría piedra por piedra.

Rachel casi saltó en su apartamento cuando escuchó la misma amenaza vía telefónica.

—Arden, hay miles de contratos firmados.

—¡No me importa!

—Colton hizo de nuevo los planes y hacer la piscina en la terraza cuesta más de lo que él había presupuestado.

¡Al fin! Una satisfacción.

—Despídelo.

—No puedo, es nuestro mejor arquitecto.

—Pues tu mejor arquitecto va a hacer que yo tenga que invertir más dinero ¡despídelo!

—Eso no lo hago yo.

—Diles a las pirañas de tus jefes que no quiero a ese mequetrefe en mi hotel, que lo manden a Hong Kong donde tienen el proyecto del Banco de Oriente, pero no lo quiero en Brasil, es eso o nada.

—Está bien —Rachel al otro lado de la línea volteaba los ojos ¿cómo diablos lo soportaban?□ haré lo que tú digas, mañana nos reunimos en la oficina, será una pelea a muerte, señor Russell.

—Yo siempre gano, Rachel.

—Eres un maldito antipático.

Arden sonrió.

—Sin embargo, te caigo bien ¿no es así?

—No, no me caes bien, solo que eres demasiado hermoso para odiarte maldito estúpido, y dile a Mae que es mi héroe, para no decirle mi heroína.

La carcajada cínica resonó y la abogada supo que a él le importaba un pepino lo que ella pensaba de él.

La heroína escuchó la conversación, sabía que en el mundo de Arden, Rachel, no significaba nada, pero no le gustaba para nada la voz de "lo puedo todo y debes hacer lo que yo quiera", que utilizaba y hacía que todas dijeran que sí. Sin embargo, era ella la que llevaba un anillo de compromiso.

—No tenías por qué amenazar a Colton, mi cielo.

—No, no tenía —hizo un gesto de indiferencia—. Espera dos días, amor, en dos días arreglo todo y voy contigo.

—Ya lo he pospuesto durante cuatro días, Arden —si todas decían que sí, pero ella era su igual—, no lo pospongo más ▢respiró profundo▢. Es que no lo puedo permitir ▢lo miró muy seria y con una ceja levantada▢ ¿No pretenderás que me olvide de mi padre después de casarnos?

¡Claro que sí! El viejo tendrá que viajar sí quiere verte.

El rostro de una Mae desafiante esperaba esa respuesta. Mas él guardó silencio, tomó su abrigo y salió durante una hora, cuando regresó ella lo esperaba con una taza de café. Le dio un beso dulce y le pestañeó coqueta.

—¡Eres un demonio, Mae Baker! —seguía malditamente furioso, sin embargo, el rostro de niña caprichosa derribaba sus defensas.

—¿Yo? No me atrevería, señor, sin embargo, voy a Aberdeen a ver a mi padre —se acercó con la taza de café humeante— ¿quieres?

—Yo siempre quiero.

—¿Café?

—Y todo lo demás —bajó la voz dos tonos— todo de ti.

No, no estaba nada feliz, es más estaba frustrado. Durante la última noche de ella en Nueva York, trató, con su arma de sexo letal, de convencerla que dijera que no al viaje. La tomó de manera tierna, agónica, brutal, salvaje. La mimó, le susurró palabras de fuego, pero ella no cedió.

Sentado, viendo como empacaba su ropa y sus regalos la impotencia aumentaba. En un momento dio un puño contra la cama y se paró de allí, la tomó de la cintura y la puso contra puerta. Ella le rogó:

—¡Por favor, ángel!, solo serán dos, tres días —un beso febril la silenció.

—No tengo control sobre ti —besó su cuello con desesperación.

—No deseo pelear contigo, Arden, además pienso que es bueno que vaya preparando el terreno con Stuart □al segundo él ya había arrancado su blusa— ¡Dios! ¿Me necesitas tanto? —tiró su cabeza hacia atrás y puso una de sus manos en uno de sus hombros.

Él paró y la miró con ojos oscuros.

—La sola maldita pregunta ofende ¿no me deseas igual?

Ella sonrió y se mordió los labios de manera sensual.

—La maldita pregunta ofende —llevó las manos a su cabello— este cabello cada día está más hermoso señor mío.

En medio segundo estaban desnudos, no importaba que los guardaespaldas los esperaran afuera. La tomó de manera desesperada, él necesitaba sentir que aquel pueblo y todo lo que éste significaba para ella no fuera nada comparado con todo el mundo que él le ofrecía, casi al final exigió algo, algo para él.

—¿Cómo te llamas?

En medio de la agonía, puso sus manos sobre su boca, pero él la apartó con fuerza y gimiendo volvió a preguntar.

—¡Tu nombre!

—Mae —aruñó su pecho, una embestida y un golpe de su espalda contra la puerta, exigiendo el nombre— Marilyn…

—¿Marilyn qué?

—Eres, eres malo… —de nuevo el brutal penetrar y se soltó por un segundo para golpear la puerta— ¡Dios!

—No necesito mi nombre □lo golpeó con fuerza en el brazo— estúpido arrogante.

Él se carcajeó

—¿Y?

Era insoportable. Un solo nombre, uno solo y él podría calmar su tempestad por unos minutos.

—¡Marilyn! ¡Marilyn Russell!

Y el gesto tremendo de furia y placer contenido explotó en él para sin más ni más sonreír de manera perversa.

—¡Sí! ¡diablos sí! —la oyó gritar mientras que lo abrazaba con fuerza— ¡eres perfecta! Soy un maldito afortunado —y celebró su clímax y el marcar su territorio de forma feroz.

Durante todo el trayecto estuvo en silencio, mientras que ella descansaba en su pecho y le hablaba en susurros de lo que pasaría cuando ambos volvieran a Nueva York con la bendición de su padre.

—Vas a ver, que cuando vuelva, aunque me signifique pelea con Ashley, pondré mis manos sobre nuestra boda, tendrá el sello de los dos, haré algo bonito para que cuando estemos viejos nos acordemos de cómo fue aquel día, arreglaré nuestro apartamento antes de irnos a Londres, tendremos que llevar a nuestros niños Darcy y Rufus —soltó una carcajada— esos dos alguna vez tendrán que ser amigos.

—Quiero una casa, no deseo vivir en ese apartamento.

—¿No?

—No, la cabaña, quiero cambiarla por una casa, me gusta el campo, un estudio hermoso para que escribas y otro para mi chelo ¿quieres?

Mae apretó su camisa.

—Me encantará, una hermosa casa grande para todos.

—Con un cuarto para Peter —finalmente sonrió.

—¡Oh sí! —besó su barbilla—. Lo aprecias ¿no es así, hombre malo?

Frunció su boca en un gesto juguetón.

—Mnn, sí.

—Y eso es suficiente para el Señor de la Torre, equivale a que te cae bien —bromeó con él.

—No tientes tu suerte, eres la única que me cae bien.

Marilyn chilló de risa.

—Tú también me caes bien —recostó de nuevo su cabeza en su pecho y se concentró en escuchar su corazón palpitar.

El avión de la compañía encendía motores, anunciaron que ya era hora de despegar, en un segundo él apretó su mano con fuerza.

—Un día te dije que para mí todo es cuestión de adicción, en este momento siento que empiezo un recorrido hacia la abstinencia.

Ella lo miró con ternura, se paró en sus pies y pegó su frente a la de él.

—Dos días, nada más, y si me atraso, tomas un avión y corres hasta mí —un beso pequeño— quiero verte en mi casa.

La tomó de su cintura y la levantó para darle un beso suave y lleno de pequeños significados. De nuevo el llamado y ella como pudo se soltó

¿Por qué siento que es más fácil para ti el que te vayas, Marilyn?

—Oye —le dio un golpecillo sobre sus hombros— ¡te amo! —le brindó su cara de niña pequeña— cuando aterrice el avión, te llamo.

Arden no contestó, parpadeó con furia concentrada, Shilton le había asegurado que Morris ya no vivía en Aberdeen y que su último registro lo ubicaba hacía una semana en Vancouver, de otra manera no habría permitido que fuera sola *maldita compañía... debería hacer explotar a "Russell Co.".*

La vio caminar con su maletín acompañada por Theo y los demás guardaespaldas *Voltea, voltea ¡Baker!* y como si ella lo hubiese escuchado, Marilyn volteó y le dio un adiós con su mano pequeña.

—¡Mae! —gritó— ¡no vayas al bosque!

La chica lo miró con cara curiosa, le mandó un beso en que le prometía eternidad.

De vuelta en la oficina, la pobre Stella vio en vivo y en directo lo que era estar al frente de un dragón lanza llamas en pleno.

Becca saltó y Hillary escasamente lo miró.

—¿Los Solomon? —preguntó sin saludar.

—Vendrán en una hora.

—Bien —pensaba joderlos hasta que pidieran piedad y si veía a Colton frente a él, le partiría la cara.

Las tres secretarias se miraron.

—Mae se fue a ver a su padre, el juez, a Aberdeen —Becca lo sabía.

—¡Dios mío! —Stella se abanicó con unos papeles.

A la hora todos los arquitectos llegaron a la enorme oficina, y allí ardió Troya.

Al menos Colton no estaba, lo habían mandado en la mañana con un boleto de no retorno por lo menos en dos años.

Cinco horas después, Mae llegó a Tacoma, lo primero que hizo al bajar del avión fue poner un mensaje divertido en su celular.

¡He llegado sana y salva! respira cariño,
esta chica sabe que cuida un corazón.
Te amo.

A los segundos el celular retumbó:
Vuelve, el mundo se cae a pedazos y
Nueva York es una tumba.
Te amo.
Vuelve.

Llamó a su padre quien le contestó feliz. No preguntó por su novio, Mae intuyó que sería complicado que Stuart aceptara a Arden, pero no iba a permitir que sus dos hombres estuvieran en continua lid por ella durante el resto de sus vidas.

En una hora y media más estaría en Aberdeen. Mae sonrió por lo bajo, cuando vio los lujosos autos que estaban dispuestos para ella y los guardaespaldas, siempre lo mejor, entendió que cada paso desde que fue oficialmente la prometida de Arden era el alejarse de la sencilla chica de su madre. Por un momento miró hacia los meses en el camino y lo extrañó *algún día lo voy a convencer de hacer aquel viaje* porque sí, extrañaba las noches en la carretera desértica con el cabello al viento y con su aire de hija de Aimée, tratando de sacarle poesía al polvo.

Antes de partir, lo llamó de nuevo.

—Te lo juro, Arden, me tendrás en tu puerta si no vienes, y no te preocupes, yo te comprendo dueño del mundo… voy a volver.

—Iré a tu casa, nena, si he convencido a grandes empresas de invertir en mí, Stuart no se podrá negar. Tú sabes que soy fascinante cuando me lo propongo —trató de hacer una broma, pero su voz era nostálgica.

—Te extraño, mi hombre amado. Dos, tres días y seré tuya para siempre.

Llovía….

Entró al pequeño pueblo y una sensación de tranquilidad la envolvió. Nueva York, que gran y hermosa ciudad, pero a veces en la marisma de aquella jungla extrañaba su pequeño hogar lleno de gente que conocía y que saludaba como si todos fuesen buenos amigos.

Estaba nerviosa, además, los dos autos que iban con ella no ayudaban para que hiciese una entrada tranquila al pueblo y a su casa.

Vio a Stuart parado en el porche y quiso gritar de emoción, casi se tira del carro y como niña pequeña que no veía a su padre el primer día de preescolar corrió para abrazarlo tan fuerte hasta que no hubiese la mínima duda que lo extrañaba con todo su corazón.

—Hey —finalmente Stuart con voz rasgada, la saludó, estaba emocionado, pero como siempre trataba de no mostrar demasiado.

—Hey, pa —y lo volvió a abrazar— que bien que estoy en casa contigo, me siento feliz.

—Yo más, Motita —le corrió un mechón de su frente y sonrió de manera melancólica. Su niña se había ido a una ciudad enorme y ahora volvía siendo otra persona.

Marilyn adivinó aquello.

—Soy la misma, papá, un poco más vieja.

—No, tú eres mi bebé —carraspeó y se apartó un poco— ven vamos adentro, llueve muy fuerte y no quiero que te enfermes. Miró por encima del hombro y observó a los cuatro guardaespaldas— diles que los invito a café.

—Vaya que amable, juez —Mae llamó a los cuatro hombres que caminaron incómodos en medio de la lluvia— Stuart los invita a café, chicos.

—Es usted muy amable, señor, le recibimos el café, pero no podemos entrar —Theo respondió con su voz de hombre de Nueva York, ese era su trabajo, ella era la mujer del jefe, pero sabían que ninguno podía ir más allá.

—Vamos, Theo, hace frío.

—Gracias, señorita, pero usted sabe que no podemos.

Stuart entendió el mensaje y levantó una ceja.

Mae no insistió, estaba incómoda, dio una vuelta con la vista por su calle y supo que todos sus vecinos veían los autos estacionados frente a su casa, pueblos pequeños donde todo se sabía.

Un vistoso cartel de bienvenida le hizo sentir que ansiosamente la esperaban.

—Papá —lo miró juguetona.

Y de la nada un David muy feliz y una Diane un poco tímida salieron a abrazarla de amorosamente.

—¿Fuiste tú la del cartel?

—¡Fui yo! —David saltó— ¡fui yo!

Mae ahogó un suspiro.

—¡Oh, qué hermoso, David!, es bueno que los hermanos te esperen.

El niño de grandes ojos oscuros intercambió miradas con su madre, Diane le dio las gracias con un gesto, en esa sola frase todo el terror de varios meses por sentirse ella y su hijo unos intrusos en aquella casa construida para Marilyn Baker se disiparon.

Respiró, el hogar. Cuando lo recorrió con la mirada se asombró de encontrarlo pequeño, sonrió, desde hacía tiempo, en su vida solo cabían los espacios dragonianos.

—Es bueno estar en casa.

—No es uno de esos gigantes apartamentos en Manhattan, pero…

—¡Oh cállate, juez! —inmediatamente se quitó los zapatos como hacía cuando regresaba de la escuela, lo hizo con segunda intención.

—Mae Baker ¿Cuándo vas a dejar el vicio de quitarte los zapatos cuando llegas? —Stuart regañó, ella chilló de risa; si, era bueno estar de vuelta.

Se instaló en su cuarto, era igual, igual como lo había dejado la última vez que estuvo, su cama, su mesa de noche, el estante con sus viejos libros, su niñez de papá tranquilo y sábados de pizza volvieron.

—¿Va a venir? —sentados ambos en la mesa del comedor padre e hija conversaban tranquilos. Diane y David estaban en el piso de arriba dejando que ambos charlaran.

—Claro, sí puede, sí, papá.

—¿Sí puede? —la pregunta fue sarcástica.

—No seas así, él quiere tratar.

—¿Quiere tratar? ¡Ja!

—¡Stuart Baker! no eres un cínico, deja de hacer eso conmigo porque no te queda. Él es un hombre muy ocupado, lleno de responsabilidades.

—Es un arrogante.

—Pero lo amo, papi —bajó la voz— ¿qué puedo hacer? Y él me ama igual o más, yo sé que no es un hombre fácil, es más, es terriblemente complicado, lleno de cosas que me sorprenden y que a veces me asustan —tomó la mano de su padre—, pero yo soy igual.

—Eres demasiado buena para él —Stuart correspondió el gesto apretándole su mano—. Eres demasiado buena para cualquiera.

—No lo soy.

—No me contradigas, niña, siempre lo fuiste, eres demasiado hasta para este viejo, la mejor estudiante. Nunca me diste un solo problema, me hacías de comer, me hiciste sentir orgulloso siempre, aún en ese tiempo en la carretera, yo me sentía orgulloso de ti chica, tan parecida en eso a tu madre, tan llena de vida, tan hambrienta de libertad, y leyendo y releyendo ese libro lo soy aún más ¿Quién es Arden Russell? Un tipo rico, guapo, poderoso pero ¿qué sabe él de las luchas y batallas de mi pequeña? ¿Sabe él lo fuerte que eres? ¿Te respeta?

Marilyn parpadeó.

—Lo sabe, él lo sabe, Stuart, me respeta, yo soy su igual, se lo he demostrado en todo —calló un momento—. No lo conoces, nadie lo conoce, solo yo, y todo eso que tú dices que él es, no es verdad. Es un hombre con unas batallas que nadie sería capaz de librar, es mucho más que su apellido o su dinero ¿Me crees capaz de amar a alguien por su dinero, belleza o poder? ¿Soy tan superficial?

—¡Claro que no! —Stuart bajó la cabeza— lo siento, hija.

Marilyn acercó la silla hacia su padre.

—Quiero que me perdones, pa, quiero que

perdones lo que te oculté, lo que te he ocultado, mírame □los ojos de su padre iguales a los de ella la miraron de frente— no soy perfecta, él no lo es tampoco, pero es una de las mejores cosas que me ha pasado en la vida. Tú, mamá y él, mis tres pilares. No sientas que tienes que competir con Arden, no sientas que te estoy desplazando, son amores diferentes, eres mi padre y te amo mucho y lo amo a él, quiero que lo aceptes como el hombre que elegí para mí, es mi decisión, es mi vida y yo elijo como vivirla para bien o para mal, déjame crecer Stuart, respeta eso de mí.

El juez de Aberdeen, el padre de Marilyn Baker suspiró, su niña había crecido y él no supo cuándo, tan solo quería que ella volviera a su vida y sentir que era lo más importante en su mundo, pero era hora, su hija era una mujer, preciosa, fuerte y talentosa, si Aimée estuviese viva seguramente le pediría que la dejara ir, que para eso la educaron.

—Está bien, si él es quien tú quieres, yo lo acepto, debe haber algo bueno tras esa fachada de tirano terrible.

—Sí lo hay.

—Pero ya me conoces, no esperes que se lo ponga fácil —hizo un guiño divertido— quiero verlo en esta mesa hablando conmigo, pidiéndome permiso para casarse contigo, será divertido ver cómo se las arregla con este papá oso.

Mae lo abrazó.

—No seas malo, papi.

—Por favor, mi chica merece buenas batallas, él debe saber que no estás sola y que además tengo una pistola —ambos soltaron la carcajada.

Mas Marilyn en su interior se dijo *si supieras Stuart que ni siquiera eso lo detendría.*

—Felicítame, mi amor, peleé por ti y gané

☐en su habitación sentada en su cama hablaba con voz bajita por teléfono.

—¿Ah, sí? ¿Tu padre ya no me odia?

—Él no te odia.

—Claro que sí, mi amor, y lo comprendo, yo odiaría a quien se llevara ☐y calló, estaba sentado en la habitación de Faith— yo odiaría quien se llevara a mi hija, todos serían unos imbéciles.

—¡Oh, mi hombre guapo, te extraño! —un rayo se escuchó desde lejos— ¡Dios! llueve horrible, Arden —el fantasmal árbol de frente a su ventana la asustó— como siempre, desde niña.

—No tengas miedo, mi amor, yo estoy allí.

—Lo sé, me proteges, no tengo miedo, ya no lo tengo.

—Me gustaría estar allí y calentarte —y su voz bajó dos tonos.

Ella ahogó una risa con su mano.

—Arden Russell, estoy en la habitación de mi niñez, en la casa de mi padre, eres un pervertido.

—Lo soy, nena, vamos, chica libros, sería como si fuera tu novio de secundaria y me escabullera para hacer cosas sucias allí.

—Stuart me va a escuchar —se sentía como de diecisiete.

—No, no lo hará.

—Te amo.

—Yo más… ¿qué? te reto a que hagamos cosas malas en la casa de papá —salió del cuarto de la niña— no seas miedosa.

—¿Miedosa? ¡Diablos, qué mala influencia eres, ángel!

—Lo soy.

Marilyn cerró su puerta, le puso pasador con la excitación de trasgredir ese lugar donde solo había pensado en libros, se dispuso a hacer todo lo que no hizo siendo adolescente.

—Bueno, baby ¡qué empiece la función!

—Stuart Baker no sabe en lo que se convirtió su niña.

—Una ninfa sedienta.

—Absoputamente cierto, mi amor ¡Muy cierto!

Al otro día, a la hora del desayuno, Mae se disculpaba con David.

—¡Lo siento, cariño! Te lo prometí— ¡diablos! No le había comprado el juego que rogaba para su "Switch"— ¡perdóname!

La cara del niño mostraba su decepción, deseaba ese juego, no se lo pidió a Stuart ni a Diane, se lo había contado a Mae días atrás con la esperanza que ella se lo trajera.

—No importa.

—¿Cómo qué no? te lo mereces cariño. Voy a ir a Tacoma o al mismo Seattle por tu juego, vas a ver. Solo dame tiempo para arreglar mi habitación y lo solucionamos.

Pasó el día con su padre, conversando de todo y de nada; del libro, del trabajo, de la futura vida que a ambos les esperaba.

En la noche, otra vez la hora de la conferencia y la lucha eterna por lograr su libertad.

Entendía la preocupación de Arden, pero realmente estaba incómoda con los hombres tras ella, hasta se turnaron para estar de noche frente a la casa, peleó con él por eso, pero fue inflexible y solo contestaba con un no de hierro.

—Es ridículo Arden.

—¿Ah sí? ¡No!

—Pero no he salido sino a comprar unas cosas a la ferretería y todos mis vecinos me miran raro.

—¡No!

—Ellos impresionan, dan miedo.

—Es su trabajo y no insistas, ellos van donde tú vas y mañana cuando yo llegue irán más.

—Vas a asustar a todo el mundo.

—Mejor.

¿Ridículo? ¡Claro que sí! ¡Con un maldito demonio! ella ya no era Marilyn Baker, era su prometida ¿por qué demonios tenía que negarse a eso? ¿Cuándo iba a comprender que estaba ya dentro de su mundo? Ese mundo lleno de paranoia, locura y maldito espectáculo de poder. Además, cada minuto, cada segundo, unos ojos de idiota drogadicto y exnovio demente la esperaban.

Y los Solomon no cedían un mínimo. Rachel contraatacó con una amenaza de demanda y Henry hizo lo mismo.

—Entonces, que no se construya —dijo con voz pausada.

—No puedes hacer eso, falta la mitad.

—Un hotel más o uno menos me tiene sin cuidado.

—Son millones de dólares, hermano, hicimos una gran inversión este último año, y que tú, por comportarte como un dictador, no quieres continuarlo, sin el más mínimo aprecio por el trabajo de los demás, solo porque se te ocurre ¡es lo más insensato!

—No me sermonees, Henry.

—Entonces, deja de comportarte como una mula vieja.

Parado en la ventana de su oficina miró la ciudad.

—No entiendes, Henry, si cedo a esto, cedo a todo con ellos ☐respiró con fuerza y miró por el telescopio☐ diles que daré la mitad del dinero que piden si me dan un diez por ciento más de las acciones del hotel y de las tres nuevas construcciones que piensan hacer.

—¿Cuáles? ¡Diablos! ¿Cómo sabes eso?

—Eso es lo que nos diferencia, hermano, eres demasiado inocente, ya es la hora de que Solomon no me joda más.

La lluvia no cedía, y llovía en toda la península de forma rotunda y sin tregua. Durante el día anterior, además de arreglar su habitación, se la pasó saludando a todos sus conocidos y tratando de hacer sentir bien a su padre, fue con él a almorzar al restaurante del pueblo, donde se atiborró de mermelada de moras y pastel del chocolate. Lo único molesto era que los hombres enormes que vestían de negro tenían a medio pueblo nervioso.

—Amo este lugar, Stuart, has hecho de este pueblo un lugar tranquilo —se sentía orgullosa de eso.

Tenía la pregunta enredada en la lengua, deseaba saber si aquel lugar ya era seguro para ella, estaba harta de tener que mirar por encima del hombro de todos y esperar que él con sus ojos azules la sorprendiera.

—Siempre lo ha sido, lo que pasa es que si lo comparas con Nueva York.

—Sí, diferente —jugueteó con la cuchara— ¿Richard Morris?

—Hace meses que no se sabe de él, lo único claro es que no ha vuelto a la ciudad, probablemente está lejos con esa mujer con quien anda, el chico no está muy bien, es un desperdicio humano.

Mae bajó la cabeza, se estremeció al entender que ni siquiera pesar sentía.

Su viejo Volkswagen amarillo, lo amaba con todo su corazón y Stuart lo había mantenido intacto y hermoso. Se negó a ir en los autos de Russell Co. y disfrutó de su carro paseando por Aberdeen. Era tonto y sensiblero, pero no le importaba, lo único malo eran los autos que la seguían.

—¡Por favor, Theo! ¡Basta ya! —estaba harta, deseaba ir con su padre tranquila, caminar en la playa y quería caminar por el bosque como lo hacía desde pequeña y sentarse en la roca azul que estaba en lo más profundo. Pero no, no podía, los hombres la seguían por todas partes y eso la tenía hasta la coronilla.

Realmente la vigilancia sobre ella era asfixiante y agotadora ¿Por qué no podía caminar por donde deseaba y disfrutar por última vez de ser, Mae Baker?

Desde la ventana de su habitación podía divisar el bosque enorme que la llamaba. Se puso sus vaqueros, su vieja capucha y con la despreocupación de una adolescente agarró las llaves de la carcacha y salió.

—Diane, dile a papá que salí —le guiñó un ojo— voy a comprar un regalo que le debo a alguien, quiero ir a mi vieja librería y sentir que soy Mae Baker de nuevo ¿quieres ir?

—¿Con esta lluvia? ¡No, querida!

—No seas cobarde, Diane.

—Lo siento, pero este clima me agota.

Mae suspiró, salió con gesto rebelde en su rostro.

Prendió su auto y salió del garaje. Al segundo, fue seguida por los dos autos. Bufó y prendió la radio a todo volumen. A los cinco minutos, hacía que los hombres dieran junto a ella vueltas tontas por las calles de la pequeña ciudad. Paró en una estación de gas y volvió de nuevo rodear las calles. Sí, era infantil lo que iba a hacer, pero esta era su última vez, la última donde ella podría sentir que solo era una chica anónima y sola. Miró el retrovisor y sin pensarlo dos veces dio la vuelta en U en una calle secundaria que muy bien conocía, se escondió en un terreno baldío, tras unos contenedores abandonados y esperó a que los hombres pasaran por su lado, diez minutos más y de nuevo al camino. Tomó la avenida principal para ir al río y después, la ruta que cruzaba el bosque, para salir directo a la carretera que la llevaría a Tacoma. En medio de la lluvia, su viejo auto amarillo relucía y ella, se sentía feliz.

☐¡Diablos! ¿Podría ser más egoísta y tonta? ☐reía☐ ¡Engañé a tus hombres, mi amor! ¡libre soy, libre soy!

Solo deseaba estar tranquila, sin la presión de todo el mundo mirándola y sin la sensación de que Arden manejaba cada uno de sus pasos.

Su maldito corazón vino a la vida, parpadeó de forma profusa ¡No! no era la droga, no estaba alucinando. ¡Al fin! años en que la había esperado como un animal agónico.

La maldita de Summer se lo había gritado hacía una semana cuando le tiró la revista en su cara pretendiendo que al fin pusiera fin a la obsesión por la chica cuando viera lo cambiada que estaba y, principalmente, que tenía fecha de matrimonio con un magnate. La pobre idiota apagó un fuego con gasolina.

—Ella me lo prometió.

—¡No te prometió nada, imbécil! La golpeaste, intentaste violarla.

—¡No es verdad!

—¿Se te olvida que yo estuve allí?

☐¡Vete a la mierda!

¡Dinero! ¡Necesitaba dinero! Le gritó a su padre por teléfono, rogó, prometió y amenazó. El viejo le depositó aunque no creía en la promesa de no más droga, pero había un tono en su voz que, quien sabe, tal vez ahora sí dejaba todo y recuperaba su condición humana.

La promesa se hizo humo, compró la mejor coca que encontró, se dio un toque y se preparó para el encuentro.

☐Me lo prometiste ¿no es así, bonita? ☐temblaba mientras dibujaba las líneas☐ vienes al pueblo a buscarme ☐con desesperación, inhaló los caminos blancos☐ ¡Tú no te casas con ese imbécil

¡No puedes! Eres mía, mía, mía.

Compró el juego para David, la lluvia escampó y aprovechó para recorrer las calles de su adolescencia, feliz descubrió que sin los hombres de negro con los cuales Arden la cuidaba, pasaba inadvertida entre la gente, y eso la animó. Se tomó un café en un Starbucks, fue al Walmart y compró todo para una cena especial.

Evocó la época donde todo era tan simple y fácil. Pero aquel pensamiento la ahogó, no deseaba volver a ese punto, ya no, era ahora otra persona y ésta le gustaba mucho más que la de aquella chica tímida, insegura y miedosa. Era hora de aceptarlo todo, lo bueno y lo no tan bueno, porque al final ella era el corazón y el alma de Arden Russell.

☐¡Carajo! ¡el celular!

Había apagado el teléfono y lo había dejado en la guantera. Miró su reloj y calculó la hora, tenía el tiempo justo para ir a la librería, temprano en la mañana llegaría Arden y todo tenía que estar en orden, si sabía que ella se le había escapado a su vigilancia, serían los pobres hombres quienes pagarían las consecuencias.

Los círculos se cierran ¿existe el azar? No, a veces, las puertas que hemos dejado entreabiertas necesitan ser cerradas, los puntos de la vida se buscan y se encuentran, no existen las coincidencias.

Ese día, desde lejos, con ojos de animal de rapiña, Richard la observaba. Ella lo llamó, no supo cómo, pero Richard Morris sintió el llamado ¡ella lo esperaba!

Summer, sin voluntad, estaba de copiloto en el Porche, había perdido la batalla una vez más contra Marilyn Baker y se resignaba.

Ella caminaba por la calle con las bolsas de compras.

☐¡Marilyn! ☐suspiró, sus ojos estaban llenos de ella, nadie ni nada existía a su alrededor.

Se dio otro chute, Summer lo miró, y con rabia descubrió que, con solo verla, el maldito recobró esa belleza traviesa que todas las chicas de la escuela amaban.

—Está de novia ☐murmuró la chica con desgano y en un tono de burla.

El chico carcajeó.

—¡Mírala! ¿No es hermosa? Y aún maneja esa mierda de cacharro.

Marilyn se detuvo y miró el reloj.

Horas.

Minutos.

Y Arden estaría en casa con ella. A metros observó su auto estacionado en la pequeña calle, él odiaría aquel auto, lo sabía *"¿Por qué diablos debes tener tantos prejuicios con mi dinero? ¡Es dinero! ¡Me importa un pito el dinero Mae! No soy eso, pero es mi manera de hacerte la vida más fácil."*

Sonrió, no, ya no estaba sola, aún en las calles de esta ciudad entendió que, desde hacía un tiempo, siempre de la mano y aún en la distancia, caminaba con Arden Russell.

Sacó las llaves de su capucha, abrió la puerta de su auto, se aprestaba a llamar a Theo y volver a casa, pero una sensación antigua recorrió su columna vertebral, volteó y se congeló.

—Has vuelto mi amor, te he esperado años.

¡Dios mío, sálvame!

Sus ojos azules, su cabello rubio, los vaqueros negros y su andar de pandillero con un cigarrillo a medio fumar eran la obsesión de todo el instituto. Caminaba por los pasillos con su aire de niño rico e interesante, sabiéndose el ideal de todas las bobas adolescentes que soñaban con que él las mirase.

Richard Morris era, en la escala social de la

prepa, un príncipe azul categoría premium, si él te miraba, finalmente habías logrado ser alguien especial y obtenías una A en la muy competitiva escala social escolar.

Odiaba estudiar ¿Quién quiere estudiar, cuando tu papi te va a heredar doscientos millones de dólares? Sin embargo, lo tenía que hacer, papá Morris lo exigía.

Su madre, belleza pueblerina, lo malcrió al punto de que el chico no supo de normas, respeto y responsabilidades. El pequeño Rocco abría la boca y todos en la casa tenían que correr antes de que a la madre le diera un ataque de nervios y a gritos los despidiera.

A los once años el rubio niño estaba prácticamente perdido para todo, era grosero, caprichoso, sin el menor respeto por sus padres y por todo lo que le rodeaba. Estudió en varias escuelas privadas, pero de todas lo echaban, aún con la fortuna de su padre, ninguno quería tener esa molestia de niño inútil que se burlaba de sus maestros, y que jamás fue capaz de sacar una buena calificación.

A los catorce había agotado todos sus créditos y terminó en la escuela pública del pueblo. Llegó allí con su aire de niño rico, misterioso y rebelde. De un momento a otro se convirtió en el chico más popular. Tenía carisma y un dejo de peligro que resultaba muy atractivo para todos.

Summer, de inmediato conectó con él y se convirtió en una aliada que rápido convirtió en una especie de esclava y ella feliz, lo aceptaba.

La otra persona que formaba su círculo de hierro era Lola, su secuaz, la que se encargaba de cubrirle la espalda, le hacía las tareas, los trabajos, y más de una vez le consiguió las chicas que, por hacerse las difíciles, no quería trabajar para conquistarlas.

Siempre estaba metido en problemas y el

juez Baker intentaba ponerlo, a él y a su pandilla, a raya. Su padre siempre lo sacaba de todo, pero a los días volvía a estar en problemas y el juez lo sancionaba.

Mae llegó a la escuela y todos se quedaron viéndola cuando entró a la cafetería luciendo como perdida, tenía un montón de libros en las manos e intentaba leer cuando cruzaba por entre las mesas para llegar a hacer la fila para el desayuno. De inmediato supieron que era la hija del juez y la mayoría decidió ignorarla.

Durante meses la muy oscura y tímida chica se convirtió en una especie de celebridad en la escuela, era la mejor estudiante, ganadora de los concursos de deletreo y merecedora del premio a la mejor dibujante. Para los amigos de Richard y para él mismo, era una rata extraña que no merecía la pena.

Un día el niño Morris estrelló huevos podridos contra una patrulla de la policía, el juez Baker sin miedo a la influencia del viejo Cristopher, metió al chico a un calabozo y tardó dos días en darle la salida, quería darle una lección para que finalmente aprendiera a respetar.

—Mi padre hará que te despidan viejo de mierda ¡hijo de puta! —gritaba.

Buscando el desquite, Rocco se fijó en la hija de Baker. Nunca la había visto de frente así que un día le quitó la capucha y se topó con los ojos pardos, con un rubor de manzana y con un gesto inocente y sorprendido, le pareció la niña más bonita que había visto en la escuela.

—Hola, ¿me prestas tu tarea de álgebra? ☐mintió.

—Claro, Richard —sacó su cuaderno de notas— hay que estudiar, mañana habrá examen.

—No me interesa el puto examen —no sabía porqué, pero el cabello castaño lo tenía hipnotizado— ¡vamos Mae! —se acercó ¡olía delicioso! □ ¿qué ganas con estudiar tanto?

Marilyn parpadeó frente a él ¿por qué Richard le hablaba?

—Me gusta estudiar.

—No, no te gusta. Lo haces para dártela de jodida genio.

No le gustó el tono de la voz burlona del chico, odiaba que le dijeran que estudiar y leer era cosa de tontos, ella no era ninguna tonta. El espíritu rebelde que en ella se gestaba y que poco a poco iba creciendo de manera tímida se armó frente al muchacho.

Levantó su barbilla en gesto de lucha.

—Estudio porque me gusta, no por hacerme la importante y dame mi cuaderno de álgebra —con fuerza se lo arrebató y trató de cerrar su casillero.

—¡Oye! —la tomó de la muñeca y la arrinconó contra el frío metal del locker—. Hueles rico, bonita… muy bien.

—¡Tú no! hueles a cigarrillo y a cerveza □la sorpresa fue que Richard Morris se acercó a ella, dándole un tierno beso en el cuello. Mae se asustó.

—¿Quieres salir conmigo? Tú y yo… ¡vamos! Di que sí.

—No —se moría por decir que sí, todos sus héroes románticos estaban en aquel chico por el cual todas suspiraban— tienes novia.

—¿Summer? No se lo diremos, la perra es tonta.

Un guiño desde sus impresionantes ojos azules y el corazón de la niña saltó de emoción. Marilyn Baker, a los quince años, ingenua y crédula, estaba ya adentrándose en la piel de aquella mujer que en un futuro se compararía con una ninfa. Secretamente ya leía Sade y Anais Nin y soñaba con un amor de fuego y con permitir que Heatcliff o Darcy se apoderaran de su vida….

¡Richard Morris! ¿Podría ser él? Sin embargo, algo en los ojos del chico no le gustaba.

—¡Suéltame! De lo contrario le diré al director y a mi papá.

Los labios voluptuosos de Morris intentaron hacer un gesto burlón.

—¿No te aburres de ser la niñita idiota de papá, princesa?

¡Oh sí!, la hija de Aimée estaba agotada, aburrida de ser siempre frente a su padre una niña buena. Pero la presencia peligrosa de Rocco la asustó, la asustó más por ella que por él, el espíritu de mamá corría como loco por todas partes y fue por eso por lo que se soltó de su agarre y salió corriendo por los pasillos de la enorme escuela.

Desde ese día el chico malo de Aberdeen se obsesionó con la niña buena, pero ella le huía.

En agosto, el mundo de Marilyn explotó cuando su madre murió en un terrible accidente automovilístico. Pasó días encerrada en su habitación, sin derramar una lágrima, rememorando a su mamá, mirando cada foto, video o mapa de todos aquellos caminos que había recorrido con la Aimée libre y trashumante.

Stuart no presionó que ella fuera a la escuela, porque la necesitaba cerca para ser quien lo sostuviera en aquel luto silencioso.

Por amor a su viejo, Mae lo acompañó a pescar, le preparó su comida favorita, se quedó los sábados con él, sin atreverse a llorar.

Al volver del luto y reanudar las clases, Mae con dieciséis años emergió hermosa y con deseos de libertad, retomó su diario de vida y comenzó a registrar su despertar.

Esa medianoche desvelada, se asomó a su ventana, algo la llamaba de manera oscura hacia los linderos del bosque que quedaban frente a su casa. La presencia del enorme árbol fantasmal, siempre la asustaba, pero esa noche el árbol frente a ella y la luna enorme en el cielo dibujaba un cuadro gótico que le pareció hermoso. Se asomó, al segundo vio como el auto de Richard Morris se detenía frente a su casa. Apagó la luz para mirar con tranquilidad, el Porsche seguía ahí y su corazón de niña se agitó, algo juguetón y anárquico se movió dentro de ella y sin miedo abrió la ventana y permitió que Rocco la observara y la observó. Rápidamente salió del carro y le hizo un gesto de llamada, lo hizo varias veces. El chico galán estaba seguro de que Mae saldría corriendo y se iría con él en su auto. ¡Mierda! estaba excitado con la ratoncita, si ella se iba con él, sería un triunfo frente al juez y frente a todos los que creían que él no podría tener una chica dulce, inocente e inteligente como novia.

De inmediato se retiró de la ventana y cerró las cortinas. Para Richard, el que no permitiera que la pervirtiera fue el inició de su obsesión.

Respiraba en su cuello, jalaba su capucha, se hacía por detrás de la fila del almuerzo, la rozaba con su pie, tocaba su cabello. A ella le fastidiaba y a la vez le excitaba, presentía que con un leve pestañear tendría al chico más popular y lindo de la escuela.

Y un cigarrillo fue el comienzo de todo. Un día, un coqueto y encantador Richard la retó a fumar. Ella se acercó y de los labios del chico malo recibió el cigarrillo, para la mente romántica de Mae eso le pareció lo más sexy y peligroso.

Tosió fuertemente.

—Lo siento □el delicado tono de voz de Mae, movió algo desconocido en Richard.

—Aprenderás, chiquita, aprenderás.

Y Marilyn Baker fue besada por primera vez en su vida.

Después, en el Porsche y en las afueras del pueblo, Rocco la besó con furor y descaro, pasaba sus manos impacientes por todo su cuerpo y ella se

El Límite del Caos IV: Entre la Fe y los Fantasmas

resistía, trataba de que no llegara a partes que no deseaba que tocara. Algo, una alerta, le gritaba que no, que se alejara, pero la curiosidad y el deseo de saber cómo era eso de tener un novio tipo héroe romántico la hizo quedarse.

Richard intentó levantarle su vestido.

—¡No!

—No me digas que no, Mae, me deseas.

—¡Qué pretencioso! —se alejó— ¿crees que soy como todas las demás chicas?

El muchacho golpeó el volante de su auto con rabia.

—¡Mierda! No me vengas con esas mariconadas, no conmigo, todas las chicas se hacen las decentes, todos saben que cuando una chica dice que no, es porque dice que sí.

Mae frunció su ceño, y en un abrir y cerrar de ojos abrió las puertas del auto, escuchó una grosería tras ella, ella continuó caminando.

El auto la siguió.

—¡No me sigas!

—No seas ridícula, es un maldito polvo, no te estoy pidiendo que te cases conmigo ¡ven, vamos a follar! —pero la chica siguió— ¡no seas idiota!

Se paró a orillas del camino.

—No soy idiota Richard, cuando digo no, es no, no me hago la interesante contigo.

—Deja de actuar como una puta virgen.

Ella gimió.

—¡Soy virgen!

Las llantas del auto chirriaron, Richard, idiota lo sabía, lo sabía, la chica era una maldita y aburrida virgen, él no se había acostado nunca con una, y si alguna se le hubiese presentado él la hubiese echado para la mierda. Pero la niña tonta le fascinaba, y lo que más le fascinaba era que él deseaba pervertirla; la hija buena del juez cabrón siendo follada por él, ¡Oh puta! Su coño sería estrecho y tierno.

Salió del carro caminó tras ella, pero Mae corrió para no ser alcanzada ¿Quién diría que el juego del gato y el ratón, el correr para que Richard no la atrapara sería la constante en su relación?

El chico la tomó del brazo con fuerza.

—¡Perdóname! —pero no era verdad, solo decía las idiotas frases que a las tontas perritas les gustaba escuchar— no quise ofenderte.

Ella solo quería llorar, pero se abstuvo de hacerlo frente a él.

—Llévame a la escuela, mi papá irá por mí en una hora.

¡Oh sí!, el chico Morris era un completo imbécil, pero sabía decir cosas, y Mae inteligente y astuta era aún una adolescente idílica que deseaba salir del mundo cotidiano de su vida.

—Eres tan suave como una mariposa —la acercó y hundió su nariz en su cabello— ¡mierda! hueles jodidamente bien —sí, sabía que decir, pero como nunca había estado frente a una chica tan diferente como Marilyn, él daba un paso hacia delante y tres atrás—. Me pregunto cómo debe oler tu coñito, debe ser tan diferente a las puticas con las que follo. Mmm te va a gustar cuando meta mi pija dura en ti.

Instantáneamente ella se soltó, no por la fuerza de aquellas palabras. Algo no encajaba, era como si esa no fuera la voz que debía decirlas, esa voz no tenía la fuerza, la necesidad, la belleza y el hambre que Mae Baker necesitaba escuchar, lo que las transformaba en vacías y ordinarias.

—¡Llévame a la escuela!

—¡No! —con fuerza la atrajo hacia él.

—¿Vas a violarme, Richard Morris?

Estaba asustada, ese ¡corre! ¡corre lejos! latía en su cabeza.

—¡No soy un puto violador!

—Entonces llévame a la escuela.

Furioso, el chico pateó una piedra con rabia.

—¡Eres una estúpida! ¿Qué más podía esperar de una tonta mosca muerta como tú! —se fue hacia el auto, prendió motores— ¡sube! ☐Mae cerró los ojos, tembló— ¡Sube al auto! ¡No voy a violarte, tonta!

Los quince minutos de camino a la escuela fueron para ella aterradores, él ponía Eminem a todo volumen, apenas se detuvo, la chica se tiró del carro, se refugió en uno de los baños y lloró.

Sería la primera vez que lloraría por Richard Morris.

A la media hora llegó Stuart.

—¿Fue divertido, Motitas?

—Sí, Stuart, fue divertido —le mintió.

Rocco, con coca en su sistema, fue con Summer y la folló en su auto hasta el amanecer, mientras que gritaba el nombre de Mae a todo maldito pulmón.

La chica lloró, la nueva, la niña insulsa de Mae Baker le quitaba su novio. Sí, porque la semana siguiente su amado Rocco, fue una maldita mierda que no hallaba la hora de ver a la niña maldita y deseada. Desesperada para que volviera donde ella con sus patanería y lenguaje asqueroso, hizo lo imposible para que la mirara. Un día se vistió como su enemiga y el único comentario que escuchó fue:

—Pareces una puta idiota pordiosera.

Mae en su creciente inquietud, escondida en su capucha, decidió observar a Morris. Algo se detonó en ella, quería jugar, quería el aire sobre su cara, quería ser Jane, Elizabeth y Catherine. De su deseo escondido fluyó calor y éste, en oleadas ardientes se fue directamente hasta Richard.

De pronto, el chico volteó y ella, asustada, se escondió tras un libro.

Caminando por el pasillo, unos brazos la arrastraron hacia uno de los cuartos del conserje.

—¿Qué mierdas fue eso? —y sin pedirle permiso, la besó, demandando y mordiendo, ella trató de zafarse— ¡no! ¡Eres mi puta chica! Y te beso cuando me dé la maldita gana.

¡Oh, pobre!, pobre Richard, nunca debió decir aquello; la boca sucia de alcantarilla, poco inteligente hizo que la niña ratona de Marilyn jugara con fuego ¿Cuándo viviría? ¿Cuándo los libros vendrían a ella? Metida en ese pueblo, con su amoroso pero asfixiante padre, quizás nunca.

Fue así como ella permitió que Morris la besara durante todo aquel día. Aquel día la niña que nunca faltó a la escuela no asistió a su clase favorita de literatura.

Poco a poco se vio metida en el mundo del muchacho, con sus ojos pequeños y su mirada inocente, convenció al chico de que aquel extraño noviazgo fuese vivido en la clandestinidad. Se dijo que era por su padre, por la madre de él, se dijo muchas mentiras, pero la verdad es que ella con su mente romántica y literaria lo quiso así.

Se enamoró del muchacho, o creyó hacerlo, y esto hizo que él entendiese que podría manipularla a su antojo.

Summer chilló como gata, le aruñó la cara al muchacho a quien la frustración sexual por no poseer a Mae hizo que tuviera sexo de manera asquerosa con ella en el garaje de su casa. Al terminar, le gritó:

—No jodas más a mi novia, sino ¡te mato, perra!

—Ella es demasiado buena para ti, imbécil.

—Nunca serás como ella —la miró con asco—. Mae es inteligente, no como tú que dejas que te follen a cambio de nada.

—¿Inteligente? Pues no lo es tanto cuando se mete con un maldito idiota como tú.

De alguna manera, las palabras surtieron en efecto, trató de estudiar, pero se aburría, intentó no consumir, pero cada "no" era una traición a su deseo. No podía dejar de ser lo que era.

Summer se acercó a Mae y ella la aceptó como amiga, cosa que interpretó como una señal inequívoca que la tonta hijita del juez no le interesaba tanto Rocco como creía. Y la odió más ¿por qué elegía a Mae si ella era quien lo amaba con locura?

Al final, fue cediendo y permitió que él llegara cada noche y se desquitara con ella de todas las frustraciones sexuales que la niña Baker le provocaba.

En un gesto absoluto de locura y sumisión, se avocó a la tarea de convencer a Mae para que se acostara con Rocco. Creyó que, si se la daba en bandeja de plata, él la volvería a considerar, además sabía que la inexperiencia de la chica era algo capaz de matar cualquier obsesión animal ¿Quién quiere una tonta que no sabe hacer una buena mamada?

Pobre Summer, su paranoia fue total cuando vio a Richard enloquecido, gritándole en plena carretera ¡te amo! a la hija del juez. ¿Qué era esa mierda? Richard no amaba a nadie, solo a él mismo.

Inocente y repleta de ideas románticas, Mae le respondía de igual manera sin saber que con esas palabras estaba desatando a una bestia que no pararía hasta conseguirla.

Y la relación se volvió tóxica, el chico cada vez más grosero y ella, más desencantada. Ya no le parecían románticos sus violentos arranques de celos, tampoco la convencían sus palabras de arrepentimiento. Pero no sabía cómo ponerle fin, se sentía responsable y una y otra vez volvía a intentarlo.

Un día, Summer y Lola la abordaron, le

hablaron de lo mucho que Rocco la amaba y de lo mal que se sentía por no ser lo que ella merecía. Le contaron una convincente historia sobre promesas y arrepentimientos y la invitaron a la "Piedra Azul" para compartir y celebrar el nuevo comienzo de Richard.

Caminó por el bosque hasta llegar a lo más recóndito donde había una gran roca negra azulada y al lado, una cabaña de piedra. Apenas llegó, sintió que estaba metida en una trampa. Summer y Lola le habían dicho que Rocco quería despedirse porque al fin iba a tratar sus adicciones y lo que vio fue al trío desnudo, en una nube de alcohol y marihuana, con huellas de coca en la nariz, follando todos contra todos como bestias. Quedó paralizada, ahogó un grito y cuando quiso escapar, sin querer botó unas latas de cerveza y allí se percataron de ella. Con un movimiento rápido, Richard se liberó de sus amantes y de un violento golpe, la tiró al suelo.

Mae no gritó, solo atinó a cubrirse la cabeza con sus brazos.

☐¡Perdón por empezar la fiesta sin esperarte! ☐se burló Summer.

—La perrita hija del juez, al fin va a tener su merecido ☐Rocco sobaba su verga erecta y la amenazaba.

Mae intentó parase, pero Lola le dio un golpe en las piernas y volvió a caerse.

☐¡Hey, perra! ☐empujó violentamente a su secuaz☐ ¡No toques a mi novia! ☐ofreció su mano para ayudar a Marilyn y ella lo rechazó☐ ¡No, no, no, chiquita! te amo hasta la locura y me tratas como si fuera una cosa inservible.

Mae cerró los ojos y escondió la cara, la desnudez de todos era agresiva y el olor a sexo, nauseabundo.

☐¡Hey, qué fina la dama! ¿acaso nunca viste culos y tetas? Y ¿una verga parada?

☐Summer gritó entre carcajadas, Lola la secundó.

—¡Mira Summer! Ella me hará una mamada ☐Rocco la tomó del cabello y obligó a que Mae lo mirara.

La rubia miró con repulsión.

—La perra no sabe hacerlo.

—¡Hazlo, cisne bonito!

—¡No! —quería vomitar.

—Hazlo —se agachó y la abrazó—, seré bueno y cuando pase, nos iremos de aquí —besó su cabeza con devoción— seremos felices, tú y yo, sin estas putas ☐ella negó con la cabeza, él se paró furioso— ¡fóllame!

—¡Maldita sea, Richard, jódela ya!

Mae trató de ponerse de pie.

—Primero muerta, primero muerta, Richard Morris.

Una bofetada la hizo perder el equilibrio, pero logro ponerse de pie.

—¡Siempre te creíste mejor! ¡siempre! igual que el cabrón de tú papá.

—Tú lo arruinaste todo, yo te amaba ☐se defendió Mae.

—¿Me amabas? —se llevó sus manos al cabello, la desnudez delgada se tensionó, estaba furioso— ¡Maldita mosca muerta!, eres una perra estúpida e insignificante que ni siquiera sabe hacer mamadas ☐aspiró la coca que le ofreció Lola☐. Quieres joder, pero no puedes. Eres una maldita, estúpida e insignificante mosca muerta.

Mientras pensaba cómo escaparse, la chica siguió conversando.

—Pero yo te amaba, Richard —gimió dolorosamente.

—¡Nunca hiciste el amor conmigo! —dijo esto último como tonto niño.

Summer intervino furiosa.

—¡No, Rocco!, ella no hará nunca el amor contigo, la perra se cree mejor que tú.

Esas palabras terminaron por acelerar la ira del muchacho quien sin más descargó su furia a golpes y cuando estaba a punto de bajarle los pantalones, Lola se subió a su espalda y lo agarró del cuello.

☐¡Corre! ¡Corre, Marilyn, niña estúpida, corre! ¡Vete antes de que te maten!

Con la adrenalina en su cuerpo, la chica olvidó sus dolores y corrió, corrió y corrió hasta que dejó de escuchar la voz desesperada de Rocco llamándola, pidiéndole perdón y jurando que la amaba. Aunque la última frase que le escuchó fue:

—¡Puta! ¡Vete, no me importa! ¡sé que volverás a mí, porque me amas!

Y para la mente afiebrada del descerebrado drogadicto, ese día había llegado.

—Richard —trató de que su voz fuese firme, agarró con fuerza las llaves de su auto.

Allí estaba aquel hombre y no era el mismo de unos años atrás, estaba delgado y pálido, con la ropa sucia y el cabello rubio glorioso era opaco, demasiado largo y agarrado en una coleta, la antigua belleza se había ido para siempre, y solo era un drogadicto triste.

—Estoy tan feliz de verte —se acercó unos pasos.

—¡No te acerques más! —miró hacia los lados, alguien quien la salvara, respiró fuerte y cerró la boca en gesto duro.

Theo... ¿cómo pude ser tan tonta?

Quería llorar, unas horas y estaría en casa sana y salva.

Unas horas... ¡Dios, dame mis horas!

—Pero has vuelto —los ojos azules la miraban alienados— y estás hermosa, hermosa, nunca, nunca he visto alguien más lindo que tú y has vuelto por mí.

"Él te esperaba, el maldito te esperaba."

Arden y sus arranques celosos en su cabeza... *Ángel ¡ven por mí!*

—No he vuelto por ti, Richard.

Summer salió del auto, si la imagen de Rocco era triste, la de la chica era patética

Así hubiese sido mi vida... ¡igual!

—¡Mientes! —en dos pasos llegó hasta ella— ¡has vuelto por mí! —intentó besarla, el olor que el chico despedía era nauseabundo. Mae interpuso una mano fuerte entre ella y el pecho de Richard—. No puedes decir que no, no puedes decir que no, ¡me amas! —agarró su cabello con fuerza— ¿aún sigues creyéndote lo mejor, no es así, perra?

Marilyn hizo un esfuerzo por no llorar, por no demostrar miedo, él era ese tipo de seres que se alimentaban de miedo de los otros, un paso en falso y acabaría con ella, lo peor era que seguramente él en sus delirios de cocaína quizás no se daría cuenta.

—¡Suéltame, Rocco! —lo miró con sin rabia—. Hacerme daño te hará sufrir —lo dijo con voz de niña.

Él se puso a llorar.

—No —se limpió con fuerza su rostro— Yo, yo no te haría daño, eres lo más importante en el mundo para mí, lo único, por eso te espero. Al fin tú y yo lejos de todo esto, ¡lejos!, sin que nadie nos joda la puta vida, seremos libres. Tengo dinero y tendré más, mi viejo agoniza. Aberdeen y toda la mugre quedarán aquí ☐empujó a Summer para que se fuera☐ nos iremos y olvidaremos todo, nunca miraremos atrás —Mae controló sus ganas de llorar, el soliloquio de delirio de aquel hombre de veintiocho años que se había quedado estático en la adolescencia era peligroso— ¡volviste!, ¡volviste por mí! —y enterró la cabeza en su cuello.

Mae se sobrepuso rápido de la impresión,

de manera cuidadosa, llevó su mano temblorosa al cabello hirsuto de su antiguo novio y con fuerza, tiró de él hasta que pudo mirarle la cara, tenerlo tan cerca fue definitivo para demostrarse que aquel monstruo que gobernó su vida por años ya no existía.

—¡Perdóname! —le susurró— no quiero hacerte daño, pero no he vuelto por ti. Yo he crecido, no soy la misma ¿recuerdas aquella noche en el bosque? Ese día aquella niña que amabas murió, ya no puedo volver allí, ya no es posible.

Violentamente Richard se separó y levantó la cabeza. Claro que era la misma, olía igual, es más, olía mejor, su piel estaba más tersa, el rostro de chiquilla había desaparecido para dar paso a una mujer con un exquisito rostro, sensual y maduro, pero era ella. Se moría por tocarla, un beso, un beso en la escuela, en la camioneta, una noche escuchando música en la carretera, viéndola bailar.

—Pero me amas.

—¡Oh, Richard!, por favor ¡no!, ¡no!, ¡no he vuelto por ti!, voy a casarme con otra persona.

Se apartó varios pasos, dio tres puñetazos fuertes sobre el auto amarillo.

Summer, sentada en el borde de la calle dejó escapar un sonoro ¡Ja, ja! en tono irónico. Rocco la miró con asco.

—¡Lo nuestro fue especial, Mae!

—Pero ya no existe —y con terror, pero con valentía frente a la violencia alucinada del chico dijo—. Creo que nunca dejó de ser una equivocación.

—¡No digas que fue un error! □otro golpe sobre el capó□. ¡Fue lo mejor! □comenzó a girar en pequeños círculos y a darse golpes en el pecho□ ¡Eres lo mejor para mí! Tienes que entenderlo ¡no fue un maldito error!

—¡Eso es el pasado! —buscaba con la mirada a alguien que la pudiera ayudar— yo soy otra persona, estoy comprometida, me casaré pronto, pero no contigo —rogaba porque Theo y los demás la buscaran—. Permite que me despida de ti, permite que te diga adiós —hablaba con un cúmulo de tristeza en su voz.

En la vida de aquel chico, en su mente, ella era su dolor, quien lo había terminado de hundir, en aquella historia Marilyn fue la malvada mujer que le quitó la inocencia de niño idiota y mimado a aquel príncipe mediocre.

Un gemido sordo de furia salió del pecho de Rocco. Sus puños y su rostro demacrado se contrajeron un gesto de rabia y de dolor. Un relámpago, un tronador sonido y la lluvia comenzó a caer.

Maldito día. Maldito. Si la hubiese tenido, si hubiese sido un poquito inteligente. Tantos, tantas cosas… un libro, un intento de más, una maldita buena nota, menos cocaína y la habría tenido.

Se apartó de improviso y vomitó en la acera, Mae vio la oportunidad, abrió la puerta de su carro, encendió el motor, nunca un sonido había sido mejor, y emprendió una vez más la huida de Richard Morris. En un segundo pasó cerca de él, los ojos azules de Summer la miraron de forma misteriosa y el rostro de su antiguo y equivocado amor de secundario era el cúmulo de cientos de días de ausencia, espera y rabia.

Su pequeño auto avanzaba a alta velocidad, una vez en la carretera y con la mano temblorosa, marcó el número de Theo.

—Estoy llegando. Lo siento. Voy por la carretera Tacoma-Aberdeen. Sí. Ven por mí. No, no. Estoy bien, estoy bien —apagó el celular, miraba hacia delante, debía llegar, llegar a casa.

Richard la vio irse.

¿Adiós?

Años de espera. Su maldita vida en espera,

perdido en los recuerdos, soñando, viviendo como un jodido sonámbulo. ¿Quién se creía? ¡Maldita perra mal nacida! ¿Perdón? ¿Perdón? ¡Oh, la puta hija de un juez pobretón que venía, como siempre, creyéndose superior! Perra insignificante ¡perra! ¡perra! Todo por una maldita follada. Una, una sola. Gimió, él dentro de ella y todo hubiese sido asquerosamente perfecto.

—¡Sube al puto auto! —le gritó a Summer quien no lograba sacudirse su aspecto de zombi.

La mujer obedeció. Lo supo, apenas leyó la revista, supo que él, esta vez, no la dejaría ir. En lo que se refiere a la obsesión, Rocco era un imán que atrapaba todo a su paso, ella no tenía escapatoria, ni Mae tampoco.

El Porsche encendió motores y como alma que lleva el diablo fue tras Mae Baker.

El bosque que bordeaba el camino de vuelta a casa se convertía en líneas de colores que desaparecían poco a poco a medida que se oscurecía. Llovía como hacía años no lo hacía y sentía que su pequeño auto no avanzaba lo suficientemente rápido. Deseaba estar en casa, ver a Arden y abrazarse a él hasta sentir que recuperaba el alma, decirle, gritarle, que siempre fue él a quien había amado, que sin saber que existía lo había estado esperado; que un día ella soñó con él y que cada paso de su vida estuvo dirigido a él, ser su esposa, su amante y su única amiga.

De la nada aparecieron dos luces brillantes en su espejo retrovisor. Un auto negro.

—¡Dios, Richard! ☐su peor pesadilla estaba tras ella.

El Porsche aceleró con furia, se fue contra el viejo auto de Mae y le dio un impacto.

El coche amarillo tambaleó, luego retomó el camino y siguió. La chica apretó con fuerza el volante, ¿cómo pudo creer que él la dejaría tranquila? ¿Cómo pudo pensar que Richard no iría tras ella? Era su oportunidad, la oportunidad que no tuvo en el bosque, la que no concretó.

Un segundo estrellón, la conmoción fue menor, logró acelerar con fuerza y se alejó.

¡Gracias, papá!

El motor estaba como nuevo. Tenía que correr. Salvarse.

El celular empezó a sonar.

"Every breath you take"

☐¡Arden! ¡No! ¡No! ☐ahogó un grito.

Las lágrimas comenzaron a caer de manera abundante por todo su rostro.

—¡No! ☐con impaciencia golpeó el volante de su auto.

En ese momento Mae Baker peleaba no solo por su vida, peleaba por la de él. Por Arden Russell, contra aquel destino que le decía que nunca podría tener la paz deseada.

"Dependo de ti, Baker"

"Soñé contigo desde niño"

"Todo lo que he vivido fue para llegar a ti, mi amor"

Y de nuevo, el Porsche contra ella.

No, no moriría.

"¡Pelea por mí, Baker! ¡pelea por mí!"

¡Sí! ¡Peleaba!

Peleaba contra aquel presentimiento que le decía que un día de lluvia ella moriría, peleaba como lo hizo siempre, con aquel fuego que la hizo correr por el bosque.

Peleaba contra el maldito destino de Arden, contra su maldita madre que esperaba en el infierno por él. Peleaba por el futuro que tendría, por lo años junto a él sentada en su casa, quizás y gimió, por los hijos que tendría, por los libros que escribiría, por su padre, por sus amigos, por su familia, la de ahora y la que vendría ¡no! Richard no podría.

Marilyn Baker Gerard con las manos al volante y con la fuerza de su padre Stuart Baker, retaba al destino que se empecinaba en hacer que un niño de cabello rubio nunca lograra ser feliz.

Y la muerte no tendrá dominio.
Los desnudos muertos serán uno
con el hombre en el viento y
la luna del poniente;
cuando sus huesos sean
descarnados y los descarnados
huesos se consuman...

La voz hermosa en su oído, la presencia delirante y narcótica de Arden Russell, todo, todo, al final él. Era su deseo potente desde niña venido a la realidad.

Y otro choque.

Richard odiando su amor por ella.

Summer en silencio, ya sin la modorra encima, viendo como al final nada valía la pena.

Mae luchando...

Los árboles frente a ella.

El bosque.

"No vayas al bosque"

¡Eso era! eso era lo que él decía. Lo presentía, ¡tonta! ¡idiota niña! Un no caprichoso e infantil, tan solo para demostrarle que ella aún tenía poder sobre su vida.

Golpe, tras golpe. Las llantas patinaban en el asfalto y cada vez resultaba más difícil controlar al pequeño carro.

El Porsche negro iba furioso contra ella. No tenía miedo, no como aquel día, porque era fuerte y tenía la fuerza de su porvenir en las venas.

Richard gritó y golpeó el volante como loco cuando vio luces aparecer en la pista contraria, era un enorme camión de carga.

—¡Nooo! ¡Maldita sea! —con todo el poder de su carro dio un ataque contra el Volkswagen.

Tenía segundos antes que el chofer del camión fuera testigo de lo que hacía. No podía correr el riesgo de que Mae pidiera ayuda.

☐¡¿Qué haces, cabrón?! ¡Vámonos, hijo de puta!

—¡Maldita puta loca! —pero Rocco no escuchaba y volvió a cargar, no le importaba nada, el sonido del metal lo aturdió, el pequeño carro de Mae parecía no tener control, hasta que se detuvo en la pista contraria. Un grito por el triunfo— ¡eres mía!

Entonces, un eufórico Richard Morris hizo algo inesperado, dio vuelta en U, se detuvo una milésima de segundo para mirarla desesperada dentro de auto y aceleró hasta perderse en un camino secundario.

—¡Eres un cobarde, hijo de puta Richard!, la condenaste a muerte, ¡estás loco, muy loco! Pero ni siquiera muerta la tendrás ☐le gritó una asustada Summer☐ ¡Un loco y cobarde!

☐¡Cállate, perra, yo sé lo que hago!

En el pequeño auto, Marilyn veía que a su derecha se le acerca el poderoso camión pitando y a su izquierda, el auto de Morris perdiéndose entre los árboles. No lo pensó mucho, cinco segundos, encendió el motor y aceleró al máximo, frente a ella, el bosque que orillaba el camino.

Los árboles parecían espectros, no podía desfallecer, no podía permitir que Richard triunfara, tampoco que Tara le ganara a Arden la batalla.

Las luces del camión de lleno en su cara, Theo vendría pronto, Stuart la esperaba en casa.

Arden vendría por ella al pueblo y le haría el amor en su cama de niña de buena, lo escucharía gemir su nombre en el oído. Finalmente, su cuerpo será el hogar donde él estará seguro, feliz y completo.

Las llantas del pesado camión dejan largar

líneas negras en el asfalto de la solitaria carretera.

—¡Joder! ¿Qué fue eso? —el chofer respiró aliviado. Había logrado detener el vehículo sin chocar al autito amarillo.

☐¿Y dónde está? ☐el copiloto asombrado mira buscando por todos lados.

Rápidos y con toda la experiencia del camino, estacionaron en la berma, se ponen sus impermeables amarillos, sacan las luces de emergencia y bajan.

☐¿Qué mierdas le pudo haber pasado al escarabajo amarillo?

☐¿Será un suicidio?

Los hombres especulaban cuando vieron al Volkswagen destrozado.

—¡Diablos, Tyron! Mueve tu culo gordo, parece que hay alguien herido aquí ¡es una chica!

—¿Está muerta?

El hombre flaco trató de abrir las puertas del auto, pero no pudo.

☐¡Las puertas están selladas!

—¿Está muerta? ☐insistió.

—¡No lo sé! Llama al 911 y trae la varilla de metal que está en la cabina ☐volvió hasta la ventanilla del carro y la golpeó suave☐ ¡resista, señora! ya viene la ayuda.

☐¡Maldita lluvia de mierda! ☐no terminó de hablar cuando sintió que frenaban en seco unos autos, miró hacia al camino y vio aparecer un grupo de hombres, agitó los brazos☐ ¡Aquí! ¡Aquí!

Theo y los otros tres guardaespaldas, con sus rostros de piedra, corrieron hasta el Volkswagen.

—¡Marilyn! —gritó Theo cuando llegó a la ventanilla, trató de abrir la puerta, al ver que ofrecía resistencia, respiró profundo y con un movimiento exacto logró abrirla☐. Hay chica linda, ¿Qué hiciste? ☐susurró mientras limpia la sangre de su cara□. Respira, no dejes de respirar porque si no el jefe me va a matar.

—¡Por todos los infiernos! La señorita Baker ¡El jefe nos matará! □gritó Elgar.

□¡Quién te arrancará de un tajo tus putas bolas y se las dará a los tiburones seré yo si no te callas! □le gritó un furioso Theo al chico, pero en su mente dominaba la imagen de Arden explotando con demencia y rabia contra él por no haber cuidado a su dama.

El sonido de una ambulancia los puso en alerta y salieron a encontrarla. Theo siguió con Mae, la abrigó con su gabardina.

—¡Niña terca sigue respirando! —volvió a tomar el pulso y lo sintió débil□. ¡No te rindas!

El personal de la ambulancia la sacó del carro y bajo la lluvia torrencial la llevó hasta el vehículo de emergencia. Theo recogió sus cosas personales: el celular y el bolso de mano, se aprestaba a subir a la ambulancia cuando escuchó "Every Breath You Take" salir del teléfono, miró y era Arden, se lo entregó a uno de los muchachos y dio orden de que lo apague.

No, no podía enfrentarse a Arden en ese momento, seis años trabajando con él, tratando de conocerlo, siendo el hombre que protegía al hombre que no necesitaba protección, porque era más peligroso que todos sus custodios juntos. Ese Arden Russell, hombre de hierro a quien admiraba y temía, dependía totalmente de que el corazón de Marilyn Baker siguiera latiendo.

□Joaquín, llama a su padre y dile que vamos al hospital. Y si llama el jefe, ¡no contesten! □cerró la puerta y se fue con el ulular de la sirena.

Bajo la intensa lluvia, entre medio de los árboles, el Porsche negro vio pasar la veloz caravana.

Summer histérica le gritaba:

—¡Eres un maldito psicópata, Rocco! —lo

golpeaba en los brazos con fuerza.

—¡Cállate perra!

Richard, quien parecía poseído por miles de demonios internos que le gritaban, estaba ido, era como si toda la cocaína consumida durante tantos años en este momento estuviese actuando en su sistema y solo podía ver el rostro de Mae desesperado dentro del auto, en la carretera.

Summer empezó a llorar.

—¿Eso es todo, Richard? ¿Eso es todo? ¡Siempre ella! En tu inútil vida, ¿siempre será ella quien te dirija? Y yo, que te acompaño, te apoyo y te tolero todas tus malacrianzas ¿Nada? Eres un maldito hijo de puta y mereces que la perra orgullosa te desprecie.

Richard gruñó, una sonrisa perversa y unos ojos dilatados que hablaban de un hombre que estaba más allá de toda la razón.

—¿Nada? Si siempre has sido un puto coño dispuesto a cambio de nada □ lanzó una risotada.

—Yo te amo, Rocco, desde niña yo te amo.

El rostro de la mujer estaba desfigurado por el llanto, los mocos fluían por la nariz y se mezclaban con las lágrimas.

Sentía una pena profunda, un peso muy grande en el corazón, sentía que estaba en un pozo negro, profundo y que no tenía salida.

—¡Yo te odio! —aceleró el auto— ¡te odio! ¡Eres asquerosa! Por tu culpa mi chica se marchó, por tu maldita culpa Mae no es mía.

El llanto de la mujer se pasmó ¿Qué hacía con Richard Morris? ¿cómo era posible haber desperdiciado diez años de su vida con alguien que no la amaba? abrió los ojos, las gotas de lluvia frente a ella parecían enormes balas de plata. La respiración agitada de ambos comenzó a empañar los vidrios del auto. Summer con ojos de furia y decepción observaba al idiota que durante tantos años amó, un sabor a cobre en su boca y un asco

hacia él era lo único que en ese momento sentía
¡Quería matarlo!

—¿Mi culpa? ¡Maldito cabrón! ¿Mi culpa?
—empezó a reír— la niña tonta te amaba y tú la
destruiste con tu mediocridad. ¿Mi culpa? —la risa
se hizo demente— ¡tú! ¿qué creías? ¿que con el
dinero de tu papá lo podías todo? —se limpió la
nariz—. ¡Idiota! ¡ni siquiera eres bueno en la
cama! —la mano de Richard agarró la espesa
melena rubia y la jaló con violencia.

—¡Cállate! Eres asquerosa ¡siempre serás
una perra callejera!

Empezaron a forcejear, ella lo golpeaba y
cada golpe llevaba la carga de cada ofensa sufrida:
por la droga que la instó a consumir, por el amor y
la ternura que nunca fue para ella.

El vehículo tambaleó, a Richard se le hacía
difícil controlar el Porsche y esquivar los golpes.
La lluvia se hacía más densa y comenzó a bajar
niebla, no podía ver bien, patinó en el asfalto, tomó
el volante con fuerza, ¡no, no podía morir! quería
ver a Mae Baker de nuevo, aunque fuese en su
ataúd, como si un rayo de lucidez llegara a su
mente enajenada, frenó con fuerza.

—¡Mae! —su voz no fue grito, más bien,
un gemido lastimero que desgarraba su pecho—
¡Mae!

El interior del coche que antes era un
infierno de gritos y recriminaciones de un
momento a otro se volvió silencio. Summer
observó el rostro de ese hombre trastornado, un
sentimiento de furor llenó su pecho.

—Eres un puto imbécil, la esperaste toda la
vida para hacerla tuya y cuando vuelve, ¿qué
haces? ¡la mataste! Rocco, está muerta, Mae está
muerta y nunca pudiste hacerla tuya —soltó una
carcajada histérica, pero la risa solo duró un
segundo, pues un golpe seco llegó hasta su rostro,
haciendo que la sangre de su nariz rota llegara

hasta la comisura de sus labios, el sabor a hierro era terrible y el dolor insoportable, tantos golpes□. Te odiaba, solo fuiste un mal recuerdo, sí, está muerta y murió odiándote.

Richard volteó y con sus ojos inyectados en sangre gritó:

—¡Fuera! ¡Fuera de mi auto! ¡Fuera de mi vida! ¡Fuera! —intento golpearla de nuevo, pero ella se protegió con sus brazos. Abrió la puerta del auto y la arrojó en medio de la carretera y la lluvia— ¡Púdrete!

Y en medio segundo, el auto negro del enajenado hombre desapareció en la niebla.

Summer, con el dolor en su rostro y la lucidez que eso le proporciona, supo finalmente que Rocco, perdido en la niebla, se iría a lugares de total oscuridad y que ella no lo acompañaría más.

La lluvia cayendo, la soledad de la autopista que atravesaba del bosque y una sonrisa de liberación la insuflaron. Levantó su rostro por un momento solo para hacerse a la idea de cómo hubiese sido su vida si Richard Morris no existiera.

—No, Rocco, púdrete tú.

Un paso, dos y empezó a caminar a cualquier parte, donde el maldito viento del Pacífico la llevara.

"□Su hija ha sufrido un accidente."

La voz del hombre que le dio la noticia retumbaba en la cabeza de Stuart Baker "su hija ha sufrido un accidente" hielo en su sangre. Estaba petrificado, cerró los ojos dolorosamente, en el pasado, otra voz le habló por teléfono de una carretera, de un accidente y finalmente, de la muerte de Aimée. Nunca creyó que el dolor aterrador que traía consigo el tono de aquella noticia volviese a estremecer su vida. Su niña pequeña, sola y desprotegida en una carretera, la sangre de ella por su sangre, la misma sangre.

No conducía, no podía, un chofer del juzgado lo hacía por él. Estaba petrificado, cada vez que respiraba, una oración brotaba en cada exhalación.

☐¡Dios, mi niña, no! ¡Mi niña, no!

—Ella va a estar bien, señor juez, tenga fe.

El juez asintió de manera mecánica con la cabeza.

—Sí, mi chica es una guerrera, ¡lo es! —repitió varias veces el mantra que desde pequeña le había enseñado, su niña no lo abandonaría, en el mundo de los padres no se concibe que sean ellos los que sepulten a sus hijos—. Motitas es fuerte, tiene cosas porqué vivir, pronto se va a casar y me dará muchos nietos.

Con manos temblorosas, pero con la voz firme llamó a su casa, David, el pequeño le contestó.

☐Hola, hijo ¿me pasas a tu madre, por favor?

Apenas Diane tomó el teléfono, Stuart la puso al tanto.

☐¡Oh, Stuart! Ella me invitó y yo debí acompañarla ¡lo siento!, ¡lo siento! ☐y comenzó a llorar por el teléfono.

El estoicismo que había salvado a todos los de la familia Baker no faltaba en las palabras tranquilas que disfrazaban el dolor interior.

☐No fue tu culpa, querida, no ☐carraspeó para que la emoción tremenda que lo embargaba no se filtrara en sus palabras.

☐¿Cómo está? ☐gimió Diane.

☐Ella va a estar bien. Por favor, quédate en casa, atenta al teléfono. En pocos minutos todo Russell Co. tronará por el teléfono, tienes que estar preparada, cariño.

Stuart lo sabía. Arden Russell vendría y su

casa sería un campo de batalla.

En Nueva York, ajeno a todo lo que pasaba, Arden hacía gala de su condición de difícil para negociar y disfrutaba llevando al límite a la otra parte. Se lo merecían, por ellos debió quedarse en la ciudad y no ir con Mae a visitar al padre.

Los representantes de la constructora respiraban entre nerviosos y contenidos, frente a ellos estaba el hombre que les definiría su futuro. Estaban conscientes de la trampa que les había puesto y era hora de definir si aceptaban el acuerdo.

Las negociaciones se demoraban y Arden despedía fuego por la boca, estaba en el "todo o malditamente nada" porque ya no quería perder más tiempo. Su corazón, sus sentidos y todo su cuerpo se encontraban a miles de kilómetros de allí, con su mujer, que no le contestaba el maldito celular. Estaba por degollar a todo aquel que le atrasara medio minuto más su encuentro con Marilyn, quería irse corriendo hasta Aberdeen para encararla por la afrenta de no contestar el maldito aparato.

☐ *¡Diez!¡Diez llamadas! ¡Diez! ¡No tienes derecho, Mae! ¿acaso no entiendes que mi corazón se paraliza si tu voz no lo alienta?*

Una sonrisa perversa cruzó su rostro, signo que fue interpretado por los Solomon como si él se burlara de ellos. Henry, atento, hizo un gesto a su padre. Cameron era el conciliador cuando Arden se ponía en su plan de César imperator, con su estilo conciliador frenaba la desconfianza de la otra parte y calmaba los ánimos.

El padre tomó la palabra, el hijo, molestó decidió entregarla, aprovecharía la pausa para hacer llamadas.

Salió de la sala de consejo y con los ojos de halcón sobre Cameron le indicó que su acción no le hizo ninguna gracia.

Se encerró en su oficina, marcó el número de Theo y nada.

—¿Qué diablos? —gruñó.

Buscó en la agenda el número de los otros custodios y los llamó, pero no obtuvo resultados.

Parpadeó, una extraña corriente de frío llegada de alguna parte lo congeló. Se paró de la silla, dio tres pasos, abrió la puerta y gritó:

—¡Becca!

Las tres secretarias saltaron. Stella aún no se sentía cómoda con el tono de aquel hombre. Hillary rio por lo bajo, le parecía divertido ver lo insoportable que se volvía Arden cuando Mae faltaba. Becca respiró pacientemente.

—Dime Arden.

—Llama a la casa del juez Baker, necesito hablar con Mae, no contesta su maldito celular —lo último fue dicho más en tono de queja que de regaño— ¡ahora!

Becca sonrió de manera discreta.

—Sí, señor ¿qué le digo?

Dos pasos hacia ella, se inclinó de forma casi confidente y le susurró:

—Dile que… —inhaló con fuerza— ¡qué diablos! Ella lo sabe, debe contestar el maldito aparato —*Baker, vas a ver cómo voy a estremecer tu casa y le haré saber a tu padre que ahora soy el dueño*— dile que en dos horas salgo, que me espere —una amenaza divertida brilló en el tono de su voz.

—Está bien, señor ¿si me contesta, la paso?

El rostro ceñudo y casi ofendido frente a la pregunta, fue la respuesta que la secretaria necesitaba.

Volvió a la sala de consejo.

—¿Cómo hace Mae para soportar tanta descarga? ¡Por todos los cielos! —preguntó Stella.

—Algo debe hacer muy bien —agregó, pícara, Rebecca

—¡Aaah! —suspiró Stella— ¡qué maldita envidia!

El teléfono repiqueteó y la voz de Diane llorosa contestó:

—Buenas tardes, casa Baker.

El tono de la voz de la mujer prendió las alarmas en el espíritu de Becca. Hubo un silencio y Diane volvió a decir:

—¿Sí? casa Baker.

—Eh, por favor, con Marilyn, es de parte de Russell Co.

—¡Oh, Dios! ¿Es la oficina del señor Arden Russell?

Becca se removió nerviosa en su asiento, su rostro cambió de manera drástica, miró a Stella frente a ella y rápidamente bajó la mirada.

—Sí, señora, soy la asistente del señor Russell —se paró y se apartó tres pasos de la mirada de Stella Miller a quien le extrañó la actitud de su compañera.

—¡Santo Cielo! Lo que tengo que decirle no es bueno, señorita.

Durante cinco minutos Becca, de espaldas a los testigos incómodos, escuchó la noticia del accidente de su amiga. Reprimió un llanto, un gesto, solo escuchaba el relato de esa mujer que no conocía y que sin embargo en la tristeza de su voz la sintió muy cerca.

Miraba la puerta y rogaba a todos los cielos que él no apareciera, pues simplemente no sería capaz de decirle lo que ocurría.

—Entiendo, lo siento, en verdad que lo siento, dígale al juez Baker que lo siento —no sabía que decir.

Colgó. Caminó lentamente como perdida y después corrió al baño. Stella y Hillary, asustadas, fueron tras ella.

—¿Qué pasó? —gritó Hillary.

La encontraron apoyada en el lavamanos

haciendo arcadas. No respondió, abrió la llave y echó a correr el agua, bebió un sorbo y se mojó la cara.

—Rebecca, cariño —Stella se acercó y le acarició suavemente la espalda, su amiga temblaba— ¿algo malo le ocurrió a Mae?

Becca levantó su rostro y se miró al espejo, y a través de él a las dos mujeres detrás de ella.

—¡Habla, mujer! Di que pasó, que fue lo que dijeron que quedaste así □Hillary insistió.

—¿Qué le voy a decir? ¿Qué le voy a decir? □la asistente repetía una y otra vez— ¿qué le voy a decir?

—¡Por todos los diablos! ¿Qué demonios le ocurrió a Mae? —grito impaciente.

—¿Está muerta? —el ansia dramática de Stella Miller se adelantó a todo— ¡mi pobre niña!

La imagen de la chica frente a ella con trenzas y pidiendo trabajo volvió a su cabeza, iba a empezar a llorar, pero la voz de Hillary la acalló con rabia.

—¡Cállate, Stella, por Dios! ¡Habla Becca!

—Está en el hospital, se accidentó hace como una hora, parece que está muy mal, la novia de su padre estaba llorando cuando me daba la noticia □se encogió de hombros□. ¿Qué le voy a decir? No soy capaz de enfrentarme a él, no soy capaz.

Hillary tomó el celular, marcó un número y mientras comunicaba, daba instrucciones.

—Becca, cálmate, si pregunta, dile que te estás comunicado con la casa —pero la chica parecía congelada—. Stella, comunícate de nuevo con Aberdeen y pregunta a qué hospital la llevaron y si necesitan algo… —el teléfono comunicó— ¿Bianca? Debes venir a ayudar a tu cuñado, llama a Ashley algo terrible ocurrió con Mae.

Las mujeres de la familia llegaron,

rápidamente se pusieron al tanto y la gran preocupación fue cómo decirle a Arden.

No hubo tiempo de pensarlo, la puerta del gran salón se abrió y comenzaron a salir todos los involucrados, aun felicitándose por el acuerdo logrado. Arden hizo un último gesto de despedida y se adelantó, llegó hasta el mesón de Rebecca, la muchacha temblaba.

Antes que preguntara, Ashley lo tomó de la mano y lo llevó a la oficina.

□¿Qué pasa? ¿por qué? □no terminó la pregunta, otra vez el frío en la espalda. Salió al hall y gritó a Rebeca□ ¿Qué pasó con la llamada?

□Arden, escúchame □Ashley tiró de su mano atrayendo su atención.

Él la miró y miró su entorno, de pronto el aire del lugar se volvió denso, la neblina de la ciudad fue ascendiendo hasta que era casi imposible verla a través del ventanal. No, Arden no quería poner atención, estaba muy ocupado tratando de salir de allí, tenía que llegar al aeropuerto, Marilyn lo espera.

—¡Arden! —la voz siempre graciosa de Ashley ahora sonaba fuerte y contundente.

Todos miraron a la chica. Cameron ya estaba enterado, de camino a la empresa Ashley lo había puesto al tanto, contuvo la respiración por segundo y dio un paso hasta su hijo.

—Arden, es Marilyn —dijo el padre.

Miles de imágenes pasaron por su cabeza en fracciones de segundo y en todas ella estaba su padre con esa actitud dándole malas noticias. Lo apuntó amenazante con un dedo, no iba a permitir que le dijera algo malo de Mae. Mathew y Henry se pusieron en guardia, los miró con ironía y abandonó su actitud de amenaza.

□¡Al carajo! Tengo cosas más importantes que hacer que pelear con ustedes.

—Cariño, no.

El rostro del hermano mayor se tornó feroz, clavó la mirada sobre su hermana, la vio nerviosa y asustada y solo ahí tomó conciencia de que algo extraño pasaba.

—¿Marilyn? —la primera sílaba del pequeño nombre fue casi inaudible, mientras que la segunda fue como si un sonido seco golpeara la piedra. Dos pasos hacia ella.

Henry, su hermano se hizo detrás, trató de ponerle una mano sobre el hombro, pero ésta fue sacudida de forma violenta, Ashley retrocedió.

—Hace como dos horas sufrió un accidente en la carretera y...

No escuchó más, entró a la oficina, pateó violentamente el sillón de presidencia, que golpeó al telescopio, que cayó al suelo y que se rompió en tres partes, todo en una confusión de sonidos secos y alarmantes.

En la visión de Arden el mundo se volvió oscuro y se redujo a nada, su enorme cuerpo fue atrapado por miles de garras de acero que llegaron y de un golpe lo desollaron sin piedad, una voz se burló de él y la carcajada grotesca se instaló en el centro mismo de la furia y del dolor.

—¿Está muerta? —preguntó en tono neutro.

Su voz, inversamente proporcional al fuego que venía de la tierra y que lo torturaba sonó a sus oídos como si una espada de diamantes se estrellara contra el acero. El segundo se hizo eterno, el segundo para que su hermana respondiera fue todo el maldito tiempo en que el universo se demoró en ser creado.

En su cabeza exploraba la posibilidad de la muerte de Marilyn Baker instalada en su vida. La muerte, muerte sangre, desintegrando célula a célula como si pequeños pétalos de un lirio fuesen arrancados de forma inmisericorde, solo porque sí, sin remordimiento.

La muerte y su absoluto y tiránico mandato ¿Dónde estaba el dinero? ¿Dónde estaba el poder de Arden Russell? ¿Dónde diablos estaba él cuando Mae Baker y su amada presencia colapsaban en una carretera? ¿Quién era Arden Russell? Solo un hombre más entre los millones y millones de hombres que existen y existieron sobre la tierra, todos ellos testigos de la muerte de sus amores, ínfimos, pequeños y contingentes.

Ashley avanzó y en dos pasos logró quedarse al lado de su hermano:

—No, no, no está muerta, solo sabemos que está en un hospital y su padre está con ella.

En aquel segundo eterno sus músculos se vitalizaron, su piel se recuperó y el alma fue restaurada, había esperanza.

Necesitó sentir todo aquello, para no ir contra todos. Un gruñido salvaje salió de su pecho, fue tan desgarrador que a Ashley se le llenaron los ojos de lágrimas.

—¡No te atrevas!, no quiero ni una lágrima ▢apuntó a la hermana.

▢¡Arden! ▢intervino Matt.

—Calma, hijo, está viva ▢Cameron intentó tocarlo.

—¡No te acerques! ▢pero la mano del padre tocó su pecho y aquel toque que no sentía en años, quebró algo en el interior, respiró. ¡No! ¡no! ella no podía dejarlo ¡esta vez no! ¡Jamás! lo había prometido.

Algo, una bruma oscura lo rodeó, vio a Tara sentada de manera majestuosa frente a él, fantasma aterrador y hermoso, que lentamente despejaba su cabello de su rostro y sonreía. *No tendrás la última palabra madre, no la tendrás.*

Pero ella miraba sus manos en un gesto concentrado y maligno. Niño de catorce años viendo como Tara jugaba con su alma, con su vida, como se disponía a fracturar su mente, su espíritu y su futuro.

—Vamos, debemos ir a Aberdeen ☐continuó su padre.

—¿Tú? ¡No, Cameron, nunca más! No soy un niño ☐buscó su abrigo.

—¡No discutas, no hay tiempo! —la voz del padre retumbó por el lugar.

—Yo también voy. No te dejaremos solo ☐Henry dijo contundente.

Se apartó, cerró los ojos con fuerza y dejó que la sensación de familia lo invadiera, por primera vez en mucho tiempo sintió otra vez esa extraña sensación. Se sintió libre del peso de ser Arden Russell y toda su energía se concentró en Mae Baker.

Nada, empresa, negociaciones, contratos, hasta Catanzzaro, nada le importaba, para eso estaba la familia, Marilyn lo esperaba en los límites de la vida y si ella estaba cerca de las malditas fronteras de la muerte, asquerosamente feliz iría a encontrarse con ella.

En su irrevocable condición de dragón, decidió que, si el alma de su amada peleaba en algún lugar, él estaría allí reclamándola con voz de mando a que volviera a él, ¡ella no tenía derecho! ¡No lo tenía! Porque un día cualquiera había entrado a su vida y desde ese momento estuvo destinada a él.

"☐Ten fe ángel, ten fe. Todo en el mundo ocurre por algo"

Diez pasos hasta la puerta. Diez mínimos pasos y cada uno dolía como el infierno mismo. Becca, Stella y Hillary, sin respirar.

Se paró frente a ellas.

—Llama a Peter Sullivan y a Suzanne Ford.

A todas ellas le pareció más alto, más, frío y más aterrador.

—Lo siento Arden —una angustiada Becca se atrevió a hablar, pero al segundo se arrepintió.

No debió decirlo, las palabras sonaron como si lo irremediable ya estuviese allí. Un puño sobre el escritorio para ordenar que nadie tuviera derecho a decir que Mae no era el pequeño y duro guerrero que peleaba contra todo. Una silenciosa lágrima recorrió el rostro de la chica.

Hillary saltó con un papel en la mano.

□Toma, nombre y dirección del hospital, nombre del médico tratante y otros datos que pueden servirte.

□Estaremos orando por ella, señor Russell □dijo gimoteando Stella.

Y antes de que respondiera con otro mal gesto, Mathew lo empujó hacia el ascensor.

□¡Vamos! Nos están esperando para viajar □agregó.

Cuatro autos iban tras él, el oscuro Bentley por la ciudad de Nueva York en plena carrera, furioso y sin frenos. Con las manos al volante y con los ojos puestos en la autopista, Arden veía todo a su alrededor de forma difusa, miles de kilómetros de distancia, horas, minutos y segundos y la eternidad aterradora contenidos en ellos.

—Hijo, por favor, no conduzcas tan rápido —su padre, al lado, pretendía que con solo su presencia él se controlase— ¿Deseas que conduzca hasta el aeropuerto?

—No.

Miraba por el retrovisor hacia los asientos traseros, la mirada de Tara lo acompañaba.

"Ella no existe baby, yo te defiendo contra ella, no le des oportunidad, no permitas que entre en tu mente."

Frenó el auto en plena autopista.

—Conduce tú —fue así que su padre tomó el volante del auto mientras su hijo se negaba a modular una mínima palabra.

—Llama a Theo, debe saber qué ocurrió.

Arden volteó con violencia para ver a su

padre ¡los malditos!

—¡Voy a matarlos! —tomó el celular, ahora entendió por qué nadie le contestaba.

—¡Basta ya, Arden! Eres un hombre, no un adolescente. Deberías saber que no manejas el mundo ni la vida y la muerte.

Dentro de todo su drama, le extrañaron las palabras de su padre. Siempre condescendiente o evitando discusiones, ahora lo enfrentaba.

—Estoy harto, ¡harto de perder! ¿para qué el maldito poder sino puedo retener a quien amo?

—¡No eres Dios!

—¡Maldita sea! Y no quiero serlo. Ese Dios tuyo me quitó del camino, por si no te habías dado cuenta.

—Te dio a Mae Baker.

¿Me la dio? ¡Ella siempre fue mía!

—¡Cállate! No necesito esto ahora, no lo necesito □tomó el celular□ ¡Theo!

Del otro lado del país el guardaespaldas respiraba, con su gesto de piedra sabía lo que se le venía encima.

—Señor.

—¿Ella…? Si me dices que está muerta no habrá lugar en el mundo donde puedas esconderte. ¡maldito seas!

—Está en coma, señor.

Aún con esa respuesta Arden no respiraba.

¡Espérame! voy hacia ti ¡espérame!

—¿Qué demonios ocurrió? ¿Dónde mierdas estaban ustedes? ¿No les dije que no se despegaran de ella un maldito segundo?

—Señor —¿para qué mentir? Mae Baker era la responsabilidad de todos ¿para qué mentir?—. Salió en la mañana en su Volkswagen Escarabajo, nos engañó, señor, la buscamos y no la pudimos encontrar.

—Esa no es una maldita respuesta.

—Es la única que tengo, señor. Ella odió

cada segundo en que la seguimos, solo deseaba que la dejaran sola, quería ser alguien normal sin nosotros detrás de ella, señor.

¡Baker! ¿Por qué? ¿Por qué? Un día que me obedecieras ¡un día y mi sangre corriendo en una carretera!

—Diez años en el ejército ¿y se te escapa una mujer de un metro setenta?

—Usted sabe cómo es ella, señor, no hay nada que pueda detenerla, la conoce mejor que todos.

¡Oh, sí!, meses lejos de él le comprobaron que no había cadenas ni "noes" ni guardaespaldas ni el ego Russell que pudieran con ella.

Sintió la mano de su padre sobre su hombro, no tenía deseos ni ganas de que nadie lo tocase, con gesto de furia la apartó.

—¿Qué ocurrió?

—Se estrelló contra un árbol, los frenos fallaron, un camión maderero venía a encontrarse con ella, parece que tuvo la cabeza fría de girar para evitar el choque, eso hubiese sido una tragedia, la lluvia no ayudó.

"Tuve un extraño presentimiento, yo moriría un día de lluvia y de truenos" la voz dulce de aquella noche, su segunda noche con ella, mientras le confesaba su soledad de niña, lo atravesó.

Sueños, premoniciones y aterradoras pesadillas aparecieron frente a él. En su mente ella estaba bien, pero la mención de la lluvia en enero y la pequeña niña de coletas rosas mirando en la noche como los truenos caían en su pueblo, eran para un hombre a quien la vida le dijo que todo iba hacia el desastre la confirmación de que cada paso lo acercaba al abismo.

—¿Está mal herida, Theo?

Escuchó el suspiro del hombre.

—Dos costillas rotas por la presión del

cinturón de seguridad, uno de sus brazos también y un golpe en la cabeza ☐pero el hombre no escuchó más, solo el chirrido de algo que se fracturaba al otro lado de la línea.

Cameron sintió el frío que despedía el cuerpo de su hijo, el celular salió estrellado por la ventana, temió lo peor, ya lo había visto así en dos ocasiones, casi muerto, congelado y con sus músculos en tensión de hierro.

—¿Ella…?

—¡Silencio! —interpuso la mano entre él y su padre— odio que llueva, me llevaré a Mae a un lugar donde no llueva jamás, siempre llueve, siempre llueve. No he tenido sol en mi vida. Tara odiaba el sol, lo odiaba.

Un gesto de derrota en el rostro del apolíneo patriarca.

Llegaron al aeropuerto donde el avión los esperaba, Ashley quería ir, pero su padre le pidió que se quedara y acompañara a Jackie, era fundamental por si necesitaban algo.

Arden subió al avión sin despedirse de nadie. No deseaba palabras de consuelo, ni de esperanza, solo deseaba llegar. Madre, padre y hermanos le importaban poco, más bien, nada. Todo era Mae, el resto, que se pudra.

En su atormentada alma surgía de nuevo aquel terrible sentimiento que lo acompañó durante años, el mismo que hizo que en las calles de Toronto, Juneau, Nueva York o Londres quisiera golpear a cada ser humano que se le ponía en frente.

Destrucción, maldad absoluta, desapego por todo, odio infinito a todos aquellos que lo amaban.

Oh Kid, querido bebé. No somos ángeles, mi amor. No nacimos para perdonar, no estamos hechos de material divino, deja eso para los inútiles poetas, nosotros destruimos a quien se nos

*interponga, acabamos con todo a nuestro
alrededor; los que nos aman son nuestros
enemigos cuando estos no comprenden que no
estamos hechos ni para el perdón, ni para la
lástima.*

La voz oscura y ebria de su madre con sus
lecciones de odio volvían a él. Un escalofrío le
corrió por la espalda cuando se le cruzó por la
mente la idea de que Tara Spencer era quizás la
única que lo entendería en ese momento.

Cameron y Henry se sentaron frente a él en
el avión, pidieron un café y Arden quiso un
whisky.

—No bebas, en unas horas estaremos en el
hospital y no puedes presentarte borracho □dijo
Henry.

Una mirada de ira y una mueca desafiante
fue la respuesta a su hermano. Cuando llegó el
servicio, rápidamente se apoderó de la pequeña
botella de licor.

—¿Qué? □Henry se fue en contra de su
hermano y logró quitarle la botellita□ ¿de verdad
piensas presentante borracho ante Marilyn?

—¡Dame la botella si no quieres que te
golpee!

Cameron abrió desmesuradamente los ojos
cuando vio que su hijo tormenta cerró los puños y
se disponía a golpear a su hermano.

—¡Basta ya! —se levantó y se interpuso
entre los hermanos, tomó el objeto en disputa y se
la entregó a la azafata□. Por favor, llévese esto y
olvídese del espectáculo que dieron mis hijos.

□Como si no pudiera ir y sacar todas las
botellas que quisiera □dijo con sorna.

Pero ni siquiera hizo el intento, se estiró
cuan largo era en el sillón, tomó el papel que le
pasó Hillary y comenzó a revisar su teléfono.

Henry se fue a otro compartimiento, avisó
que llamaría a Bianca y que después hablaría con

mamá y también con Matt para ver la legalización de los acuerdos firmados.

Cameron se quedó con Arden, desde su sillón miraba a su hijo, busca gestos, modos, aspectos que los igualara. Nada de él había en su muchacho, todo era ella, su pelo rubio casi blanco, sus manos fuertes de largos dedos, los ojos verdes en actitud de acecho, hasta la manera de hablar y de moverse en lentitud hipnótica era Tara Spencer.

Amor y temor, así podía definir desde siempre sus sentimientos para con su hijo primogénito. Su esposa lo tranquilizaba: "No te preocupes, cariño, físicamente es ella, pero tiene tu alma" el callaba y sonreía, pero sabía la verdad: su pequeño sería tormentoso y salvaje como ella.

Cada vez que golpeaba la mesa cuando no conseguía lo que deseaba, el control sobre el pequeño Henry, su obsesión por la bebé Alice, los celos con Jackie. Su furia cuando no ganaba en ajedrez o cuando el chelo no sonaba como debía.

Y su amor por él, por papá Cameron. Lo seguía por todas partes, lo abrazaba de forma dolorosa al llegar del trabajo y en las mañanas, cuando se iba al trabajo, tenía que despedirse rigurosamente y prometer que volvería pronto del trabajo. Su hijo amado, creyó que protegiéndolo de todo y dándole el amor que él de manera tiránica exigía podría hacer que aquella violencia soterrada al final sería puesta en servicio de algo hermoso como la música.

Pero todo falló miserablemente cuando la medusa salió de la oscuridad y se devoró a su niño adorado. Sí, fue como si lo hubiese engendrado solamente para destruirlo.

Ahora, al verlo allí, mirando concentrado la pantalla y haciendo con su mano, casi por reflejo, las posturas como si tocara el chelo, presentía que la única compañía que tenía era el fantasma del monstruo susurrándole al oído.

Un segundo y fue a sentarse a su lado.

—¡Haz que se calle, Arden!, solo tú tienes el poder de hacer que ella se calle —posó su mano sobre la de él y solo sintió frío y el silencio fue la única respuesta.

Llegaron oscureciendo, Theo y los demás los esperaban. El jefe de los guardaespaldas se hizo al frente de los otros. Sintió la mirada de fuego y se aprestó a lo que sabía llegaría: un puñetazo en pleno rostro, el hombre se tambaleó y aceptó estoico el castigo.

□¡Al hospital! □gruñó.

El guardaespaldas se limpió la sangre que como un hilo salía por la comisura de la boca y corrió hasta el carro para abrirle la puerta.

—En cincuenta minutos estaremos, señor □el viaje era de hora y treinta.

—¡Qué sean quince!

—Arden Russell viene en camino.

Esperaba al hombre. Tantos días detestando al maldito arrogante y ahora solo él podía comprenderlo.

Y allí estaba caminando por los pasillos, con seis hombres más. De pronto la atmósfera del lugar cambió, todo se hizo pesado y el aire pareció enrarecerse.

Vio al juez con la cabeza entre las manos. Paró en seco, Mae Baker no solo era su mujer, era la hija de alguien, también.

En su particular caldera hirviente de odio hacia todo, Arden no pudo sino sentir lástima por aquel hombre de cabello entrecano y de gesto profundo que no despegaba su mirada de la puerta de la unidad de tratamientos intensivos.

La actitud doliente del hombre cambió cuando lo vio aparecer entre guardaespaldas, a la actitud de quien todo lo puede.

□¡Espero que no tenga nada que ver con

esto! □le gritó en sordina.

Arden lo miró con el ceño fruncido *¿cómo se atrevía?* y siguió de largo, directo a la UTI, no alcanzó a cruzar cuando un enfermero lo frenó.

□Sin autorización médica ni protección adecuada no puede entrar □un segundo de lucidez y frenó su afán de verla□ ¿Es familiar? □el enfermero lo miró con cara de duda.

□Esposo □la falta de un papel no lo iba a detener□ ¿dónde consigo eso? □indicó la ropa quirúrgica.

El muchacho le señaló un estante y antes de que se diera cuenta, ya se había puesto mascarilla y una bata.

□¿La autorización?

No escuchó, empujó una puerta y entró. Ahogó un grito cuando vio que personal médico desconectaba las máquinas que controlaban a la paciente de la camilla.

□¿Qué hacen? ¡No! ¡Marilyn!

No gritó más porque el enfermero ayudado por unos guardias lo sacaron tan rápidamente que no tuvo oportunidad de reaccionar.

Afuera, comenzó su lucha.

□¡Señor, cálmese!

□¡Joder, hijos de puta! ¡quiero verla, maldición!

□La podrá ver luego, ¡cálmese! la llevaran a una habitación □el corazón le dio un vuelco, *no está mue...* no pensó la palabra, en su furiosa y egoísta megalomanía pensó que si Mae estaba viva era porque él debía estar para salvarla□. Lo urgente ya pasó, ahora está estabilizada.

□¡Quiero el nombre del médico tratante! Que me explique personalmente lo que pasa con ella □hablaba mientras, a tirones se sacaba la ropa quirúrgica.

□Lo que usted diga señor □el hombre le dijo con cierta ironía□. En la estación de enfermería le dirán todo lo que pida.

Cuando salió al pasillo se encontró con que Cameron y Henry se habían unido en la espera al juez.

—¿Qué pasó?

—¡Escuchamos gritos!

—¡Qué manera de maldecir!

Todos hablaban a la vez.

Hizo un gesto autoritario con la mano y todos se callaron.

—La pasarán a una habitación —apretó la mandíbula— ya está estabilizada.

—Motitas va a estar bien, ella es fuerte —dijo el juez con voz esperanzadora, lejos en actitud y tono de la persona que lo recibió con recriminaciones a su llegada. Las palabras del padre lo golpearon en su memoria y miles de imágenes le llegaron: Una mano tocando su abrigo. La sensación de la electricidad en su piel. Los ojos retadores que lo miraban sin miedo. El cabello bajo sus manos. La voz dulce leyendo un libro en voz alta. La ropa oscura que escondía un cuerpo lleno de fiebre y fuego. Horas y horas de conversación, el tratar de hacerlo sonreír. El sexo sin medida y control, palabras; millones de ellas. Tan pocas. Frente a él estaba ella y toda la posibilidad de un futuro donde fuese el centro del todo.

—¡Hey, Malcolm! —el juez llamó a un hombre que salía de la UTI.

—Stuart, sigue rezando, ya la estabilizamos ahora solo nos queda esperar.

—¿Cómo que esperar? —gritó Arden—. Henry, llama a Matthew, dile que envíe médicos de verdad —volteó hacia el doctor, quien ya había sido advertido de su temperamento—. Dígame que ella va a estar bien —era una orden.

El médico parpadeó, miró al juez y respiró profundo.

—Lo más complicado es el TEC, en las tomografías se vio un hematoma subdural en una zona delicada. Fue puesta en coma farmacológico, estamos evaluando si la operamos. Es posible que desaparezca, así que vamos a esperar.

—¡No, no! Los comas no son innocuos. Ella se está deteriorando mientras ustedes están pensando qué hacer □buscó a Henry con la mirada□ ¿Hablaste con Matt? □el hermano asiente□ ¿Y?

□Mañana llegan un anestesista, un traumatólogo y un neurocirujano.

—¡No podemos operarla! □el doctor miró con cara de preocupación al padre de Mae□. Stuart, es arriesgado, el coagulo es grande y está en un lugar muy peligroso.

—¡Esa es su opinión! —gritó con fuerza□ ¡y no me fio!

La puerta de la UTI se abrió y salió la camilla, llevaban a Mae a la habitación, el padre corrió a verla, pero Arden se abstuvo, estaba aterrado, tiene pánico de mirarla, unos centímetros cerca y todo sería real.

Silencio incómodo, el padre y el médico van tras Mae, lo que aprovecha Cameron para acercarse al hijo.

—Arden, debes calmarte, ellos hacen lo que pueden.

—¡Eso no me sirve! Este es un maldito hospital mediocre, ¡son incapaces!

□No pretendas que después del tremendo accidente, esté caminando □alegó Henry□. Ya oíste al médico, hay que esperar.

Miró con rabia a su hermano, tomó la gabardina que Theo le ofrecía y caminó por el pasillo en busca de la habitación de Mae. Al llegar, una mujer lo bloqueó en la puerta.

☐¿Señor Arden Russell? ☐no esperó respuesta☐. El señor juez está adentro, en esta habitación solo puede haber una persona, tendrá que esperar a que salga ☐Arden hizo el ademán de entrar, pero la enfermera interpuso toda su humanidad☐. Lo que hicimos por ella es lo mismo que se haría en cualquier otro hospital —habló con voz ruda☐. No subestime nuestro trabajo, y deje de gritar como si esto fuese un estadio —Constanze, la enfermera le sostuvo la mirada, madre de cinco hombres, sabía cómo hacer callar a un niño caprichoso—. Esto es un hospital, no su reino ☐relajó el tono de la voz☐: deje todo en manos de Dios.

¡Oh, qué mala palabra! Arden cerró los puños ¿Dios? Ya estaba harto de que invadiera su mundo.

—¡Stuart! —llamó, el hombre se asomó—. Como juez puedes ordenar el traslado, no la quiero donde esperan que las enfermedades las cure Dios.

—¡No puede! ☐Constanze alzó su voz.

☐Lo siento Arden, pero Mae se quedará aquí. No voy a arriesgar su vida solo porque a ti se te ocurra ☐la furia con que el hombre miró lo preocupó, entendió que estaba al borde de la locura y que su accionar no era de arrogancia, que actuaba así por el terrible dolor que le causaba el estado de Mae☐. Esperaremos a tus médicos y ahí veremos, pero ahora, ella se queda aquí. Es lo mejor.

Lo miró desafiante:

—Puedo cerrar este maldito sitio.

—Eso la mataría —sentenció la vieja mujer.

Curtida de muerte, la enfermera nunca esperó la mirada de furia y el sonido metálico de un gruñido venido desde el centro mismo de la tierra, se sorprendió.

—Constanze, por favor —Stuart suplicó de

forma queda, entendió que aquel hombre necesitaba la soledad con su hija. Aunque no quiso creerlo, era hora de aceptar que ella le pertenecía.

La mujer se hizo a un lado y él cruzó el umbral y se quedó pegado a la puerta, mirándola por unos minutos.

◻*Somos solo usted y yo, ahora, señorita Baker.*

◻*Así es, señor, solo usted y yo.*

Y así fue. Solo ella y él, y nada más importaba, nada más.

Se acercó lentamente. Tres pasos. Su chica despidiéndose en el aeropuerto, una mano levantada diciendo adiós. Dos días. Marilyn con su cabello sobre su espalda, desnuda dejando que el agua la recorriera mientras que él la observaba en sus pequeños ritos, peinarse, vestirse lentamente frente a él para su placer, un poco de rubor y un poco de brillo labial.

◻*¿Te gusta lo que ves?*

◻*Me fascina todo lo que veo nena.*

◻*¡Soy fantástica!*

◻*¡Perfecta!*

Una risa musical resonó por toda su piel.

◻*Una mujer insufriblemente vanidosa, ángel. Eso has hecho de mí.*

◻*Quiero que seas perversa, caprichosa* ◻el olor de su cabello al enterrar la nariz◻. *Quiero que cuanto te mires al espejo veas quien realmente eres.*

◻*¿Quién soy?*

◻*Mi universo, todo mi maldito universo.*

¿Y ahora? Su rostro estaba golpeado por el impacto, pequeñas heridas en sus mejillas y en sus labios. Su piel era más pálida de lo usual, el temible vendaje en su cabeza, su brazo con una férula, la imagen en conjunto de alguien frágil a quien debía proteger y que, sin embargo, no pudo.

Pasó su mano de manera fantasma por todo

su cuerpo.

—Tienes que llevarme siempre la contraria, Baker, nunca puedo contigo, eres condenadamente compleja. Quiero retenerte y estás empeñada en no permitirlo —se acercó a su oído—, parece que ese será mi trabajo de por vida, retenerte, aunque luches por irte —besó su frente con ternura—. Pero te sentencio, nena, no podrás irte jamás, no podrás escapar de mí. Iré donde tú vayas, soy tu sombra, no te atrevas a dejarme porque eso me enfadaría mucho y no quieres verme enojado ¿no es así, amor? Nada habría para mí, acabaría con todo y con todos antes de ir tras de ti a cualquier lugar, al cielo al infierno a cualquier parte, eres mía, te lo dije un día, puedes luchar y rebelarte y no te dejaré ir jamás. Soy como uno de esos personajes de los libros que amas, odiando el mundo si no estás en el —tomó su mano pequeña y fría□. Vuelve, nena, vuelve, no permitirás que el mundo sufra conmigo sin ti ¡vuelve! —de nuevo se acercó a su oído y susurró— ¡sálvalo, mi amor!, lo sabes, estoy demente, solo tú lo sabes □besó su frente como si besara algo sagrado— ¿Dios? Claro que sí, mi amor, eso eres tú, solo tú.

A su lado el recuerdo de Tara. *No hay nada tan terrible, bebé, cuando seres como tú y yo amamos, el mundo debe pagar por ello.*

Cameron se sentó al lado de Stuart. Cálido y cordial, le alargó la mano en señal de saludo.

—Estoy seguro de que ya sabemos quiénes somos, pero es mejor que nos presentemos: Cameron Russell, padre de Arden y del grandote de allá —y señaló al hijo menor quien hablaba con los guardaespaldas□ es Henry, mi otro hijo.

Stuart aceptó la mano, el hombre rubio de ojos azules, era tan diferente al arrogante de su hijo, que quedó encantado.

—Mucho gusto, Stuart Baker, juez.

—Todos amamos a su chica, Stuart, debe

sentirse orgulloso. Es una chica muy educada, talentosa y trabajadora.

—Sí, estoy muy orgulloso, un tipo simple como yo fui bendecido con ella.

—No se haga menos, si ella es lo que es, es por el padre que tiene, alguien fuerte e inteligente.

—Muy fuerte.

—Así es —Cameron clavó la mirada en la puerta— él lo sabe, ella ha sido la única capaz de hacer que mi hijo baje de su pedestal y eso merece mi admiración, Stuart. Alguien que le enseñe a ese arrogante que no todo está bajo su control —el juez miró de hito a hito los electrizantes ojos de Cameron—. Yo sé que es un altanero que no se mide con nada, no tiene por qué negarlo, soy el primero en admitirlo, pero su chica lo ha puesto en su lugar. Si alguna vez ha tenido reservas en que ellos dos se casen, no se preocupe, son tal para cual.

—Ella lo ama, me lo dijo.

—Sí —un gesto melancólico— y amar a Arden es un acto de fe, señor Baker, solo yo y Mae lo sabemos.

Iba a seguir conversando cuando un hombre que debajo de un abrigo llevaba el típico buzo de mecánico se paró a unos metros y le hizo un gesto de saludo.

—¿Me disculpas? —le dijo a Cameron—, alguien me necesita —y se fue con el recién llegado.

—Lo siento, Stuart, pero creo que es importante y debes saberlo —le dijo el mecánico.

—Está bien, Robinson ¿Es sobre el Escarabajo de Mae?

—Sí, lo revisé entero y nada indica una falla mecánica.

—¿Qué fue, entonces?

—Yo creo que alguien quiso que esto sucediera.

El juez contuvo la respiración, su intuición no le había fallado, su hija conocía el camino, sabía cómo manejar bajo la lluvia, el accidente no pudo ser por una mala maniobra, algo más tenía que haber pasado.

☐Dime que descubriste.

El hombre le pasó unas fotos de la chatarra amorfa de aquello que un día fue llamado auto. Se estremeció al pensar en su chica atrapada en aquel cúmulo de metal, casi se desmaya de dolor al ver los rastros de sangre en el vidrio y el volante.

—Conozco esta máquina más que tú o Mae, la dejé perfecta, lo mejor para nuestra chica, los frenos no tenían por qué haber fallado, los reventó la velocidad excesiva, pero no tenían por qué fallar —era el dueño del mejor taller automotriz de Aberdeen y sabía de lo que hablaba☐. Alguien la chocó en la carretera ☐dijo después de una pausa.

—¿Qué?

—Mira estas abolladuras —señaló la parte trasera—, una tras otra, golpeando desde atrás, hay señales por todas partes, aquí —con un dedo siguió el rastro de un gran machacón☐ pintura negra, cromada, muy costosa, no fue un accidente, alguien intentó lastimar a nuestra nena, Stuart.

El rostro del juez que luchaba en las últimas horas por no mostrar emoción alguna se transformó; todo el terror y la rabia se concentraron entre su frente y sus ojos. Se llevó las manos a la cara como si ésta fuese una careta que deseaba arrancar de un tajo ¿Quién? ¿Quién amenazaría la vida de su vida? Y ¿por qué demonios él no podía protegerla?

—Gracias por la información, amigo. Te llamaré después ☐le tendió la mano y el hombre la retuvo.

☐¿Cómo está Marilyn?

☐Va a salir de esta, Robinson. No me

quedaré tranquilo, perseguiré a quien lo haya hecho, ¡no con mi hija, Robinson!, no con mi hija.

Enfermeras, doctores y personal de servicio del tercer piso del hospital lo odiaban a menos de cinco horas de conocerlo. Como cancerbero guardián aterrorizaba a quien entraba al pequeño cuarto, para él todos eran unos malditos idiotas que no hacían su trabajo. Constanze era la única que se enfrentaba a él y siempre terminaba con deseos de clavarle un escalpelo en el pecho.

Entregó su teléfono a Henry con la estricta indicación de que no hablaría con nadie, aun así, los teléfonos de todos repiqueteaban, hermana, madre, Peter, Mathew, las secretarias, ¡Suzanne!, pero a nadie contestó. Sentado en la silla miraba y no parpadeaba, trataba de luchar contra la furia interna que lo consumía y con la imagen de su madre que esperaba pacientemente el click que lo detonara. Dentro de él solo se formaba un mantra, una súplica y una orden: *¡Vuelve!, ¡vuelve, Baker! ¡vuelve!*

Alrededor de las ocho de la noche entró Stuart.

☐El parte médico es favorable ☐dijo mientras sobaba una de las manos de su hija☐. Ella estará bien, es hora de que vayamos a casa.

Le extrañó la invitación, no correspondía al hombre que en la mañana lo recibió con reproches.

☐No la dejaré sola ☐gruñó.

☐No lo estará, vienen dos enfermeras externas para cuidarla.

☐No me fio de nadie, me quedo.

☐Solo hago lo que ella me pediría ☐lo miró con un dejo de ironía☐, ayer se pasó la tarde arreglando su cuarto, sacó todo lo que le recordaba su adolescencia. La entiendo, ahora es una mujer, pronta a casarse… nada de lo que tenía en su pared la representaba.

Arden se giró, lo miró a la cara y vio en el

rostro del hombre algo que lo inquietaba. Se paró rápido y lo encaró:

⬜¿Dime qué pasa? Cuando llego, me insultas y ahora quieres llevarme a tu casa ⬜lo miró con ojos entrecerrados y con una ceja levantada⬜. Tampoco me fio de ti, Stuart Baker.

⬜Solo pienso en ella y en lo mal que procedí cuando me dijo que se casaba contigo. No debí dejarla sola, debí estar con ella, acompañarla y alegrarme con su felicidad ⬜se limpió una lágrima que caía por su mejilla y tomó aire⬜. No eres tú, es con cualquiera que quisiera llevársela.

Me esperabas y no llegué ¡malditos Salomon! Respiró con dolor *¡Maldita Russell Co.! Te compensaré, mi cielo, de ahora en adelante no habrá negocio que me aleje de ti, tú siempre serás lo primero.*

⬜Te sientes culpable ⬜fue rotundo.

⬜¿Tú no? ⬜el juez también podía ser implacable.

Besó la frente de su amada con unción, murmuró algo y se preparó para salir.

⬜¡Vamos! ⬜le dijo a Stuart quien sonrió y le tendió la mano.

⬜No exageres, tampoco tenemos que ser amigos ⬜salió de la habitación sin corresponder el gesto, pero apreciándolo en silencio.

Dejó a un guardaespaldas vigilando la puerta, habló con Henry y con la guardia médica, le hizo una seña a Theo y salió tras el juez en dirección a la casa.

Camino a la casa, los engranajes en la mente de Stuart se movían a millones por segundo, por lo que le dijo Robinson, algo terrible amenazaba la vida de su hija. Tenía que decírselo a Arden y esperaba tener la ocasión de hacerlo, el hombre era difícil y costaba comunicarse con él, conversaciones monosilábicas o confrontacionales no servían. Sabía que debía intentarlo, era el futuro marido de Marilyn. Tembló. El maldito arrogante besó el rostro de su hija con tal fervor y pasión contenida que se sintió un voyeur y estaba seguro de que Arden le susurró palabras que solo estaban hechas para que Mae las escuchará. *Me ama, Stuart, me ama. Lo sé, lo siento.*

Diane y su hijo se quedaron paralizados. El gesto adusto y la apariencia de cabello revuelto, sin afeitar y de ropa oscura asustaron al pequeño que se refugió tras su madre.

Entró a esa casa, a ese mundo vedado para él durante tanto tiempo. Por unos segundos se preguntó si era digno de estar allí.

La fotografía de una niña pequeña, sonriente y feliz mirando la cámara, vestida de flores mínimas y unas trenzas anudadas en su cabeza con un listón rosa lo recibió apenas entró a la casa.

—Tenía ocho años, su madre le tomó esa foto en Biloxi.

Ocho años y él dieciséis. Ella niña y él, una piltrafa.

Dos pisos, escaleras de madera, paredes pintadas de un color trigo. Sillones cómodos frente a un gran televisor, mesa para seis personas en el comedor, mueble que exhibía delicadas piezas de porcelana, una galería con fotos de Mae y Stuart, plantas, varias plantas y una gran biblioteca.

El sillón de Stuart, que era su trono, estaba junto a una gran ventana, cerca de una pequeña mesa donde había un retrato de la hija en el día que recibió su título universitario.

Una buena casa, sin grandes lujos, pero cómoda, de hombre corriente y sencillo.

Diane tuvo la buena deferencia de cenar con el niño en su habitación. David por unos minutos escondido bajo las escaleras lo observó.

— Mami ¿él se va a casar con Mae?

— Así es cariño.

— Él me da miedo, ma.

Diane no respondió, pues a ella ese hombre también le provocaba lo mismo.

Sentados en la pequeña mesa de una luminosa cocina, Arden bebía del café que el mismo Stuart preparó.

Aquel hombre, dueño de millones, que movía a todos a su antojo, conocedor del mundo, quien Stuart creía que su vida era un sinfín de lujos extravagantes e innecesarios estaba sentado a su simple mesa, tomando su café. Al primer sorbo se llevó una de sus manos al puente de la nariz y presionó con fuerza, en un gesto que Stuart supo leer como los miles de pensamientos que aquel pequeño sorbo le traían.

—Parece que le gusta mi café.

La respuesta fue silencio, un segundo y se animó a sentarse frente a él. El duro y agónico respirar de Arden era el único sonido en aquella casa. El juez vio animales que respiraban igual, en los bosques, entre la angustia y la excitación de la cacería.

—No tiene por qué ser amable conmigo, señor Baker —la voz salió de una manera inesperada.

—No, no tengo, pero quiero, por mi hija —lo recorrió de forma escrutadora— ¿es usted un hombre violento no es así, Arden? Sus manos son la muestra de ello —los nudillos duros que sobresalían era la señal inequívoca de alguien que estaba acostumbrado a pelear.

No entendió la pregunta, desconfiaba del juez *¿acaso temía por Mae?*

—¿Le preocupa?

☐Se va a casar con mi hija ☐se inclinó hacia atrás.

Arden respiró pausado.

☐No tengo paciencia, sobre todo con los imbéciles.

□¿Debería sentirme ofendido?

□Solo le digo contra quienes me violento.

El juez afirmó con la cabeza.

—Toca chelo, es músico. Ella me lo dijo, cuando me lo contó parecía una chica hablando de su ídolo.

—Ella ve cosas en mí que ni yo mismo he visto.

—Ve las cosas como son, siempre ha sido así, escribe, cosa de escritores. Desde niña, siempre fue capaz de ver el sol tras la niebla, es igual que su madre.

—Pero silenciosa como su padre.

—Sí, así es —como un vidrio que se quiebra, la dura expresión de Stuart cambió, los ojos se inundaron de lágrimas□. Tenía veintiséis años cuando Mae nació, desde el mismo momento en que la vi me enamoré como nunca, jamás he sido tan feliz. Deseaba que fuese como su madre, rubia de grandes ojos azules, pero no, ojos pardos, cabello oscuro —señaló su cabello— fue un bebé muy bueno, a veces, en las noches me despertaba y corría a su habitación, no era normal que un bebé no llorara en las noches, la encontraba con los ojos abiertos sonriendo. Su madre decía que ella hablaba con ángeles y yo le creía. A los tres años se la llevó □hizo un gesto de desagrado□ y mi corazón se partió, me vi sin mi hija, resignándome a verla dos veces al año. Cuando venía, no sabía cómo tratarla, se sentaba en su habitación y leía y leía. Odió las muñecas, solo eran ella, su guitarra, sus dibujos y sus libros. Cada vez que se despedía en el aeropuerto me daba un beso y me decía que me amaba y se iba, cuando volvía yo sentía que respiraba de nuevo. A los quince años se mudó conmigo, una adolescente en este pueblo y nunca se quejó, a los meses entendí que no era yo quien la cuidaba sino ella a mí, en sus silencios y con su comida. Al morir Aimée la obligué a que fuese fuerte por mí y lo fue, nunca he sido tan egoísta como en aquellos meses, Arden. No le permití llorar la muerte de su madre, yo la necesitaba fuerte y simplemente lo fue, porque mi chica es así ¿cómo un hombre simple como yo, fue bendecido con un ángel? Es un misterio, quizás es lo mismo para ti —y por primera vez lo tuteaba—, señor presidente de Russell Co., existen los misterios, los milagros, solo vienen a nosotros y hay que aceptarlos □se limpió las lágrimas que recorrían su rostro, eran quizás las únicas palabras que cruzaría con ese hombre, de nuevo volvía a ser el estoico Stuart Baker, alguien diferente a Arden Russell, pero con algo en común, ambos habían sido tocados por un milagro□. Pido perdón por mi comportamiento anterior, y si ella lo eligió, me alegro de que puedan casarse.

Arden asintió con la cabeza, pero no habló, estaba ensimismado tratando de asimilar todo lo que había escuchado.

El silencio apareció, era como si los dos necesitaran estar callados. Ninguno era hablador y los íntimos sentimientos expuestos los habían dejado abrumados.

Terminaron de tomar el café.

□Diane preparó un cuarto para ti, pero si quieres, el de Mae está disponible □en lo alto de la escalera vio a Arden dudar□. Sube, ella te lo exigiría.

—Durante un largo tiempo, el mundo de tu hija □ahora él también lo tuteaba□ ha sido un terreno vedado para mí y aquí estoy… —bajó la cabeza, hiel corría por su garganta, tragó en seco, levantó su rostro y reacomodó los músculos tensos de su cuello, cual boxeador en pleno cuadrilátero y subió.

□Hasta mañana □Stuart se despidió. Él le respondió con un gesto de mano.

El cuarto de Mae olía a ella, era evidente

que lo estaba preparando para su visita, paredes lilas, tocador con sus cremas y perfume, una pequeña biblioteca, dibujos enmarcados que cuando se acercó se sorprendió al descubrir que eran estudios sobre él.

Solo, en aquel lugar, sintió que podía dejar caer la maldita máscara que había sostenido desde que supo la noticia. Respiró profundo, quiso empaparse de ella con tantas ansias que después sintió que violaba lo íntimo de aquella habitación.

Caminó hasta la ventana y la abrió. La humedad del bosque llego a él, y al levantar la vista, el tétrico árbol mostró su presencia. La niña de libros góticos y de rock de los 70s estaba en al ambiente, cada noche viendo como el verde negro del paisaje se alzaba frente a ella debieron alimentar su imaginación adolescente, retrocedió, miró por la ventana que daba al oeste y se enfrentó a la oscuridad. Bosques, mar y lluvia, paisajes similares a los que vivió en su propia adolescencia.

Como un invasor, y de manera morbosa, tocó cada pequeño objeto en la habitación pretendiendo encontrar algo de la esencia de su amada en cada cosa que acariciaba.

¡Marilyn, no te vayas!

Fue hacia la ducha, se desnudó y entró al agua fría, no quería sentir, no quería pensar en que ella no estaría más, prefería el dolor, la rabia, prefería…

Puso la mente en blanco, salió de la ducha, fue hasta el armario de Mae y abrazó sus ropas, cerró los ojos y permitió que su precioso aroma lo inundara en su totalidad, ella estaba ahí, con su risa, sus palabras.

☐*Seremos felices, vas a ver que sí, mi cielo, ¡ridículamente felices!*

☐*¿Merezco ser feliz?*

☐*¡Claro que sí! Y quien se oponga se las tendrá que ver conmigo ¡sí señor!*

Tantas palabras y promesas, todas ellas detenidas, todas ellas suspendidas en un maldito momento en la carretera.

Sentado en la esquina de la cama Arden Russell peleaba contra todo y sobre todo peleaba con los demonios internos y con su rencor. Lo único que lo había sostenido por años.

Tomó el celular y haciendo callar a los demonios que le decían que no lo hiciera, llamó a la única persona en el mundo que podía comprenderlo. El celular repiqueteó, unos ojos azules lo miraron tiernamente desde la memoria. Chanice. En algún momento Chanice fue tierna y él nunca fue capaz de verlo.

—Dime —la voz ebria contestó.

—Dante.

—¿Tú? ¡No me jodas! No tengo tiempo, estoy ocupado.

Dante Emerick había recaído y lo único que valía la pena para él estaba frente a sus ojos, una enorme botella de Johnny Walker.

—¡No me jodas tú!, ya tendrás tiempo, todo el maldito tiempo del mundo —una pausa, un respirar donde dejaba salir el tremendo dolor que sentía en su pecho— Te... —si Arden Russell lo iba a decir, se lo debía—. Te pido perdón.

Pausa, a Dante se le fue la borrachera.

—¿Estás drogado? Porque si lo estás, eres un completo idiota, Marilyn...

—Mae está en coma.

—¿Qué? ☐estaba sentado y se puso de pie☐ ¿Qué pasó? ¿Dónde está? ¡Diablos!

Una sonrisa amarga escuchó tras la línea.

—¿Cuántos años tenía Chanice cuando murió?

—¡No! ¡no! no hablaremos de eso. Dime donde carajo estás.

—Tendría treinta y cuatro ahora, cumplía en abril. Era tan tonta la pobre, y con un horroroso gusto para vestirse… ¡maldición!

—¿Qué paso con Marilyn, Arden?

Emerick podría dudar de todo, dudar sobre el hecho de que Arden tuviese ética, bondad, capacidad para el perdón. Pero de lo único que no podía dudar era que en ese momento estuviese, como algunos años atrás, parado en los abismos mirando hacía el vacío.

—Ese día le dije que la amaba y ella corrió en su auto hasta mí. Horas después me dijeron que estaba muerta ¿sabes lo que yo hacía en ese momento? Follaba con dos mujeres en un maldito hotel.

—Y no te importó.

—Tenía tanta maldita rabia, incluso rabia porque ella seguía creyendo en mis palabras y quería castigarla, y castigarte, por lo de Faith.

—Lo sé —ambos por algunos segundos volvieron a su adolescencia y vieron a la rubia con sus zapatos viejos y sus faldas de colores chillones tratando de escapar de su vida.

—Dime una cosa Dante ¿murió de forma instantánea?

☐No seas morboso.

☐¡Dímelo! ☐la orden sonó más bien un ruego.

—Sí, al momento, los doctores dijeron que no sintió nada, fue una muerte limpia Arden ¿Dónde estás?

—No fui al funeral.

—Yo te habría matado.

—No sentí pena, no sentía nada, y ella fue mi amiga, mi compañía en aquellos años, me salvó de Tara. Fue la madre de mí hija y no sentí una mierda.

—Eso eres tú Arden, está más allá de tus malditas fuerzas.

—Yo pude salvarla y no me dio la gana y ¿ahora? Te veo. amigo, te veo. En este momento soy tú. Haz lo que yo no hice, ten un mínimo de compasión conmigo, sé mejor que yo y perdóname.

Dante del otro lado del teléfono se tragó su hiel y su rencor, ambos volvían al punto de los diecisiete años, a ese punto de quiebre y solo eran Kid y Dante unidos por infinidad de cosas, por la soledad de uno y por la nostalgia del otro.

—Perdonémonos ambos. Tal vez así podamos seguir, Arden.

—No, yo no, sin Marilyn no. La carretera, Dante, la maldita carretera.

Sentado en el piso de madera del cuarto y durante casi tres horas, Arden dejó salir la larva parasitaria y demoníaca de su mundo oscuro y putrefacto a aquel que lo conocía desde niño. De alguna manera le dio a Dante Emerick lo que deseaba.

Le dijo de manera tácita que, aunque tenía el poder de todo, en ese momento no era nada y que a la hora de la verdad no tenía por qué envidiarlo, pues la vida se encargaba de hacerlo un perdedor de la cruel Moira del destino y que quizás Mae Baker había nacido tan solo para hacerle recordar que solo era un maldito hombre como todos los demás.

No quería dormir, no lo deseaba, sin embargo, al segundo de poner su cabeza en la almohada y de acomodarse en la pequeña cama se perdió en un sueño profundo.

Caminaba por las calles de Juneau, calle a calle, haciendo tiempo para no llegar jamás, y de pronto se vio frente a la puerta y Tara frente a él, con esa mirada dulce que siempre presagió las más grandes tormentas, le dijo:

□ *¡Vaya niño! Has vuelto a casa con mamá.*

No quería entrar, pero la fuerza de atracción que ejercía sobre él era más fuerte, un paso, dos pasos y de nuevo en el lugar de su niñez.

El resto de la noche Arden permitió que su madre le hablará al oído y no pudo escapar.

Siete de la mañana, salió de la habitación dispuesto a ir directo al hospital y se sorprendió al ver que al pie de la escalera lo esperaba el juez.

☐Buenos días ☐saludó primero.

☐Buenos días, tomemos un café, tenemos que hablar.

Bajó la escalera muy rápido.

☐Voy al hospital, gracias, pero no.

☐Llamé a Malcolm, me dijo que Mae pasó bien la noche y que no hay novedad.

☐Iré a comprobarlo personalmente.

☐Arden, es sobre el accidente.

Se quedó congelado. Durante el día anterior se obligó a bloquear todo pensamiento sobre lo que pasó en la carretera y ahora el juez se lo recordaba. Se quitó los guantes y lo miró con desconfianza.

☐Escucho.

Le habló de la visita de Robinson y de las sospechas de que fue provocado. En su mente se cruzó de inmediato el nombre de Catanzzaro, el viejo cabrón era capaz de hacerlo.

☐Lo único que puedo pensar ☐el juez totalmente ajeno al pensamiento de Arden, siguió hablando☐ es que la seguían los paparazis, ahora que se supo que era tu novia y tú eres una celebridad mundial.

¡Maldito viejo desgraciado! ¡Te aniquilo, Catanzzaro, y convierto en cenizas tu imperio! Se puso de pie, tomó su celular y se fue a la sala.

☐Matthew, averigua si Catanzzaro tiene que ver con esto ☐y colgó.

☐Afuera está el sheriff, voy al reconocimiento de escena.

☐¡Vamos!

Iría al sitio del suceso, dispuesto a descubrir las pistas que lo llevaran a la sabandija que se atrevió a atentar contra Marilyn.

La patrulla encabezó la caravana, detrás iba el auto de Stuart y finalmente él, que iba solo sentado atrás y adelante, manejaba Joaquín y de copiloto, Theo. Durante el viaje habló con el médico y el pronóstico seguía siendo estable, después habló con Constanze, quien, con tono casi de reto, le obligaba a entender que estable era mejor que mal y que mientras estuviera así, más posibilidades existían de salir bien, de paso le aconsejó que comiera bien y que mejorara su humor porque todo eso la paciente lo percibe.

Tuvo ganas de gritarle que estaba despedida, no entendía por qué esa mujer lo trataba así. *¿qué coma bien? ¿Qué mejore mi humor? ¿Quién es ella para meterse en mi vida?* Finalmente lo hizo con Henry quien informó sobre la llegada de los médicos.

☐¿A qué hora?

☐En hora y media más, están por aterrizar en Tacoma.

☐¿La viste hoy?

☐Papá está con ella.

Bufó, la fórmula "Cameron y su novia" no le gustaba.

☐Estoy con el juez, llegaremos en una hora ☐cortó.

La caravana disminuyó la velocidad, la patrulla se detuvo y un oficial comenzó a hacer las señas para estacionarse, estaba preparándose para bajar cuando se percató que la lluvia persistía, el cuerpo quiso estremecerse, pero su fortaleza fiera lo impidió. Un sol opaco sobre la carretera y un frio agobiante, de hielo, penetra su ropa y le llega hasta la piel.

—¿Aquí fue? ☐preguntó el juez, quien, armado con un archivo de fotos en la mano, interrogaba al comisario que lo acompañaba.

—No señor, pero aquí comienza unas huellas sospechosas ☐contestó el policía y señaló el asfalto□. Aquí hay unas huellas de frenadas y más allá comienzan unas manchas de aceite de motor. Para mí esto está claro: el vehículo viejo falló □el hombre dijo ufano.

El juez ignoró el comentario.

□¿Las huellas son identificables? □comparó las huellas con las fotos.

□Estamos en eso, señor.

□¿Y a dónde fue exactamente?

□Pasando esa curva, señor.

□Bien, caminemos y que nos sigan los autos □miró a Arden□ ¿Va con nosotros, Russell?

El Todopoderoso asistió con la cabeza y comenzó la caminata, Theo lo seguía a pie y Joaquín manejaba el auto. Ante cada mancha y cada huella de frenada, sentía que su corazón se detenía ¿por qué las manchas de aceite y por qué las frenadas?

El juez paró, revisó su archivo y le preguntó al alguacil:

□¿Cuántos abollones tiene el auto?

□Cuatro.

□¿Y cómo explica su teoría lo de los abollones?

□Lo más probable es que ya los tuviera □afirmó con seguridad el policía.

Stuart cruzó mirada con Arden y se dio cuenta que su futuro yerno también dudaba del trabajo policíaco.

□¿Y las frenadas?

□Cinco □hizo una pausa□. No me cabe duda de que el motor iba fallando, es un vehículo del siglo pasado.

□¿Ya interrogaron a los camioneros? □preguntó Arden.

El policía lo miró con desconfianza.

□Y, usted ¿quién es?

A esta altura, el sheriff del pueblo estaba al límite de caer en el odio infernal de Arden Russell.

☐Es mi futuro yerno, pronto se casará con Mae.

☐¡Oh, el multimillonario! ☐lo dijo en tono burlesco.

Dragón furioso listo para el ataque, pero Stuart salió al cruce.

☐¿Qué dijeron los camioneros? ☐preguntó, rotundo.

☐Dicen haber visto solo el auto amarillo de la pequeña Mae.

"Pequeña Mae" Arden apretó su mandíbula y los puños, tenía que controlar su furia. El alguacil obeso, que odiaba caminar y que no le gustaba la lluvia, era un idiota y malnacido hijo de puta, que le importaba una mierda lo que le había pasado a la "pequeña Mae" como se atrevió a decirle. Con su indolencia le pareció que, o era el peor policía del mundo o estaba protegiendo a alguien, o tal vez a Catanzzaro. El deseo de vendetta del viejo cadáver bien podía llegar hasta Aberdeen para tocar a quien sabía era su amada.

☐¿Podemos ir a ver el árbol del accidente? ☐preguntó.

Llegaron al sitio del suceso, analizó la carretera, venía de una curva y luego se extendía en una gran recta que subía suavemente y desaparecía al bajar la colina. A pesar de la intensa lluvia y de lo oscuro de la tarde, los camioneros debieron haber visto a los otros vehículos. Miró el entorno, Theo se le acercó y le entregó un pequeño objeto en la mano, cruzaron miradas:

☐Lo encontré a orillas del camino, antes de la última frenada.

☐¿Te cruzaste con alguien cuando venías a buscarla?

☐No, esto era un diluvio, la carretera estaba desierta.

Tocó el árbol del incidente y miró hacia los cielos *¡Maldita lluvia!* el tronco mostraba el impacto del choque, era terrible, parecía como si hubiese sido herido de muerte en todo su centro, restos del amarillo de la pintura se adherían a la corteza dándole una extraña imagen de árbol putrefacto. Recorrió con la palma de su mano el impresionante y majestuoso roble, cerró los ojos, mientras que el agua congelada golpeaba su rostro, el policía se paró detrás él.

—Pudo haber sido peor, señor, ese árbol le salvó la vida, a unos metros de aquí, existe una depresión de casi un kilómetro, eso hubiese sido fatal, ella tuvo suerte, señor.

No escuchaba nada. Con la mano sobre la corteza, trataba de ir al momento mismo en que ella se estrellaba *No te vayas aún. Tengo que darte el mundo, todo lo que mereces... todo lo que quieras.*

Otra vez la autopista solitaria. Se estremeció al pensar en la desolación de encontrar la muerte en un lugar como aquel. Inhaló el aire frío de la península.

La maldita vida se empeña en que yo vuelva al mismo punto... ¿hasta cuándo he de pagar por mi vida y la de los demás? Puedo soportarlo todo, pero Marilyn no tiene por qué ser la destinada a que yo pague cada sangre derramada... ¡no es mi moneda de cambio! ¡No lo es, maldito Catanzzaro!

Volteó de nuevo hacia el árbol, caminó hasta su auto y esperó que Stuart llegara.

El padre venía cabizbajo, frente al árbol su entereza se quebró y lleno de furia, enfrentó al policía:

—¡Trataron de matar a mi hija! □lo apuntó amenazante□. Y si tú me dices que fue el motor del auto, estás en serios problemas □hizo una pausa y con tono de voz controlado, siguió□ y te lo digo como Stuart, no como el juez Baker □cruzó mirada con Arden, subió al auto y se fue.

Le hizo una seña a Joaquín para que lo siguiera, sacó una foto al trozo de foco que le entregó Theo y se la mandó a Matt. A los cinco minutos, la respuesta: Porsche Panamera Turbo S. *¿Qué hacía un paparazi arriba de un auto de lujo?*

□Theo, investiga al sheriff. Ese imbécil oculta algo.

Con la fuerza de un titán controló sus ganas de ir tras él y torturarlo con sus propias manos, así bajó calmado del vehículo y entró junto al padre de su novia al hospital.

No hubo novedades, los doctores venidos de Nueva York coincidieron con los Aberdeen y recomendaron no moverla y que lo óptimo era esperar 48 horas antes de decidir la operación.

□¡Optimismo, hermano! □Henry lo abrazó y él lo permitió□ ¡Ánimo, señor juez, nuestra Mae es una campeona! □sin pausa, agregó□. Estoy de secretaria, atiendo todas las llamadas, quien lidera el ranking es Peter, quien manda besos y abrazos para todos y especialmente para Mae, también ha llamado Ashley, Rebecca, Stella, Suzanne y por supuesto que mamá, que pide que contestes □lo apuntó con un dedo acusador.

El juez sonrió con un gesto algo forzado.

□Gracias, me alegra ver que mi hija tiene buenos amigos □le tendió la mano a Henry, luego se dirige a Arden□. Veo a mi motita y después voy al juzgado ¿almorzamos juntos?

Arden dudó, lo escrutó con la mirada entornada, pero con un gesto, aceptó.

Peter, abrazado a Darcy, llamaba cada cinco minutos y lloraba como un niño cada tres, en su apartamento sufría por Mae y con la disyuntiva de llamar a Carlo. Al final, llamó, era tan amigo de ella como era él y no merecía estar al margen.

Media hora y con rostro fantasmal su ex se paró frente a la puerta.

—¿Qué le pasó a nuestro bebé? —preguntó con cara de preocupación.

—Te lo dije por teléfono— abrió la puerta sin sacar la cadena de seguridad.

—Pete, por favor, déjame entrar, tú sabes que ella es familia.

Se revistió de fuerza para no ceder a la petición de su antiguo amante.

Carlo, por su parte, esperaba que el accidente de la bambina rompiese en algo el muro de orgullo de Peter Sullivan y volvieran a conversar como antes.

—Es nuestra amiga, pero no creas que esto hará que algo que ya se rompió, por la fuerza del dolor, se una otra vez, no volveré a caer en tu red de engaños y miedos. Por mí y por Mimí, no lo haré.

—Te amo —los ojos azules del italiano relucieron por el estrecho margen que dejaba el marco y la puerta.

Peter era su oasis en su mundo de mentiras y engaños, pero no se lo podía permitir.

—Pero no lo suficiente, y si algo me ha enseñado Mimí Baker es que mi primer amor soy yo, y no voy a serme infiel, ni voy a traicionar lo que ella me ha enseñado —juntó un poco más su puerta— te llamaré cuando algo pase. Carlo, reza por nuestra nena, es lo único que pido, lo único que juntos podemos hacer. Tú en tu casa y yo en la mía, claro está.

Carlo bajó la cabeza; miró nervioso sus zapatos.

—¿Arden?

—¿Cómo crees que está? Parece que todo el hospital quiere matarlo. Ha hecho despedir dos médicos y una de las enfermeras que cambió mal uno de los vendajes, debe estar huyendo de allí. Mandó a traer dos especialistas del hospital Sinaí, y uno de ellos renunció ayer, eso me contó Ashley, no ha hablado con nadie, lo único que ella sabe es que quiere acabar con el pueblo de manera total.

—No podía ser de otra manera, así es Arden.

Un silencio, un no tener más que hablar.

—Te llamo, Carlo —intentó cerrar la puerta.

—¡Por favor!

—Te llamo—y cerró la puerta sin permitir nada más.

Finalmente, Cameron se paró frente a él y le habló con voz de mando para que dejara que los doctores hicieran su trabajo, que no era normal que todo el hospital estuviese enrarecido por él y su séquito.

Lo miró como si no lo escuchara y le hizo una pregunta inesperada.

☐¿Qué hace mi chelo en el cuarto de Mae? ☐apuntó a la habitación.

☐Jackie lo mandó, pensó que sería bueno que le tocaras algo, la música estimula a los pacientes en coma.

Respiró profundo, controló su deseo de maldecir y salió. Necesitaba fumar, beber. Necesitaba a Marilyn. Llamó a Theo y le pidió un informe sobre su investigación, lo que le dijo que todo indicaba que el sheriff era un corrupto, que más de una vez recibió coimas para proteger a gente poderosa, luego habló con Stuart y aplazó la cita para la hora de la cena.

☐Ya puede entrar ☐Constanze le habló☐. Ya terminó la sesión de fisioterapia. Nuestra chica está preciosa, no arruine todo con esa cara de tormento. Ella necesita vibras buenas.

Arden la miró con un aire sarcástico, la mujer estaba a un punto de que la dejara sin trabajo. Se paró en silencio, entró y cerró la puerta.

Se acercó con lentitud y con veneración,

tomó su mano y la besó. De verdad su chica libros estaba hermosa, ya no tenía los moretones del día anterior y las huellas de las esquirlas productos del choque, apenas se notaban. Miró el registro médico, leyó cada uno de los índices que marcaban los monitores y se detuvo frente al chelo, recordó la tarde que lo acompañó a la clase con Ronna, cuando terminó, lo miró con sus ojos brillantes, lo abrazó fuerte y le dijo:

"□Amo la música que tocas, mi ángel ¡es maravillosa! Eres un genio, nunca me cansaría de escucharte"

Acomodó una silla, tomó el violoncello y comenzó a afinarlo. Le tocaría música, si era necesario, con notas musicales la sacaría del letargo.

Una dulce melodía salió del instrumento, tenía un ritmo cadencioso que se repetía una y otra vez dándole un aire nostálgico, desplaza sus dedos por el mástil con precisión, mueve su brazo derecho con firmeza haciendo que su mano balancee el arco sobre las cuerdas, el sonido es hermoso, a veces profundo, a veces oscuro; es así como en el momento siente su alma.

Cuando termina, Henry entra silencioso y le da un aplauso apagado.

□Tienes público congregado allá afuera.

Hace un gesto de no importarle nada, deja el instrumento en un rincón y le habló al hermano.

□Todo indica que no fue un accidente, más bien parece que quisieron dañarla □evitó la palabra "matarla"□. Pensé en Catanzzaro, pero ahora estoy dudando, nada de esto ha aparecido en sus pasquines y no he visto periodista husmeando.

□Eso quería comentarte, me habló Matt, dice que el viejo se fue a Suiza a internarse para un tratamiento de salud y que la preocupación de sus editores es el divorcio de la superestrella y del capitán de futbol. Lo que sí averiguo es que tiene un número especial sobre Tara Spencer, Cameron y tú. Nada de Marilyn.

No le gustó lo del número especial, pero lo dejó pasar, su urgencia era otra.

□Theo está averiguando sobre el sheriff. Un idiota inoperante que no le interesa nada más que café y rosquillas.

□Vi un policía haciendo preguntas ayer.

Arden se alteró.

□¿Aquí?, ¿preguntando por quién? ¿por Marilyn?

□Creo que vino al hospital y le llamó la atención ver guardaespaldas. Esos hombres tuyos son llamativos.

□Investígalo, al sheriff, creo que se lleva mal con Stuart y puede que esté protegiendo a alguien.

Henry asintió gustoso.

□Gracias por confiar en mí, hermano.

□Siempre he confiado en ti.

□Me refiero a cosas personales, de esas que nunca me hablabas □Arden hizo un gesto de molestia, Henry rio□. Vamos por un sándwich, no has comido nada.

□Cenaré en casa del juez.

El hermano menor se acercó a la cama de Mae.

□¿Escuchaste, hermosa? Tu novio va a casa de Stuart, y a cenar. Parece que ya hicieron las paces. ¿No estaría bueno que te despiertes y le digas a Arden que no se vaya a comer a tu padre?

Arden no alcanzó a contestar, Constanze entró y les pidió que salieran porque venían los médicos a hacerle la evaluación a Mae. El Todopoderoso hizo un ademán de quedarse, pero la mujer lo miró fiera y con un dedo le indicó la puerta. Resignado, salió.

□Fue muy lindo lo que tocó, de seguro que ella está feliz y se lo agradece □se lo dijo mientras cerraba la puerta.

—Esa mujer es tremenda —sonrió su hermano—, a papá le tomó la presión, lo obligó a comer y lo mandó a descansar.

El informe médico fue esperanzador, pero no se confiaba. La quería despierta, sonriente y sin ese maldito hematoma que afectaba su cabeza.

—Entonces, Constanze, tú te quedas esta noche —Stuart, que había llegado hacía una hora, preparaba su vuelta a casa.

—Sí, señor juez. Yo y la chica que contrató el señor Russell, el amable.

—No seas prejuiciosa, chiquilla.

—No lo soy, el señor aquí —indicó a Arden—, cuando no se comporta como un soberano idiota, es adorable. Pero quien es amable siempre, es su padre. En fin, algo bueno debe tener si lo eligió nuestra querida Mae.

El aludido apretó las mandíbulas y siguió con lo suyo como si nada hubiese escuchado.

—Me llamas apenas pase algo, no importa la hora.

—Sí, señor juez.

—Hasta mañana.

—Que descanse.

Apenas quedaron solos, Arden preguntó.

—¿Alguna novedad sobre el accidente? Yo averigüé sobre periodistas y paparazis y me parece difícil, no han publicado nada en los periódicos ni en redes sociales.

—No lo sé, pero hace una semana salió en libertad George Cappa un condenado que me prometió venganza. Estuvo en el pueblo hace días y no he podido localizarlo.

Tomó el celular, marcó a Henry, le dio el nombre del exconvicto y la orden de que lo investigara.

—¿Ese Cappa podría tener un Porsche?

—¡Oh, sí! Fue acusado de asesinato por

fines económicos, pero solo obtuvo condena por vender un objeto robado. No era un pobretón y le gustaba ostentar sus lujos.

☐¿Conocía a Mae? Quiero decir, ¿sabía que Mae era tu hija?

☐¡Todo Aberdeen sabe que Motitas es mi hija! ¿No te das cuenta como la tratan?

☐"Pequeña Mae", "Nuestra niña" "Princesa" ☐dijo, celoso.

El juez sonrió por lo bajo.

☐Solo queda saber si su venganza fue el accidente o… ☐Stuart no pudo terminar.

☐¡No!, ¡ese Cappa no tendrá otra oportunidad!

—¡Maldición!

En la habitación de Mae se liberaba, no tenía que controlar su frustración, es que ya no quería controlarse, y se iba haciendo visible, hora tras hora, el cuarto ahora le parecía extremadamente pequeño y maldecía cada vez que se tropezaba. Cada objeto y persona eran el enemigo, ni siquiera la atmósfera cálida del lugar le daban sosiego, es más, hacía que el animal, serpiente y dragón fuese desplegando sus extremidades. Estaba en el mismo punto que años atrás ¿Solo era eso? ¿Un animal que frente al dolor se hacía más cruel? Su corazón no palpitaba si ella no volvía.

Tropezó con tal fuerza contra la cama que la desplazó unos metros, arrastrando la alfombra y dejando al descubierto el piso de madera de donde sobresalía una tabla, con un puño quiso ponerla en su lugar, nada podía atentar contra la armonía de aquel santuario, pero el golpe poderoso que dio hizo que saltara la tabla y dejara expuesto ante sus ojos algo tan inesperado que su corazón se estrechó: pequeñas cosas pertenecientes a Mae estaban ahí. Se apartó, su pecho se levantó, una exaltación salvaje comandaba su respiración. Objetos. Pequeñas cosas secretas del mundo de aquella niña de los bosques y de los libros.

Cerró la puerta de la habitación con seguro, iba a cometer el peor de los delitos y no quería testigos. Con fuerza levantó la tabla y se encontró con tres cajas, dos de ellas de madera tallada y la otra, de metal.

La primera que tomó decía "Para Marilyn, de Mamá" tallado en la tapa.

—¡Eres asqueroso, Arden! □se dijo.

Años tratando de saber, de entender sus misterios, sus silencios profundos y la terquedad obsesiva por callar cada cosa que la unía con su pasado y, ahora, estaba ante ellos, parado frente a las puertas de los mundos de Baker y no se detendría hasta abrirlas de par en par.

Levantó la tapa y aparecieron mapas de cada lugar visitado con su madre: Biloxi, Denver, Michigan, Bouton Rouge, Nueva Orleáns, Miami. Fotos con su madre, las observó una a una. Aimée y sus ojos chispeantes retando la cámara, Marilyn niña posando divertida en cada sitio. Empaques de dulces, tarjetas de Navidad, cartas, fotos con Stuart. Padre, madre y la bebé sonriendo en el porche de una casa y tres hojitas encintadas de un escrito a mano, con una letra infantil, titulado "Donde yo nací" y que estaba evaluado con una triple A.

Arden se alejó, la serpiente reptaba, la madre reía, violaba espacios y secretos y ¡con un demonio! ¡Los deseaba todos! Volvió y solo en la intimidad besó con fervor las imágenes de esa niña.

De pronto un rugir:

□¡Su diario! *Voy a hacer que vuelvas, amor, aunque sea para que me golpees por lo que voy a hacer. ¡Si Baker! ¡Mía hasta en lo más mínimo!*

El pequeño libro de color azul se presentó ante él como el umbral al mundo hermético donde todas aquellas pequeñas grandes cosas que hacían de Marilyn Baker un ser misterioso al fin quedaran expuestas ante sus ansias de saber todo de aquella que era capaz de pasar de lo ordinario a lo extraordinario tan solo con sonreír.

¡Qué malvado! ¡Voyeur! Y hambriento estaba. Abrió la primera página con la excitación de un cazador. Con letra de pequeña niña que apenas comenzaba a escribir, decía:

Me llamo Marilyn Baker. Este es mi diario, mamá dice que es bueno escribir sobre tu vida.

Cada página de estaba llena de cosas infantiles

Me gusta mucho, mucho el mousse de chocolate. Ir con mami a la playa y la voz de mi papá...

Lo que deseaba:

Quiero una mascota, pero mamá dice que no puedo aún. Ella no entiende que me siento sola, me habría gustado tener un hermano.

Arden no pudo evitar que la melancolía de la soledad de una niña de siete años no lo lastimara. Él tuvo a Henry, Ashley. Tuvo a su amigo, que fue durante años su hermano; mientras que Mae solo veía rostros nuevos en cada viaje y nada que le diera una sensación de pertenencia.

Mañana Stuart vendrá por mí, me gusta la casa de mi papá, me dijo que había pintado mi cuarto ¡yupi! amo a mi papi.

Para la pequeña niña su padre era su único amigo, lo único que estaba seguro en los horizontes de las enormes carreteras al lado de Aimée.

Cada página estaba llena de fechas y

pequeños párrafos. Cada una hablaba de las ciudades en que vivía, de la adoración por su madre, de cómo ella de apenas ocho años percibía a Aimée como un ser mágico y perfecto, pero que tenía un alma infantil.

> *Hoy mamá me regaló El libro de la selva y el Grinch, mis libros favoritos. Cuando sea grande quiero ser pintora, escritora ¡artista! viajar por el mundo, comer mucho helado, tener una moto y una mascota. Voy a ser muy feliz.*

Ocho años. Allí estaba con su niñez.

Y ella era feliz en su mundo. Arden rememoró aquel año, ¡Dios! que universos tan diferentes. Marilyn en sus mundos rosas, él de quince, infectado de heroína.

> *Mi mami está muy triste, mi abuela ha muerto. Llora sin que yo la vea, no sé qué hacer, creo que le haré una tarjeta para que no esté triste. Extraño a mi abuela, siempre me hacía pastel y olía a flores. No entiendo la muerte ¿no la volveré a ver? No, no entiendo la muerte.*

Y allí estaba, una niña haciéndose preguntas que alguien de su edad no tenía por qué hacer, pero que ya mostraban hacia donde iba su mente, a la escritura.

> *Estoy cansada, mamá no entiende que me gusta mi escuela, no quiero cambiarme, la ciudad es linda, tengo buenos amigos.*
>
> *Hace mucho frío en Dakota, no me gusta esta ciudad.*
>
> *Caroline mi mejor amiga se ha enfermado, dicen que es grave. Aimée y yo fuimos a visitarla, y su mamá*

no permite que la veamos. Lloraba y lloraba, no sabía que decir. Mi mamá me abrazó muy fuerte y me dijo que había cosas en la vida que no se podían cambiar...

Caroline murió...estoy asustada... ¿voy a morir también?

¡No! ¡No! ¿Cómo podía pensar algo así? La muerte era algo que en el mundo de una niña como ella no podía pasar.

Dibujos y más dibujos, hasta que aparecieron nuevamente las palabras:

No me gustan a los rayos. Papá me dejó sola con la esa chica tonta que solo ve tele y no me acompaña y no quiero estar sola. Llueve demasiado, no quiero estar sola. No me gusta el árbol de enfrente parece un fantasma y me asusta ¿Por qué llueve tanto?

Poco a poco las palabras de Marilyn fueron cambiando. Se hacían más profundas, hablaban de una chica enfrentada al mundo de los adultos.

Los pequeños párrafos de su niñez se convirtieron en páginas completas donde hablaba de todo, de sus libros, de las cosas que leía, de lo que aprendía, cada palabra y en todas ellas la voz de Aimée, que le enseñaba cómo vivir, cómo leer en lo más pequeño, cómo entender que las personas que estaban a su alrededor eran mundos complejos que ella con alma sibilina estaba llamada a entender.

—Si te hubiese conocido a esa edad seguramente me hubieses salvado de toda esa mierda nena.

Odio a mi mamá, la odio, es injusta, injusta... ¿Por qué no quiere quedarse? Tiene un buen trabajo, tenemos una linda casa y ella ha comprado un auto nuevo. No quiero irme.

Peleé con mamá y le grité que la odiaba. La lastimé, y no quiero lastimarla, pero ella debe comprender que ya es hora de que nos quedemos en alguna parte.

Mamá no ha vuelto a mencionar el viaje, estoy muy feliz, por fin no voy a tener que vivir en casas extrañas y podré terminar mis estudios en un solo lugar.

¿Por qué Aimée está triste? No me gusta que esté así. Extraño verla reír, ya no baila ni canta en la cocina.

Soy mala, mala, hoy fui al salón de clases donde mamá trabaja y ese hombre le decía cosas feas y la molestaba. No quiero pensar que ella se quedó aquí solo por mí, soy injusta ¿Qué clase de persona soy? Soy egoísta, egoísta.

En la siguiente página una Mae de catorce años, hacía el pasaje terrible y doloroso de la inocencia a las verdades pequeñas y fundamentales de todo ser humano:

Mamá no es perfecta, es solo una persona como las demás, creo que tengo que empezar a conocerla de nuevo, ¡qué duro entender que tus padres no son esos seres mágicos que crees que son! pero los amo igual.

A medida que profundizaba las palabras se volvieron complejas, llenas de interrogantes. Poco a poco los libros que leía se hacían más oscuros y las reflexiones sobre la vida eran más intrincadas.

Año a año. Nueva Orleáns, la moto, la música, las escuelas, rostros que pasaban y que no se quedaban. Marilyn hablaba de alguien que se iba desanimando y que se dolía de ello.

Hoy conocí a Trevor, es igual a mamá, canta por todo, parece un niño, quiere ser mi amigo, me llevó a la playa y me compró ropa y muchos libros. No ha leído ninguno. Me cae bien. Me da pena Stuart, creo que sigue enamorado de ella. Pobre papá quisiera que él tuviese una novia.

Mamá se casará con Trevor, presiento que mi vida va a cambiar, estoy feliz por ella, no quiero perderla, pero es hora de que crezca, es hora de que yo también lo haga.

Y a los quince años ella sola, tomó la decisión de volver a vivir con su padre.

Páginas y páginas donde su papá se iba develando para ella, el descubrimiento de Stuart Baker para la adolescente fue un proceso donde éste iba fluyendo antes sus ojos como un hombre silencioso, misterioso y tranquilo. Para Marilyn no fue su madre su primer tema para escribir, fue Stuart Baker y todo aquello que él omitía y todo aquello que revelaba en sus silencios.

Hoy me caí en frente de toda la escuela, esa chica Summer me hizo una zancadilla, no le hice caso, pero todos sus amigos se burlaron de mí.

Tanta lluvia, me siento asfixiada, Stuart me protege demasiado.

¡Dios! he leído Cumbres Borrascosas por quinta vez ¡amo a Heatcliff! Esos hombres no existen, es

tan violento y salvaje, todos esos libros de princesas no son nada frente a un hombre que tiene la oscuridad del bosque en él. Me pregunto si soy merecedora de que me amen de esa manera.

☐¡Oh sí! ¡sí! Yo te amo así y más, Baker, más y más ☐susurró.

Richard Morris habló conmigo ¡Richard Morris! Y me dijo que era bonita.

Arden paralizó su mirada en el maldito nombre y tiró el diario a la pared.

Caminó como animal enjaulado viendo el cuaderno azul como si de allí fuese a salir el infierno.

—¡Maldito seas! —y lo tomó de nuevo.

Fue grosero, no entiendo por qué me odia, nunca he hablado con él, pero siempre se está burlando de mí, él y Summer, pero algo raro pasó, me invitó a salir, yo creo que lo hizo solo por molestarme, pero le hice saber que no me interesan sus patanadas y groserías...

Con las siguientes palabras quería tumbar la casa.

Me gusta Richard, me gusta mucho, pero él me da miedo.

Puedo sentir la mirada de Richard sobre mí, hoy jaló mi cabello y me susurró al oído. Su mano fría rozó mis brazos y sus ojos azules están pendientes de todo lo que yo hago.

Él ha deslizado un dibujo, es de lo más vulgar que he visto, pero al final pone un corazón donde dice Mae y Richard, ¿Quién diría que él haría algo así? No sé si contarle a papá de eso. Stuart dice que es peligroso, que siempre trae problemas al pueblo. Yo creo que Richard es un niño solitario, quisiera saber qué piensa y qué le gusta. Quisiera saber lo que piensa de mí. Todos dicen que es malo y me gusta, pero él no se fija en mí, no soy como las otras chicas; mamá dice que soy un hada, pero ahora no lo creo...

Richard, Rocco, mírame, mírame por favor.

Los celos flagelantes se elevaron a los niveles del odio absoluto. Para Arden aquellos días debían haberle pertenecido. Los toques, susurros y la mirada curiosa y excitada de una niña frente al matón de la escuela debieron ser para Kid Spencer.

Él sí era un niño solitario, esperando que un sueño hermoso y lejano apareciera frente a él con cabellos oscuros y niña tímida escondida en una capucha.

Todo es oscuro, el mundo se cae a pedazos. Mi madre ha muerto y el dolor es insoportable. No puedo respirar, no puedo, la escucho en todas partes, ella habla todo el día. Mami te amo, vuelve. Quiero ir contigo a todas partes, caminar en la playa o en el desierto contigo, cantar y bailar...oh mamá... ¿qué voy a hacer? ¿Hacia dónde voy? Tengo la sensación de tu cabello en mis manos...

No puedo llorar frente a Stuart. Se derrumbaría. Veo su rostro y parece hacer un esfuerzo por no mostrar nada, pero yo sé la verdad, se desgarra por dentro y tengo que sostenerlo. Depende de mí, quisiera que llorara y me permitiera llorar también.

Me duele el pecho, me duele tener que guardar mis lágrimas. Solo en el bosque puedo hacerlo. Los árboles son buenos, ellos me entienden y dejan que llore, no tengo que ser fuerte para ellos, pues son viejos, quizás ellos vivan más que yo.

Detuvo la lectura, el dolor agobiante de la niña era insoportable. En la muerte de su madre, él se unió a ella, pues entendía el dolor, aunque ambas mujeres fuesen tan diferentes como el día a la noche, solo las unía el amor obsesivo de sus hijos por ellas.

En las páginas siguientes la alquimia de la unión entre madre e hija se hizo presente. La vio caminando sola por los grandes bosques, yendo a lugares inhóspitos, rebelándose al padre que la protegía todo el tiempo, montando en la moto con a 120 kilómetros por hora.

—¿Qué infiernos? ¡120 kilómetros! ¿Sola? —a pesar de la tristeza sonrió— esa eres tú linda.

Y de nuevo… él, el maldito. Encuentros en las afueras:

… y le golpeé la espinilla. Quería que me fuera con él. Que Dios me perdone, pero lo deseaba, correr, correr en su auto y ser libre….

Todas las noches escucho su auto, me invita a que lo siga, lo hace, me reta como si algo extraño lo llamara hacia mí, tengo poder sobre él y eso me asusta y me excita… ¿será Richard lo que yo he soñado?

Rugió. Algo muy oscuro se fue presentando ante él, lo presentía, y era terrible.

¡Le gusto a Richard Morris! Me lo dijo hoy. Fue vulgar y fascinante. Me pregunto si mis escritoras favoritas hubiesen escrito algo así. Quiero besarlo, besarlo hasta que todo acabe.

De manera obsesiva se empeñó en leer y releer todo aquello que le hacía sentir que lo desollaban vivo, leyó como la relación enfermiza de Marilyn y Richard fue creciendo hasta hacerse algo que sometía a la niña a un mundo oscuro que ella misma buscaba.

Sus besos saben extraños, creí que besar era algo dulce, pero Richard me besa de manera violenta, mordió mi boca y la punta de mi lengua ¿Quién soy yo? Quiero que me besen así...

Soy su novia. Soy su chica...

Amo a Richard y él me ama. Lo sé, lo sé, y no tengo miedo.

Preguntas sobre el sexo. La chica de diecisiete años, virgen y sin experiencia emergió como alguien con un deseo depredador, leyendo libros depravados, escribiendo sobre lo que deseaba, imaginándose besos, caricias y penetraciones profundas. Sin embargo, escribía que, aunque amase a Richard no se sentía segura sobre aquello.

No es él. Lo sé, hay algo que me dice que no puedo acostarme con Richard, aunque Summer me presione. No es él, me pregunto si estoy haciendo lo correcto.

Él odia mis libros, dicen que son idiotas.

—¡Maldito seas! ¿Cómo pudo el imbécil decirle eso? □gruñó. Estaba al límite.

Quiero terminar y no me deja. Lo amo, pero debo irme él me lastima.

Hoy entró a la cocina y se puso a llorar como un niño, me da pena, no quiero hacerle daño.

Es verdad lo que dicen ¡soy una tonta! Hoy frente a mí se drogó y no le importó que yo lo viese.

Algo en el pecho de Arden hizo clic. ¡Maldición!

es como si algo me empujara hacia él, no puedo irme, no puedo, veo el rostro de mi padre y me siento culpable. Ayer me preguntó por qué mis calificaciones han desmejorado, cree que estoy enferma; si le dijera, si le contara. Me da vergüenza...

Supe que se sigue acostando con Summer. Pensé que ella era mi amiga, pero no lo es, ambos se burlan de mí; huele a ella y me siento asquerosa, pero no puedo escapar, no puedo. Él hace que me sienta atada a él, a su vida, a sus vicios. He descubierto que no es como yo pensaba, no quiere estudiar, solo habla de su dinero y de las cosas que hará con él. Sabe que deseo dejarlo, pero me retiene. Me retiene su vulnerabilidad, me retiene su debilidad. Quiero salvarlo.

—A quien debías salvar era a mí, Baker, ¡a mí! □daba gritos ahogados.

...sé que le vendió la droga al chico que casi muere y no le importa, es solo un niño, su padre es amigo del mío. Le vende droga a toda la escuela, y me he quedado callada, si papá lo supiera, le rompería el

corazón.

Apoyó la espalda a la muralla y se dejó caer hasta quedar sentado en el suelo, flexionó las piernas y con las manos empuñadas se golpeó en los muslos *¡Maldito Richard Morris! ¡Maldito! ¡Maldito!* Tomó el celular, lo miró y después lo tiró sobre la cama *¡Imbécil!¡Pudiste matarla, hijo de puta maldito!*

Un segundo, a gatas llegó a la cama lo más rápido posible, tomó el celular y marcó un número:

—¡Theo, en cinco minutos te quiero con los muchachos aquí!

El hombre al otro lado del teléfono saltó:

—¡Sí, señor!

¿Quién soy? Aimée no me enseñó a ser cobarde, dos años de mi vida perdidos, amando a Richard Morris y él solo me lastima ¡ya no más! Y pensar que permití que me humillara, que no dije nada cuando supe que seguía acostándose con Summer.

¡Dios! eso era. Richard es solo un espejismo, mi idea romántica del mundo, no hay literatura para mí, soy una tonta, una tonta. Tenía tantos deseos de libertad que comprometí mi vida a nada, a un sueño que se volvió pesadilla.

Tengo miedo. Él le contará a Stuart, todos se darán cuenta y mi padre perderá su trabajo ¿Dios mío que voy a hacer?

Hoy me encontraré con Rocco en el bosque, quizás, quizás lo pueda convencer, él no es malo, no lo es.

Escuchó los dos autos estacionarse afuera, se asomó a la ventana y reconoció a su gente. Hizo un gesto de espera, terminaría de leer el diario y después, saldría.

Stuart me ve con ojos asustados. No le he contado la verdad, no puedo. Le he dicho que me lastimé en una moto ¿cómo decirle que Richard Morris quiso violarme y matarme?

Golpeó la pared con fuerza, sangraron sus nudillos. Palabra a palabra en aquellas hojas con dibujos de flores contaba lo ocurrido aquel día. Los nervios se tensaron, su cuerpo se tornó duro, cerró la mandíbula hasta hacer del apriete algo doloroso. Estaba allí con ella corriendo por el bosque oscuro, herida y rogando por su vida.

...corrí y corrí y en mi mente solo veía a Summer burlándose de mí, su cuerpo desnudo, el olor a sexo asqueroso y al metal ferroso de la cocaína ¿qué hubiese sido de mí si Lola no me salva? tal vez Stuart no me encontraría nunca, solo pensaba en mi papá y en su soledad. Fue pensar en él y en mi madre que me gritaba que corriera.... ¿por qué? ¿Por qué Richard? ¿Por qué? Yo te amaba...te amaba...

La voz que venía de su memoria: *me he enfrentado a la muerte, sé cómo es ella.* Se maldijo, tanto tiempo lamiéndose las heridas de su terrible historia, creyéndose superior por haberlo sobrevivido y ella, callando, escuchando. Su sangre hervía, aun así, leyó las últimas palabras:

Me iré, quizás no vuelva, tengo que huir, tengo que liberarme, ya no es posible vivir aquí. Dejo a papá solo y me enfrento a una ciudad que no conozco. Debo huir. Quizás en Nueva York mi vida cambie, nunca más, nunca dejaré que alguien me lastime. Nunca, soy fuerte, soy hija de Aimée y Stuart

Baker.

Adiós Aberdeen, nunca más Richard Morris.

Adiós a mi niñez.

Fue hasta el baño de la habitación, abrió la canilla del agua fría y puso su mano herida bajo el chorro, luego se la envolvió con una toalla de papel. Caminó lentamente y de manera meticulosa se puso la gabardina, tenía cada palabra, cada risa, cada lágrima bullendo en su mente.

Ya no la evitaba ni luchaba por contenerla, estaba harto de medirse y dejó que la rabia tomara cada molécula de su cuerpo.

Apagó la luz y salió esperando no encontrarse con Stuart Baker, pero no fue posible, el juez estaba sentado en el sofá tomando una copa de vino.

—Te escuché □indicó su mano□, también escuché llegar a tus hombres. No voy a preguntar lo que vas a hacer, solo quiero que mi hija vuelva aquí. No puedo evitar sentirme culpable, le pedí tantas veces que se volviera a Aberdeen porque era más seguro que Nueva York y mira lo que pasó □ahogó un sollozo□. Ve y haz lo que tenga que hacer, yo te respaldaré en todo.

Dio tres pasos hasta la puerta, tendría que decirle lo que descubrió, contarle lo de Rocco, pero calló, no iba a traicionar a Marilyn, hizo un gesto de despedida y salió rápido, tenía que ir a aplastarle el cerebro a Richard Morris.

Los hombres lo vieron salir de la casa, el viento de la península levantaba su abrigo. Todos ellos se miraron, algo andaba mal, se paró frente a Theo.

—Dame tu arma □el hombre parpadeó y empequeñeció los ojos— ¡El arma!

—¿Señor?

Impaciente, Arden se lanzó hacia él y sacó el arma que guardaba en la sobaquera, la calibró con la precisión de un experto.

No lo sentían respirar y sus ojos no tenían el verde jade característico.

—Cuando tenía veinte años una mujer me enseñó a manejar las armas, era una loca psicópata que le gustaba jugar con ellas —era la primera vez que hablaba de algo personal— ¿hace cuánto que vigilan a Marilyn? ☐preguntó lentamente, mientras guardaba el arma en su abrigo.

—Usted lo sabe, señor, hace dos años.

—¿Cuál es su maldito trabajo?

—Protegerlo, señor Russell, y a ella.

Volteó y fue clavando su mirada severa en cada uno.

—¡No lo hicieron bien!

—No, no lo hicimos.

—¡Exacto! —se lanzó con furia y enfrentó a Theo, quien no movió un músculo de su cuerpo.

Arden se apartó, abrió la puerta de uno de los autos, todos silenciosos siguieron la orden del presidente de Russell Co y arrancaron motores.

☐¡A la casa del sheriff!

☐Sí, señor.

Theo tenía preguntas que hacer, pero prefirió callar, el humor de su jefe no era el mejor y la experiencia le decía que lo más inteligente era obedecer callado.

Cuando llegaron a la casa del sheriff, que estaba en la afuera del pueblo, los dos autos negros estacionaron frente al porche y bajaron.

☐¡Llámalo!

El guardaespaldas marcó, al tercer toque, respondieron, rápido le pasó el teléfono a su jefe.

☐Soy Arden Russell, estoy afuera.

☐Para emergencias, debe ir la comisaría. Son pasadas las once de la noche, a esta hora yo duermo.

☐¡Sales tú o entro yo! ☐gritó.

Unos segundos y la puerta se abrió,

apareció con bata y un rifle en las manos.

☐¿Por qué tanto escándalo? ¿Acaso se asustó con un lobito? ☐se burló.

Arde chasqueó la lengua y con la cabeza, negó.

☐Linda casa, hermosa propiedad ¿no es muy costosa para un simple alguacil? ☐le dijo con cargado sarcasmo.

☐¿Qué quiere, Russell?

☐Richard Morris.

El hombre miró a los guardaespaldas, a los automóviles que usaban, repasó al prepotente Russell, relajó el gesto y bajó la escopeta.

☐Entre.

A la media hora, salió solo, hizo un gesto y todos subieron a los autos.

—A riesgos de que usted me mate, señor ¿qué hacemos? ¿a dónde vamos?

El espejo retrovisor mostró la mirada de aquel hombre que Theo conocía muy bien.

—No fue un accidente —su voz fue profunda, dos tonos más abajo— lo de mi mujer no fue un maldito accidente.

Los neumáticos chirriaron en el cemento. Theo golpeó el volante con furia.

—¡Maldición! lo siento Arden.

—Me lo debes, Theo, me lo debes— golpeó cada palabra.

—Sí, señor.

☐Vamos al "Bar 77"

Entró al pequeño bar donde había conocido a Richard cuando desesperado buscaba a Mae, le faltó poco para irse en contra de quien ponía la música "Starway to heaven" la canción favorita de su chica. Agarró al barman del cuello con fuerza, todos los demás se apartaron; desde hacía una semana la presencia de Arden y sus soldados eran el tema en todo Aberdeen.

—¿Richard Morris?

El hombre tosió secamente.

—¿Quién? —no tuvo tiempo de reaccionar cuando las dos manos lo arrastraron a las orillas de la barra.

—Richard Morris —insistió—. Tú sabes a quien me refiero, es un cliente frecuente.

Los guardaespaldas se sentaron dos a cada lado, tácitamente diciendo que no era hora de hacerse el idiota.

—Hace meses que no viene.

—¡Mientes! —los ojos como cuchillos y la mueca amenazante hicieron temblar al hombre que trataba de sostenerse y apartarse del agarre violento de su camisa.

—No, todos hemos descansado de no tenerlo a él y a la loca de Summer por aquí, siempre causando problemas…

—¿Dime dónde está? □de un movimiento, lo hizo pasar al otro lado de la barra y lo tiró contra una ventana□. Tú lo conoces, dime dónde está.

El barman estaba a poco de perder el conocimiento, igual lo tomó de la camisa y lo puso de pie, cuando estaba a punto de darle un puñetazo, el hombre gritó:

□¡No! ¡No! ¡Summer!, ¡Summer! ella… ¡yo sé dónde está!

Lo tiró contra una silla.

—¡Hable!

El hombre tragó saliva, se pasó la mano por la cara y se limpió la sangre, respiró.

—Summer se acuesta con cualquiera por dinero en las calles de Cosmópolis, cuando no hay dinero para la cocaína hace lo que sea.

□¿Y Morris?

□Siempre la ronda. Esos son como la luz y la polilla.

Le tiró un montón de billetes a su regazo y salió hecho una flecha con su séquito atrás.

Juntaba sus manos y soplaba dentro de ellas, para poder calentarse del endemoniado frío que hacía. Maldecía con todas sus fuerzas, Ojalá esa noche tuviese suerte, los últimos días habían sido una mierda total ¿Quién quiere acostarse con un rata flaca y golpeada? El último tipo solamente le dio diez dólares.

Se paró en borde de la acera y se esforzó en mantener una postura atractiva para los futuros clientes, a lo lejos dos autos se aproximaban disminuyendo la velocidad, hasta detenerse unos metros más adelante.

□ ¡Diablos, hoy tendré suerte!

Trató de arreglarse el cabello mientras caminaba para llegar a los carros. Algo en el interior de Summer gimió ¿podría ser más patética? No, no podía.

El oscuro vidrio bajó lentamente y de allí un hombre de ojos oscuros y de mirada profunda la llamó con un guiño. Summer se acercó observando de plano lo costoso del coche.

—Hola —la voz de acento del Bronx la saludo.

—Hola, precioso.

El hombre sonrió.

—Estás muy sola esta noche.

—Pero eso se puede remediar —suplicaba que por favor no tuviese mal aliento, y que el jabón barato aún mantuviese un poco de la esencia en su cuerpo, esa noche podría ser su noche.

—Claro que si muñeca, mi jefe desea jugar contigo.

—¿Tu jefe? —respiró asustada, les tenía pánico a los malditos pervertidos, pero estaba tan desesperada que se arriesgaría. De pronto el auto rezagado la rodeó, volteó para mirar, inclinó la cabeza para mirar y se encontró con el rostro del hombre más hermoso del mundo cuyos ojos verdes la escrutaban de manera perversa y oscura.

—Hola, Summer.

Ella parpadeó.

—¿Me conoces? —ya no le gustaba lo que ocurría.

El hombre sonrió, mientras sacaba su mano de guantes negros por la ventana y golpeaba de manera rítmica el auto.

—Claro que sí, soy Arden Russell.

El rostro que para Summer fue tan hermoso se tornó fiero y duro, como si una máscara lo recubriera, su corazón empezó a galopar de manera potente. Retrocedió unos pasos.

—Yo… yo, no sé nada —miró el callejón oscuro, tenía que correr y como pudo saltó la emboscada de los enormes automóviles y gritó□: ¡Socorro!

Escuchó las puertas metálicas golpear salvajemente. Arden salió de allí se quitó su abrigo negro y detuvo a los guardaespaldas para que no la siguieran.

—Ella es asunto mío —caminó lentamente cual leopardo al acecho. Los guardaespaldas se miraron unos a otros y se encogieron de hombros, presintieron que aquel disfrutaría la cacería.

La rubia corría con las pocas fuerzas que varios días sin comer le permitían. La calle oscura era una trampa y el sonido de los pasos que la perseguían eran atronadores. Estaba atrapada en el enorme callejón, no tenía salida.

—¡Suummeeer! □llamaba burlonamente□ ¿Dónde estás, Summer? □silbó Triste Nerves□, ¿dónde estás, bonita Summer de la preparatoria de Aberdeen? ¿fuiste reina, no es así, Summer? me imagino que todos los niños se morían por ti □ella gateaba entre los botes de basura suplicando por no hacer el mínimo ruido—. Debías haberla odiado mucho ¿verdad? ¿Cómo le decían? ¿Ratón Baker? ¿Cómo pudo ella atreverse a ser mejor? ¿A quitarte tu tonto reinado? □la respiración de la mujer era frenética, le dolía el pecho— ¿Qué te pasó, Summer?, te miras al espejo y ves una mujer que se acuesta por un dólar con cualquiera —su voz era cantarina y burlona— ¿qué pasó con el sueño de toda tu podrida vida? —de una patada hizo saltar el bote de basura que servía para ocultarla. La chica gritó al verse descubierta, se arrastró como un gusano por el piso, se paró trastabillando e intento correr de nuevo, pero una mano agarró su cabello de forma dolorosa, se sintió atrapada en el pecho de acero, el olor a perfume fue quemante, intentó gritar pero una mano de cuero tapó su boca de manera opresiva, el aliento en su cara— ¡Hola, Summer! —la mujer intentaba zafarse, luchaba con todas sus fuerzas— no es un maldito gusto conocerte —la arrastró hacia el callejón sin salida, la liberó de la manos y la lanzó sobre los muros.

—¡No me mates! ¡Por favor! ¡Él! fue él, siempre ha sido él —lágrimas heladas corrían por su rostro.

—¿Crees que no sé lo que pasó en el maldito bosque?

La quijada de ella se movía de manera involuntaria.

—Éramos unos niños, solo queríamos jugar, la queríamos asustar —el hombre se abalanzó y formo una cárcel con sus brazos.

—¿Violándola?

—Solo la íbamos a asustar, créeme.

—No, tú la querías muerta, Summer, no fue fácil competir con alguien como ella, Richard babeando como un idiota mientras tú mirabas, la quería borrar de tu mundo para que él no la viera, todos estos años a su lado y él soñando con ella. Tú solo eras su puta.

La furia y la hiel recorrieron saturaron el pecho y la garganta de la mujer.

—¡Ella podía tener al que quisiera! Él era mío, mío —irguió la cabeza y clavo sus ojos azules irritados y frustrados☐. La maldita era inteligente ¿por qué Richard? ¿Por qué mi vida? Todo era malditamente perfecto hasta que ella apareció con sus aires de niña buena. Ustedes los hombres y su deseo de corromperlo todo, ese era su juego de mierda, decir no y hacer que el estúpido se creyera mejor, solo yo sabía, solo yo sabía que él no valía la pena. Ella hubiera podido tener el que quisiera —se carcajeó y su risa fue metálica y al oído de Arden fue repugnante— ¡Mírate!, ella tuvo el que deseaba, pero tenía que volver y joderlo todo.

Arden lanzó su mano a su cuello, la loca de Tara murmuraba cosas en su oído. La tentación de ahorcarla y disfrutar de ello arreciaba en cada molécula de su cuerpo ¿cómo pudo sobrevivir a semejante mediocridad? enfrentada a esos seres pequeños que nunca comprendieron su necesidad de literatura y belleza.

—¿Dónde está Morris? —apretó la garganta de la mujer, ella trataba de respirar. En su cabeza una sola idea: me va a matar

—Rocco…

Aflojó la presión del cuello, la chica empezó a toser y en medio segundo, frente al loco que seguramente no tendría compasión con ella, vio toda su inservible vida girando alrededor del insignificante Richard Morris y se puso a llorar.

—¡Habla! ☐la agarró del pelo y le levantó la cabeza.

—No me mates, por favor —el llanto sin freno estremecía su cuerpo de tan solo cien libras.

Quizás si no hubiese mirado a unos ojos azules ella hubiese tenido oportunidad, quizás si ella se hubiese ido al primer golpe o negado a la primera esnifada de cocaína, si ella hubiese dicho no cuando el idiota la desnudó en la cabaña y junto con Lola la follaron de manera asquerosa frente a la inocente niña… ¿Lo habría hecho? No, ella odiaba a Marilyn Baker.

—¡Se me acaba la paciencia! □gritó y pateó un tacho de basura.

—La vio en Tacoma. Estaba como loco cuando ella apareció en su escarabajo, pensó que volvía por él y cuando ella le dijo que no, se volvió loco y la siguió por la carretera, la estrelló varias hasta que el auto quedó botado en medio de la carretera a punto de ser chocado por un camión. El muy cobarde arrancó, ni siquiera muerta la pudo tener. Ella siempre le dijo no.

Un rugido ronco y desgarrado salió del pecho de Arden, iba hasta el cuello de la chica sin medir consecuencias, su madre lo alentaba desde el pasado. Summer puso sus brazos sobre su rostro esperando el choque contra su cuerpo.

No lo hagas ángel, no vale la pena, ella no vale la pena, cielo... Y fue la voz tranquila y clara de Mae quien detuvo el ataque hacia la mujer.

—¡Maldición! —se apartó tres pasos atrás, resoplaba— ¿Dónde está Morris? —la agarró del brazo y la haló con fuerza.

—¡No lo sé! □gritó histérica□. Se asustó después del accidente y me dejó botada.

Arden sacó la pistola y la apuntó directo a la cabeza.

□¡Sí lo sabes, maldita perra!

La mujer dio un estertor y comenzó a hablar.

□Se fue al "Magic Tour" un parque de diversiones que está al otro lado del río.

Disparó al aire, con solo el sonido la mujer cayó desplomada al suelo donde, entre tarros de basura, se puso a llorar por toda su desgraciada vida.

Cruzaron el río y ante sus ojos estaba lo que fue un parque de entretención. El único lugar con vida era un galpón iluminado con pequeñitas luces de colores desde donde se escuchaba música grunge, el resto eran viejos juegos mecánicos abandonados que con la luz de la luna adquirían un toque siniestro.

Bajaron de los autos, Theo distribuyó a los hombres y se fue tras de Arden que, pistola en mano iba directo a cruzar la puerta del galpón.

El sonido de la música era atronador y violento, palpitaba por la piel y corría desbocada por los poros de todos. Arden reconoció el sonido como si llevara el ritmo propio de su corazón. Era un lugar pequeño, repleto de personas que se perdían entre el humo y las luces de neón, era difícil pasar por en medio de todos. Theo y los otros empujaban a los chicos tontos con miradas enajenadas para abrirle camino, el ambiente narcótico y la música parecían hacer que nadie se diese cuenta de lo que pasaba en su entorno.

Como águila al acecho se subió sobre un parlante, desde ese atalaya tuvo visión de todo y comenzó a buscar, lo conocía, Rocco Morris era extrañamente parecido a él y era asqueroso ¿en qué punto, el maldito y él se diferenciaban? En el mágico hecho de que la chica tímida de libros oscuros y de dibujos de flores lo había escogido a él ¡qué maldita suerte!

¡Y allí estaba! Por unos segundos lo observó con ojos de hielo, las luces azules, rojas y violetas lo apuntaban para mostrar su baile frenético.

Desde el accidente Rocco no paraba de consumir, quería abarrotarse de drogas para olvidar lo que Marilyn Baker una vez más le había hecho, sí, porque desde su lógica, todo era culpa de ella. Ella era quien lo rechazaba, ella hacía que perdiera sus cabales y actuara en forma violenta.

La música se detuvo en medio de una canción y todo se fue a negro. Chiflidos y gritos. Se encendió la luz de emergencia, pero no la música, un disparo al aire y un vozarrón gritando

"Se acabó la fiesta" desató la estampida. Cuando Richard iba a escapar, se dio cuenta de que estaba rodeado por hombres vestidos negro. Se quedó quieto y solo giró cuando una voz atronadora gritó su nombre, una sonrisa cínica cruzó su rostro cuando lo vio.

□¡El novio viudo! □carcajeó.

Medio segundo y toda la furia contenida de Arden se liberó en un puño que fue a darle a la cara, volaron tres dientes y la sangre saltó manchando el piso donde cayó.

□¡Maldito hijo de puta! □lo levantó del suelo con un puntapié□. Te haré pagar todo lo que le hiciste a Marilyn.

□¿Crees que me importa morir? □dijo quejumbroso, pero burlón, el hombre□. Ella está muerta, ¿para qué quiero vivir?

Arden rio sarcástico, iba a golpearlo otra vez, pero se detuvo.

□Está viva, hijo de puta, y se va a casar conmigo.

Esas palabras en Richard tuvieron el mismo efecto que un balde de agua helada.

□¡Hey! ¿qué pasa aquí? □gritó alguien.

Un segundo de distracción y como rata que huye de un naufragio, Morris desapareció.

Arden salió tras él, mientras Theo se las arreglaba con el tipo que parecía ser el dueño del lugar.

Tardó unos minutos en acostumbrarse a la oscuridad, caminó unos pasos, en el aire todavía había voces de las personas y ruidos de vehículos que se alejaban del lugar, hizo unas indicaciones a los escoltas y siguió caminando, vio el contorno de lo que fue un carrusel al cual le quedaban solo dos tristes caballitos de madera. Nada de Richard, pasó por quioscos que en sus mejores tiempos lucieron brillantes y luminosos, un ruido lo puso en alerta. Sacó la pistola, una alimaña como Rocco no merecía estar vivo. Una ráfaga viento frío del norte le caló los huesos y lo hizo tomar conciencia del entorno, miró hacia el río y vio una neblina espesa, fantasmagórica que parecía brotar del agua. Ya no se escuchaban voces ni ruidos de carros, pero si el sonido remoto de unos pasos, giró a la derecha y contra la niebla vio una figura fugaz, fue directo a ella y un disparo le rozó el hombro.

☐¡Maldito cabrón, hijo de mil putas! ¡me botaste una muela y dos dientes! ☐en su locura, Rocco se quejaba furioso.

Arden, guiado por la voz, apuntó a la oscuridad y disparó una, dos, tres veces. Corrió, buscó pero no lo encontró.

—¡Imbécil malnacido!

No terminó de decir la frase cuando las luces de un carro lo encandilaron. Rápidamente se puso de pie y apuntó con la pistola, el auto aceleró y el sonido de neumáticos rechinando se acercaba más y más y él no se movía.

Para Richard, el momento era mejor que inhalar tres líneas de cocaína y para Arden, la oportunidad de terminar en definitiva con el animal que hizo que la adolescencia de Mae fuera un infierno de dolor y amargura.

Unos, dos disparos y Theo, con la rapidez de un felino, se tiró sobre él y lo sacó del camino del carro.

☐¡Mierda, Arden! ¿te quieres morir? ☐con la ayuda de Joaquín lo inmovilizó.

☐¡Suéltenme, idiotas! ☐levantó la cabeza y vio como el carro desaparecía☐ ¡el maldito se escapa!

☐Eso no importa ahora, Arden ☐Theo lo miró con cara preocupada☐. Henry acaba de llamar del hospital.

☐¡Trevor! ¡Mae! Vamos a bailar —su madre gritaba desde el interior de la casa, la escuchó correr y salir a pleno sol— ¡vamos chicos!

—¡Por favor, mamá!

El cabello rubio de Aimée resplandecía, su risa de cascabel era contagiosa.

—¡Oh vamos, cariño!, es un lindo día.

La mirada pacífica y tolerante de Trevor volteó hacia Marilyn.

—No le puedes decir no a mamá.

Los vio abrazarse y caminar hacía la casa hermosa que Trevor había comprado.

—Mamá, no puedo ir —un trueno retumbó a lo lejos. Mae volteó. El sonido era un llamado.

—¿Por qué, cariño? —Aimée se devolvió y la abrazó con fuerza— no nos hemos divertido lo suficiente y te prometí un viaje a la playa ¿te acuerdas?

—Mami, no puedo ir, no aún ¿Puedes comprenderme? □y de nuevo el trueno, que solo ella escuchaba.

Las manos cálidas de mamá, siempre fueron perfectas, apartó un mechón de cabello de su rostro con ternura.

—Ya no eres una bebé, cariño, me gustaba cuando eras una niña, pero ahora me gustas más, tienes el cabello y los ojos de Stuart, amaba sus ojos linda, adoré que fuesen pardos, mi chica profunda.

□¡Oh, mamá! —sollozó.

—¡Shsss, cariño!

—No puedo quedarme, él me necesita, me está llamando, mami.

— Lo sé, cariño —besó su mejilla— se feliz hija, es lo único que puedo decirte, se feliz.

La imagen de mamá Aimée se diluyó. Por un momento todo fue oscuro, escuchó un sonido sordo de algo que se estrellaba. Algo metálico chirrió en su oído, un olor indefinible que le hizo arder su nariz. Una voz que la llamaba, una promesa hecha con fuerza y un nombre que urgía en su voz.

—¡Arden! —abrió los ojos— Arden ¡Dios me duele todo! ¿Dónde estás Arden? —su voz ronca le hacía doler la garganta, tenía sed—. Baby, ángel —mas el rostro que vio no era el que ella deseaba.

—¿Mae? —la enfermera con ojos de asombro y esplendorosa sonrisa la llamo— ¡Gracias a Dios!

—¿Arden?

—Tranquila, cariño, no te preocupes, ya vendrá, primero llamaremos a los médicos.

"☐Henry acaba de llamar del hospital" y la cara de preocupación de Theo fue todo lo que registró en su mente un conmocionado Arden. El aire de sus pulmones se congeló, su pecho era hielo, no respiraba, con la ayuda de Joaquín, su fiel jefe de guardaespaldas se puso de pie, tratando de reaccionar, era una estatua de mármol.

☐¡Señor Russell, por favor! ☐ algunos golpes en la espalda☐ ¡Marilyn despertó!

Marilyn despertó esas dos palabras entraron por sus oídos como una corriente de aire tibio y retumbó en su cerebro de tal manera que una sensación desconocida le recorrió el cuerpo: alivio. La tormenta se iba de pronto y el hombre detuvo su caminar por la ríspida ruta de la ira, *Marilyn despertó* eso era todo lo que importaba.

Tomó el celular con fuerza.

—Henry.

—¿Dónde diablos estás? Todos estamos aquí a punto de hacer una fiesta, ¡ven pronto! —una carcajada tranquilizadora amainó el detonante furioso— ¡ven, Arden! tu chica te está esperando.

Tiró el celular y con voluntad de hierro le ordenó a su cuerpo detener el volcán que amenazaba por explotar, veloz llegó al automóvil y en el asiento de atrás esperó a Theo. Su corazón todavía no recuperaba el ritmo, más aún, parecía no latir, en la oscuridad del asiento trasero pensaba en todo lo que iba a pasar: Morris, Cappa, el sheriff y el juez. Sobre todo, Marilyn que estaba despierta y lo esperaba.

—Conduce más rápido, por favor.

El hombre sonrió, Arden Russell le pedía por favor.

—¡Sí señor!

—Aun así, Theo, quiero al maldito muerto.

—Sí, señor ☐una pausa☐. Necesito mi arma, señor.

Una exhalación casi metálica, los músculos de la barbilla firmes como el hierro, un gesto medido, tomó la nueve milímetros y la entregó.

—Me detuviste hoy, no creas que dejaré que lo hagas otra vez ☐abrió la ventana del carro, dejó que el aire frío, con esencias de bosque y mar, lo invadieran. Si hubo algún comentario de su chofer, no se enteró.

Stuart besaba el rostro de su hija, si antes se había abstenido de llorar como niño pequeño en ese momento lo hacía de manera silenciosa.

—¡Qué susto me has dado, Motitas! ¡No vuelvas a hacerle eso a tu viejo! ☐Mae sonreía agotada, trazó con uno de sus dedos las lágrimas de su padre—. Ya viene, mi yerno ya viene —su hija puso cara de asombro y después, sonrió☐. No diré que somos amigos, pero ya me simpatiza un poquito.

Stuart hizo el gesto de poquito con los dedos y rio. Ella le tomó su mano y la besó.

La puerta se abrió de par en par, un Arden venido desde la noche se paró allí con gesto agitado, los ojos tiernos le sonrieron, la pequeña mano se alargó hacía él.

—Baby —la voz mínima lo llamó.

Y todo volvió: la luz, el perfume, el hogar.

Stuart lo observó, entendió el temor de

aquel de acercarse. Todo era cuestión de fe, ese hombre arrogante y tiránico que había inundado la presencia tranquila de su vida tuvo fe en que ella volvería y volvió, sin duda estaba a la altura del amor que su hija sentía por él, solo para ambos.

—Los dejo, o si no, Constanze vendrá a sacarme. Nos advirtió hasta el cansancio: de a uno y solo cinco minutos ☐salió y ninguno de los dos enamorados se percató.

Un segundo. Un gemido de paz y todo el peso de estos días se fue.

—Hola —volvió a hablar— he vuelto.

La chica fuerte le brindó una sonrisa tierna a pesar del dolor y de la incomodidad, volvió a alargar su mano para llamarlo, una fuerte exhalación vibró en el pecho de Arden.

Un milagro, un milagro solo para mí.

En un pestañeo, miles de besos inundaron el rostro de la chica, uno tras otro, hasta llegar a sus labios y sellar con un beso agonizante el regreso a casa.

—Te amo, casi me matas, un día más y hubiese sido insoportable para mi ¡no te atrevas a dejarme! ¡Tú vida me pertenece! ¡No te atrevas!

—¡Oh no, baby!, yo peleo por ti.

—Lo sé mi amor, siempre lo has hecho, desde niña lo has hecho, sobreviviste para mí. Volviste del bosque para mí, solo tú puedes vencer mi destino, Mae Baker —enterró su rostro en su cuello y aspiró con avaricia la vida que volvía a él.

Ella cerró los ojos, le tomó su cabello rebelde y acepto que a sus veinticinco años de edad en los libros ya escritos de la vida de cada uno solo el nombre y la presencia de Arden Russell era el pie de página que explicaba todas las acciones de su vida.

Mientras Mae, dormía agotada en la habitación del hospital, Arden se reunía con el sheriff en un lugar apartado del pueblo.

☐Felicitaciones, la pequeña Mae ganó la batalla.

☐No más pequeña Mae, su nombre es Marilyn.

El regordete hombre lo miró con cara de disculpa.

☐Lo que usted diga, señor.

☐¿Morris?

☐Quedó muy mal herido con la pelea y a los dos kilómetros chocó, se rompió las piernas y la cadera, el padre consiguió una orden judicial para internarlo en un centro de rehabilitación, una granja en Kentucky. Si sobrevive al accidente, tal vez logre rehabilitarse.

☐¿Y Cappa?

☐Yo hago bien mi trabajo. El juez no dudará que el accidente lo provocó el maldito exconvicto que le juró venganza.

No quiso saber más, era hora de terminar el trato con el detestable pero útil personajillo que lo ayudó en su afán de proteger a Mae hasta en sus secretos que guardaba para no hacer sufrir a Stuart.

Llegó al hospital y se sorprendió ver a Mae, en silla de ruedas, con un cuello ortopédico y el cabestrillo, rodeada de todos y lista para volver a casa. Corrió a besarla.

☐¡Qué linda sorpresa! ☐en cuclillas para verla más de cerca.

☐Cameron logró que autorizaran mi alta para hacer mi recuperación en Nueva York.

Arden giró la cabeza y miró a su padre.

☐Me arrogué también, el derecho de pedirle a Jackie que supervise la instalación de una sala hospital en tu pent-house.

El hijo, con un gesto afirmativo y controlado, sin emoción, le dio las gracias. Volvió a su amada.

☐¿Estás de acuerdo? ☐sonrió

☐¡Por supuesto! y ahora, llévame lejos de

aquí Arden, quiero irme a casa. Tengo que planear una boda.

FIN

Epílogo

La mira frente a él, hermosa como siempre, sin duda, la mujer más hermosa que ha existido. Nunca habrá alguien como ella, ¡nunca!, y fue su madre.

Huele a jazmín, tiene las uñas pintadas de rojo y cabello suelto, cayendo como una cascada de sol. Tiene puesto su vestido favorito, un Halston blanco de un solo hombro que caía de forma vaporosa por su cuerpo delgado y alto. Todo en ella es la imagen perfecta de una diosa, ella es la diosa del mundo y tiene derecho a comportarse como tal ¿Quién puede negarse a Tara? ¿Quién puede abandonarla?

—En verdad la amas □asintió varias veces con su cabezas□ ¿Cómo se llama?

Su voz es un susurro dulce, acompañado con una sonrisa. Arden se apresta a ser su igual.

—Marilyn.

—¡Oh sí, Marilyn! □esta vez niega con la cabeza□ Mae… ¿no podrías escoger a alguien que tuviera un nombre menos corriente? Al menos, llamarse Jacqueline da clase, pero Marilyn, ¡ay, niño! no sé, ¿estás seguro? Hay millones de chicas por ahí con mejores nombres.

Arden sonríe irónico, sabe que ella le habla en los sueños, que no existe ya, que su perfecto cuerpo ahora es solo un esqueleto vestido de polvo y telarañas, sin embargo, reconoce que cuando Tara se disparó y derramó la sangre por el piso de un feo lugar en Juneau, obtuvo un triunfo final: vivir por siempre en su cabeza.

—¡No jodas, madre!

Tara sonríe, se mira con indiferencia sus uñas y contesta con aquellos ojos relámpagos que parecen balas de metralla.

—¿Quieres pelear conmigo, niño? No estoy de humor. Y si crees que "enamorarte" de "Mae" te liberará de mí, es que eres más tonto de lo que siempre pensé □hace un dramático gesto de desencanto□. Tú, un hombre de 35 años, con toda esa experiencia de vida que has tenido crea en esa cursilería del amor es verdaderamente patético.

Arden sonríe.

—Madre, eres tan inteligente.

□¡Siempre!

□Deberías saber muy bien que ya no estoy bajo tu poder.

—¿De verdad? —la sonrisa dulzona muere y es cuando el gesto de maldad pura reluce en su rostro. Nunca es más hermosa— ¿entonces, por qué sigo acá?

—Quizás porque te amo.

□El amor somete □acota, ufana.

□No, el odio sí. He descubierto que amarte no me hace ser tu esclavo, ni tu títere, más bien, amarte es mi libertad.

Tara Spencer lo mira sobre el hombro y con mal disimulado desprecio, cosa que a Arden no le preocupa. Están sentados en unos troncos de árbol milenario que forman parte de un hermoso jardín, donde todo es claro y tibio gracias a un sol resplandeciente. En el sueño puede hasta sentir el olor de la hierba fresca y del perfume de su madre que se mezcla con las otras flores, es el jardín favorito de Tara, Glacier Garden; el hijo sabe muy bien que ella ama el lugar tan solo porque este hace juego con su ideal de lo que era: la flor más exótica de todas, la amada de los dioses.

Se levanta y la enfrenta, en el rostro de Tara hay una mezcla entre maldad y tedio que leyó siempre como desprecio.

—Siempre me atormentó que no me amaras, viví años de mi vida preguntándome el por qué y utilizaste eso para controlarme, para enviarme al vacío, para que fuese esa máquina de destrucción, yo fui tu espada y tu martillo, y lo hice tan solo para que … —no termina la frase, respira con fuerza—. Pero en estos días en que creí que Marilyn moriría, te tuve a ti en mi cabeza, viendo como esperabas por mí y nunca, madre, sentí la tentación, fue cuando me di cuenta que ya era libre y entonces supe tu secreto —se acerca a ella, sonriente, hijo de su madre, alto, misterioso, juguetón y maldito—, tu sucio secreto.

Tara levanta su mano y da golpecito en la mejilla de su niño terrible.

—Yo no tengo secretos, niño, no para ti.

Se miran a los ojos, dos pares de ojos verdes llenos de furia, con relámpagos de ira y odio, tan poco dados a la piedad y a la compasión. Es una guerra de fuerza.

—Sí los tienes.

—Sorpréndeme.

Hay un silencio, de pronto el jardín desaparece y están los dos en un espacio oscuro, son dos actores en el escenario desnudo con una sola luz que los ilumina.

—Me has amado siempre, y te sientes culpable por eso.

—Por supuesto que te amo —su voz ya no es un susurro, es un chillido de animal herido.

—Y odias amarme.

—Pequeño idiota.

La mujer se acerca a su hijo, su ropa ya no es aquella blanca y elegante, ahora está sucia y su cabello revuelto trae consigo la última imagen de su madre antes de morir: demente y borracha.

—Te libero, Tara, te libero de mí, eres libre, no necesito que me ames, no tienes porqué, ya no lo necesito.

Arden coloca sus manos en los bolsillos, no se enfrenta a ella como un niño de quince años, ya no lo es, ni se siente hambriento ni vulnerable, tampoco quiere la mano que lo toque, o la palabra que lo aliente. Tara es su gran amor, pero ella siempre tuvo miedo, él se liberó de no tenerlo.

—No me iré, Keith.

—Lo sé □da tres pasos hacia la oscuridad— pero ya no tienes poder sobre mí.

□¿Estás seguro?

□Más que nunca, porque decidí ser lo que tú nunca fuiste: un ser humano.

Se aleja, en sus oídos retumban chillidos gritos y ofensas, son sonidos de animal que ya no lo lastiman y sigue adelante porque al final está Mae con sus brazos, sus palabras y toda la vida a su lado.

Quiere ser un hombre atado por el amor, quiere ser libre y encadenado a la vez con ella, la mujer que lo ama y no teme hacerlo.

—¿De qué ríes, Arden?

Con esa pregunta lo reciben cuando entra al cuarto que adaptó para que Mae recibiera los cuidados de su rehabilitación.

—Quiero casarme.

Ella lo observa picara.

—Alista tu chequera, señor Dragón, porque esta reina quiere un castillo.

—Donde quieras.

Un suspiro entrecortado es la respuesta

—Donde estés tú, Arden Russell.

—Entonces allí estaré. ¡Siempre!

El perfume de su madre se mantiene, pero ya no lo perturba. Tara es su fantasma, su extraña y amada sombra. Ya no es su timón, él liberó las anclas, no le pertenece.

Ahora es solo él y Mae, la chica de ojos pardos, cabello oscuro y con la fuerza para detener el tornado de destrucción que un día se paró frente a ella cuando un pie detuvo la puerta del ascensor.

.

.

.

.

.

.

.

.

.

.

.